**Du wirst niemals erfahren,
wonach Bagdad riecht**

Marta Tafalla

Du wirst niemals erfahren, wonach Bagdad riecht

Roman

aus dem Spanischen übersetzt von
Ursula Wolf

Deutscher Titel: Du wirst niemals erfahren, wonach Bagdad riecht / Ursula Wolf
Originaltitel: Nunca sabrás a qué huele Bagdad / Marta Tafalla. – Bellaterra :
Universitat Autònoma de Barcelona. Servei de Publicacions, 2009. –

Bibliografische Information der Deutschen Nationalbibliothek:
Die Deutsche Nationalbibliothek verzeichnet diese Publikation in der
Deutschen Nationalbibliografie; detaillierte bibliografische Daten sind im
Internet über dnb.dnb.de abrufbar.

© 2023 Ursula Wolf
Satz, Herstellung und Verlag: BoD – Books on Demand, Norderstedt
ISBN 978-3-7431-8043-7

1. Kapitel

Diese Geschichte begann mit meiner Nase. Dem Anschein nach ist es eine normale Nase, klein und wohlproportioniert, die unauffällig ihren Platz in der Mitte meines Gesichts einnimmt, wie jemand, der mit Bescheidenheit eine unbedeutende Pflicht erfüllt, und auf der nie fremde Blicke haften bleiben. Als sie sich zum ersten Mal in diese Welt hinausstreckte, konnten weder meine Familie noch die Ärzte an ihr etwas Außergewöhnliches entdecken, und sie verdiente keine Worte der Bewunderung, Überraschung oder Besorgnis, während alle sich in überschwänglichen Lobreden über meine grünen Augen, meine rosige Haut und die unbestreitbaren Familienähnlichkeiten ergingen. Und dennoch war meine Nase dazu bestimmt, zum Mittelpunkt meines Lebens zu werden, zur Perspektive, aus der ich die Welt sehe und verstehe, und zum Ausgangspunkt aller meiner Reisen.

An dem kalten Morgen im Winter 1972, an dem ich geboren wurde, trat ich in die Welt ein, und die Welt stürzte auf mich ein durch jeden meiner Sinne. Meine Augen füllten sich mit dem Weiß und Grün des Kreißsaals als Farben des Willkommens, und sofort empfingen sie den gerührten Blick meiner Mutter und den nervösen Blick von Papa. Meine Ohren hörten die ersten Worte in ihrer Stimme, durchbrochen vom Lärm meines eigenen Geplärrs. Meine Haut schreckte ein wenig zurück vor der Gewalt, mit der die groben Hände der Hebamme mich festhielten, beruhigte sich aber bald auf dem heißen und verschwitzten Körper meiner Mutter und nahm dankbar die ersten Liebkosungen entgegen. Meine

Zunge schmeckte meine salzigen Tränen. Meine Nase jedoch, meine Nase nahm, so sehr ich auch einatmete und immer wieder einatmete, überhaupt nichts wahr. Die Luft, die meine Lungen nährte, durchlief meinen Körper, ohne ihm irgendetwas über die Welt zu berichten, aus der sie kam. Meine unglückliche Nase versuchte es immer weiter, aus bloßem Instinkt, wie die Nase jedes menschlichen Wesens, jedes Säugetier-Jungen, bis sie schließlich, von der Anstrengung erschöpft, enttäuscht und traurig aufgab. Ausgestreckt über den Körper meiner Mutter, war ich unfähig sie zu riechen und zu lernen, ihren Geruch zu erkennen, wie es alle Babys tun.

An jenem Nachmittag saßen meine Mutter und ich auf dem Bett des Krankenhauszimmers einem Aufmarsch von Geschenken vor. Aber meine Nase war nicht in der Lage, den Duft der drei Blumensträuße zu würdigen, auch nicht die Versuchung der Bonbonschachtel, und ebenso wenig die Parfüms und Cremes und Gels für Babys. Und als meine Schwester hereingelaufen kam und auf das Bett sprang, um mir einen Teddybären zu bringen, wobei sie *Viel Glück zum nullten Geburtstag* sang, blieb meine Nase unbewegt, obwohl Irene mit ihren neun Jahren sich schon mit Schleifen aus rotem Samt herausputzte, mit Armbändern, die bimmelten, als würden Regentropfen auf ihre Puppen fallen, und mit Parfüms, die sie von weitem mit dem Brausen eines Orchesters von Winden ankündigten.

Drei Tage danach brachte mein Vater uns nach Hause. Meine erste Reise durch diese Welt war die kurze Strecke zwischen dem Krankenhaus von Barcelona, wo ich geboren wurde, gleich hinter der Sagrada Familia, und unserer Wohnung in einem Viertel am Rande von Badalona. Weder das Auto, in dem Papa seinen üblichen Luftverbesserer aus Pinien verwendete, noch der Verkehr auf der Autobahn, noch die Tankstelle, wo wir auftankten, schafften es, zu meiner Nase vorzudringen. Und als ich zum ersten Mal in unser Zuhause kam, konnte ich auch darin keinerlei Duft wahrnehmen.

Natürlich bemerkte niemand, was vor sich ging, und ich am wenigsten, denn das alles spielte sich weit unter der Schwelle meines Bewusstseins ab. Ich wuchs auf, ohne zu wissen, dass mir etwas Unnormales widerfuhr, und als mir schließlich der Verdacht kam, dass ich anders war als die anderen, brauchte ich Jahre, um zu entdecken, worin genau der Unterschied bestand. Ich durchlebte meine Kindheit, ohne mir darüber im Klaren zu sein, dass ich ein Fünftel dessen, was uns menschlichen Wesen in dieser Welt zu erfahren gegeben ist, versäumte. Nie erfuhr ich, wie gut Mamas Küche roch, wenn sie Fischsuppe oder Mandarinenbiskuit zubereitete, und ich würdigte auch nicht das Lavendelgel, mit dem sie mich badete, oder das Bergamotte Parfüm, mit dem sie mir, wie sie sagte, die grauesten Vormittage des Winters ein wenig erhellen wollte. Nie nahm ich den Geruch nach Eukalyptus und Menthol des Wickvaporub wahr, mit dem meine Mutter mir in langen Nächten voll Fieber und Husten die Brust einrieb, auch nicht den Geruch von Schweiß und Medikamenten an jenen Tagen, an denen ich im Bett aß, mit einem wackligen Tablett auf den Knieen und verbotenen Geschichten unter der Decke. Kein einziges Mal kitzelte mich die Versuchung einer Schnur mit Würsten in der Nase, die über der Waschmaschine aufgehängt waren und einmal im Jahr aus einem Dorf bei Lugo kamen, obwohl der Pudel des Nachbarn aus der Wohnung über uns herunterkam, um sie zu betrachten, und wenn es ihm gelang, sich durch unsere Unachtsamkeit in die Wohnung zu schleichen, eine gute Weile blieb und vor ihnen wie eine gepeinigte Seele heulte. Auch die Rosen konnte ich nicht riechen, die Papa am Tag des heiligen Sankt Georg eigens im Gewächshaus eines Freundes aus der Region Maresme kaufen ging, und dabei bekam ich immer zwei, meine und die von Irene, weil meine Schwester Jahr für Jahr ihre Rose mit einer beleidigten Geste und einer feierlichen Rede zurückwies, in der sie erklärte, dass sie ein Buch erwartete, und Jahr für Jahr bekam sie statt dessen die entsprechende Schimpfe und Strafe. Ich kannte nicht einmal den Lieblingsduft meiner Eltern, den Duft der Pinienwälder, die sich am Mittelmeerstrand an der Costa Brava ausdehnen, wo wir so viele Sonntage beim Essen von Tortilla und Trinken von Sangría verbrachten, in einer Ecke mit guter Aussicht auf ein Stück Strand, wo Irene und ich spielten, indem wir Pinienzapfen von den Felsen ins Wasser warfen, während unsere Eltern die wöchentliche Siesta hielten.

Mein Vater war sehr stolz auf seine Nase, und ich erinnere mich, dass es ihm Spaß machte, mit Irene zu spielen, um die ihre zu verfeinern. Wenn er nachmittags nach Hause kam, ließ er sie oft an seiner Haut und seinen Kleidern riechen, und er fragte sie, wie viele verschiedene gelöschte Brände sie im Verlauf des betreffenden Tags zählen konnte. Denn ein Brand in den Pinien, erklärte er ihr, riecht natürlich ganz anders als der Brand eines Textillagers oder einer Farbenfabrik. Aber Irene ließ sich nicht täuschen und erriet, dass der Rauchgeruch, den mein Vater nach Hause mitbrachte, nicht von einem heldenhaft gelöschten Brand stammte, sondern von den Zigarren, die er und seine Freunde in der üblichen Bar geraucht hatten. Die häufigsten Gerüche, die mein Vater am Ende des Tages mitbrachte, waren die des geteilten Schweißes der Turnhalle, des Joggens auf dem salzigen Strand und der Hunde, die sie zu Rettungshunden ausbildeten. Manchmal jedoch kam er von der Arbeit auch mit dem Geruch nach dem Staub eines explodierten Gebäudes, nach dem Müll, mit dem eine Greisin sich in ihre Wohnung eingeschlossen hatte, nach dem Urin einer aus einem Baum geretteten und nicht unbedingt dankbaren Katze oder nach dem Urin eines auf einen Kran gekletterten Aktivisten, der noch undankbarer war. Irene erriet es immer. Und ich schaute ihnen verwundert zu, als sei dieses Spiel reine Magie oder laufe nach Regeln ab, die man vergessen hatte mir zu enthüllen. Denn ich sah an Papa weder Reste von Rauch noch von Katzen noch von Zigarren, und ich konnte nicht verstehen, wo er sie versteckt hatte. Natürlich waren sie weder in seinen Taschen, noch in seinen Stiefeln noch unter seinem Feuerwehrhelm, wo ich sie vergebens suchte, wenn die beiden des Spielens müde wurden.

Wenn ich durch unsere Straße lief, geriet ich niemals durch die vier Bäckereien in Versuchung, die, wenige Meter voneinander entfernt, mit ihren Süßigkeiten und Schokoladen konkurrierten, um die Kinder von ihrem Schulweg abzuhalten, und die Mütter anzogen mit dem Geruch frisch gebackener Baguettes, knuspriger Bauernbrote aus dem Holzofen und goldener Pinienfladen. Und ich hatte keine Ahnung von der Stärke des Dufts, der aus der immer offenen Tür des Kräuterladens strömte, wo drei alte Drillinge Heilmittel für alle möglichen Leiden anboten, drei Damen mit langen grauen Haaren und weißen Schürzen über ihren Röcken. Uns Kindern aus dem Viertel machte es Spaß, ihnen Streiche zu spielen, um zu sehen, ob die drei gleichen Alten uns *unisono* anschreien würden. Mehr als einmal verfolgten die drei uns ein gutes Stück die Straße hinunter, und noch viel öfter in meinen kindlichen Albträumen.

Meine Nase nahm nichts wahr, als wir nach der Geburt meiner Schwester Meritxell aus der Klinik zurückkamen. Und auch als Papa nur ein paar Monate später starb, bemerkte ich weder einen vertrauten noch einen fremden Geruch; nicht im Haus, auch nicht auf der weiten Reise nach Galizien, wohin wir fuhren, um ihn in seinem Dorf zu beerdigen, oder in dem von Kastanien umgebenen Bauernhof meiner Großeltern. Von der Beerdigung, die an einem Aprilmorgen auf einem kleinen Dorffriedhof stattfand, von dem ich nichts riechen konnte und auf dem niemand viel reden wollte, erinnere ich nur Farben. Ich erinnere mich an die Trauerkleidung der Verwandten und Freunde, der vielen Leute, die ich nicht kannte, und an die Kleider, die Mama für mich und meine Schwestern schwarz gefärbt hatte. Es war seltsam, Irene in Schwarz zu sehen, und mehr noch Meritxell, die ja noch ein Baby war. Und ich erinnere mich, dass mitten in der Predigt des Pfarrers plötzlich ein Gewitter losbrach, das auch den Himmel schwarz färbte, und daraufhin alle Anwesenden anfingen, hastig ihre Schirme herauszuholen und sie unter nervösen Bewegungen und Gemurmel zu teilen; dass über der Trauerkleidung ein Schirm nach dem anderen aufging in Grün, Lila, Rot, Blau und Gelb, und eine alte Frau mit ihrem rosa Schirm den Priester schützte, wie die Blumenkränze das Schwarz des Sargs bedeckten.

Nach Hause zurückgekehrt weinte Mama eine ganze Stunde vor der Waschmaschine, die gefüllt war mit den Leintüchern des geteilten Betts, und danach entschied sie, die schmutzige Wäsche, die er in dem Korb gelassen hatte, nicht zu waschen. Sie nahm seine schmutzigen Hemden und Hosen, seine Uniform, seinen Schal, den Pyjama, den er in der letzten Nacht getragen hatte, ehe er früh zur Arbeit aufbrach, legte sie sorgfältig zusammen und bewahrte sie in einer Schublade des Schrankes auf. Viele Tage lang war das Erste, was sie jeden Morgen beim Aufstehen tat, dass sie diese Schublade öffnete, und es war das letzte, was sie jede Nacht tat, ehe sie sich allein ins Bett legte und zu schlafen versuchte. Sie war verzweifelt bemüht, seinen Geruch nicht zu verlieren, der das letzte war, das von ihm im Haus zurückgeblieben war, nachdem sein Anblick und seine Stimme oder das Geräusch seiner Schritte verschwunden waren. Irene protestierte sanft, sprach von mentaler Hygiene und davon, man solle nicht Altäre aus alten Kleidern errichten, man solle die Luft hereinlassen. Mama schwieg und klammerte sich an seine Hemden. Und ich sah zu, ohne etwas zu verstehen.

Alle diese Dinge spielten sich vor meiner Nase ab, ohne dass ich sie hätte wahrnehmen können. Meine Erinnerung ist frei von Gerüchen, erbaut nur aus Bildern, Wörtern, Tönen, Berührungen, Gefühlen. Es gibt keine Gerüche, die Erinnerungen meiner Kindheit wachrufen könnten. Ich kenne nicht den Geruch der Personen, die ich liebe. Und natürlich habe ich auch niemals mich selbst gerochen. Wenn der Geruch jedes Körpers der Name ist, den die Natur ihm verleiht, um ihn einzigartig und unverwechselbar zu machen, damit alle ihn erkennen und durch ihn unterscheiden, dann erkennen mich alle an etwas, von dem ich nicht weiß, was es ist. Es muss ähnlich sein, wie wenn ich den Klang meiner eigenen Stimme nicht kennen würde.

Während des größten Teils meiner Kindheit verstand ich nicht, was sich abspielte. Für jemanden, der niemals einen Geruchssinn hatte, besteht das Schwierigste darin, sich darüber klarzuwerden, was ihm fehlt. Die einzig klare Fährte waren einige Wörter, deren Bedeutung sich meinem Verständnis entzog: Parfüm, Duft, Aroma, Gestank, Mief ... waren Wörter, die ich auf keinen bekannten Gegenstand beziehen konnte, die nichts benannten, was in meiner Erfahrung der Welt existierte. Gleichzeitig aber traten diese Wörter immer gebunden an Dinge auf, die ich durchaus wahrnahm, denn sie wurden verwendet, um vom Kaffee zu reden, von den Sardinen, die mein Vater manchmal zum Frühstück briet, von den Rosensträuchern, die Mama auf dem Balkon zu ziehen versuchte, oder von einem Pinienwald, der friedlich bis zum Strand hinunter wuchs. Und ich konnte durchaus den kleinen Schluck Kaffee trinken, der mir sonntags erlaubt war, mit drei Würfeln von braunem Zucker, die ich mit dem größtmöglichen Lärm in der Tasse umrührte, und ich konnte mich durchaus damit vergnügen, die Gräten der Sardinen abzulecken, wie ich mich unvermeidlich wieder an Mamas Rosen ritzen oder durch die Pinien klettern und mit zerrissenen Hosen nach Hause zurückkehren konnte. Wie konnte ich wissen, dass ich etwas verpasste? Schließlich gab es noch mehr Wörter, die Dinge bezeichneten, die ich nicht sehen konnte, denn die Erwachsenen redeten auch von der Seele einer Person oder vom Geist eines Buchs, so dass ich eine Zeitlang glaubte, dass *Parfüm* und *Seele* ähnliche Wörter waren, die etwas benannten, das sich den körperlichen Sinnen entzog, oder vielleicht nur etwas Besseres ersehnten als das, was wir wahrnehmen können, oder vielleicht nur Metaphern waren so wie jene, die wir in den Literaturstunden in der Schule untersuchten.

Unter diesen Gegebenheiten hatte ich wohl eine etwas ungewöhnliche Sozialisation. Unter meinen Schulkameradinnen genoss ich einen besonderen Ruf, weil ich die unbestrittene Königin der Stinkbombenkriege war, die in der Pause ausgetragen wurden und aus denen ich als Siegerin hervorging, ohne zu wissen, dass ich nichts getan hatte, um das zu verdienen. Oft jedoch verstanden die anderen meinen eigentümlichen Geschmack nicht. Ich war die einzige, welche die Prinzessin, welche es in jeder Klasse gibt und die in meiner Klasse Miramar hieß, weder bewunderte noch beneidete. Über die blaugrauen Uniformen hinaus, in denen wir uns, wie die Nonnen hofften, alle als gleich betrachten würden, suchte unsere kleine Prinzessin nach Möglichkeiten, ihre Überlegenheit gegenüber den anderen zu demonstrieren, und sie tat das gewöhnlich mit einigen Tropfen des sehr teuren französischen Parfüms ihrer älteren Schwestern, passend zu den Ohrringen und Armreifen, die sie sich von ihnen ausgeliehen hatte. Dass dies alles zu groß für sie war, spielte keine Rolle, denn es schien anzukündigen, dass sie früher als die anderen erwachsen werden würde. Meine Mitschülerinnen und Mitschüler lechzten nach diesen Parfümtropfen, und sie gerieten noch mehr ins Schwärmen, wenn Miramar montags mit schmutzigen Reiterstiefeln in der Klasse auftauchte und Pferdegeruch um sich verbreitete. Jedes Mal, wenn sie mit ihren Stiefeln kam und Parfüm verströmte, genügte das bloße Einatmen dem Rest der Klasse, um von Villen und Feiern in luxuriösen Gärten zu träumen, und dann wollten alle Freundschaft mit der Prinzessin schließen und ließen sie die Hausaufgaben abschreiben und betrogen für sie in den Prüfungen. Ich glaube, dieses Mädchen hat seine Schulausbildung letztlich dank der schmutzigen Stiefel und dem Parfüm seiner Schwestern bekommen. Ich war die einzige, auf die sie nicht die geringste Wirkung ausübte, denn meine unempfindliche Nase ließ sich nicht erobern, und ich nahm auch nicht den geringsten Schein des angeblichen Zaubers jenes kleinen Mädchens wahr. Gleichzeitig verstand ich ebenso wenig die allgemeine Verachtung, die meine Mitschülerinnen gegenüber Margarita Barranco zeigten, einem mickrigen, aber herzlichen und lustigen Mädchen, das gerade mit seiner Familie von einem Dorf gekommen war und von der alle sagten, dass sie stank, dass sie nach den Kaninchen und der Ziege roch, die ihre Eltern auf einer Dachterrasse hielten.

Sogar die Nonnen schimpften sie aus wegen ihres schlechten Geruchs. Ich bestand darauf, dass sie während der Pause mit uns spielte, und ich blieb die Einzige, die sie verteidigte. Ich erinnere mich noch, dass ich meine Freundinnen fragte, wo das Problem sei. Und fragte, wenn beide nach Tieren rochen, warum es einen so großen Unterschied bedeutete, ob man nach Pferd oder nach Ziege roch.

Für mich stank keine Person, wie mich auch keine mit dem teuersten Parfüm bezauberte. Ich habe niemals über jemanden ein Urteil aufgrund seines Geruchs gefällt, und ich fürchte, ich werde nie in der Lage sein, es zu tun. An dem Tag, an dem ich dem alten Mann aus dem zweiten Stock half, die Einkaufstaschen hinaufzubringen, und Irene mich dabei erwischte, wie ich mich mit einem Kuss auf die Wange von ihm verabschiedete, und mir verbot, mich jemals wieder jemandem zu nähern, der nach Urin und Alkohol stank, glaubte ich noch, das Wort »Gestank« sei nichts mehr als eine Metapher. Später bat mich Irene, ich möge mich wie alle Welt auf meine Nase verlassen und solle mich nicht Leuten nähern, die schlecht rochen. Und ich stimmte zu, ohne zu verstehen, was genau ich denn mit meiner Nase machen sollte.

Als ich schließlich zu vermuten begann, dass die Gerüche *wirklich* existierten, dass sie etwas Physisches waren, das sich mir entzog, fühlte ich mich darüber, dass ich auf die Dinge stieß und die Wörter nicht verstand, so desorientiert, dass ich nicht wusste, woran ich mich mit Sicherheit festhalten konnte. Ich brauchte Wochen, ehe ich mich ängstlich, mit leiser Stimme, zu sagen traute, dass ich keinen Geruchssinn habe, aber dann waren es die anderen, die zu lange brauchten, um mich zu verstehen. Bis meine Familie und ich das Problem erfassten, war ich schon elf Jahre alt.

Da ich niemals gerochen habe, habe ich nicht die geringste Kenntnis, worin die Erfahrung des Riechens besteht und worin sie den anderen Sinneseindrücken gleicht und worin sie sich von ihnen unterscheidet. Ich weiß nicht, auf welche Weise sich die Gerüche untereinander unterscheiden oder wie sie es ermöglichen, die Dinge zu erkennen, ehe man sie sieht. Welche Arten von Lust sie hervorrufen oder bis zu welchem Punkt sie die Nase irritieren können.

Ich kann es mir nur vorstellen. Und seit jenem Winter, in dem ich elf war, stelle ich mir die Gerüche immer auf dieselbe Weise vor. Ich stelle mir vor, dass die Dinge nicht in der Form daherkommen, durch die sie definiert sind, auch nicht in dem Raum, den sie einnehmen. Von ihnen allen, seien es Mineralien, Pflanzen, Tiere, Personen, Gegenstände, Orte, von ihnen allen strömen feine Bänder von Farben aus, die leicht in der Luft wallen, von Tausenden von unterschiedlichen Farbstufen und Intensitäten. Sie sind wie Lamettafäden oder wie Girlanden auf Volksfesten, oder wie die Schleifen in Irenes Haar. Sie lösen sich von allem, solange es existiert, wie Schwaden von Farben ab, Bänder, die in der Luft tanzen. Und sie transportieren die Dinge weit weg von sich.

Diese äußerst langen und feinen Bänder wallen in der Luft, dehnen sich weithin aus, und sie fallen in alle Nasen ein, denen sie begegnen. Jede Nase ist ein Fenster, das immer offenbleibt, sei ihr Eigentümer wach oder im Schlaf, aufmerksam zum Riechen oder abgelenkt. Die Bänder dringen durch seine Nase ein, ohne um Erlaubnis zu bitten oder sich anzumelden, und sie gelangen bis in die tiefste Region des Gehirns, bis in jene primitive Zone, die wir mit den Tieren teilen. Hier streifen sie die Saiten der Empfindungsfähigkeit und entfesseln, indem sie sie zum Vibrieren bringen, Gefühle, Sympathien, Ängste, Hass und Lust. Von hier aus leiten sie die Wünsche und Entscheidungen. Von hier aus warnen sie vor Gefahren, vor Fäulnis oder Feuer. Sie ermöglichen die Wiedererkennung von Personen, und sie orientieren in der Auswahl von Freunden und Geliebten. Sie wecken den Hunger, die sexuelle Anziehung, den Wunsch zu schlafen oder zu träumen, schenken Frieden, rufen Zorn hervor oder Ekel oder Schrecken. Es handelt sich jedoch nicht um eine momentane oder vorübergehende Erfahrung. Denn wenn die Gerüche einmal in die tiefste Stelle des menschlichen Wesens eingedrungen sind, verknoten sie sich dort drinnen wie Schleifen und binden sich an das Gedächtnis. Und so genügt es, eine Sache nur einmal zu riechen, um für immer vermittels der Erinnerung an sie gebunden zu bleiben. Und es genügt, sie nochmal zu riechen, um sie von neuem zu hassen oder zu lieben. Die Schleifen der Gerüche binden die Personen an alles, was sie gerochen haben. Sie binden die Personen an Orte, Pflanzen, Tiere, Nahrungsmittel, Parfüms. Sie binden die Personen aneinander.

Nichts gelangt so in die Tiefe noch haftet es so fest. Als mein Vater starb, war es sein Geruch, der als letztes verschwand, viel später als sein Bild oder die Töne seines Körpers. Und sogar heute braucht meine Mutter nur die Pinien auf den Ufern des Mittelmeers zu riechen, die beide liebten, oder die Zigarren der Marke, die er rauchte, oder die Sardinen zur Frühstückszeit, und sofort wird ihr Blick feucht und ihr ganzes Gesicht, auf eine Weise, wie es niemals passiert, wenn sie die Fotoalben durchblättert oder seine Stimme auf dem Band der Kassette hört, die Irene und ich aufgenommen hatten, während er uns unsere Lieblingsgeschichten vorlas.

Deswegen, weil ihre Bindungen das ganze Leben bestehen bleiben, glaube ich, dass die Gerüche eine Macht der Natur sind, die dazu bestimmt ist, die Welt zusammenzuhalten, so dass jeder ihrer Teile geeint und geordnet ist, und jede ihrer Veränderungen versponnen ist mit den Fäden der Erinnerung. Wie eine Art von Schwerkraft. Denn die Gerüche binden an diese Welt, an das Leben, an die Erde. Sie binden an Nahrungsmittel, Betten, fremde Körper. Sie binden dich an die Wirklichkeit. An die Arbeit, an die Affekte, an die Pflichten und Vergnügungen, die Ängste und Verstecke. An die Jahreszeiten. An die Bäume, die du gepflanzt hast, die Häuser, in denen du gewohnt hast, die Wege, auf denen du gegangen bist, die Lieblingsbücher, die alte Gitarre, das Gebäck der Großmutter, die Kindheit. An das Zuhause. An die Deinen. Sie sind das Tiefste unserer Biologie, was uns in dem mehr animalischen, archaischen Leben verwurzelt. Diese Bänder, die aus allen Dingen entströmen, um die Personen zu binden, sind die unsichtbaren Wurzeln des Lebens selbst. Der Schlüssel der menschlichen Treue.

Diese Bindungen entstehen weit unterhalb der Schwelle des Bewusstseins. In ihrer Mehrzahl stellen sie sich ein, ohne von denen wahrgenommen zu werden, die sie binden, und selbst wenn man die Bänder, die sich an die Wünsche geheftet haben, erahnen kann, kann man sie niemals losbinden. Sie lassen sich weder wählen noch zurückweisen. Daher binden sie mit einer Macht, auf welche die willentlichen und rationalen Entscheidungen nur neidisch sein können. Die Freiheit, die wir immer von unserer Vernunft erwarten, erweist sich als zu oberflächlich, um den Bindungen zu widerstehen, die in den Tiefen der Person selbst stattfinden, wohin nur der Geruch vordringt.

Doch je mehr ich auf die Macht der Gerüche aufmerksam werde, umso größer ist das Erstaunen, das ich gegenüber meiner Nase empfinde. Wir, die wir nicht riechen können, sind unbeeindruckt von den Bändern, die die Welt zusammenhalten, wir sind für sie nicht erreichbar. So sehr sie sich anstrengen, uns verfolgen, sich uns von allen Seiten nähern und zu verführen, zu reizen oder zu erschrecken versuchen, indem sie um unsere Körper schweben, sie haben von vornherein verloren. Sie können uns auf alle Bälle einladen, da wir nicht einmal die Einladung hören können. Unsere Nase ist ein geschlossenes Fenster, das nichts öffnen kann. Die Bänder der Gerüche können sich niemals an uns heften, nichts bindet uns an die Erde. Ich denke, wir sind wie Luftballone, die den Kindern davonfliegen und die niemand einfangen kann.

Daran liegt es, dass wir verträumter sind und geistesabwesender, mehr Luftwesen. Als ich klein war, war ich es leid, wenn meine Mutter mich anschrie, ich solle endlich einmal vom Mond herunterkommen. Ich antwortete immer, dass man sich auf dem Mond sehr wohlfühlt, dass ich es vorziehe, die Erde von oben zu sehen. Ein andermal schrie sie, ich solle vom Feigenbaum heruntersteigen. Das kam mir sehr seltsam vor, denn mein Nachname war Higuera (Deutsch: Feigenbaum, Anm. d. Ü.), so dass ich nicht richtig verstand, von wo ich heruntersteigen sollte. Auf jeden Fall zog ich es vor herumzuflattern. Ich bin reich an Phantasie, eine Bewohnerin supralunarer Welten. Immer träume ich im Wachen. Denn kein Geruch kann mich erfassen, an mir ziehen und bewirken, dass ich in die reale Welt hinabsteige.

Wir sind ein wenig weiter weg von allen Dingen, und wir sind ein wenig gleichmütiger, distanzierter und ruhiger. Man hat uns ungebeten eine merkwürdige Seelenruhe geschenkt. Wir brauchen uns nicht vergeblich anzustrengen, einen zu sehr animalischen Sinn in uns selbst zu beherrschen.

Natürlich ist meine spezielle Philosophie über all diese Dinge keine wissenschaftliche Theorie, sondern nur die Art und Weise, in der ich mir die Gerüche vorstelle und ihre Abwesenheit verarbeite, die Art und Weise, in der ich sie mir vorzustellen begann in jenem Winter, in dem ich elf wurde, und die Art, in der ich das weiterhin bis auf den heutigen Tag tue.

So sind für mich die Gerüche nur etwas, das ich mir vorstelle und wovon ich träume und wonach ich mich manchmal sehne. Jedoch gab es eine Zeit, zu Anfang, als ich verstand, dass ich keinen Geruchssinn habe, in der ich verzweifelt wünschte, meine Nase zu heilen. Eine Zeit, in der ich ein Mittel suchte, das mich heilen würde, das mir ermöglichen würde, zu riechen wie die anderen, zu sein wie die anderen, und in der ich Idiotin glaubte, dieses Mittel gefunden zu haben. Es geschah während des Sommers meines elften Lebensjahrs, in dem der beste Freund meiner Kindheit anbot, mir zu helfen. Gemeinsam unternahmen wir unsere Reise auf der Suche nach der ersehnten Medizin, und um ein Haar hätte dabei nicht nur ich die Nase, sondern wir beide das ganze Leben verloren. Genau zwanzig Jahre sind seither vergangen. Ich erinnere mich nicht gern daran, denn ich kann es nicht tun, ohne mich erneut zu bedauern. Ich weiß, dass jener Sommer bis heute fortdauert, meine Gegenwart trägt, doch die Erinnerung an ihn hat sich nicht in etwas Vertrautes verwandelt, ich habe nicht zugelassen, dass sie es tut. Ich ziehe es vor, nicht den Blick auf jene Zeit zu fixieren, in der ich zu viele Dinge entdeckt und zu viele andere Dinge verloren habe und in der sich alles für immer verändert hat. Doch heute haben sie mich gebeten, mich zu erinnern und alles zu erzählen, und zum ersten Mal dachte ich, ich sollte es tun.

Es ist eine kalte Nacht dafür, dass es Frühling ist. Ich bin allein in meiner kleinen Mansarde gegenüber dem Strand. Auf meiner Terrasse, umgeben von Blumentöpfen voll Lavendel, den ich nicht riechen kann, Mispeln, Erdbeersträuchern und Kirschbäumchen, die in riesigen Töpfen wachsen, betrachte ich ein Meer, das mir eine Brise ohne Gerüche bringt. Es ist derselbe Strand, an dem meine Kinderspiele aufhörten, solche zu sein.

Vor einer Weile haben meine Schwestern und ich in der Wohnung meiner Mutter, in der keine von uns mehr lebt, zu Abend gegessen. Mama hat, wie sie es gern tut, ein üppiges Essen für ihre drei Töchter zubereitet, und für den Mann und die drei Kleinen von Irene, was uns allen hilft, uns von einer schlechten Woche zu erholen, voll von ermüdenden und traurigen Ereignissen. Und da, während des Essens, geschah es, dass Irene es nicht lassen konnte, den anderen aufgeregt die große Neuigkeit zu erzählen. Dass mir zufällig, mitten in diesen Tagen von Chaos und Spannungen, in dem Radiosender, in dem wir beide als Journalistinnen arbeiten, mein Kindheitsfreund wiederbegegnet ist, der Freund, der in jenem Sommer, als wir elf waren, mit mir gemeinsam versuchte, meine Nase zu retten. Ich hatte nie wieder etwas von ihm gehört, und ihn in jenen schweren Tagen auf vollkommen unerwartete Weise wiederzutreffen, ließ mich verstummen. Irene musste für mich erzählen. Mama hat mit ihr die Pforte der Erinnerungen geöffnet, und sofort fingen die Kleinen von Irene an, nach den Fetzen einer Geschichte zu fragen, die sie nicht kannten und in der sie faszinierende Abenteuer zu erahnen glaubten. Ihre Fragen sammelten sich in meinen Ohren an. Wie hast du deine Nase zu kurieren versucht? wiederholten sie aufgeregt, wie hast du dich auf die Suche nach einer Heilung begeben? Und warum hat es nicht funktioniert? Und warum hast du sie um ein Haar verloren? Und warum ist die Großmutter so sehr erschrocken? Irene bittet mich, dass ich es erzähle, sagt, es würde uns allen guttun. Dass es vielleicht gerade ein Heilmittel gegen die Leiden und Ermüdungen dieser Woche sei. Ich kann es nicht tun. Mein schweigendes Gesicht spiegelt sich im Glas eines der Fotos, die an der Wand hängen. Es bin ich als Kind, mit meinem Freund, hüpfend am Strand, ein Foto, das Irene vor zwanzig Jahren aufgenommen hat. Zwei verrückte Kreaturen an einem Ferientag. Sie besteht darauf. Erinnerst du dich an das Buch, das dich während dieses Sommers begleitet hat, sagt sie, *Tausendundeine Nacht*, in jener so hübschen Ausgabe für Kinder, es muss immer noch irgendwo hier herumliegen, und sie steht auf, es zu suchen, und stellt das halbe Haus auf den Kopf, bis sie es findet. Sie zeigt es mir. Nach zwanzig Jahren sehe ich es wieder. Aber ich will es nicht nehmen, auch nicht öffnen. Ihre Kinder raufen sich um das Buch. Das Buch, das mein Reiseführer war in jenem Sommer. Irene bittet mich. Erzähl' uns, bitte, erzähle, was geschehen ist. Doch ich kann nicht, kann einfach nicht. Dann schreib' es auf, sagt sie zu mir. Schreib' es auf, für dich, für uns alle. Geh' nach Hause und schreib' es diese Nacht.

Und hier bin ich nun. Gegenüber dem Meer. Mit weißem Papier. Nein, bis hierhin zu kommen, war nicht so schwierig, gewiss nicht. Wird es schwierig sein weiterzumachen? Wie hat alles begonnen? Natürlich gab es einen Anfang. Einen ersten Tag. Den Tag, an dem mein Ritus des Übergangs, mein eigentlicher Initiationsritus stattfand, der Beginn einer großen Tragikomödie. Ja, ich erinnere mich an ihn. Es war ein heißer Nachmittag in den ersten Maitagen 1983. Damals hat alles angefangen.

2. Kapitel

Alles begann während der Siesta. Ich segelte über ferne Meere zusammen mit Sindbad dem Seefahrer, meinem Märchenhelden. Ich träumte von kristallklarem Wasser und Horizonten von Inseln und Palmwäldern. Ich träumte und war glücklich. Und plötzlich weckte mich das Chaos. Man schlug gegen die Tür, Fenster wurden mit Gewalt geöffnet und prallten gegen die Wände, im ganzen Haus Gerenne, in der Küche kippten Töpfe um, ein Durcheinander von alarmierten Worten, die Panik in der Stimme meiner Mutter, und meine kleine Schwester, die in Weinen ausbrach. Inmitten des Lärms konnte ich heraushören, dass sie meinen Namen riefen:

»Helena! Helena!«

Ich erhob mich ärgerlich von meinem Bett und verließ das Zimmer, wobei ich mich räkelte und die letzten Reste der unterbrochenen süßen Siesta von mir abschüttelte. Ich wollte fragen, wozu der ganze Lärm und das Durcheinander, jedoch verschluckte ein Gähnen meine Worte. Die Fenster waren weit aufgesperrt, und die erdrückende Maihitze strömte ins Haus. Meine Mutter lief auf mich zu, und hinter ihr erschien Irene mit der weinenden kleinen Meritxell auf dem Arm.

»Helena, mein Kind, geht es dir gut?«

»Ich schlief gerade«, protestierte ich.

»Ist dir schlecht, tut dir etwas weh?«

»Ich habe nichts.«

»Heilige Jungfrau, was für ein Schreck!«

Meine Mutter zog mich mit Gewalt an sich und drückte mir einen Kuss auf die Stirn.

»Welche Erleichterung! Mein Kind, mein Schatz!«

Und auf der Stelle verpasste sie mir eine schallende Ohrfeige.

»Aber was habe ich denn getan? Wenn ich doch im Schlaf war …«

»Das würde *ich* gerne wissen, was zum Teufel du gemacht hast. Du hattest das Gas geöffnet, das ganze Haus stinkt nach Gas, du hättest ersticken können, du hättest eine Explosion verursachen können. Kaum lassen wir dich einmal kurze Zeit allein, und schon machst du das Haus scharf.«

»Du darfst nicht mit dem Gas spielen«, schimpfte Irene. »Du weißt nur zu gut, dass es gefährlich ist.«

»Ich habe nicht gespielt«, verteidigte ich mich. »Ich habe mir nur ein paar Crêpes zum Mittagessen gemacht. Mit Marmelade, sie waren sehr lecker. Möchtet ihr, dass ich euch welche mache?«

»Und warum hast du das Gas nicht ausgeschaltet?«

»Ich habe es nicht bemerkt.«

»Wie konntest du das nicht bemerken?« schrie meine Mutter. »Wenn das ganze Haus nach Gas stank, als ob es gleich explodieren würde.«

»Ich habe nichts bemerkt«, wiederholte ich. »Ich habe euch schon oft gesagt, dass ich all das mit den Gerüchen nicht wahrnehme, aber ihr beachtet mich ja nicht.«

Meine Mutter verstummte und blieb sprachlos.

Irene stimmte zu.

»Helena, Schatz, ja, du hast es wirklich neulich gesagt, aber du erfindest so viele Geschichten, dass wir nicht mehr wissen, was Lüge und was Wahrheit ist. Du hast uns letzte Woche auch gesagt, dass du alles in grüner Farbe siehst, und am Samstag hast du geschworen, dass du mit deinem Freund Raúl den Schatten getauscht hast und jetzt den Schatten eines Jungen hast. Wenn du uns nach all dem erzählst, dass du keinen Geruchssinn hast, dann ist das wie die Geschichte von Peter und dem Wolf, verstehst du? Dem das, als der Wolf wirklich kam, keiner mehr glaubte.«

»Ja«, protestierte meine Mutter, »erzähl du ihr noch mehr Märchen, gib ihr noch mehr Ideen. Weil ihr ja nur so wenige einfallen ...«

»Ich wollte nur die Situation mit einer Metapher veranschaulichen. Und da es um Märchen ging, dachte ich, dass ein Märchen die beste Metapher sei.«

»Irene, tu mir den Gefallen und rede mit deiner Mutter wie eine Tochter und nicht wie eine widerborstige Besserwisserin.«

»Ich versuche nur, die Dinge nach Hause zu bringen, die ich in der Universität lerne.«

»In der Universität mach‘, wozu Du Lust hast, aber in meinem Haus rede ordentlich. Deine Bücher kommen mich ziemlich teuer dafür, dass du sie mir obendrein vorträgst.«

»Gut, und was möchtest du gern? Dasselbe Geld bezahlen dafür, dass ich weiterhin einen so beschränkten Wortschatz habe wie du?«

»Würdet ihr mich vielleicht einmal beachten?«, unterbrach ich sie. »Ich habe euch doch gesagt, dass ich nicht rieche.«

»Was für ein Unsinn«, antwortete meine Mutter verächtlich. »Wie wirst du denn nicht riechen?«

Sie packte mich an der Hand, zog mich in die Küche, und dort befahl sie mir, den Gashahn einer der Herdplatten zu öffnen. Ich gehorchte.

»Sag nicht, dass du das nicht riechst.«

»Aber ich rieche es nicht.«

»Halte die Nase näher dran!«

»Ich rieche überhaupt nichts.«

Meine Mutter schaltete das Gas aus, während sie mir einen gebieterischen Blick zuwarf, der nichts Gutes vorhersagte. Sie war überzeugt, dass ich sie täuschte, und sie war nicht bereit nachzugeben, ehe sie mich entlarvt hatte. Sie setzte mich an den Küchentisch und gab mir eine Flasche Reinigungsmittel.

»Riech!«, befahl sie.

Ich litt so sehr unter der Schimpferei und war so voll Angst vor der Strafe, die am Ende außerdem noch auf mich niedergehen würde, dass ich mich beeilte zu gehorchen. Ich steckte die Nase in die Flasche und atmete ein, so heftig ich konnte. Ich überschwemmte die Lungen mit Luft, wobei ich so viel Geräusch wie möglich machte, und suchte den verdammten Geruch mit meiner Nase, mit dem Rachen, ich öffnete die Flasche, um einen weiteren Schluck zu verschlingen, ich versuchte es mit der Zunge zu schmecken, mit den Lippen einzufangen, es zu kauen. Aber wie immer kam die Luft in mir völlig sauber, transparent, ohne irgendein Signal an, ohne irgendeine Botschaft, die ich hätte entziffern können.

»Was riechst du?«, fragte meine Mutter.

»Nichts.«

»Würdest du bitte richtig einhauchen?«

»Einatmen, Mama«, korrigierte Irene, die uns mit einer Mischung aus Neugier und Belustigung von der Tür aus zusah.

»Stärker, mit Lust.«

Ich atmete erneut ein, mit allen meinen Kräften. Ich fasste meine Nase mit den Fingern, versuchte sie zu öffnen, damit mehr Luft hineinkäme. Doch es half nichts. Ich atmete immer wieder ein, bis ich mich verschluckte und einen Hustenanfall bekam. Für einen Moment glaubte ich, dass ich an so viel Husten ersticken würde, die Augen tränten mir, aber meine Mutter ließ sich nicht erschüttern.

»Hast du etwas gerochen?«

Ich verneinte mit dem Kopf.

»Du wirst erkältet sein. Putze dir die Nase und versuch' es noch einmal!«

»Ich habe nie etwas gerochen.«

»Du wirst nicht deine Mutter anlügen, nicht wahr?«

»Ich lüge bestimmt nicht.«

Sie zog sich einen Schuh aus und pflanzte ihn mir ins Gesicht.

»Mama«, empörte sich Irene, »deine Schuhe stinken nach Schweiß, ihr wird übel werden.«

»Das will ich gerade, damit wird sie nichts vortäuschen können. Atme und sage mir, was du bemerkst.«

Ich füllte mich wieder mit Luft an.

»Ich weiß einfach nicht, was es ist, das ich bemerken soll«, wagte ich mit dem Schuh vor dem Gesicht zu sagen, »ist es wie eine Musik, die durch die Nase hereinkommt?«

»Was für eine Musik, was für ein Unsinn!« explodierte meine Mutter und warf den Schuh auf den Boden. »Du musst einen schlechten Geruch bemerken, zum Teufel!«

»Aber nein.«

»Weil du dich nicht anstrengst, weil du nicht den guten Willen hast. Du bist selbst zum Riechen zu faul«.

»Mama«, protestierte Irene, »strengst du dich an, um zu riechen?«

»Bei mir geht das von Natur aus, aber dieses Geschöpf ist zu geistesabwesend. Immer ist sie auf dem Mond.«

»Aber ich strenge mich doch an, mir tut die Nase weh vom vielen Einatmen, aber ich weiß einfach nicht, wie die Gerüche sind. Erkläre es mir.«

Meine Mutter blieb sprachlos. Irene grinste, zunehmend belustigt.

»Also: Die Dinge sondern bestimmte chemische Partikel ab, die ihr Geruch sind, und diese Partikel färben die Luft ein.«

»Mit Farben?«

»Nein, mit Gerüchen. Man nimmt sie wahr beim Einatmen.«

»Ich bemerke nichts. Sind sie wie Geräusche?«

»Genau genommen nicht, aber du kannst sie dir so vorstellen. Sie sind Merkmale der Identität der Dinge, durch die du sie erkennen kannst und niemals vergisst.«

»Und sind sie in der Luft?«

»Sie sind in deiner Umgebung, sie schweben überall umher.«

Ich schaute scharf hin, aber ich sah nichts schweben. Ebenso wenig hörte ich etwas Besonderes. Ich hob die Hände, versuchte etwas zu tasten, das in der Luft schweben könnte. Schließlich schnüffelte ich wie die Hunde, aber ich wusste schon, dass es nichts nützen würde. Meine Mutter versetzte mir eine Kopfnuss.

»Jetzt reicht es mit der Komödie«, schrie sie.
Ich atmete ein und bekam einen Anfall von Schluckauf.
»Mama, es ist ganz klar«, argumentierte Irene. »Wenn Helena nicht umkippte, als sie deinen Schuh vor der Nase hatte, dann deshalb, weil sie weder etwas vortäuscht noch geistesabwesend ist. Sie hat einfach keinen Geruchssinn.«
»Hicks«, sagte ich.
»Was wird sie keinen Geruchssinn haben?« – erhob meine Mutter ihre Stimme so sehr, dass ich erschrak. – »Eine meiner Töchter ohne Geruchssinn? Was für ein Blödsinn!«
»Ich glaube nicht, dass es sich um einen Schabernack handelt, sie weiß, dass das Gas gefährlich ist«, insistierte Irene.
»Ich kenne niemanden, der nicht riechen kann.«
»Hicks.«
Meine Mutter nahm ihre Lesebrille und setzte sich vor mich. Sie packte meinen Kopf mit beiden Händen, näherte ihr Gesicht an meines, ihre Nase an meine, und sah mich fest an. Sie tastete meine Nase mit ihren Fingern ab und untersuchte sie in allen Teilen. Ich wusste nicht, ob sie mich sah oder mich roch, aber es erschreckte mich, sie so nah zu sehen, ihre riesigen Augen durch die dicken Gläser zu sehen, ihre Nase durch die Nähe verformt, plattgedrückt gegen meine. Ich versuchte mich zu befreien, aber sie hielt mich nur noch stärker fest; ich wollte auf die andere Seite sehen, aber ihr Gesicht füllte mein ganzes Blickfeld aus, ich konnte nicht aufhören sie anzusehen, und je mehr ich sie ansah, umso mehr erschreckte es mich, ihre Augen zu sehen, die so hell waren wie meine, meinen eigenen Mund mit schmalen Lippen, dasselbe braune Haar, die dünne Nase ... ich hätte mich im Spiegel ansehen können, es war mein eigenes Gesicht, jedoch verbraucht und erschöpft, mit den ersten Falten über den Lippen und neben den Augen, mit den ersten grauen Strähnen in dem dauergewellten Haar. Es war, als könnte ich mein künftiges Gesicht gegen meines gedrückt sehen. Ich versuchte mich zu befreien, aber sie ließ mich nicht.

»Wie kannst du die Nase verloren haben?« lamentierte sie, ihre Stimme vor meinem Mund. »Wenn wir sie während Generationen von Mutter zu Tochter weitergegeben haben, eine so feine Nase, eine so gute. Wie ist es möglich, dass du sie verloren hast?«
»Hicks.«
Ich nagelte meinen Blick fest, und für einen Moment spiegelten sich meine Augen in ihren wie ein Spiegel im anderen, und ich sah Spiegelungen unserer Augen, der einen in den anderen, bis ins Unendliche. Aber plötzlich waren es nicht mehr ihre Augen und meine. Es waren die Augen meiner Großmutter, meiner Urgroßmutter, meiner Ururgroßmutter und die einer Unzahl von Frauen, die mich alle durch die Augen meiner Mutter ansahen. Die sich alle fragten, wie es möglich war, dass jenes Geschlecht von Frauen mit kenntnisreichen Nasen unterbrochen wurde durch ein Mädchen ohne Nase.

Ich ängstigte mich so sehr, dass ich den Kopf drehte und es mir gelang mich zu befreien. Meine Mutter erhob sich. Sie bewegte sich nervös durch die Küche, wobei sie heftig gestikulierte, zunehmend alarmiert.

»Wenn doch ich eine Nase habe, die mit geschlossenen Augen kochen könnte. Wenn ich mich zum Balkon hinauslehne und euch sage, was sie in jeder Wohnung gerade essen. Wenn ich die Nachbarinnen auf der Treppe treffe und euch das Rezept davon geben kann, was sie eben gekocht haben. Meine Mutter war genauso, und so waren meine Großmutter und meine Urgroßmutter. Wie werde ich eine Tochter haben, die nicht riecht?«

»Hicks.«

»So gut, wie ich euch ernährt habe, mit so viel Gemüse mit Paprikawurst, mit so vielen Dosen mit Vitaminen, und was herauskommt. sind drei Mädchen mit den verschrobensten Defekten?«

»Jetzt dramatisiere nicht«, antwortete Irene. »Linkshänder zu sein ist überhaupt kein Defekt, und der Defekt von Meritxell lässt sich mit einer einfachen Brille beseitigen. Das mit Helena ist in der Tat verschroben, aber es gleicht mehr einem Witz als einer Tragödie.«

»Meritxell ist vier Jahre alt und hat schon ermüdete Augen. Kannst *Du* mir sagen, wann zum Teufel sie ermüdet sind? Und was von dem, was sie gesehen hat, sie ermüdet haben? Das ist wie Manuel, der von der Eisenwarenhandlung, der die neuen Batterien halb verbraucht verkauft.«

»Aber man hat ihr eine Brille gegeben und schon ist es gut, es ist nichts Schwerwiegendes. Und auch das Problem von Helena nicht.«

»Das Problem von Helena soll nicht schwerwiegend sein? Und wenn sie uns alle mit einer Gasexplosion umbringt?«

»Ich frage mich, was man als Todesursache angeben würde«, lachte Irene, – »die tödliche Nase von Helena?«

»Wie lächerlich würden wir uns machen! Was würde die ganze Welt sagen?«

»Hicks.«

»Was für eine Schande«, jammerte Mama. Und sie schien wirklich bedrückt. »Bestimmt würde die Schwester deines Vaters sich vor Lachen schütteln, diese Hexe, die immer schlecht von mir redete.«

»Aber die Tante Pilar ist doch tot, Mama.«

»Das ist es, was mich beschäftigt. Diese üble Hexe starb sofort nach deinem Vater und ließ sich neben ihm begraben. Und ich bin sicher, dass sie ihm andauernd Dinge gegen mich zuflüstert. Wo doch dein Vater so leicht zu beeinflussen ist und so wenig gesunden Menschenverstand ...«

»Mama, sei vernünftig.«

»Dein Vater, dein Vater«, seufzte sie. »Wie wenige Jahre haben wir zusammen verbracht, ich konnte es kaum genießen.«

»Mama, es waren dreiundzwanzig Jahre.«

»Wie wenig Zeit lebte er mit mir, der Geizkragen, aber tot sein, die ganze Ewigkeit wird er tot sein mit der Hexe von Schwester. Ich kann es nicht ertragen.«

»Reg' dich nicht auf.«

»Sie war in ihn verliebt, seine eigene Schwester. Und mich hasste sie auf den Tod, sie versuchte zu verhindern, dass wir heirateten. Und stell dir vor, wie sie ihn mir entriss. Sie starb, um mit ihm zu gehen.«

»Mama, ein Güterzug hat sie überfahren.«

»Bestimmt ließ sie sich überfahren.«

»Wenn sie außerdem in Stücke zerrissen wurde, die man nicht mehr zusammensetzen konnte, wie soll sie dann mit Papa flüstern? Ein Zug mit dreißig Waggons hat sie überfahren, was willst du mehr?«

»Ich fühle mich, als wäre ich Witwe und gleichzeitig gehörnt.«

»Von einem Haufen kaputter Knochen?«

»Gehörnt von meiner Schwägerin. Ein Inzest, heilige Jungfrau.«

»Mama…«

»Irene, ich leide wegen deinem Vater. Glaubst du, wenn einer nach dem Tod sündigt, dann wird das auch mit der Hölle bestraft?«

»Mama, du lässt deine Intelligenz ungenutzt, wenn du Gemüse kochst. Du solltest dich professionell der Theologie widmen.«

»Hör', was ich sage«, und sie ergriff Irenes Hände – »Wenn ich sterbe, will ich, dass sie mich dazwischen begraben, verstehst du? Zwischen den beiden. Wirst du daran denken?«

»Wenn es schriftlich in deinem Testament steht.«

»Und du wirst dich vergewissern, dass es so gemacht wird?«

»Ich gebe dir mein Ehrenwort.«

»Ich habe deinen Vater so sehr geliebt, Irene, ich sehne mich so sehr nach ihm.«

»Ich weiß, Mama, aber es ist schon vier Jahre her, wir müssen lernen, ohne ihn zu leben. Meinst Du nicht, dass es dir guttun würde, mit einem Psychologen zu reden?«

»Psychologen? Die hören dich mit starrer Miene an. Eher würde ich etwas dem Pudel der Nachbarin erzählen, der dich wenigstens ansieht, als würde er etwas verstehen.«

»Aber du warst doch noch nie bei einem Psychologen.«

»Ich bin einmal bei einem gewesen, vor einiger Zeit, als du anfingst mir zu sagen, dass ich ein Trauma im Zusammenhang mit dem Tod deines Vaters habe.«

»Das hast du mir nicht erzählt.«

»Weil es zu nichts führte. Ich habe dem Psychologen erklärt, dass dein Vater mit meiner Schwägerin beerdigt ist und dass ich es nicht ertragen kann, und der Typ sah mit mich mit dem Blick eines Menschen an, der schwer von Begriff ist, und fragte mich immer wieder: ‚Und wie hat er die Knochen?‘ ‚Aber die Knochen verfaulen doch im Grab‘, sagte ich zu ihm. Und er insistierte: ‚Tun sie ihm weh?‘ Und ich antwortete ihm: ‚Wie können sie ihm denn wehtun, wenn sie vermodert sind?‘ Und dann sagte er plötzlich: ‚Ziehen Sie sich aus, damit ich sie untersuchen kann‘. Seit wann muss man sich beim Psychologen ausziehen?«

»Ich weiß nicht Mama. Und was hast du gemacht?«

»Ich sagte ihm, das komme nicht in Frage. Dass ich eine anständige Witwe sei. Ich stand auf und ging.«

»Aber bei was für einem Psychologen warst du denn?«

»Du hast mir gesagt, ich hätte ein Trauma, so dass ich beim Traumatologen des Krankenhauses war.«

»Mama, aber ein Traumatologe ist doch ein Facharzt für Knochen.«

»Warum hat er denn dann eine andere Bezeichnung? Es ist mir egal, wie sie heißen, sie sind alle ein nutzloses Pack.«

»Warum bist du so hart mit den Ärzten?

»Weil sie miserabel essen und die anderen zum schlechten Essen veranlassen.«

»Hicks. Kann ich eigentlich daran sterben, dass ich nicht rieche?«

»Nein, Schatz«, antwortete Irene. »Aber wir müssen dich zum Arzt bringen und herausfinden, was mit dir passiert ist.«

»Zum Arzt? Bloß nicht!« brach meine Mutter aus. »Wie soll ich dieses Geschöpf zum Arzt bringen, um ihm zu sagen, dass sie nicht riecht? Willst du, dass er sich über mich lustig macht?«

»Hicks.«

»Aber es kostet dich doch nichts, Mama, weil du im Krankenhaus arbeitest.«

»Aber gerade deshalb, meine Hübsche, weil ich die Chefköchin des Krankenhauses bin – du wirst sehen, was sie von mir denken werden, wenn sie entdecken, dass meine Tochter ohne Geschmackssinn ist. Es ist schon schlimm genug, dass sie vor mir verlangen, ohne Salz und alles zu kochen. Von mir, der der Speck so gut schmeckt, und die gegrillten Rippchen und der Eintopf mit Paprikawurst, ausgerechnet ich muss gedünsteten Fisch mit Mangold zubereiten. Es ist eine Schande. Wenn deine Großmutter mich sehen würde. Sie bringen mich dazu, das Essen zu verderben, ihm den Geschmack zu nehmen. Wie soll man einen Kranken heilen, wenn man ihm Speisen von Kranken gibt?«

»Vielleicht hat Helena deswegen keinen Geruchssinn entwickelt.«

»Heilige Jungfrau, sag' das nicht. Jetzt sag' mir nicht, dass es eine Strafe ist, das verdiene ich nicht. Es sind die verdammten Ärzte, die mich dazu bringen, ohne Nase zu kochen.«

»Und wenn ich Crêpes mache?« schlug ich zaghaft vor, in der Absicht, den Ausdruck »Arzt« so schnell wie möglich aus dem Gespräch verschwinden zu lassen. »Wir könnten sie mit Eis essen.« Hicks.

»Kaka«, rief da die Kleine.

»Du, die du nicht riechst, kümmere dich um deine Schwester.«

»Am Samstag könnte ich mit ihr zum Arzt gehen«, beharrte Irene.

»Am Samstag bringst du die beiden zum Strand, Punkt, und von diesem Unsinn will ich nichts mehr hören. Ich will kein Geschwätz mehr über Nasen oder Gerüche.«

»Ich will auch lieber an den Strand«, rief ich laut. – »Hicks.« Wenigstens einmal war ich mit meiner Mutter einig.

»Also du denkst nicht daran, etwas zu tun«, folgerte Irene.

»Natürlich nicht. Das sind Dummheiten eines kleinen Mädchens, das wird schon vorbeigehen, wenn sie ihre Periode bekommt.«

»Ja, klar, ich habe auch aufgehört, Linkshänderin zu sein, als ich meine Regel bekam.«

»Kein Wort mehr«, brüllte Mama.

Irene meckerte. Plötzlich schaute sie hoch zur Küchenuhr.
»Wenn wir weiter diskutieren, werden wir zu spät kommen.«
Wir sahen alle vier gleichzeitig auf die Uhr.
»Wir müssen schon gehen«, sprang ich freudig auf, im günstigen Augenblick gerettet. »Mama, du hast versprochen, dass wir dieses Jahr früh gehen und einen guten Platz bekommen. Und außerdem hast du uns Eis versprochen. Und für mich Sahneeis.«
»Auf, dann beeilt euch mit Anziehen.«
»Und du hast uns noch was anderes, ganz Besonderes versprochen, es bleibt doch dabei?«
»Es bleibt dabei, aber ich will es nicht bereuen müssen, verstanden? Und wie, ist dein Schluckauf schon kuriert?«
»Geheilt, das kommt von der Vorfreude.«
Wir vier rannten los in unsere Zimmer, um uns eilig umzuziehen, aber plötzlich, mitten im Flur, packte Mama Meritxell, zog sich einen Schuh aus und pflanzte in ihr ins Gesicht. Merixtell schrie vor Schmerz und brach in Weinen aus.
»Mama, was machst du mit der Kleinen?«
»Danke, heilige Jungfrau«, bekreuzigte sich Mama, »wenigstens die hat eine Nase.«

Als meine Mutter, meine Schwestern und ich am Strand ankamen und einen guten Platz erwischten, erwartete uns der Teufel schon vorbereitet und in sein Schicksal ergeben. Ich kannte ihn gut, weil ich ihn mit der Schule besucht und in mein Heft gemalt hatte. Ich hatte alle meine Farben gebraucht, um ihn zu malen, und viel Geschicklichkeit, um seine spitzen Ohren wiederzugeben, die Locken seines Schnauzbarts und seines langen Schwanzes. Am schwierigsten war es gewesen, den bösen Blick abzubilden, mit dem er uns aus seiner Höhe von fünf Metern ansah. Die Lehrerin hatte uns allen für unsere Bilder eine Eins gegeben, und sie hatte gesagt, dass wir an der Verbrennung mit kommunalem Stolz teilnehmen müssten, weil diese Tradition eine der wenigen Dinge sei, die Badalona, unsere Stadt, von der Nachbarstadt Barcelona unterschied.

Ich brauchte die Ansprache der Lehrerin nicht, da die Verbrennung des Teufels mein Lieblingsfest war. Es war ohne Zweifel besser als Weihnachten, trotz der Geschenke, besser sogar als mein Geburtstag, weil das Feste im Winter sind und man sie im Haus feiern muss. Im Gegensatz dazu setzte sich dieses Fest aus den drei Elementen zusammen, die für mich das Wesen einer Feier ausmachen: Nacht, Meer und Feuer. Es war eine Nacht der Scheiterhaufen am Strand und der Feuerwerke, eine Nacht, in der man Knallfrösche warf und schrie, während sie explodierten, wo man um die Flammen tanzte und hüpfte wie die Wilden, die Heiden, wie es sich immer an allen Küsten des Mittelmeers abspielte. Und es war auch deswegen mein Lieblingsfest, weil man es sehr früh feierte, am 10. Mai, und weil es so das Ende des Unterrichts ankündigte und alle weiteren Feste, die im Lauf der Ferien folgten. Es versprach das Johannisfest, das die Stadt mit Feuern füllte, und auch das Fest von Mariä Himmelfahrt im August, wo die Kirmes am Strand einzog. Es war der Beginn der besten Zeit des Jahres.

Sobald es dunkel wurde, wurde der Scheiterhaufen angezündet, und der Teufel brannte für uns alle, umgeben von Beifall und Geschrei. Die Menschenmenge dehnte sich über den Strand und die Promenade aus, und auch über die Ramblas, die Palmenpromenade auf der anderen Seite der Bahnlinie, die Badalona vom Meer trennt, und viele andere schauten von ihren Wohnungen zu, von Balkonen, Terrassen, Fenstern und Dachgauben. Der Teufel loderte rot, weiß und golden, unter Flammen, die sich wie Zungen erhoben, die den Tod anheulten. Während wir bewegt applaudierten, sahen wir, wie sich Raúl und Trini einen Weg durch das Gewühl bahnten, bis zu uns vordrangen und sich unserem Beifall anschlossen. Inmitten des Lärms konnten wir sie kaum begrüßen, und wir konnten auch ihre Entschuldigung nicht verstehen, warum sie zu spät kamen. Ich freute mich, dass Raúl da war, und wir beide gaben uns die Hand. Trini war die beste Freundin meiner Mutter, und ihr Sohn Raúl war mein bester Freund, jener, der mir das wundervolle Buch mit den Geschichten über Sindbad den Seefahrer und andere Helden geliehen hatte. Ich war begeistert von Sindbad dem Seefahrer. Mir kam es so vor, dass er sehr gut zu unserem Strand passte, dem Mittelmeer, den Feuern. Das hatte ich Raúl vor Tagen gesagt, und er hatte aufs Meer gezeigt. Die Heimat von Sindbad ist nur auf der anderen Seite, hatte er mir gesagt, genau am anderen Ende des Mittelmeers, so dass er beinahe ein Nachbar ist. Über unseren Köpfen explodierten dann die Feuerwerke, und sie erleuchteten das Meer, die Wellen, die Promenade, die Palmen, die weißen Häuser. Sie glänzten orange, rot, golden und violett. Die Farben explodierten über uns und besprühten uns mit Licht, während der Teufel sich krümmte, stürzte und in Fetzen zerfiel. Ich applaudierte mit all meinen Kräften und schrie bei jedem Ausbruch der Feuerwerke. Es machte mir Spaß, gleichzeitig mit dem Lärm, der uns taub machte, zu schreien, bis ich heiser wurde. Und mir gefiel das Rot, das sich auf dem Gesicht und in den Haaren spiegelte. Eine Menge von Gesichtern, die zum Himmel gerichtet waren, von Kindern auf den Schultern ihrer Väter, von Händchen, die sich erhoben. Eine Menge von Hundegejaule und von Ahhhs und Ohhhs, die mit Bewunderung in die Luft geschleudert wurden.

Später fielen nach und nach die letzten Reste des Teufels verkohlt herunter und der Brand ging, wie alle guten Dinge, zu schnell zu Ende.

»Ein Glück, dass es das schon gewesen ist«, murmelte meine Mutter. »Wie schlecht ich mich dabei gefühlt habe. Wie kann man herkommen, um das zu sehen, nachdem unsere Wohnung beinahe in die Luft geflogen wäre.«

»Vielleicht hat Helena eine Zukunft als Pyrotechnikerin«, flüsterte Irene.

»Kind, rede keinen Unsinn. Was würde dein Vater denken?«

»Was sagst du da, was ist euch passiert?« überschrie Trini den Lärm.

»Nichts, nichts, dass das Kind erkältet ist und nicht bemerkt hat, dass sie das Gas aufgelassen hat.«

»Ich bin nicht erkältet, ich bin so«, protestierte ich, und bekam eins auf den Kopf.

Während des letzten abflauenden Applauses begannen die Leute auseinanderzugehen. Die meisten in Restaurants, Bars und Strandbuden, um ein spätes Essen einzunehmen. Andere, um das Fest im Familienkreis fortzusetzen, auf den Plätzen, in den Diskotheken. Und während die Menge sich zurückzog, blieben wir am Strand. Mama ließ uns warten, bis der Strand leer war, und dann gingen wir ein wenig im Sand spazieren, barfuß, auf der Suche nach einer ruhigen Ecke. Sie wählte eine aus vor drei Palmen. Und dann ließen Trini und Mama uns das machen, wofür wir endlich die Erlaubnis erhalten hatten, mit großer Mühe, weil sie meinten, dass nachts das Wasser eisig sei und wir uns eine Lungenentzündung holen würden. Aber wir hatten ihnen das Versprechen entrissen, und nun hielten wir daran fest. Raúl und ich zogen uns aus, blieben im Badeanzug und warfen uns ins Wasser. Hinter uns kam Irene. Meritxell zurückzuhalten wäre ein Drama gewesen, so dass Mama mit dieser Entschuldigung mit ihr hineinging. Und Trini brauchte keine Entschuldigung, um sich ihnen anzuschließen. Das Wasser war wirklich eisig, und es war fast ein wenig furchterregend, in einem schwarzen Meer unter einem noch schwärzeren Himmel zu baden. Es war, als würde man in der Nacht selbst baden, nach allem, was geschehen war, oder vielleicht vor allem. Als wäre man im Paradies. In jener Dunkelheit schwammen wir, sprangen, tauchten, riefen nach Sindbad, spielten und lachten wie verrückt. Wenn es eine vollkommene Sommernacht gibt, so war es für mich diese. Obwohl bis zum astronomischen Sommeranfang noch anderthalb Monate fehlten. Vielleicht war das Aufregendste die Verheißung des Sommers.

Nach wenigen Tagen des Unterrichts kam der Samstag, unser ersehnter erster Strandtag. Ich verabschiedete mich von Mama, die sich zur Arbeit aufmachte, und gerade als ich zum ersten Mal meinen vor kurzem gekauften schönen neuen Badeanzug anziehen wollte, nahm Irene ihn mir aus der Hand, befahl mir, ein albernes blaues Kleid anzuziehen, zog die Kleine an und brachte uns beide zum Arzt.

Jemand hatte ihr einen Hausarzt empfohlen, der im Can Ruti arbeitete, dem gleichen Krankenhaus, in dem meine Mutter Chefköchin war. Aber da unsere Mutter nichts erfahren durfte, beschloss Irene, mich zur Privatsprechstunde zu nehmen, die der Arzt im Stadtzentrum abhielt, auch wenn sie so die Visite selbst bezahlen musste. Es empfing uns eine rothaarige Rezeptionistin mit langer Mähne, sehr groß und kräftig, eine Art unsympathische Menschenfresserin, die mich begrüßte, als ob sie mich ausschimpfen wollte. Sobald ich sie sah, bekam ich Lust zu fliehen, aber Irene hatte ihr unseren Namen gegeben, und die Menschenfresserin ließ uns durchgehen zu einem mit Leuten überfüllten Wartezimmer. Meritxell setzte sich auf Irenes Schoß, und ich postierte mich neben der Tür des Sprechzimmers, wo ich jede Art von Leiden vorbeiziehen sah. Ich zählte drei Frühjahrsgrippen, viermal Bluthochdruck, zwei verstauchte Füße, einige Hämorrhoiden, einen unerträglichen Schwiegervater, einen Schlaflosen und einen Trompeter aus der Nachbarschaft. Es war abwechslungsreicher, als in der Nähe der Autobahn Autos verschiedener Farben zu zählen.

Schließlich kamen wir an die Reihe. Ich klammerte mich heftig an den Sitz, um nicht hineingehen zu müssen, und als Irene mich mit einem Ruck losriss, ergriff ich meine Nase.

»Sie werden mir nichts hineintun, nicht wahr?« flüsterte ich zu Irene.

»Natürlich nicht.«

»Und sie werden mich nicht operieren müssen, wirklich nicht? Versprich es mir!«

»Nein, bestimmt nicht, und nun benimm dich.«

Wir betraten das Sprechzimmer, meine Nase von meinen beiden Händen geschützt, und wir setzten uns vor den Tisch. Da begriff ich, dass die eigentliche Aufgabe der menschenfressenden Empfangsdame darin bestand, das Aussehen des Arztes anzukündigen, das noch furchterregender war als ihres. Ich erschrak, als ich über meinen Händen, die meine Nase bedeckten, seine Nase sah, die riesig und rot war. Ich erinnere mich, dass ich dachte, ein Riese mit dieser schrecklichen Nase würde nicht in der Lage sein, meine Nase zu heilen. Im schlimmsten Fall wäre er sogar eine Bedrohung für sie, und ich hielt sie mit noch mehr Kraft fest. Über der großen Nase des Riesen leuchteten zwei Glotzaugen, und der Rest seines Gesichts war eine unförmige Masse aus rotem gekräuseltem Haar, aus Mähne, Schnauzbart und Vollbart. Er sah aus wie eine gefährliche Person, die aus meiner Geschichte von Sindbad entsprungen war.

»Wer von euch dreien ist die, die krank ist?« fragte eine Stimme, die aus der Tiefe eines großen Bauches kam.

Ich zog mich in meinem Sessel zusammen, aber Irene zeigte auf mich.

»Verräterin«, murmelte ich.

»Und was hast Du?«, fragte er. »Warum nimmst du nicht die Hände vom Gesicht und erklärst es mir?«

»Ich kann nicht riechen«, stammelte ich, halb ärgerlich, halb erschrocken.

»So bist Du also meine heutige Überraschung«, antwortete er, wobei er mich aufmerksam beobachtete. »Das verdient eine besondere Behandlung.«

Irene beeilte sich, den Zwischenfall mit dem Gas zu berichten und ihm zu erklären, dass ich seit einiger Zeit behauptete, keine Gerüche wahrzunehmen, dass man das aber nie ernstgenommen habe.

»Einverstanden«, sagte er. »Wir werden als erstes prüfen, ob du wirklich keinen Geruchssinn hast. Und dafür ist es nötig, dass du und ich allein miteinander sind.«

Ich warf Irene einen verzweifelten Blick zu, aber sie und Meritxell gingen aus dem Sprechzimmer und ließen mich mit dem Riesen allein. Er lehnte sich in seinem Sessel zurück und murmelte etwas, das ich nicht verstand. Ich fragte mich, ob es eine

Verschwörung sei. Ich blickte verstohlen auf die geschlossene Tür und überlegte einen Moment, ob ich fliehen sollte.

»Wie heißt du?«

»Helena Higuera Herrero.«

»Und wie alt bist du?«

»Elf. Ich bin am 8. 2. 1972 geboren. Der achte Februar ist derselbe Tag, an dem Jules Verne geboren wurde, so dass er mein Lieblingsschriftsteller ist, das hat mir meine Schwester gesagt.«

»Das ist gut. Was hast du von Verne gelesen?«

»Nichts. Aber ich habe alle Filme gesehen. Meine Schwester sagt, an diesem Tag geboren zu sein, ist ein schlechtes Zeichen, weil Verne zu viel Phantasie hatte. Sie sagt, wenn ich einen Tag früher geboren wäre, wäre ich am selben Tag wie Dickens geboren, der achtbarer ist. Ich weiß es nicht, weil ich keinen seiner Filme gesehen habe.«

Der Riese erhob sich schwerfällig und ging um seinen Tisch, wobei er sich den dichten roten Bart strich. Er fragte mich, auf welche Schule ich gehe und was ich während der Ferien vorhabe, und ich erzählte ihm alles, was mir einfiel, und mehr, betend, dass er über so viel Plauderei mein Problem vergessen würde. Doch während er mir zuhörte, öffnete er einen Schrank, der mit Medikamenten vollgestopft war, nahm ein Fläschchen heraus, entfernte den Deckel und gab es mir.

»Ist das ein Saft, um mich zu heilen?«

»Helena, hör mir gut zu, das wird ein Geheimnis zwischen dir und mir sein. Wenn du mir sagen kannst, wonach dieses Fläschchen riecht, werde ich dir eine Handvoll Bonbons schenken.« Ich näherte meine Nase und atmete ein, genauso wie ich es zuhause gemacht hatte. Ich atmete immer wieder ein, konzentriert und mit Anstrengung. Ich spürte die Luft, die in mich eindrang, bis sie meine Lungen überschwemmte, mir die Brust aufblies und wieder durch meine Nase austrat.

»Ich bemerke nichts.«

Aber im Sprechzimmer klang meine Antwort anders als in Mamas Küche. Das Echo meines »nichts« wurde zurückgeworfen von all den Diplomen mit dicken Rahmen, die von den Wänden hingen, von den Posters mit Zeichnungen von Skeletten und Nervensystemen, von Schränken voll Medizin und grauen Büchern, und zum ersten Mal klang meine Stimme wirklich enttäuschend.

Der Arzt nickte zustimmend und kam mit einem anderen Fläschchen wieder.

»Macht nichts, probier's mit diesem.«

Ich versuchte es, aber wieder ohne Erfolg. Der Riese verstaute die Fläschchen und setzte sich wieder in seinen Sessel.

»Du hast nie einen Geruch wahrgenommen?«

Ich schüttelte den Kopf.

»Ist gut, schließ die Augen.«

Ich hörte, wie er ein Bonbon auswickelte.

»Ist es Minze oder Erdbeere?«, fragte er.

»Ich weiß nicht, aber mir schmecken alle Bonbons.«

»Und dieses hier? Glaubst du, es könnte aus Zitrone bestehen?«

»Ich weiß nicht, aber bemühen Sie sich nicht, ich bin sicher, dass es mir schmeckt.«

»Einverstanden, du kannst jetzt die Augen aufmachen. Und nun pass' auf, du musst mir ein paar Fragen beantworten. Wenn deine Mutter kocht und du in deinem Zimmer bist, weißt du, was sie gerade zubereitet?«

»Natürlich nicht, wie sollte ich es feststellen?«

»Wie weißt du, wann es Zeit ist, das Handtuch im Bad zu wechseln?«

»Weil Mama es mir sagt.«

»Gefällt dir das Parfüm, das deine Schwester aufgetragen hat?«

Ich drehte mich zur Tür des Sprechzimmers um und biss mir auf die Lippen.

»Ich wusste nicht, dass meine Schwester Parfüm auftragen würde.«

»Du weißt nicht, wonach deine Schwester heute riecht?«

»Nein, keine Ahnung.«

Jede neue Verneinung war ein wenig frustrierender als die vorhergehende.

»Was passierte neulich in deinem Haus? Hast du das Gas nicht bemerkt?«

Ich verneinte mit dem Kopf. Ich wollte nicht erneut ein *nicht* oder *nichts* aussprechen.

»Wonach riecht meine Schwester? Riecht sie gut?«

»Es ist eine Freude, sie zu riechen. Sie trägt ein frisches und lebhaftes Parfüm, als wäre sie heute am frühen Morgen durch eine blühende Wiese gegangen wäre.« Er setzte sich erneut in seinem Sessel zurück und beobachtete mich. Er runzelte die Stirn, bis sein immer strengerer Blick mich schließlich erschreckte.

»Wird man mich operieren?« – wagte ich zu fragen.

»Ich fürchte, ich werde dir die Nase abschneiden müssen. Ich werde dir einen Termin für die Operation geben.«

Ich hob die Hände zur Nase.

»Ich glaube, das ist nicht nötig, weil sie nicht wehtut.«

»Wenn du riechen würdest, müsste ich sie nicht abschneiden. Wenn du deine Mutter zum Narren gehalten hast, sag es mir und ich werde das Geheimnis für mich behalten, und dann müsste ich dich nicht operieren. Aber wenn du nicht riechst, gibt es kein anderes Mittel. Eine Nase, die nicht riecht, wird krank und verfault, und wenn man nichts tut, um sie zu heilen, wird am Ende der ganze Körper mit ihr verfaulen. Die einzige Lösung ist, sie zu amputieren.«

»Aber werden Sie mir eine andere draufsetzen, die wirklich riecht?

»Nein, wir können dir nichts draufsetzen.«

»Dann ziehe ich es vor, mit meiner Nase zu verfaulen«, antwortete ich sehr würdig, und ich stand auf, um aus dem Zimmer zu gehen.

Und da entspannten sich seine Stirnfalten, sein Blick wurde freundlich, und zum ersten Mal schenkte mir der Riese ein großes Lächeln.

»Das hast du sehr gut gemacht. Niemand wird dir Deine tolle Nase abschneiden«, sagte er zu mir, während er aufstand. Er hielt mir eine Handvoll Bonbons hin, und dann öffnete er die Tür und rief meine Schwestern.

Ich beeilte mich, die Bonbons zu verstecken, ehe Meritxell hereinkam.

»Konnten Sie herausfinden, was mit ihr los ist?«, fragte Irene, während sie sich setzte.

»Oh ja, wir haben eine streng wissenschaftliche Untersuchung angestellt. Ihre Schwester hat auf alle Tests positiv reagiert. Ich fürchte, dass Helena an Anosmie leidet.«

»Anosmie?«

»Ja, genau, am Fehlen des Geruchssinns.«

»Und was ist die Ursache?«

»Ich könnte eine Reihe von Fachausdrücken auf Sie loslassen, aber wir sind vorher fertig, wenn ich Ihnen schlicht und einfach sage, dass ich nicht die geringste Idee habe und auch niemanden kenne, der sie hat. Es gibt viele Untersuchungen über Blindheit und Taubheit, aber fast niemand hat sich dem Studium der Anosmie gewidmet. Isst Ihre Schwester gut?«

»Ja, Sie hat einen gesunden Appetit. Warum?«

»Weil der Geruchssinn mit dem Geschmackssinn verbunden ist. Das bedeutet, dass Ihre Schwester den Geschmack der Speisen nicht so wahrnimmt wie Sie und ich. Sie kann die vier grundlegenden Geschmacksrichtungen unterscheiden, süß, salzig, bitter und sauer, aber sie nimmt keine weiteren Geschmacksunterschiede wahr. Natürlich hat sie gelernt, die Nahrungsmittel durch ihr Aussehen und auch ihre Konsistenz zu unterscheiden, aber das ist alles.«

»Aber sie hat sich nie beklagt.«

»Sie hat kein Motiv zu klagen, weil sie nicht weiß, was ihr abgeht. Da sie ihre Erfahrung mit keiner anderen vergleichen kann, erscheint ihr das Wenige, was sie bemerkt, normal. Sie nimmt das Essen in einer einfacheren Form wahr, und daher besteht die Gefahr, dass sie weniger Lust darauf hat.«

»Sie isst ohne Problem. Vor allem schmecken ihr sehr süße oder sehr salzige Dinge.«

»Also diejenigen, die sie besser wahrnehmen kann.«

»Ein Glück, dass wir herausgefunden haben, was sie hat«, antwortete Irene erleichtert. »Und jetzt, wo wir es endlich wissen, welches ist die Behandlung?«

Der Riese sah mich an, ehe er ihr antwortete.

»Ich fürchte, dass die Wissenschaft bisher noch keine Behandlung gefunden hat.«

»Meritxell wird man eine Brille aufsetzen«, sagte ich. »Gibt es keine Brillen für die Nase?«

Der Riese lächelte mir wieder zu.

»Nein, die gibt es nicht.«

Auch meine Schwester sah mich an. Sie zögerte, während sie erneut fragte.

»Sie wollen sagen …, dass es immer so bleiben wird?«

»Er will sagen, dass ich so bin«, antwortete ich. »Ich habe es doch schon Mama gesagt.«

»Und es gibt gar nichts, was wir tun können?« insistierte Irene.

»Helena wird sich dessen bewusst sein müssen, dass ihr ein Sinn fehlt«, erklärte der Riese, »dass sie weniger Information über das erhält, was um sie herum vorgeht, als andere Menschen, und sie muss lernen, diese Information zu ersetzen, indem sie mehr auf das Sehen und das Gehör vertraut. Und zu fragen, wenn sie nicht sicher ist. Ihre ganze Familie muss sich auf diese Tatsache einstellen. Vorrangig ist, dass Sie ihr beibringen, sehr vorsichtig zu sein mit dem Gas, mit den Lebensmitteln, insbesondere mit dem Fisch und der Milch.«

»Könnten Sie mir irgendein Buch empfehlen?«

Irene klammerte sich an ihren Rettungsring. Das machte sie immer, wenn sie ein Problem hatte, wenn sie sich verwirrt fühlte oder desorientiert oder traurig. Sich an ein Buch klammern und darauf vertrauen, dass es sie über Wasser hielte.

Er suchte in seinen Regalen, wählte einen dicken Band aus und blätterte darin, während Irene ihr Notizbuch herausholte und sich darauf vorbereitete, etwas zu notieren. Ich schaute sie beide an.

Plötzlich bemerkte ich die riesige rote Nase des Riesen, der in diesem staubigen Buch herumschnüffelte. Es gab also etwas an Irene, das wie eine blühende Wiese war und das durch die ungeheure Nase dieses Monsters hereinströmte. Ich biss mir auf die Lippen. Und der Geruch des Riesen, wie immer er beschaffen war, drang in das Stupsnäschen meiner Schwester. Was war das, wovon sie redeten und sagten, dass es mir fehlte? Sicher hat auch mein kleines Schwesterchen es bemerkt, während ich auf glühenden Kohlen saß.

Der Riese diktierte Irene drei Titel auf Englisch. Irene schrieb sie auf und wiederholte sie dann mit sehr genauer Aussprache. Danach verabschiedeten wir uns, Irene bezahlte die Visite bei der Menschenfresserin an der Rezeption und wir gingen auf die Straße.

»Wonach hat der Arzt gerochen?« fragte ich.

»Er hatte ein sehr elegantes, raffiniertes Parfüm. Und bestimmt ziemlich teuer. Er sieht wie ein gutmütiger Riese aus, nicht? Er scheint ein Arzt zu sein, dem man vertrauen kann.«

Ich biss mir auf die Lippen und kickte eine leere Dose weg, die vom Bordstein abprallte. Der Lärm zog einen Köter an, der aus dem Nichts auftauchte und wie ein Verrückter rannte und sprang. Ein Welpe mit Schlappohren und einem Schwanz, der sich unaufhörlich in alle Richtungen bewegte, wobei er seine Leine über den Boden schleifte. Er stürmte hinter der Dose her, schnüffelte an ihr, drehte sich plötzlich um und rannte direkt auf mich zu. Er kletterte an meinen Beinen hoch, beschnupperte mich und warf sich dann auf meine Schwestern. Er leckte der kleinen Meritxell das ganze Gesicht ab, und wenn Irene es nicht verhindert hätte, hätte sie die Liebkosung erwidert. Wir sahen einen Jungen in meinem Alter auf ihn zulaufen, der ihn rief und keuchte. Der Hund ließ ihn nahe herankommen, und dann begann er zwischen unseren Beinen herumzulaufen, wobei er seinem Besitzer auswich und das Spiel spielte, sich nicht erwischen zu lassen, und schließlich rannte er weg die Straße hinunter. Der Junge ging schwitzend und schreiend hinter ihm her. Diesmal zertrat ich die Dose.

»Jedes Tier kann riechen«, protestierte ich.
»Und kann so viele Dinge über dich wissen«, sagte Irene.
»Was zum Beispiel?«
»Nun, wer du bist, was du gegessen haben, was du berührt hast, woher du kommst, ob du auch einen Hund hast.«
Ich fühlte mich, als wäre ich gerade in einer Welt gelandet, die nicht meine war. Ich konnte niemals alle diese Dinge erfahren, indem ich die Nase in die Nähe von jemandem brachte. Wir drei gingen eine Zeitlang schweigend.
»Ich hatte mir nicht klargemacht« ...begann Irene.
»Was?«
»Dass du noch nie Mamas Gebäck gerochen hast, die sauberen Laken, das frisch geschnittene Gras oder den Regen.«
Ich wusste nicht, was ich antworten sollte.
»Du verpasst einige der schönsten Dinge, die es gibt.«
Ich schaute weg. Es war nicht angenehm daran zu denken, dass ich dauernd so viele Dinge verpasste. Vor allem, wenn es keine Möglichkeit gab, sie zurückzubekommen.
»Ich weiß nicht, wie deine Welt sein muss«, beharrte Irene, »ohne dass dich morgens der Geruch von Kaffee und Toast weckt, ohne den Duft der Pinien einzuatmen, durch die wir mit Papa spazieren gegangen sind, ohne die Töpfe mit Minze und Basilikum zu riechen, die Mama auf dem Balkon hat. Das muss sehr seltsam sein.«
»Es ist nicht merkwürdig. In meiner Welt gibt es auch Kaffee und Pinien.«
»Aber nicht ihren Geruch. Und Gerüche gelangen tiefer als Bilder oder Töne und prägen sich in größerer Tiefe im Gedächtnis ein. Wenn man irgendwann ein Parfüm wahrnimmt, das man seit Jahren nicht mehr gerochen hat, erkennt man es sofort, und es ruft eine Welle von Erinnerungen wach. Deshalb macht es mich traurig, dass du dich, wenn du älter bist, nicht an die Gerüche der Kindheit erinnern kannst. Und mit ihnen werden Dir viele Dinge aus der Zeit der Kindheit in Vergessenheit geraten.«

Irenes Worte begannen mich nervös zu machen. Meritxell auch, aber weil wir sie nicht beachtet hatten. Sie riss sich von Irenes Hand los, wimmerte und drohte einen Wutanfall zu bekommen. Irene nahm sie auf den Arm und liebkoste sie, bis sie sich beruhigte.

»Aber natürlich werde ich mich an heute erinnern, ich glaube, ich werde mich sehr gut erinnern«, rief ich. »Ich werde mich daran erinnern, dass Du mir gesagt hast, dass ich mich nicht an meine Kindheit erinnern werde.«

Irene strich mir übers Haar.

»Es geht nicht, dass Du weiterlebst, ohne zu wissen, was die Gerüche sind. Du musst sie dir wenigstens vorstellen können«, sagte sie plötzlich, überzeugt. »Ich weiß schon, was wir machen werden. Komm mit mir.«

Ich folgte Irene, und an jenem Vormittag machten wir den überraschendsten Spaziergang meines ganzen Lebens. Nicht was den Weg betrifft, denn wir wiederholten einmal mehr den Weg von zuhause zur Schule, wir kehrten zu den vertrautesten Straßen und Plätzen zurück, wir gingen erneut über den Markt, wo wir jede Woche einkauften, und kehrten zurück zum Strand, den wir jeden Sommer besuchten. Aber an eben diesen alltäglichen Orten gelang es Irene, mir zu zeigen, was ich zu verlieren im Begriff war.

Bis dahin hatte ich geglaubt, dass ich Badalona kannte, die Stadt, in die meine Eltern als Einwanderer auf der Suche nach Arbeit gekommen waren und in der wir drei Schwestern lebten, seit wir geboren waren. Wie alle Städte, die den roten Gürtel bildeten, war Badalona im Schatten von Barcelona gewachsen, mit den Vorteilen und Grenzen, die das mit sich bringt. Die Stadt war dazu verdammt, mit ihrer großen Schwester zusammenzuleben, genau wie ich, und aus diesem Grund identifizierte ich mich mit ihr und glaubte sie gut zu verstehen. Den größten Teil der Stadt hatte man mit Eile errichtet, indem man Industrie, Asphalt und Zement aufgehäuft hat auf einigen kleinen, aber stolzen römischen Ruinen und einem kleinen Fischerdorf. Und obwohl sie so sehr angewachsen war, bis sie hunderttausende Menschen beherbergte, bewahrte sie doch immer noch die römischen Thermen als ihr Herz und die Fischerboote als ihre Lungen.

Ich glaubte, sie vollständig zu kennen. Ich glaubte zum Beispiel, alle Schaukeln, Rutschbahnen und Brunnen der Stadt zu kennen, die über jeden der Parks, kleinen Plätze und Winkel verteilt sind, wo wir Kinder uns zum Spielen trafen, denn meine Geschichte führte durch sie alle. Sie ging am Platz Pep Ventura vorbei, welcher die höchste Rutschbahn hatte, mindestens dreißig Sprossen hoch, die ich einmal mit der neugeborenen Meritxell herunterzurutschen versuchte. Meine Mutter verfolgte mich schreiend zwischen den anderen Kindern und musste die dreißig Sprossen hinaufklettern, und als sie mich schließlich ganz oben einholte, versetzte sie mir vor meinen Freunden eine Ohrfeige. Das Beste an dem Abenteuer aber war, dass meine Mutter, nachdem sie das Baby gerettet hatte, sich nicht traute, mit ihm auf dem Arm die Sprossen hinunterzuklettern, und das Ganze damit endete, dass sie mit ihm die Rutschbahn hinunterrutschte, um von einem Chor von Applaus und Bravorufen aller Kinder auf dem Platz empfangen zu werden, als sie mit dem Hintern auf dem Boden landete.

Meine Geschichte führte auch am Platz der Gefallenen vorbei, der in meiner Vorstellung deswegen so hieß, weil wir Kinder beim Spielen oft hingefallen sind. Der Name schien mir ganz besonders passend, weil ich mir auf dem Boden dieses Platzes dreimal die Knie aufgeschürft hatte in einer Zeit, in der meine Mutter immer schon das Desinfektionsmittel in der Tasche trug. Mein Lieblingsspielzeug dort war eine dicke Eisenkette, die um eine Statue herumlief und wo wir uns gewöhnlich schaukelten. Als ich erfuhr, dass der Stadtrat beschlossen hatte, den Namen des Platzes zu ändern, verstand ich das überhaupt nicht, und ich fragte Irene, ob das bedeutete, dass die Kinder hier nie wieder fallen würden. Und da erklärte mir meine Schwester, auf einer Bank auf diesem Platz, wo sie mich neben sich sitzen ließ, zum ersten Mal den spanischen Bürgerkrieg.

Und nicht weniger wichtig war der kleine Platz vor dem Postgebäude, wo ich auf den Schaukeln spielen konnte, während Mama wartete, bis man ihr die Pakete mit Wurst und Schweineschwarten aushändigte, die vom Bauernhof der Großeltern kamen. Ich glaube, wenn ich hätte riechen können, dann hätte Schaukeln für mich den Rest meines Lebens nach Würsten aus dem Dorf gerochen. Oder die Würste des Dorfs nach Schaukeln, wer weiß. Und ich konnte auch noch ein weiteres Mal schaukeln, wenn meine Mutter einige Tage, nachdem sie die Wurst erhalten hatte, ihrerseits zum Dank ein Paket an die Familie im Dorf schickte. Was ich nie wirklich verstanden habe, ist, dass meine Mutter ihnen nicht Essen schickte, nichts Leckeres oder Hübsches, sondern Kopien der Noten von Irene und der Bewertungen, die ihr die Professoren schrieben. Ich wuchs in der Überzeugung auf, dass diese Noten einen ganz besonderen Wert besitzen mussten, der natürlich meinen Noten fehlte. Als Mamas Bruder ihr riet, einen kleinen Safe zu kaufen, um die vier Schmuckstücke aufzubewahren, die ihr beim Tod der Großmutter zufielen, war in Wirklichkeit das Erste, was Mama darin aufbewahrte, die ausgezeichneten Noten und Zeugnisse und Preise und Pokale und Anerkennungen meiner Schwester. Weder meine Noten noch die von Meritxell verdienten je ein solches Privileg.

Meine Karte von Badalona enthielt noch andere Arten von Spielen. Als einige der großen Industrieanlagen, welche die Stadt hatten anwachsen lassen und wo die Eltern vieler meiner Klassenkameraden arbeiteten, eine nach der anderen zu schließen begannen, entdeckte ich die leeren Fabrikhöfe, die sie zurückließen und die sich, während sie auf eine bessere Zukunft warteten, in kleine Reiche der Wildnis verwandelten, die von Gestrüpp, Dornbüschen und Katzen besiedelt waren. Jene Höfe, die wie kleine Wälder mitten im Asphalt wuchsen, waren, so meinte Irene, die Zweifel unserer Stadt, die nicht wusste wohin, und die das jahrelang nicht wusste. Schließlich aber traf Badalona seine Entscheidung. Als 1992 ihre große Schwester die Olympischen Spiele an sich zog, schluckte meine Stadt den Neid hinunter, nutzte den Impuls und setzte ihren Zweifeln ein Ende. An ihrem Ort wurden nicht neue Fabriken errichtet, sondern Wohnblöcke und Einkaufszentren, und diesmal ließ sie, um zu beweisen, dass sie nicht zögerte, auch nicht das kleinste Stück Land übrig, und wenn sie es gekonnt hätte, hätte sie selbst auf dem Sand des Strandes gebaut. Aber während meiner ganzen Kindheit war das Badalona, das ich kannte, durchsetzt mit Gebieten voll Wildnis. Wir Kinder hatten diese vollständig geortet und begaben uns immer auf die Suche nach neuen Fabrikhöfen. Mehr als einer der Schulkameraden spielte jeden Nachmittag heimlich am gleichen Ort, wo bis vor einem Jahr sein Vater gearbeitet hatte, aber das war etwas, was wir noch nicht verstanden. Unsere Beschäftigung bestand darin, das Gerümpel einzusammeln, das die Leute wegwarfen, alte Möbel oder Sofas oder Kartons, um uns in den Fabrikhöfen unsere Buden, Festungen und Schlösser zu bauen. Es war nicht das Baumhaus, wovon die Stadtkinder träumten, aber doch ein Haus zwischen dem Grün des Gestrüpps. Und das war nicht zu verachten in einer Stadt, in der kaum Bäume wuchsen, in der man, wie Mama sagte, wenn man ein wenig Grün wollte, zu Can Boter gehen musste, der Drogerie in der Avenida del Mar, wo wir die Aquarellfarben für die Schule kauften.

Die bei weitem faszinierendsten Reiche der Wildnis jedoch fanden sich nicht innerhalb der Stadt, sondern jenseits der letzten Wohngebäude, in einem weiten Gelände, das sich bis zum Fuß der Berge ausdehnte. Einer dieser Berge war der Montigalà, dessen Gipfelkreuz das Ziel vieler Familienausflüge war. Die typische Sonntagsroute schloss außerdem eine Quelle des gleichen Namens ein, wo die Leute ihre Autos im Rumba Rhythmus wuschen, und die Eremitage des heiligen Hieronymos von Murtra, der ein weiteres Motiv des Stolzes der Stadt war, weil hier Kolumbus mit den Katholischen Könige zusammentraf, und wie meine Lehrerin sagte, war es sehr gut für unsere Stadt, dass jemand so Bedeutendes wie Kolumbus hier vorbeigekommen ist. Ich habe nie verstanden, warum man einem Typen, der bloß zufällig durch einen Irrtum zu einem Erdteil gelangte, auf dem schon Millionen von Menschen lebten, so große Bedeutung beilegte, aber diese Frage kostete mich eine Strafe in der Schule, so dass ich sie nicht wiederholte. Das Land, das sich zwischen der Stadt und dem Gebirge ausbreitete, war jahrhundertelang von Bauernhöfen und Feldern bedeckt gewesen, von denen nur noch verfallene Häuser, verlassene Gärten, dunkle Brunnen und alte Bewässerungsgräben und Wasserbecken übrig waren, welche die Natur verschlang. In einigen Winkeln wuchsen noch Reste von Pinien und Eichen, Johannisbrotbäume und Obstbäume, die niemand mehr pflegte, sowie Röhricht. Manchmal brachten Raúl und ich ein paar Körbe mit und machten uns daran zu sammeln. Wir kehrten zerkratzt zurück, mit Spinnennetzen im Haar und Heuschrecken in den Taschen, aufgeladen mit Geschichten von gigantischen Ratten, Nestern oben an einer Wand, Kaninchen, die wir von weitem gesehen hatten, und Kilos von Brombeeren, um Marmelade zu kochen. Außerdem brachten wir Johannisbrot und manchmal auch wilden Spargel. Und Pinienkerne. Unsere einzige Sorge bei diesen heimlichen Ausflügen war, dass sich über den Bergen, die dieses Gelände abschlossen, wie ein Wachtturm das Krankenhaus *Can Ruti* erhob, in dem unsere Mütter arbeiteten und auf das wir ab und zu vorsichtige Blicke warfen, damit sie uns nicht von dort oben beobachteten.

Und der letzte und mir liebste meiner Spielplätze, den ich nur wenige Monate im Jahr genießen konnte und nach dem ich mich in der übrigen Zeit vor Sehnsucht verzehrte, war natürlich der Strand. Und das war auch der Ort, der den besten Blick auf die Stadt bot. Es gefiel mir, aus dem Wasser das Antlitz zu sehen, mit dem diese auf das Meer schaute durch die Maske einer Bahnlinie, einiger Alleen mit Bars, Strandlokalen und Palmen. Wenn ich sie vom Strand aus betrachtete, dann schien sie mir, trotz all ihrer Lücken, Befürchtungen und Komplexen, eine heitere, sommerliche, festliche Stadt. Selbst in den schlimmsten Jahren, in denen so viele

Fabriken schließen mussten, in denen viele Nachbarn, die zum Arbeiten aus ihren Dörfern gekommen waren, an ihre Heimatorte zurückkehrten, hielt das Meer sie offen und zuversichtlich.

Das war meine Karte der Stadt, und bis zu jenem Morgen glaubte ich, sie sei vollständig. Schließlich hörte ich, wenn die anderen von ihr sprachen, niemals Wörter, die einen Ort bezeichneten, den ich nicht finden konnte. Es ist schwer wahrzunehmen, was dir fehlt, wenn das, was dir fehlt, etwas ist, das du nicht wahrnehmen kannst. Aber auf jenem seltsamen Spaziergang begann Irene, über meine Karte der Stadt eine Karte ihrer Gerüche zu zeichnen.

Sie versprach mir, mit den guten Gerüchen anzufangen, und an jenem Morgen brachte uns eine Irene, die mehr als zufrieden mit ihrer neuen Rolle als Geruchsführerin war, zum Markt, den wir den alten Platz nannten, und sie stopfte Meritxell und mich mit Erdbeeren und Himbeeren voll, um sich unsere Geduld beim Zuhören zu erkaufen. Vor ihrem Lieblingsstand beschrieb sie uns den Duft der tropischen Früchte, die sie von einem brasilianischen Freund träumen ließen, den sie vor einiger Zeit hatte, und dort sprach sie zu uns über Rottöne, Samt, Zärtlichkeit, Üppigkeit und Fruchtbarkeit, während sie Stücke von Papayas an uns austeilte. Ich erinnere mich, dass sie auf die Käufer zeigte und uns leise sagte, die alte Frau rieche nach billigem Kölnisch Wasser und die Kinder, die ihr folgten, nach Lutschern. Und dass der gut gekleidete Herr nach Haarspray stank und seine Frau nach Sommerschweiß. Aber die Schwierigkeiten begannen, als sie uns in eine Metzgerei brachte und uns begeistert erklärte, dass ihr Geruch widersprüchlich sei, weil sie nach Tod roch und ihr Geruch andererseits den Hunger anregte und das Leben beflügelte. An dieser Stelle verlor ich mich, und ich blieb weiter verloren, als wir in die Fischhandlung eintraten und sie auf der Behauptung bestand, dass der Geruch sehr unangenehm sei; ich musste protestieren, denn wie konnte das Essen einen schlechten Geruch haben? Und sie kämpfte mit ihren Worten, um mir zu erklären, dass der Fisch nach Meer stank, und ich bestand empört darauf, dass das Meer nicht stinken kann. Und am Ende kam sie zu dem Schluss, dass es nicht ein Gestank nach Meer war, sondern nach einem kleinen begrenzten Stück des Meers, das in einer Ecke vermoderte, glitschig und klebrig und schmutzig. Schließlich fragte ich sie, ob die Fischläden nach Sehnsucht rochen, worauf Irene nicht zu antworten wusste.

Beunruhigt durch die Episode in dem Fischladen, war ich es, die Irene bat, unmittelbar zum Strand zu gehen, damit sie mir den Geruch des Meers beschreiben könne, und ich beruhigte mich erst, als ich erfuhr – wir drei saßen dabei im Sand – , dass der Geruch des Meeres einer der schönsten ist, die es gibt. Irene sagte, dass das Meer nach Reisen und nach Neuem roch, nach dem Offenen, nach der Größe, nach guten Nachrichten und Überraschungen. Und sie behauptete, dass der Geruch von der Haut in einer außergewöhnlichen Weise aufgenommen wird. Dass man, wenn man früh an einem Morgen im Meer bade und sich dann zu einem Spaziergang landeinwärts aufmache, am Ende des Tages dort, wo man war, sei es Wald, Gestrüpp oder Wiese, immer noch nach Meer riechen und seinen Duft in der Umgebung verbreiten würde. Und wenn man die Haut und die Haare nicht wäscht, auch nicht die Kleider wechselt, dann würde der Geruch noch einige Tage bleiben, und so sei es möglich, den Geruch des Meers bis zum höchsten Gipfel der Erde oder der entferntesten und trockensten Wüste der Welt zu tragen.

Zu diesem Zeitpunkt konnte Meritxell die Langeweile nicht mehr ertragen und verlangte schreiend, dass wir mit ihr spielten, so dass wir die am nächsten gelegenen Schaukeln suchten. Ich bestieg eine von ihnen und begann mich mit all meiner Energie hin und her zu schwingen, während Irene Meritxell in ihrer Schaukel sanft wiegte.

»Und alle Dinge riechen?« rief ich von meiner Schaukel.

»Alle und jedes der Dinge, die existieren.«

Ich schwang mich mit noch mehr Kraft, während unter meinen Füßen mein Schatten mir vor und zurück folgte.

»Wonach riecht mein Schatten?«
»Glaubst du, dass dein Schatten riecht?«
»Du hast mir gerade gesagt, dass alles riecht.«
»Fast alles. Dein Schatten nicht. Das liegt daran, dass dein Schatten kein Ding ist, er ist nur Mangel an Licht.«
»Wie schade. Wonach riecht der Regenbogen?«
»Nun, auch er hat keinen Geruch. Weil er nur Licht ist.«
»Und das Licht hat keinen Geruch?«
»Natürlich nicht.«
»Auch nicht das Licht der Sonne, des Monds, der Sterne, und nicht das Lampenlicht?«
»Nein, keinen.«
»Also ist meine Welt wie das Licht«, schloss ich, »für mich ist alles Licht.«
»Ich vermute, du hast recht. Du musst die Bilder mit größerer Intensität sehen, weil bei dir der Geruch nicht mit dem Sehen konkurriert, um Dir Information zu geben. Wir anderen betrachten die Welt durch fünf Fenster, und jedes zeigt uns einen Aspekt der Realität. Aber du hast nur drei geöffnete Fenster, das des Geschmacks halb geöffnet, und das des Geruchs verschlossen. So dass für dich der Gesichts-, Gehör- und Tastsinn wichtiger sind.«
»Ach so.«
»Ich habe gelesen, dass die Blinden einen sehr feinen Gehörsinn haben und dass die Tauben sich durch scharfe Sicht auszeichnen. Mit dir muss etwas Ähnliches der Fall sein.«
»Oh.«
»Aber es ist seltsam, weil du die chemischen Sinneseindrücke nicht wahrnimmst und die Welt zu dir nur über die Licht- und Schallwellen kommt und über die Information, welche der Tastsinn dir liefert. Deine Welt ist die Physik, nicht die Chemie. Deine Welt muss sehr seltsam sein.«

Ich stellte die Füße auf den Boden und bremste die Schaukel.
»Das sagst du nicht nochmal zu mir.«
»Was?«

»Dass meine Welt sehr seltsam ist.«
»Ist gut, ich sage es nicht mehr.«
»Und obwohl ich nicht riechen kann, kannst du mich riechen?«
»Natürlich. Ebenso wie die Tauben eine Stimme haben und mit ihr oder mit ihren Händen reden können, ebenso wie die Blinden für die anderen sichtbar sind, so strömst auch du einen Geruch aus.«
»Und ist es ein guter Geruch?«
»Er ist wundervoll.«
»Der Arzt sagte mir, dass du ein Parfüm trägst.«
»Ich trage immer Parfüm, Helena.«
»Wonach riecht es?«
»Nach Frühling.«
Ich biss mir auf die Lippen.
»Die Jahreszeiten haben auch einen Geruch? Gibt es einen Geruch des Frühlings und des Winters?«
»Ja, so sagen wir.«
»Und die Monate? Und die Tage der Woche? Wonach riechen die Montage?«
Doch Irene begann wieder, Meritxell zu liebkosen, die vergnügt auf ihrer Schaukel lachte. Ich dachte daran, dass sie ihr eine Brille aufgesetzt haben, und ich hasste sie ein wenig mehr.
»Und schaukeln riecht nach etwas?« schrie ich ganz laut.
»Nein, aber wenn es riechen würde, röche es nach Kindheit und Glück. Nach etwas, das mehr wert ist, als was du jetzt genießt, denn wenn du älter bist, wirst du es nicht mehr können. Die Erwachsenen schaukeln nicht mehr.«
»Und warum nicht?«
»Ja, warum nicht?«
Irene hob Meritxell von der Schaukel, setzte sich darauf und Meritxell auf ihren Schoß. Sie stieß sich ab und schwang sich nach vorne, während die Kleine vor Aufregung kreischte. Ich brachte meine Schaukel so weit nach hinten, wie ich konnte, holte Schwung und warf mich mit allen meinen Kräften hinein, und

eine ganze Weile stieg ich nach oben, viel höher als Irene, und flog vor und zurück, wie das Hin und Her der Wellen am Strand, wie das Atmen, wie der Herzschlag und das Pendel der Uhr. Wie wenn die ganze Welt ticktack machen würde.

Irene gab auf, um mir einen letzten siegreichen Schwung nach oben zu lassen, und dann machten wir uns auf den Heimweg.

Nach diesem so seltsamen Spaziergang wusste ich noch nicht, ob ich sehr traurig war wegen all dem, was ich verpasste, zufrieden, weil ich angefangen hatte zu entdecken, was ich verpasste, verwirrt, weil Irene mir sagte, dass es mir nie gelingen würde zu verstehen, was ich, wie ich gerade entdeckte, verpasste, oder stolz, weil meine Unfähigkeit das zu verstehen, wovon ich entdeckt hatte, dass ich es verpasste, mich völlig verschieden von den anderen machte ... ich wusste nichts, und mir schien, dass Irene die Dinge sehr in Verwirrung brachte. So dass ich mich an jenem Nachmittag mit meiner Geschichte hinsetzte und nicht zuließ, dass mich noch etwas ablenkte, nicht einmal die Schreie meiner Mutter – denn kaum sah Meritxell sie das Haus betreten, da petzte sie, obwohl wir so viel Vorsicht darauf verwendet haben, dass die Mutter nicht erfährt, wo wir waren.

Während die drei sich in der Küche anschrien, blieb ich allein auf dem Sofa im Esszimmer. Durch die Fenster, die vor Trägheit gähnten, ohne dass ein Hauch von Wind die Vorhänge wehen ließ, kam das Schweigen verlassener Straßen, das Geräusch einiger Fernsehgeräte und das Schnarchen eines Nachbarn, der auf dem Balkon Mittagsschlaf machte. Ich öffnete mein Buch auf der Seite von »Aladin und die Wunderlampe«.

Am folgenden Tag, dem Sonntag, erschien, als ich glücklich aufstand und meinen neuen Badeanzug holte, um ihn an meinem so sehr erhofften ersten Strandtag einzuweihen, meine Mutter, steckte mich in das verdammte blaue Kleid, bestand darauf, mir zwei Zöpfe zu kämmen, und nahm mich mit. Ich fragte sie, wohin wir gingen, und sie antwortete, sie tue das alles zu meinem Besten, und in diesem Moment verstand ich, dass mich etwas Schreckliches erwartete.

Fünf Straßen und drei Zankereien später betraten wir die Kirche des Viertels. Zwei alte Frauen mit langen Röcken und Kopftüchern waren damit beschäftigt, zwischen den Holzbänken zu fegen, während eine dritte, die ihnen unablässig Befehle erteilte, die Blumensträuße um den Altar herum ordnete, um ihn für die Messen vorzubereiten, die während des Vormittags stattfinden würden. Meine Mutter näherte sich ihr und grüßte sie, sie fragten sich gegenseitig nach der Familie und der Arbeit, und dann stellte meine Mutter, zu meinem riesigen Schrecken, ihr die Frage.

»Frau Aparicio, meine Helena hat gewisse Probleme, und die Ärzte sind solche Ignoranten. Sie halten sich für sehr weise, aber sie essen schlecht und verstehen gar nichts.«

»Und was genau ist mit dem Mädchen? Sie sieht doch sehr hübsch und gut aus.«

»Es ist ein Problem von … es ist ein Problem von … meine Mutter sah mich zweifelnd an. – Egal, es ist ein Problem.«

»Und womit kann *ich* Ihnen helfen, Frau Marisa?«

»Man hat mir erzählt, dass die heilige Jungfrau jeden zweiten Dienstag des Monats in einer Höhle erscheint, hier in der Nähe, und dass Sie Exkursionen organisieren, um zu ihr zu beten. Ich möchte, dass Sie mich und das Mädchen vormerken.«

»Ach, meine gute Freundin«, schüttelte die Alte bestürzt den Kopf und bekreuzigte sich, »wir mussten die Exkursionen aussetzen, wir bekamen das Auto nicht mehr voll.«

»Was für eine schlechte Nachricht, Frau Aparicio.«

»Und in der Tat schlecht. Die jungen Leute interessieren sich nicht mehr für diese Dinge, Frau Marisa, sie sagen, das sei aus der Mode.«

»Das ist schade.«

»Stellen Sie sich vor, die arme Jungfrau, die immer erscheint und selbst so pünktlich, jeden zweiten Dienstag im Monat, und keiner will mehr hingehen und sie sehen. Wie einsam muss sie sich vorkommen. Ich weiß nicht, was sie dort machen soll, den ganzen Nachmittag allein in der Höhle.«

»Nun, wenn keiner kommt, um sie zu sehen, wird sie auch nicht mehr erscheinen, glauben Sie nicht?«

»Ich weiß es nicht, denn da wir nicht mehr hingehen, wissen wir es ja nicht.«

Die beiden schüttelten betrübt ihre Köpfe.

»Wie schade«, wiederholte Mama. »Es hätte mir sehr gefallen, für meine Kleine zur Jungfrau zu beten.«

»Nun, wenn es Sie wirklich interessiert, an einen Ort des Gebets zu kommen«, schlug die Alte zaghaft vor, »könnten einige Freundinnen und ich Autos zum Kloster Montserrat organisieren.«

»Um zur Jungfrau von Montserrat zu beten? Das würde mir auch helfen. Was wird die eine Jungfrau mehr nützen als eine andere?«

»Nein, nein«, sie näherte sich uns und senkte die Stimme, als würde sie uns ein kostbares Geheimnis enthüllen. »Es handelt sich darum, dass jeden ersten Samstag im Monat hoch in den Bergen die Ufos erscheinen. Und wir gehen hin, um zu ihnen zu beten.«

»Aber Frau Aparicio! Das ist doch aus dem Kino ... das, was man *cine fiction* (die Mutter verwechselt hier *cine*, spanisch *Kino*, mit *science*, d.Ü.) nennt.«

»Und was möchten Sie, dass ich Ihnen sage? Die Zeiten ändern sich, man darf nicht zurückbleiben wie eine alte Schachtel. Alles modernisiert sich, selbst Gott modernisiert sich. Früher schickte er Engel mit weißen Flügeln, und heute reisen die Engel in Ufos. Man muss sich anpassen. Soll ich Sie vormerken?«

»Ich weiß nicht, ich sehe nicht klar. ...Zu ein paar grünem Getier beten, ich weiß nicht.«

»Aber Frau, wenn sie doch Boten Gottes sind.«

»Boten werden es sein, aber sie sind grün.«

»Seien sie nicht so altmodisch, Frau Marisa, kommen Sie mit uns und Sie werden sehen, dass es sehr bewegend ist. Man muss allerdings ein Fernglas mitbringen, manchmal sind sie sehr klein, und dann auch noch in der Dunkelheit der Nacht. ...«

»Und auch noch bei Nacht?«

»Ja, ja, aber das ist kein Problem, man muss sich nur etwas Wärmendes mitnehmen, mit dem man sich zudecken kann, um die Morgenfrühe zu ertragen. Wir nehmen immer einen Anisschnaps mit, ein Fläschchen Melissengeist, einen kleinen Likör mit Kräutern von Montserrat. ... Also soll ich Sie vormerken?«

»Ich weiß nicht«, zögerte meine Mutter. »Und können Sie mit den Ufos reden?«

»Nun ja, wir machen ihnen Lichtsignale mit Taschenlampen und auch mit Zigarren. Und sie grüßen uns mit den Lichtern ihrer Raumschiffe, aber wir wissen vorläufig nicht, was sie sagen. Fassen Sie sich Mut, Frau, soll ich Sie vormerken?«

»Nein, besser nicht. Fällt Ihnen ein anderer Ort ein, wohin wir gehen könnten?«

»Frau Marisa, Gott ist überall. Aber was ist mit dem Mädchen, weshalb sind Sie so besorgt?«

Mama brummte.

»Es stellt sich heraus, dass sie keinen Geruchssinn hat.«

Die Alte bekam Augen wie Teller und bekreuzigte sich.

»Ich weiß schon, es ist eine große Schande«, gab Mama völlig verlegen zu.

»Frau Marisa, das ist ein Segen, danken Sie Gott. Ihr Mädchen wird besonders rein sein, sie wird keine schmutzigen Versuchungen haben, ihre kleine Seele wird weiß und rein sein. Der Geruch ist ein sehr schmutziger Sinn, wir haben ihn nur, damit uns die schlechten Dinge in Versuchung führen. Seien Sie dankbar, seien Sie dankbar.«

»Sagen Sie das nicht«, erschrak meine Mutter. »Sagen Sie mir nicht, dass mein Mädchen, als ob es nicht genug wäre, dass sie nicht riecht, bei mir bleiben und keinen Mann finden wird. Das fehlte mir gerade noch.«

Mama schluckte ein paar Flüche hinunter, packte mich an der Hand und wir verließen die Kirche.

»Mein Kind, wenn weder die Ärzte noch die Jungfrau uns helfen wollen, wer wird es dann tun?«

Sie grummelte, während wir gingen, aber sie brachte mich nicht zurück nach Hause. Wir gingen hinunter zu den Ramblas, setzten uns auf die Terrasse einer Eisdiele, und ehe ich noch Zeit hatte, etwas auszusuchen, und zu meinem völligen Erstaunen, bat meine Mutter den Kellner, dass er mir das Eis brachte, das die größte Anzahl verschiedener Geschmäcker hatte. Ich dachte, das müsste eine Belohnung dafür sein, dass ich mich gut betragen hatte, oder vielleicht ein Geschenk, um mich zu ermutigen. Und so nahm ich den Löffel und machte mich daran, mein fabelhaftes Dessert zu genießen. Aber Mama ließ mich mit dem Rücken zum Tisch sitzen, verband mir die Augen mit einem Taschentuch, und als das Eis kam, gab sie mir jeweils einen Löffel voll und fragte mich, wonach es schmeckte. Den ersten Löffel erkannte ich stolz, der Geschmack war bitter, wie es nur der von Schokolade ist. Der zweite schmeckte sehr gehaltvoll, aber ich war nicht sicher, wovon er sein könnte. War es Sahneeis? Der dritte schien mir gleich wie der vorherige. Der vierte war ein wenig sauer, und ich dachte, es müsste Zitroneneis oder vielleicht Mandarineneis sein. Beim fünften Löffel hatte ich nicht die geringste Idee. Beim sechsten hatte ich schon keine Lust mehr auf den Versuch, die Sorte zu erraten. Schließlich nahm meine Mutter mir die Augenbinde ab und zeigte mir, was ich probiert hatte. Ich hatte es richtig getroffen mit der Schokolade, aber ich hatte nicht erkannt Banane, auch nicht Vanille, und ebenso wenig Kiwi, Erdbeere und Nougat. Ich war noch bestürzter als Mama. Ich wusste nicht, in welchem Maß ich bisher das Essen immer mit dem Anblick geschmeckt hatte. Dann konnte ich mein großes Eis essen, das größte, das ich je gehabt hatte, aber es schmeckte nur nach einem Trostpreis. Bei jedem Löffel bedauerte ich alles, was ich verpasst hatte und was ich mir nicht einmal vorstellen konnte.

Nach meinem großen Eis machten wir uns auf den Heimweg. Ich ging zu meinem Sofa und zog mich wieder allein mit Aladin und der Wunderlampe zurück.

Es war Nacht, und Mama und meine Schwestern schliefen friedlich, aber im Land meiner Märchen, in den fernen Meeren von Sindbad dem Seefahrer, schien die Sonne. Die sanften kristallklaren Wellen eines ruhigen Meeres benetzten meine Füße, wobei ich an einem Strand saß, dessen Sand so weiß war wie das Papier meiner Geschichte. Ich atmete tief, und die Luft füllte meine Lungen mit Blau und Salz. Auch das Meer atmete vor mir, seine Wellen gingen und kamen wie meine Atemzüge. Alles ist Einatmen und Ausatmen, dachte ich, alles ist Gehen und Kommen. Es wiegen sich das Meer und die Schaukeln, die Uhren schlagen, die Herzen aller Geschöpfe machen ticktack. Einatmen und Ausatmen. Es ist der Rhythmus der Welt. Einatmen und Ausatmen. Aber warum kommt die Welt nicht in mich hinein, wenn ich einatme? Warum lässt die Luft alles zurück, was sie von der Welt weiß, wenn sie in mich eintritt? Warum weigert sie sich, mir etwas zu erzählen? Ich würde gern einatmen und wissen, wonach die farbigen Muscheln riechen, die Sterne des Meers, die Korallen, die Wale. Ja, ich würde es gern wissen.

»Bist Du sicher?«, fragte Aladin. »Du hast nur eine einzige Bitte frei.«

»Ja, ich bin sicher. Es ist das, was ich am meisten auf der Welt möchte.«

Er reichte mir seine Lampe, und ich nahm sie mit höchster Vorsicht und rieb sie sanft. Vor uns erschien der Geist der Lampe, dick und grün wie alle Geister, aber warum hatte er einen roten Bart und trug einen Arztkittel?

»Was ist es, das du wünschst?« fragte er mit seiner tiefen Stimme.

»Ich möchte gern riechen und sein wie die anderen«, bat ich. »Bitte«, besann ich mich hinzuzufügen.

»Bist du sicher?« fragte er. »Du hast nur einen einzigen Wunsch frei.«

Ich versuchte zu erklären, wie wichtig es für mich war, und wollte alle Dinge aufzählen, die ich riechen wollte. Plötzlich schaute ich aufs Meer und sah, dass die Wellen ein Durcheinander aus Plastik und Flaschen bis zu meinen Füßen schwemmten. So weit mein Blick reichte, wogten Müll und Schmutz in einer Art trüber grauer Brühe.

»Ja, ich möchte riechen«, beharrte ich. »Trotz allem.«

Der Geist strich über seinen roten Bart.

»Es tut mir leid, aber die Erfüllung dieses Wunsches übersteigt bei weitem meine Macht.«

»Bitte, Geist, lass mich nicht allein hier, als einzige, die nicht riecht.«

»Es ist sehr bedauerlich, weil deine Schwester so gut riecht. Wenn du sie nur riechen könntest.«

Der Geist verabschiedete sich mit einer Geste und ging zur Lampe zurück.

»Komm zurück«, schrie ich. »Du musst mir helfen!«

Ich rieb die Lampe immer wieder, immer wieder.

Ein Krach weckte mich auf. Meine kleine Nachttischlampe lag in Scherben auf dem Fußboden, und die Glasscherben waren über das ganze Zimmer verteilt. Meritxell brach im Bett nebenan in Gebrüll aus. Ich dachte, dass ich keinen weiteren Zank ertragen könnte, dass ich es einfach nicht könnte. Ich hielt mir die Ohren mit den Händen zu, drückte mit Kraft und zog den Kopf in die Schultern ein.

Meine Mutter erschien im Nachthemd, barfuß, mit aufgelöstem Haar, und sobald sie die Scherben sah, konnte ich auf ihren Lippen dreimal das Wort »verdammt« lesen, während ich weiter die Hände auf die Ohren drückte. Sie fegte die Glasscherben weg und nahm Meritxell mit in ihr Bett.

Sobald das Licht wieder ausgeschaltet wurde und ich allein blieb, atmete ich erleichtert auf und befreite meine Ohren. Ich hatte mich jedoch noch nicht zum Schlafen hingelegt, als meine Mutter im Zimmer nebenan zu schnarchen begann. Sie schnarchte wie noch nie, wie in Wut, und ihr Schnaufen klang wie Beschimpfungen und Schelte. Ich wusste, dass meine Mutter gerade im Nachbarzimmer schlief, aber ich wusste auch, mit der eigenen Logik der nächtlichen Stunden, dass meine Mutter weiter an meiner Seite war in der Dunkelheit meines Zimmers und mich immer noch ausschimpfte, damit ich mich nicht vergessen könne, damit ich nicht einschlafen könne. Ich stand tapsend auf, schloss die Tür ihres Zimmers und die meines Zimmers, in der Hoffnung mich zu befreien. Das verminderte die Intensität des Lärms ein wenig, und ich dachte, dass ich dann einschlafen könnte. Aber als ich die Augen schloss, ertönte der erste Donner. Der Regen prasselte gegen das Fenster, und die Donner eines plötzlichen Sommergewitters folgten aufeinander, einer heftiger als der andere. Einverstanden, dachte ich, ich akzeptiere den Tadel, ich akzeptiere ihn, ich werde mir aufmerksam alles anhören, was ich verdiene. So musste ich das während einer langen Stunde tun, und schließlich trat am frühen Morgen Ruhe ein, und ich konnte einschlafen.

Nach all dem musste ich immer noch die letzten Schulwochen überstehen, aber danach war das Schuljahr endlich vorbei, wir feierten mit Lagerfeuern den Johannistag, und endlich, endlich begannen der Sommer und die Ferien.

»Das Ungeheuer kommt wieder auf uns zu!« schrie Sindbad der Seefahrer.

»Ziehen wir unsere Schwerter«, antwortete ich, und beide hoben wir scharfe Stahlklingen hoch über Gefahren und Ängste.

Das Meer bäumte sich heftig auf, und angekündigt durch eine Folge von aufgebrachten Wellen, tauchte der Rachen des Monsters auf. Seine weißen Eckzähne leuchteten im Schaum, und seine Zunge klang wie der Lärm einer Peitsche. Ein riesiger Schlangenkörper kam aus dem Wasser und rückte, sich im Schlamm windend, bedrohlich näher, die Schuppen mit Algen und Mollusken bedeckt, die er aus den Tiefen des Ozeans mit sich zog.

»Beide gleichzeitig«, schrie Sindbad, »los!«

Und beide schwenkten wir unsere Schwerter. Meines blendete die Bestie, indem es das Sonnenlicht reflektierte. Sindbads Schwert enthauptete sie. Ihr Körper krümmte sich heftig, sie rollte sich zum letzten Mal zusammen und blieb unbeweglich vor unseren Füßen liegen, ihr einziges Körperteil in Unordnung über sich gefaltet. Wir suchten in ihr herum, zwischen all den winzigen Kreaturen, Muscheln, Algen und Steinen, die sich in ihrer Haut verfangen hatten, und am Ende fanden wir den Schatz.

Sindbad hob ihn in seiner Hand empor, und ich sah das Meer durch das grüne Funkeln des Smaragds.

»Unsere Mission ist beendet«, erklärte Sindbad. »Wir können siegreich zurückkehren.«

»Der fliegende Teppich wird uns nach Hause bringen.«

Wir setzten uns auf ihn, und auf Befehl unserer magischen Worte erhob er sich leicht in die Luft und begann den Flug. Der Abend brach herein und seine heiteren Farben beleuchteten unsere Rückfahrt und unser Glück. Wir kehrten nach Hause zurück. Es würde eine Feier zu unserer Ankunft geben, Fackeln und Gesänge uns zu Ehren, Tänzer und Jongleure um einen von leckeren Speisen bedeckten Tisch. Dort vorne ließen sich schon die drei Türme des Palasts erspähen, die sehr hoch bis zum Himmel ragend das Glitzern der wertvollen Steine darboten, die sie bedeckten, eingefügt in ein feines Raster geometrischer Zeichnungen. Zu ihren Füßen floss friedlich ein goldener Fluss, durch den behäbig elegante Schiffe fuhren. Und unten zeichnete sich bereits die Hauptstadt unserer Welt der Abenteuer und Geheimnisse ab, die unbestrittene Königin eines Landes der Magier und Wunder, wo alles möglich war. Die Abendsonne streichelte eine Landschaft von Kuppeln, Türmen und Minaretten, von hängenden Gärten und Wasserfällen, und eine Landschaft mit dem Klang von Flöten, Märkten und lärmenden Basaren. Bagdad glänzte vor uns, als ob die ganze Stadt ein wertvoller Schatz wäre.

»Helena!« schrie sich eine Stimme in meinem Rücken heiser. »Dieses Handtuch so nah am Wasser wird nass werden!«

»Es ist kein Handtuch, es ist ein magischer Teppich«, antwortete ich, aber die Vision meines Palastes trübte sich ein wenig.

»Es ist ein Teppich, kein Handtuch«, wiederholte ich bei mir, in dem Versuch, mit den richtigen Wörtern das Bild festzuhalten. Sindbad und ich stiegen von dem Teppich und begannen dem Strand entlang zum Palast zu gehen. Ich hielt den Blick auf seine mit Edelsteinen bedeckten Türme fixiert und versuchte sie festzuhalten, und plötzlich hörte ich die hysterischen Schreie meiner Schwester, deren Flipflops hinter uns her stolperten.

»Passt auf, wohin ihr tretet!« schrie sie.

Zu spät.

Wir schauten auf unsere Füße und stellten fest, dass sie mit etwas Schwarzem beschmiert waren.

»Was ist das?« fragte Sindbad.

»Es ist Teer, verflucht soll er sein. Diese Strände sind eine echte Schweinerei, und ihr beide ein paar Schussel. Ihr hättet euch nicht noch mehr besudeln können, oder?«

Ich ging in die Hocke, um es mir anzusehen, und ohne es zu wollen, berührte ich mich mit der Hand, und der Teer landete auf meinen Backen.

»Danke, dass du mich daran erinnerst, Helena. Ein Kind ist nie so schmutzig, dass es sich nicht noch schmutziger machen kann.«

Meine Schwester ließ uns die Füße mit Sand abrubbeln und mit Meerwasser abspülen, dann brachte sie uns zu einer der Duschen am Strand, wo wir sie mit Seife wuschen. Ich folgte ihren Anweisungen, darauf konzentriert, meine Füße von dieser schwarzen Schmiere zu befreien, und als ich es schließlich geschafft hatte und den Blick wieder hob, waren meine wunderbare Stadt, mein Palast, mein goldener Fluss ... verschwunden. Warum ging das so schnell kaputt? Mit nur ein paar Wörtern konnte ich meinen magischen Teppich fliegen lassen, aber es genügten auch ein paar Wörter, dass mein Traum sich verflüchtigte. Es genügte, »Handtuch« oder »Teer« zu sagen, und er begann zu verschwinden.

»Wir flogen zum Palast der drei Türme«, murmelte ich enttäuscht und betrachtete die drei grauen Schornsteine des Elektrizitätswerks, das in unseren im Sonnenuntergang leuchtenden Himmel einen Rauch ausstieß, der noch grauer war als die Schornsteine selbst.

»Ja, mein Schatz«, antwortete Irene. »Die Wolkenkratzer der Armen sind die Schornsteine.«

»Wir sind nicht arm.«

»Natürlich nicht, wir sind Mittelschicht, wie alle Spanier. Aber schau, es sind drei Schornsteine. Barcelona hat seine Sagrada Familia, und wir haben unsere.«

»Und wir flogen bis zum goldenen Fluss.«

»Dem goldenen Besòs? Er wird schwefelgelb sein. Komm, lass mich dich kämmen.«

»Aber wir gehen jetzt noch nicht?«

»Nein, noch nicht, erst wenn Mama uns abholt.«

»Wie lange noch?«

»Weniger als eine Stunde.«

Wir begleiteten meine Schwester bis zu unserem Sonnenschirm, wobei wir den in der Nachmittagssonne schlafenden Körpern auswichen und überschwemmten Burgen, Musik aus dem Kassettenrekorder, Volleyballpartien, lahmen Ehediskussionen und einigen fliegenden Verkäufern von Erfrischungen, die Karten spielten. Irene kämmte uns beide, während Raúl schmollend protestierte, und danach gab sie uns ein paar Küsse.

Meritxell, die mit ihrem gelben Hut und dem dazu passenden Badeanzug herumlief und bunte Steine von ihrem Handtuch auf das von Irene legte, näherte sich Raúl, um zu sehen, was er in der geschlossenen Faust verbarg. Raúl öffnete die Hand und zeigte ihr unseren Smaragd, und sie nahm ihn neugierig. Es war nicht mehr als ein Stückchen grünes Glas von einer Flasche, das am Strand geblieben war aufgrund der Nachlässigkeit einer nächtlichen Feier oder der schlechten Laune eines einsamen Besäufnisses. Als man es im Sand zurückgelassen hatte, war es nicht mehr als ein Stück Müll, und außerdem ein gefährliches, das mit seiner scharfen Kante die Barfüße von jemandem hätte verletzen können, der am Morgen joggen ging. Aber das Meer hatte es hochgehoben und seine Rhythmen hatten es geduldig bearbeitet, Tage und Nächte lang, vielleicht über Jahre, um es schließlich an den Strand zurückzubringen, verwandelt in einen abgerundeten Stein mit stumpfen Kanten, glänzend und harmlos. Ein idealer Schatz für Kinder. Die Geduld des Meers. Es hat so viel Geduld mit uns. Wir werfen eine Messerschneide hinein, und das Meer tut sein Bestes, um sie zu entschärfen. Ich hatte einmal zu Irene gesagt, dass es schön wäre, wenn wir alle Dinge, die Schaden erzeugen, ins Meer werfen könnten und warten könnten, dass das Meer sie in harmlose Dinge verwandelt zurückgibt. Irene hatte den Kopf geschüttelt.

»Ich schenke dir den Smaragd«, sagte Raúl zu Meritxell. »Für deine Sammlung.«

Sie beeilte sich, ihn auf den Gipfel ihres Bergs von Steinen zu legen. Neben ihr hatte Irene sich wieder hingesetzt, geschützt vom Sonnenschirm, einem Strohhut und Sonnenbrille, auf ihren Beinen ein dickes Buch.

»Was liest du?« Ich ging näher, um genauer zu schauen.

Sie hob das Buch von ihren Beinen, um den Titel zu lesen.

»*Theorie des kommunikativen Handelns. Band I*« – las ich. »Jorge Abermas. Ist es ein Abenteuerbuch oder ein Krimi?«

»Jürgen Habermas«, sprach Irene aus, indem sie das u auf halbem Weg zu einem i klingen ließ, und das h mit Präzision leicht gehaucht. »Es ist sehr interessant.«

»Das h liest man nicht«, protestierte ich. »Ich heiße Helena Higuera Herrero, und das h liest man nicht. Mein Name beginnt mit dreifachem Schweigen. Das hast du mir beigebracht.«

»Aber dieses h liest man. Die Gewohnheiten sind je nach Ort verschieden, verstehst du?«

»Jelena Jiguera Jererro«, sprach ich aus, aber es gefiel mir überhaupt nicht.

Und dann packte ich das Buch und lief weg.

»Ich habe es entführt«, schrie ich. »Ich habe Jorge Abermas entführt!«

»Verlangen wir ein Lösegeld«, schrie Sindbad mit mir. »Oder es wird Futter für die Fische sein.«

»Und was möchtet ihr?« fragte meine Schwester mit ihrer heiligen Geduld.

»Eis für alle«, verlangte ich.

»Es ist gerade eine Stunde her, dass ihr das Eis aufgegessen habt.«

»Was bietest du uns?«

»Da ihr außer Naschkatzen ein paar Großmäuler seid, biete ich euch ein wenig Unsterblichkeit«, und sie zog aus ihrer Strandtasche einen kleinen Fotoapparat.

Ja, das war eine unserer Schwächen. Vor den Schüssen von Irenes Kamera sprangen wir herum, schlugen Pirouetten und Kapriolen, warfen Habermas durch die Luft und fingen ihn im Flug wieder auf, warfen uns auf den Boden, indem wir Purzelbäume schlugen, die Haare voll Sand. Dann gaben wir ihr das Buch zurück und rannten erneut zum Wasser. Wir stürzten uns kopfüber hinein.

»Spielen wir Alibaba und die vierzig Räuber?« schlug Raúl vor, während wir Wellen ritten.

»Einverstanden. Wer ist wer?«

»Du bist Alibaba«, schlug er vor, »und ich die vierzig Räuber.«

»Du kannst nicht vierzig sein.«

»Warum nicht?«

»Weil du einer bist und vierzig vierzig sind.«

»Gut, dann bin ich der Anführer der Räuber, und die anderen sind die dort«, zeigte er auf eine Gruppe von Badenden in wenigen Metern Entfernung.

»Und wo ist die Höhle mit dem Schatz?«

»Die Höhle ist der Sonnenschirm, und die Steine von Meritxell sind der Schatz. Und Meritxell könnte eine gefangene Prinzessin sein.«

»Gut, aber Meritxell versteht gar nichts.«

»Das ist egal. Ich bin der Räuber und ich verfolge dich, einverstanden?«

Ich fing an, mit voller Geschwindigkeit durch den Sand zu laufen, Raúl hinter mir her, als wir plötzlich unsere Mütter sahen, die über die Strandpromenade spazierend herankamen. Wir liefen zu ihnen, empfingen sie mit herzlichen Umarmungen und Küssen und führten sie zu unserem Sonnenschirm.

»Habt ihr Spaß gehabt?« fragte Mama.

»Bestimmt mehr als wir«, antwortete Trini.

Irene stand auf, um sie zu begrüßen. Sie zog die dünnen Träger ihres roten Bikinis hoch, der ihre zart gebräunte Haut erleuchtete, und beobachtete sie durch ihre Sonnenbrille.

»Ihr hättet euch umziehen können vor dem Ausgehen«, schlug sie vor.

»Wir sind schnell abgehauen, sobald wir konnten, Irene.«

»Wenn du die erstickende Hitze in dieser verdammten Küche kennen würdest«, antwortete meine Mutter.

»Aber es gibt schnelle Abhilfe«, unterbrach sie Trini, die schon ihre weiße Uniform auszog, um im Badeanzug zu bleiben. Raúl zog an ihr, und sie rannten zum Wasser.

Irene beobachtete immer noch Mama, die ebenfalls ihre Uniform auszog.

»Aber wenn ihr ganz voll Flecken seid, wie seid ihr so durch die Straße gegangen?«

»Weil ich den ganzen Tag gearbeitet habe, deshalb bin ich voll Flecken«, antwortete Mama mit Erschöpftheit in der Stimme. »Und deshalb tun mir schrecklich die Beine weh und ich habe Lust, mich ins Wasser zu werfen.«

»Ich weiß schon. Aber du riechst nach Öl, nach Küche. Und ich weiß nicht wie, aber du riechst auch nach Tabak. Ich dachte, es sei verboten, im Krankenhaus zu rauchen.«

»Es ist dieser Geruch, dem du dein Essen verdankst, junge Frau. So dass du ihn schätzen solltest. Und dankbar sein solltest, dass es kein schlechterer Geruch ist.«

»Ich weiß, ich weiß, aber …«

»Was zum Teufel. Dein Studium kostet mich ein Vermögen, und statt intelligent bist du nur wählerisch geworden.«

Meine Mutter drehte uns den Rücken zu, ging zum Strand und warf sich kopfüber ins Wasser. Sie schwamm ins Meer hinaus, viel weiter als Irene es wagte und es mir erlaubt war. Trini spielte mit Raúl Wellen reiten. Es war ein wenig Wind aufgekommen, und das immer stärker bewegte Meer brach sich mit Macht am Sand. Es waren kaum noch Badende da, und Raúl schwamm unbehelligt und bot seiner Mutter jede Art von Kapriolen dar.

Dieses kurze Bad am Abend, wenn beim Licht des Sonnenuntergangs das Blau des Meers noch intensiver wird, war in allen Sommern unser Familienritual. Es war eine Gewohnheit, die mein Vater erfunden hatte, der immer arbeiten musste, während seine Frau und seine Kinder Ferien hatten. Daher nahm meine Mutter uns, Irene und mich, mit an den Strand, um dort den Tag zu verbringen, und wenn am Ende des Nachmittags Papa mit der Arbeit fertig war, kam er, um sich mit uns zu treffen. Wir teilten nur den letzten Moment, aber er verstand es, ihn in den besten Moment des Tages zu verwandeln. Er gab ihm Zeit zu schwimmen, uns tauchend zu verfolgen, unsere Sandburgen zu begutachten, unsere Pirouetten zu bewundern, und danach kehrten wir alle zusammen nach Hause zurück. Als Papa starb, beschlossen wir, dasselbe Ritual zu bewahren, wenn auch mit etwas getauschten Rollen. Meine Mutter arbeitete den ganzen Sommer hindurch, und Irene brachte Meritxell und mich an den Strand, um dort den Tag zu verbringen. Mama kam am Ende dazu, und das wurde wieder, wie mit unserem Vater, der beste Moment. Danach gingen wir alle vier zusammen nach Hause.

Meine Schwester stand weiter neben dem Sonnenschirm und betrachtete versonnen unsere Mutter, die ins Meer hinausschwamm. Ich senkte die Stimme.

»Irene, riecht Mama schlecht? Wonach riecht sie schlecht?«

»Ruhig, es ist nur, wenn sie von der Arbeit kommt und sich nicht umgezogen hat.«

»Vom Arbeiten bekommt man einen schlechten Geruch?«

»Kommt darauf an«, lachte Irene. »Ich nehme an, wenn Du in einer Parfümerie arbeitest oder einem Blumenladen oder einer Konditorei, dann kommst du jeden Abend mit einem wundervollen Geruch nach Hause.«

»Und warum wechselt sie nicht ihre Arbeit?«

»Weil Kochen ihr Ding ist. Wenn sie Geld gehabt hätte, hätte sie sicher ihr eigenes Restaurant eröffnet. Aber sie hatte kein Geld, und es ist auch nicht leicht, Arbeit als Köchin zu finden, und die Arbeitszeiten sind meistens sehr schlecht, vor allem, wenn man drei Kinder hat. Das Krankenhaus war das beste, was sie finden konnte. Und außerdem behandelt man sie dort sehr gut.«

»Und wenn sie rausgeht auf die Straße, bemerken dann alle, dass sie schlecht riecht?«

»Nur die, die ganz in der Nähe sind.«

»Dann müsste sie durch Straßen zum Meer hinuntergehen, wo niemand ist.«

»Denk nicht weiter darüber nach, es ist nicht so wichtig. Mama nimmt es auch überhaupt nicht wichtig.«

Ich schmollte. Es gab keine Möglichkeit, wie ich ein Verständnis von den Gerüchen erlangen konnte. Vielleicht verstand ich auch nichts von den Erwachsenen. Plötzlich hatte ich die Idee, dass vielleicht, wenn in unserer Stadt so viele Dinge schlecht rochen, im Land meiner Träume alles besser roch.

Mama war zurückgekehrt und plauderte mit Trini, wobei beide am Ufer standen und das letzte Anrollen der Wellen sanft gegen ihre müden Beine stoßen ließen. Raúl kam, um sein Handtuch zu suchen. Ich näherte mich ihm.

»Raúl, wonach riecht Bagdad?«

Er zuckte die Achseln.

»Weißt du es nicht?« beharrte ich.

»Weil es Bagdad nicht gibt, es ist nur ein Märchen.«

»Aber wenn wir den ganzen Tag gespielt haben. Und zu dem Palast geflogen sind. Wonach roch es?«

»Ich weiß es nicht. Mir scheint, dass die Dinge, die nicht existieren, nach nichts riechen können.«

»Aber ich kann mir die Stimmen auf den Märkten vorstellen und das Brüllen der Monster. Kann man sich nicht vorstellen, wonach es riecht?«

Raúl zuckte erneut die Achseln.

Ich schmollte noch mehr und stemmte die Arme in die Hüften. Ich öffnete den Mund, um zu protestieren, aber Irene unterbrach uns.

»Ich weiß nicht, wonach Bagdad riechen müsste, aber ihr beide riecht wundervoll. Ein toller Geruch nach Mittelmeer. Ihr werdet ihn diese Nacht mit ins Bett nehmen.«

Mama und Trini gingen aus dem Wasser. Wir sammelten den Sonnenschirm, die Handtücher, die Bälle, die Sonnencreme, die Eimer, die Flipflops, die bunten Steine ein, da Meritxell weinen würde, wenn sie sie nicht mitnehmen könnte, sowie unseren Smaragd, und erschöpft von einem langen Tag voll Spielen, Sonne und Salz marschierten wir nach Hause. Wir fuhren zu unserem Viertel hinauf mit dem Tusa, wie die Einwohner von Badalona die städtischen Busse nennen, wenn auch nur, um sich in einer weiteren Kleinigkeit von ihrer Nachbarstadt Barcelona abzusetzen.

Trini und ihr Sohn wohnten im selben Gebäude wie wir. Sie waren eines schönen Tages vor drei Jahren aufgetaucht, Trini mit ihrer sehr langen schwarzen Mähne und einem hübschen lila Kleid, ihren geblümten Koffern und Raúl an der Hand, der größere Sohn dahinter mit unruhigem Blick. Sie mieteten die Wohnung Nr. 3 im sechsten Stock, genau unter der unsrigen. Raúl erschien in der folgenden Woche in meiner Schule, in derselben Klasse, und wir schlossen sofort Freundschaft. So kam es, dass auch unsere Mütter Freundinnen wurden. Das ereignete sich, als der Tod meines Vaters noch kein Jahr her war und meine Mutter ihre Halbtagsstelle als Köchin einer kleinen Schule aufgegeben hatte, um als Chefköchin in das Krankenhaus Can Ruti zu wechseln, dasselbe Krankenhaus, in dem Papa gestorben war. Mama verbrachte acht Stunden im Krankenhaus, überladen mit Arbeit, acht weitere Stunden damit, sich um Meritxell, die noch ein Baby war, und um meine Schwester und mich zu kümmern, und den Rest der Zeit damit, sich verzweifelt nach ihrem Mann zu sehnen und sich gegen die bloße Vorstellung zu sträuben, dass sie ihn für immer verloren hatte. Ich glaube nicht, dass Mama das noch lange ertragen hätte. Und da erschien diese Trini, von wer weiß woher gekommen. Sie hatte sich gerade von ihrem Mann getrennt und ging ihr neues Leben mit einer Entschlossenheit und einer Freude an, die sie unschlagbar machten. Beide begannen, sich zu helfen. Trini, die eine Nähmaschine hatte und ziemlich viel Geschick, nahm jede Art von Reparatur an unserer Kleidung vor, die von Schwester zu Schwester vererbt wurde, und nähte uns auch neue Vorhänge. Und meine Mutter nahm oft Raúl in unsere Wohnung, damit er nicht allein war, während Trini ausging, um einzukaufen und Besorgungen zu machen. Als dann einige Zeit später Trini ihre Arbeit in einer Fabrik verlor, die geschlossen wurde, trieb Mama für sie eine Arbeit mit ihr zusammen in der Küche des Krankenhauses auf, und von da an waren sie ein Team. Sie organisierten gemeinsam den Arbeitstag, und ich glaube, nur so schafften die beiden es voranzukommen. Während des Sommers nahmen meine Schwestern und ich Raúl mit zum Strand, und wenn Mama zum abendlichen Baden kam, brachte sie Trini mit, was bedeutete, dass sie die beiden als Familienmitglieder betrachtete. Tatsächlich pflegte Mama auf eine Weise mit ihr zu reden, mit der sie das nicht mit Irene und noch weniger mit mir tat. Die Vertraulichkeiten waren von Anfang an gegenseitig. Ich hatte sie, ohne es zu wollen, einige Male gehört, wenn sie sich nebeneinander auf die Bank eines Platzes setzten, um auf uns aufzupassen, während wir spielten.

»Stell dir vor, Marisa«, beklagte sich Trini, »man hat mir erzählt, dass er mit einer anderen zusammen ist, die auch Trini heißt. Dieser Mistkerl sucht sich eine andere Frau, und er muss sich nicht einmal daran gewöhnen, einen anderen Namen auszusprechen.«

»Den Männern darf man nicht trauen. Am Ende hauen sie alle ab, auf die eine oder die andere Weise.«

»Na gut, Marisa, deiner ist wenigstens gestorben, das ist nicht dasselbe.«

»Ein unverschämter Typ, so einer war mein Paco.«

»Frau, wo er doch tot ist, ruhe er in Frieden.«

»Und warum zum Teufel soll er in Frieden ruhen, wo ich mich abrackere, um seine Töchter durchzubringen? Ich hätte ihn nie beachten dürfen. Du weißt schon, was man sagt, eine gute Wurst ist es nicht wert, dass du das ganze Schwein behältst.«

Trini brach in Lachen aus.

»Aber nach den Fotos war er ein sehr gut aussehendes Schwein. Um es ganz aufzuessen, nicht nur die Wurst.«

»Die Hübschen sind die schlimmsten. Ich war glücklich in meinem Dorf, war glücklich mit der Familie, auf dem Land. Und dann tauchte er auf mit seinen Träumen vom Umzug in die Stadt, von einem besseren Leben. Er schleppte mich von dort weg, er machte mir drei Kinder, und sobald ich das dritte geboren hatte, konnte er nicht schnell genug sterben und mich im Stich lassen. Und jetzt muss er mit der Hexe von Schwägerin so reichlich ausruhen, während ich mich mit Arbeit abmühe. Den Männern ist nicht zu trauen. Wenn ich über eine Sache froh bin, dann darüber, dass ich Mädchen geboren habe.«

»Nicht alle sind so, Marisa, du und ich haben einfach Pech gehabt. Meine Jungen sind nicht so. Ich hoffe nur, dass sie so wenig wie möglich ihrem Vater gleichen.«

»Das ist das Schlimme, dass sie auch Söhne ihres Vaters sind.«

»Ich bete jede Nacht zu Gott, dass man das nicht bemerkt.«

»Ich bete nur zur Jungfrau, Trini, weil den Männern nicht zu trauen ist, wie sehr sie auch Götter sein mögen.«

Und die Unterhaltung konnte in diesem Ton weitergehen viele Windbeutel oder Tassen von Schokolade mit Churros lang. Aber das Beste an diesen unendlichen Plaudereien war, dass sie uns währenddessen vergaßen und ich Raúl ganz für mich hatte.

Ohne ihn hätte ich mich in jenem Sommer gelangweilt, allein mit Irene, die schon nicht mehr mitspielte, und mit dem kleinen Kind, das überhaupt noch nicht spielen konnte. Meine Freundinnen waren in die Ferien gefahren, die Mehrzahl an den Heimatort der Eltern, die privilegierteren an Strände im Süden. Ich war allein geblieben, und Raúl zu haben machte den Unterschied aus zwischen Langeweile und einem andauernden Fest. Wenn wir zusammen waren, waren die Spiele und Abenteuer unerschöpflich. Raúl hatte eine Gabe zu lachen und mit seinem Lachen anzustecken; mich entzückten die Grimassen, die er mit dem Gesicht schnitt, während er tosend lachte, wie er sich unter Lachsalven zu Boden fallen ließ, während er eine Clownerie nach der anderen aufführte. Wenn er lachte, brachte er immer die anderen mit zum Lachen, und das war etwas, was alle an ihm schätzten. Er war ein hübscher Junge, ein wenig dicklich, mit rundem Gesicht und weichen, fast weiblichen Zügen. Ein Gesicht so sanft wie sein Charakter. Er hatte die gleichen grünen Augen wie ich, leuchtend kastanienbraune Haare, sehr gekräuselt, und das Aussehen eines verspielten Bärenjungen.

Raúl war im Winter elf geworden, genau wie ich. Das ist ein spezielles Alter, denn es ist das zweite Jahr, in dem du deine Lebenszeit schon mit zwei Ziffern zählst, wie die Erwachsenen; das zweite Jahr, in dem die Zahlen sich zu wiederholen beginnen, und das erste, in dem du die Einfachheit und Klarheit aufgibst, dein Alter mit den Fingern deiner Hände zeigen zu können. Das bedeutete, dass etwas für uns zu Ende ging und dass wir es in vollen Zügen genießen mussten. Daher spielten wir die ganze Zeit. Denn der Hauptunterschied zwischen unserem Leben und dem der Erwachsenen war, dass die Erwachsenen aufhörten zu spielen. Und wir konnten die Vorstellung nicht ertragen, dass wir eines Tages würden aufhören müssen zu spielen.

Während der Schulzeit verbrachte Raúl, obwohl wir in dieselbe Klasse gingen, die ganze Zeit mit anderen Jungen, während ich dasselbe mit meinen Freundinnen tat. Ich sah ihn oft an denselben Stellen, wie er einem Ball nachlief oder die Straßenlaternen hochkletterte, während wir über ein Seil oder über Reifen sprangen. Aber wir spielten jedes Mal zusammen, wenn seine Mutter ihn eine Weile in unserer Wohnung ließ. Und während der Sommer, wenn Irene ihn hütete und wir ihn mit zum Strand nahmen, verwandelte er sich in meinen Spielgefährten. Dann hatte ich ihn ganz für mich. Und was uns in jenem Sommer endgültig verbunden hatte, das war Bagdad gewesen.

In früheren Jahren hatte ich einen *Tom Sawyer* Sommer, einen *Peter Pan* Frühling, weiter einen *Zauberer von Oz* Sommer und einen langen und aufregenden Herbst-Winter mit *Moby Dick*. Ich hatte ein ganzes Jahr mit *Heidi* verbracht und ein weiteres mit der *Schatzinsel*. Daran schuld war natürlich Irene, die mir gekürzte Ausgaben für Kinder voll von wundervollen Abbildungen schenkte. Und in späteren Jahren sollten noch viel mehr Bücher kommen. Ich las diese Geschichten, bis ich sie auswendig konnte, und danach konnte ich monatelang in ihnen leben. Sie wurden zu meiner Welt, meinen Lehrmeistern und Ratgebern, zur Quelle meiner Wünsche, Gefühle und Ideale, meiner Karte von Freundschaften und Zuneigungen. Sie lehrten mich Gefahren zu bestehen, mir andere Leben vorzustellen, sie lehrten mich, Dinge vorwegzunehmen, zu ersehnen, zu lachen. Ich spielte mit jeder dieser Geschichten, bis ich die Angst verspürte, sie zu erschöpfen, dass sie zu Ende gehen würden. Und ehe das geschehen konnte, suchte ich eine andere. Als in jenem Sommer unsere Mütter beschlossen, dass Raúl jeden Tag mit uns zum Strand kommen sollte, kam er nicht allein. Er brachte eine kostbare Geschichte mit, ein riesiges Buch mit festem Einband, voll von Bildern mit Vergoldetem und Versilbertem und wertvollen Steinen. Es war eine Ausgabe von *Tausend und Eine Nacht*, die ihm sein Vater vor langer Zeit geschenkt hatte. Ich hatte nie ein so elegantes Buch besessen, mit Papier, das so weich anzufassen war, mit Buchstaben, die mit Zeichnungen geschmückt waren, mit Bildern von einer wunderbaren Stadt, die bis ins kleinste Detail eingefangen war. Raúl hatte es bereits auswendig gelernt und lieh es mir. Ich verschlang es während der letzten Frühlingstage und war vollkommen fasziniert, entschlossen, während der ganzen Ferien in Bagdad zu leben und vielleicht sogar bis zum Ende des Jahres. Und dann war jener Zufall passiert. Raúl und ich spielten eines Nachmittags in meiner Wohnung, indem wir versteckte Ungeheuer hinter dem Sofa suchten und Meritxell aus dem Gefängnis des Garderobenschranks retteten, als im Fernsehen ein Film über Sindbad begann. An langen Samstag Nachmittagen verschlangen wir einen ganzen Zyklus amerikanischer Filme über Sindbad und Ali Baba und alle unsere Helden. Paläste dekoriert mit Karton, der Steine nachahmte, arabische Märkte in einem Hollywood Studio, amerikanische Schauspielerinnen, welche den Tanz der sieben Schleier tanzten, blonde kleine Engländer, die dunkelhäutig geschminkt waren und von Monstern nach kalifornischem Design verfolgt wurden… Es war billiges Kino für nach dem Essen, aber unsere Einbildungskraft verschmolz die Filme mit den Geschichten und wir besaßen eine unermesslich große Welt, in der wir uns zum Spielen einrichten konnten. Viele Wochen lang spielte ich glücklich darin. Bis die Zweifel auftauchten.

Ich hatte mich an die tägliche Enttäuschung darüber gewöhnt, immer wieder all die Dinge der wirklichen Welt festzustellen, die ich nicht wahrnehmen konnte, aber bis zu jenem Nachmittag hatte ich nie den Verdacht, dass ich auch einen guten Teil meiner Geschichten verlieren könnte. Und nachdem ich Raúl gebeten hatte, er solle mir erklären, wonach Bagdad riecht, und überrascht war, dass er dazu nicht in der Lage war, kam ich so ratlos nach Hause, dass ich nicht einmal wusste, was ich fragen sollte, um meine Verwirrung aufzuklären.

Im Haus erwartete uns noch mehr Hitze und das Schlangestehen vor der Dusche. Mama brachte wie immer in Alufolie eingepacktes Essen aus dem Krankenhaus mit. Manchmal war es eine Platte mit gegrilltem Fisch, ein andermal gedünstetes Gemüse oder russischer Salat. Dann bereitete sie in aller Eile eine Soße oder Würze, um dem Gericht Geschmack zu geben, oder fügte Stücke von Speck oder Wurst dazu. Doch Irene rümpfte die Nase und schloss sich in die Küche ein, um eine Gemüseplatte zuzubereiten oder einen Mozzarellasalat oder, an besonders wagemutigen Tagen, einen Couscous oder eine einfache Nachahmung eines asiatischen Gerichts, von dem ihr eine Studienkollegin berichtet hatte. Sie stellte es auf den Tisch neben die Platte von Mama, und das war ihre Art, sie herauszufordern.

»Du beklagst dich, dass du Gerichte kochen musst, die nicht schmackhaft sind, und dann gibst du sie uns zu essen.«

»Wir sind nicht so reich, dass wir ein kostenloses Essen zurückweisen können. Eine verwöhnte Tochter wie dich großzuziehen ist sehr teuer.«

Die beiden saßen sich gewöhnlich gegenüber, an den beiden Kopfseiten des rechteckigen Tischs. Meritxell saß immer noch auf einem Kinderstuhl an der Seite von Mama, und ich hatte meinen Platz neben Irene. Und auf der vierten Seite des Tischs saß der Fernseher, Ersatz für das Herdfeuer und fabelhafter professioneller Geschichtenerzähler, der jedoch erst eingeschaltet werden durfte, wenn wir mit dem Essen fertig waren; und das war das einzige Motiv, aus dem die Kleine und ich so schnell wie möglich aßen. Nach dem Essen und einem Weilchen Fernsehen würde Irene mich dazu anhalten, mir die Haut mit Feuchtigkeitscreme einzureiben und den Schlafanzug anzuziehen, und ich würde mich dagegen wehren, ins Bett zu gehen. Nicht weil ich nicht müde gewesen wäre, sondern weil ich es hasste, das Zimmer mit Meritxell zu teilen. Ich hatte mein Zimmer für mich allein gehabt, bis sie kam, und nachdem wir einen Raum teilen mussten, hätte ich es vorgezogen, bei Irene zu schlafen. Aber Irene blieb lange auf, um zu studieren, und wollte allein sein.

In jener Nacht warf ich mich nach dem Essen auf das Sofa.

»Du kannst schon das Fernsehen einschalten«, sagte meine Schwester. »Mach schon, schalte die Nachrichten ein.«

»Die schlechten Nachrichten, wolltest du sagen«, antwortete

Mama. »Ich habe noch nicht den Sender gefunden, wo sie die guten Nachrichten bringen.«

»Die Nachrichten sind ein ermüdendes Gerede. Warum heißen sie Nachrichten, wenn sie jeden Tag gleich sind?« protestierte ich. »Lass mich einen Film suchen.«

Mama war dabei, die Küche aufzuräumen, Irene duschte, und ich blieb allein mit dem eingeschalteten Fernseher. Ich wechselte den Sender auf der Suche nach etwas Unterhaltendem, und zu meiner Überraschung fand ich einen Film, der gerade zu Ende ging, und es genügte mir, einen fliegenden Teppich zu sehen, um zu wissen, dass es eine von den Geschichten war, die mir gefielen. Um das zu bestätigen, sprach eine der Personen das Wort *Bagdad* aus.

Ich stand vom Sofa auf und schlug schreiend an die Badtür.

»Irene! Irene! Du musst schnell herauskommen. Es geht gerade zu Ende.«

»Was ist los?« beklagte sie sich, ihre Stimme unterdrückt vom Geräusch des Wassers. »Bitte Mama darum, was immer es sein mag.«

»Komm raus«, schrie ich erneut. »Lauf, es ist sehr wichtig.«

Die heilige Irene erschien auf der Türschwelle, eingehüllt in das Handtuch, das Haar auf ihre Barfüße tropfend.

»Willst du wohl aufhören zu schreien? Darf man wissen, was Du hast?«

»Bitte, Irene, rieche mir das, was im Fernsehen läuft, bitte, sag mir, wonach Bagdad riecht.«

»Liebes, was im Fernsehen läuft, hat keinen Geruch.«

»Nichts von dem, was im Fernsehen läuft?«

»Nichts. Erinnerst du dich, dass ich dir gesagt habe, dass das Licht keinen Geruch hat? Denn das Fernsehen ist nur Licht.«

Das war wirklich eine Enttäuschung. Nachdem ich mich einmal daran gewöhnt hatte, dass alle Dinge Gerüche ausströmten, die ich verpasste, war es frustrierend, Stücke der Wirklichkeit zu entdecken, die keinen Geruch hatten. Irene schloss sich wieder im Bad ein. Ich bezog Stellung an der Tür.

»Aber die Dinge, die aus dem Fernseher kommen, haben doch Geruch, die Städte, die Personen, die Wälder. Liegt es daran, dass das Fernsehen den Dingen den Geruch nimmt?«

»Nein, daran liegt es nicht. Es liegt daran, dass der Fernseher Bilder und Töne überträgt, aber keine Gerüche übertragen kann.«

»Warum nicht?«

»Weil es keinen Apparat gibt, mit dem man das machen kann. Es gibt Kameras, mit denen man Bilder einfangen kann, und Mikrofone, um die Töne zu erfassen, aber noch niemand hat einen Apparat erfunden, mit dem man die Gerüche einfangen und übertragen könnte.«

»Es ist, als ob der Fernseher keine Nase hätte?«

»Genau.«

»Und das ist schlimm?«

»Natürlich nicht. Der Fernseher ist so, wie er ist, und sonst nichts.«

Ich versuchte einen Moment zu verstehen, was das bedeuten könnte.

Mama war mit Geschirrspülen fertig, Irene damit, sich zurechtzumachen. Ich blieb auf dem Sofa. Der Fernseher wird immer weit weg von den Dingen sein, dachte ich. Er kann die Welt sehen und hören, aber er kann sie nicht riechen. Genau wie ich. Da verstand ich es. Ich betrachtete die Welt genau wie der Fernseher.

In jener Zeit zählte ich noch nicht die Tage, und meine Ferien waren eine so unendliche Gegenwart wie das Meer unserer Spiele. Es gefiel mir, nicht zu wissen, an welchem Tag wir uns befanden, ob es Montag oder Donnerstag war, und ich trug nie eine Uhr. Es ist ein Privileg der Kinder, die Zeit zu genießen wie etwas Unerschöpfliches, sie wasserreich fließen zu lassen und nicht den Wunsch zu verspüren, sie zu bremsen oder aufzuhalten, weil sie nie aufhören würde, großzügig zu fließen. Und es ist die große Enttäuschung der Erwachsenen zu bemerken, dass die Zeit knapp ist, dass sie immer zu schnell zu Ende ist. Deswegen versuchen sie ihre Kürze zu bannen, indem sie sie schneiden und trennen in Ziffern und Raster, sie zählen und klassifizieren in Terminpläne, die wie Bezugsscheine für die letzten Vorräte sind, um nicht die kleinsten Krümel von ihr zu verschwenden.

In jenem Sommer hatte ich noch keinen Kalender auf meinem Nachttisch, wo man das Ende der Ferien sieht, wenn man nur zwei oder drei Seiten umblättert. Erst viel später würde das Umblättern von Seiten, was ich mit meinen Geschichten oder gezwungenermaßen mit den Lehrbüchern tat, zu meiner besonderen Art der Zeitmessung werden, auf meiner Uhr und meinem Kalender. So viele Seiten eines Abenteuerromans bedeuteten einen ganzen Nachmittag voll Faulheit und Freude, während so viele Seiten eines Lehrbuchs viele Stunden des Lernens vor einer Prüfung wären, und so viele Seiten zum Schreiben, ganze Tage voll Arbeit. Aber das sollte erst noch kommen.

Wer tatsächlich in jenem Sommer einen Tag nach dem anderen zählte, war meine Schwester, wenn auch gerade nicht, um sie festzuhalten. Ich habe lange gebraucht, um zu verstehen, dass sie, kaum hatten die Ferien begonnen, schon wünschte, dass sie aufhörten, damit sie wieder zur Universität gehen und sich mit ihren Freunden treffen könnte. In jenem Sommer war Irene zwanzig und sehr hübsch. Heute bin ich mir, wenn ich ihre Fotos sehe, darüber mehr im Klaren als damals. Sie hatte eine Mähne bis zu den Schultern, fast blond, aufgehellt mit Haarfarbe, die ihr hervorragend stand, und sie trug enge Kleider, mit tiefem Dekolleté und warmen Farben, rot, gelb, braun, violett, die ihre gebräunte Haut leuchten ließen. Doch ihre schönen Kleider führte sie aus und nutzte sie ab vom Haus zum Strand, vom Haus zum Markt, vom Haus zu irgendeinem Platz, wo sie auf uns aufpassen musste, während wir spielten, umgeben von drei Tierchen, die ständig ihre Aufmerksamkeit erforderten. Erst Jahre später verstand ich, wie frustrierend diese Zeit für sie gewesen sein musste, ganz besonders an den Wochenenden. Wie sie mit Mama vereinbart hatte, verschwand sie am Freitag Nachmittag, ging nach Barcelona auf

Partys mit ihren Freunden und kam am Samstag frühzeitig zurück, ehe meine Mutter sich auf den Weg zur Arbeit machte. Sie verbrachte das Wochenende damit, ihrer Party von nur einer einzigen Nacht nachzutrauern. Einmal beklagte sie sich, und Mama erinnerte sie daran, dass sie auch keine Ferien hatte. Irene hat sich nicht nochmal beschwert.

Und trotzdem betreute Irene uns so liebevoll, dass ich es sogar vorzog, mit ihr statt mit meiner Mutter zusammen zu sein, die mich sofort ausschimpfte, wenn ich etwas Dummes tat. Außerdem war ich sehr stolz auf meine Schwester. Wir alle waren es, und Mama natürlich auch, weil Irene die erste in der ganzen Familie war, die erste von allen über die ganze spanische Geographie verstreuten Onkeln und Tanten und von allen Cousins und Cousinen mütterlicher- und väterlicherseits, die zur Universität ging. Sie hatte das Gymnasium mit dem Notendurchschnitt »ausgezeichnet« abgeschlossen und einen Studienplatz im Fach Publizistik bekommen, in der Universität *Autónoma* von Barcelona. Für eine Familie, welche während Generationen nichts anderes als Feldarbeit gekannt hatte, war dies ein bewundernswerter Sprung in die Zukunft, und alle gingen davon aus, dass Irene am Ende etwas sehr Wichtiges im Leben machen würde, obwohl sich niemand genau vorstellen konnte, was es sein würde. Mama hoffte sogar, dass sie fähig wäre, meine Schwester und mich mitzuziehen, und auch uns helfen könnte, den Weg zu öffnen. Irene, die sich schmerzlich bewusst war, nur eine gute Studentin mehr unter Tausenden zu sein, und sich bewusst war, was es bedeutete, mit ihren Kommilitoninnen zu konkurrieren, von denen einige die Erben einer langen Familientradition im Journalismus waren, trug diese vielen auf sie gesetzten Erwartungen mit einem hohen Verantwortungssinn. Während der Vorlesungsperiode widmete sie ihre ganze Zeit dem Studium und die Wochenenden der Durchführung von Praktika am Radio von Badalona. Und im Sommer, wenn sie gern gearbeitet hätte oder lieber noch mit ihren Freunden verreist wäre oder sich wenigstens mit ihnen unterhalten hätte, war sie dazu verurteilt, drei Knirpse zu hüten. Sie hörte nicht auf, Tage in ihrem Terminkalender anzukreuzen, und glaubte, dass sie wertvolle Zeit verschwendete. Daher blieb wie während der Nächte lange auf, um ihre Bücher zu lesen, um einige Stunden des Tages zu nutzen. Aus diesem Grund wollte sie nicht, dass ich in ihrem Zimmer schlief. Aber ich bekam kaum etwas von diesen Dingen mit.

Meine Sorgen waren von anderer Art. Zum Beispiel, Trini könnte ihren wöchentlichen freien Tag haben und beschließen, mit Raúl zuhause zu bleiben. Und das könnte noch schlimmer sein, wenn Irene beschließen würde, diesen unheilvollen Tag zu nutzen, um Arbeiten im Haushalt zu machen, und es dann nicht nur keinen Strand geben würde, sondern ich für mich allein spielend in einer Ecke der Wohnung bleiben müsste, wo ich nicht stören würde.

An jenem Tag verbrachte ich den ganzen Vormittag im Esszimmer, wo ich mit meiner Taschenlampe hinter dem Sofa nach Grotten forschte und unseren Schatz in der Höhle unter dem Tisch verbarg und vergeblich versuchte, Meritxell dazu zu bringen, ihn zu bewachen. Irene hantierte in der Küche. Schließlich weigerte sich die Kleine, unseren Schatz vor den Monstern zu schützen, und schlief unverschämterweise ein.

»Irene, kann ich an der Wohnung von Raúl anklopfen, und wir gehen auf der Straße spielen?«

»Es ist doch gleich Zeit zum Mittagessen. Am Nachmittag wirst du schon noch runtergehen.«

»Aber ich langweile mich.«

»Warum hilfst du mir nicht, die Wäsche aufzuhängen?« und sie gab mir ein Weidenkörbchen voll mit hölzernen Wäscheklammern in die Hand. Sie trug den Korb mit der Wäsche und ich folgte ihr die Treppen hinauf bis zum Dach, einer Terrasse, die sich nach den vier Himmelsrichtungen öffnete. Ich ließ die Wäscheklammern auf dem Boden und beugte mich vor, um über das Geländer zu schauen. Ich reichte fast nicht darüber, ich musste mich auf die Zehenspitzen stellen, doch die Landschaft lohnte die Mühe. Wenn man nach hinten schaute, sah man die letzten Gebäude der Stadt, und weiter weg eine ungeordnete Ausdehnung von verfallenen Bauernhöfen, Pinien und Eichenwäldern, bis zum Fuß der Berge. Mein Reich der Wildnis. Wenn man nach vorne sah, eine Abfolge von Dächern und Terrassen, ein ruhiges Meer von Rot und Braun und von aufgehängter Wäsche, die in der Sonne wogte, hier und da Töpfe mit Pflanzen, einschließlich Palmen und Zitronenbäumen, ein paar Grills, die zu rauchen begannen, und in einigen privilegierten Dachterrassen, die ich so sehr beneidete, dass ich mir auf die Lippen biss, Partys um ein Plastikschwimmbecken herum. Und schließlich gab das rote Meer den Weg frei zum blauen Meer, das sich bis zum Horizont ausdehnte, um sich dort mit dem Blau des Firmaments zu treffen. Es faszinierte mich, diese Begegnung der beiden Blau zu betrachten, das eine widergespiegelt im anderen. Und es faszinierte mich noch mehr, seit ich zu ahnen begann, dass das glänzende Blau nur die Oberfläche von beidem war, und dass es in den Tiefen des Firmaments und des Ozeans tausende von verschiedenen ebenso wie wunderbaren Farben gab. Daher war das Blau wie ein Versprechen, ein Botschafter der anderen Farben. Ein funkelndes Blau, das sich nicht über sich selbst hin- und herwiegen ließ, sich nicht in sich selbst reflektieren ließ, ein Samtvorhang eines Theaters, der die Bühnen des Meers und des Himmels verbarg.

»Du hast dich schon wieder begeistert. Bist du heraufgekommen, um mir zu helfen, oder nicht?« rief mich meine Schwester, während sie Handtücher und Badeanzüge an den beiden Wäscheleinen aufhängte, die uns auf der Dachterrasse zugeteilt waren.

Ich nahm den Korb und gab ihr Wäscheklammern.

»Ich möchte gern mit Raúl sein, wir sind mitten in einem Spiel.«

»Vielleicht könnten du und ich spielen, wenn du mir endlich hilfst.«

»Nein, es ist ein Spiel von Raúl und mir.«

»Was für ein Spiel ist es?«

»Wir sind dabei, eine Prinzessin zu retten.«
Irene hängte meinen Badeanzug auf.
»Liebes, das solltest du nicht spielen.«
»Warum nicht?«
»Weil dein Sindbad sich in die Prinzessin verlieben und dich vergessen wird.«
Ich runzelte die Stirn.
»Sindbad ist mein Freund. Wir bestehen gemeinsam Abenteuer.«
»Aber wenn ihr eine Prinzessin rettet, so sehr ihr sie auch gemeinsam rettet, wird er mit ihr gehen und dich für immer verlassen.«
»Da geht er. Und was mache ich dann?«
»Du müsstest eine andere Person in dem Abenteuer sein.«
»Wer müsste ich sein?«
»Vielleicht die Prinzessin, die Sindbad retten wird.«
Ich zog einen Schmollmund und stellte den Korb wieder auf den Boden. Ich hüpfte zwischen den aufgehängten Handtüchern herum.
»Das ist sehr langweilig. Die Prinzessinnen erleben keine Abenteuer, sie verbringen die ganze Zeit ruhig an einem Ort und warten darauf, dass man sie suchen kommt. Sie treten nur am Ende des Märchens auf.«
»Du hast recht, das ist keine unterhaltende Rolle. Gib mir noch eine Wäscheklammer, gerate nicht in Begeisterung!«
»Und wenn nicht, wer könnte ich sein?«
»Die Hexe.«
»Aber ich will nicht böse sein, ich will nur mit Sindbad Abenteuer erleben.«
»Das verstehe ich. Dann bleibt dir noch eine andere Option, die Tänzerin des Tanzes der sieben Schleier.«
»Das ist ätzend. Ich möchte gern herumlaufen und erkunden und Ungeheuer verfolgen. Gibt es sonst nichts? Gibt es nichts außer der Prinzessin, der Hexe und der Tänzerin?«

»Die Prinzessin, die Hexe, die Tänzerin«, wiederholte Irene. »Du hast recht, Helena. Die Geschichten bieten nicht viele gute Rollen für Mädchen.«

Sie hob den leeren Korb auf, die Wäsche wogte im intensiven Mittagslicht. Sie ging laut die Titel einiger traditioneller Märchen durch, und ich hörte sie die Namen der weiblichen Personen in jedem dieser Märchen murmeln. Ich hörte, wie sie Schneewittchen nannte, Aschenputtel, Rotkäppchen, Dornröschen ...

»Ja, die weiblichen Rollen beschränken sich auf die Prinzessin, die Hexe, die Tänzerin, die Fee, die Mutter und die Großmutter. Es gibt nicht viel Auswahl.«

»Aber ich spiele nicht all diese kitschigen Sachen«, protestierte ich. »Ich spiele Sindbad der Seefahrer.«

»Sicher, du spielst *Tausendundeine Nacht*...«

Sie hielt einen Moment nachdenklich inne.

»Aber klar, Helena, in euerer Geschichte gibt es doch eine gute Figur für Mädchen. Eine Person, die zudem ausgezeichnet auf dich passt, so phantasievoll und frech, wie du bist. Sie passt auf dich wie angegossen«, lachte sie.

»Welche Person?

Irene schaute schnell auf ihre Uhr, ließ den Korb auf dem Boden, drehte ihn um und setzte sich darauf. Ich machte dasselbe mit dem Korb für die Klammern.

»Deine Person ist Scheherazade«, sagte sie.

»Oh nein, das ist eine weitere kitschige Prinzessin!« protestierte ich völlig enttäuscht. »Sie tritt am Anfang des Märchens auf, aber die Prinzessinnen langweilen mich, sodass ich diesen Abschnitt übersprungen habe.«

»Das ist keine Prinzessin wie die anderen, Helena, das Problem ist, dass du ihr nicht genügend Aufmerksamkeit geschenkt hast. Lass mich dir ihre Geschichte erzählen. Es war einmal ein mächtiger Sultan, der über ein ausgedehntes und wohlhabendes Land regierte. Er hatte einen Palast voll mit Reichtümern und viele gute und schöne Dinge, um glücklich zu sein, doch wenn der Zorn sich seiner bemächtigte, verwandelte er sich in einen grausamen und unversöhnlichen Menschen, und sein Volk fürchtete ihn.«

Ich war vollkommen überrascht, denn ich wusste nicht, dass meine Schwester diese Märchen kannte, und noch weniger, dass sie sie erklären konnte. Ich konzentrierte mich darauf, ihr zuzuhören, und während sie redete, erhoben sich um uns herum, zwischen den Terrassen, Kuppeln und Minarette und Flötentöne und Stimmen vom Markt.

»Der Sultan unserer Geschichte lebte in einer sehr gewalttätigen Epoche«, erklärte Irene in Worten, die nicht genau die meines Märchens waren. »Die mächtigen Herren hielten sich für Besitzer ihrer Untertanen und handelten wie schreckliche Tyrannen.«

»Das ist so wie heute in den Nachrichten.«

»Ja, gut, wie heute in den Nachrichten. Ich nehme an, wie immer.«

»Und was geschah?«

»Der Sultan entdeckte, dass seine Frau ihn mit einem seiner eigenen Sklaven betrog, er tötete sie in einem Wutanfall und wurde verrückt. Von da an wiederholte er Tag für Tag ein blutiges Ritual. Jeden Morgen verlangte er eine Prinzessin seines Reichs, schlief mit ihr während der Nacht und tötete sie im Morgengrauen. Und so kamen viele der schönsten jungen Frauen seines Landes um, und das ganze Volk lebte in schrecklicher Angst.«

»Im Moment kommen doch in deiner Geschichte nur Prinzessinnen vor, und wenn sie außerdem sterben, werde ich keine Rolle für mich finden.«

»Geduld! Eines Tages fand der Minister, der die Aufgabe hatte, dem Sultan Prinzessinnen zu bringen, schon keine mehr, so dass er schließlich verzweifelt beschloss, ihm seine eigene Tochter auszuliefern. Scheherazade war eine sehr schöne junge Frau, jedoch außerdem sehr klug, mit besonderen Talenten. Sie redete viel, genau wie du.«

»Mich bestraft die Lehrerin damit, dass ich mich mit dem Gesicht zur Wand stellen muss, weil ich schwätze«.

»Genauso, auch Scheherazade wurde von ihren Lehrern bestraft.«

»Und wenn die Lehrerin mich bestraft, kann ich ihr von Scheherazade erzählen?«

»Schweig und hör zu. In jener Nacht ließ der Sultan Scheherazade in seine Gemächer bringen, und er lud sie ein, mit ihm ein sehr elegantes Bett zu teilen, bedeckt mit Seiden mit tausend Mustern, umgeben von Schleiern und Weihrauch. Da nahm er sie, aber als sie fertig waren, bat die Prinzessin, ob sie sich von ihrer Schwester verabschieden könne, die in den Nebengebäuden des Palastes auf sie wartete. Der Sultan ließ sie rufen, und als beide sich umarmten, bat die Schwester Scheherazade, ob sie ihr eine Geschichte erzählen könne, um die lange Nacht besser zu ertragen. Der Sultan willigte ein, die drei machten es sich auf dem Bett bequem, und Scheherazade begann zu erzählen. Er wurde sofort von der Stimme der jungen Frau ergriffen und gefesselt von der Spannung einer faszinierenden Geschichte von Abenteuern und Wundern. Je länger die Geschichte wurde, umso mehr fing sie ihn ein mit ihrer Intrige, so dass der Sultan, verzückt, nicht aufhören konnte zuzuhören, und so verging die ganze Nacht. Stell dir den Sultan unbeweglich auf dem zerwühlten Bett vor, umgeben von verbranntem Weihrauch, wie er an den Worten von Scheherazade hing, während der Mond seine Haare erleuchtete. Schließlich kam die Morgendämmerung, und Scheherazade unterbrach ihre Geschichte genau in der Mitte eines märchenhaften Abenteuers, so dass der Sultan, begierig, die Fortsetzung zu erfahren, ihr erlaubte, in der nächsten Nacht wiederzukommen.«

»Und was passierte in der folgenden Nacht?«

»Scheherazade nahm ihre Erzählung an derselben Stelle wieder auf, wo sie sie verlassen hatte, aber statt sie zu beenden, wuchs und wuchs ihre Geschichte, mit Geschichten innerhalb der Geschichte, wie Schatzkästchen, eins im andern. Die Abenteuer waren so zahlreich, dass das zweite Morgengrauen kam und Scheherazade immer noch nicht fertig war mit dem Erzählen.«

»Und er brachte sie nicht um, um die Fortsetzung hören zu können.«

»Genau. Und auf diese Weise rettete Scheherazade ihr Volk vor der Grausamkeit des Sultans, indem sie einfach nur ihre Geschichten einsetzte. Die Abenteuer der Fiktion machten der Gewalt in der Wirklichkeit ein Ende.«

»Und was geschah am Ende?«

»Die Erzählungen unserer Prinzessin gingen tausendundeine Nacht weiter.«

»Das ist viel Zeit.«

»Wenn wir es wörtlich nehmen, sind es mehr als drei Jahre Geschichten jede Nacht.«

»Das erscheint nicht sehr unterhaltend.«

»Du verstehst es noch nicht«, sagte meine Schwester, und nahm eine feierliche Stimme an, als ob sie mir etwas Lebenswichtiges enthüllen wollte. »Scheherazade gehört zu einem Geschlecht sehr spezieller Frauen, dem der Geschichtenerzählerinnen, der großen Damen der Literatur. Es gibt sie in allen Kulturen und in allen Epochen, es sind Damen, die in ihrem Gedächtnis die alten Geschichten bewahren und sie überliefern, die Märchen für die Kinder erfinden und Erzählungen für die Erwachsenen, Frauen, welche die Sprache hüten, die Wörter, die Dichtung. Die ihre Worte so sehr in Spiegel der Welt, die sie umgibt, verwandeln können, dass sie neue imaginäre Universen erfinden, vergangene Epochen retten oder künftige Zeiten vorausahnen. Die Erzählerin ist die Figur, die zu der Prinzessin, der Hexe und den anderen hinzukommt. Verstehst du es jetzt?«

»Aha«, antwortete ich.

»Und in diesen drei Jahren«, fuhr Irene immer bewegter fort, »erzählte Scheherazade dem Sultan die Abenteuer von Sindbad dem Seefahrer, von Alibaba und den vierzig Räubern und alle diese Geschichten, die dir so gut gefallen.«

»Oh, jetzt verstehe ich es wirklich.«

»Und Scheherazade symbolisiert nicht nur die Literatur, sondern auch und vor allem die Macht der Literatur, der Fiktion, die

Realität umzuformen. Es ist die Macht der Wörter gegen die Gewalt. Und es ist ein stark weibliches Bild. Deswegen interessiert es mich so sehr. Du verstehst das jetzt nicht, aber die einzige Waffe, die uns noch heute helfen kann, die Gewalt zurückzuhalten, sind nach wie vor die Wörter.«

»Ach.«

»Erinnerst du dich an das Buch, das ich neulich am Strand las?«

»Das von Jürgen Habermas?«

»Genau das. Tatsächlich gleicht Habermas sehr der Scheherazade.«

»Warum? Ist er auch ein Prinz von Bagdad? Sind seine Bücher genauso unterhaltend?«

»Nein, mein Schatz, er ist ein deutscher Philosoph, aber auch er glaubt, dass die Wörter, die Kommunikation, uns helfen können, die Gewalt und die Ungerechtigkeit zu vermindern.«

»Hm.«

»Du hast recht, dass es nicht genau dasselbe ist, weil Scheherazade die Fiktion benutzt, die Literatur, während Habermas seine Hoffnung auf die Struktur des Dialogs setzt, auf die kommunikative Vernunft. Aber es sind zwei Wege in dieselbe Richtung.«

Ich schaute sie mit immer größerer Verwirrung an.

»Ist die Geschichte schon zu Ende, die du mir gerade erklärt hast? Du hast mir das Ende nicht erzählt, nämlich dass sie glücklich waren und Rebhühner aßen.«

»Keine Sorge, eines Tages, wenn du größer bist, werden wir darüber ernsthaft reden, du wirst schon sehen«, antwortete sie zufrieden.

Ich zuckte mit den Schultern.

»Aber waren sie glücklich oder nicht?« beharrte ich.

»Wer? Habermas?«

»Der Sultan und Scheherazade. Und ihre Schwester.«

»Oh ja, natürlich, sehr glücklich. Der Sultan und Scheherazade heirateten, hatte viele Kinder und sie schrieb noch viele Geschichten.«

»Also gut. Könnte ich Scheherazade sein?«
»Du bist eine perfekte Scheherazade.«
Und wir blieben noch eine Weile da, mit unseren Badetüchern, die in einer sanften Brise wogten, und teilten das Schweigen des Mittags, die Geschichte auskostend. Von da an würde ich meine Rolle in unseren Spielen haben, wie Raúl seine hatte. Er würde Sindbad sein, ich Scheherazade. Und zusammen würden wir einen wundervollen Sommer haben, sehr lang und voll von Abenteuern. Sindbad und Scheherazade.

An jenem Nachmittag lief ich zu Raúl, um ihm das zu erzählen. Ich ging hinunter zur Wohnung Drei im sechsten Stock und drückte die Klingel, mit meinen drei kurzen Klingelzeichen, damit er wüsste, dass ich es bin.

Aber es war nicht Raúl, der mir öffnete. Mich überraschte eine Trini mit verwirrtem Haar und ungeduldiger Stimme.

»Was möchtest du, Helena?«, und ohne mir Zeit zum Antworten zu lassen, als würde ich etwas Wichtiges unterbrechen, »Raúl kann heute nicht zum Spielen herauskommen.«

»Warum? Zur Strafe?«

Trini drehte einen Moment den Kopf, die Aufmerksamkeit auf etwas gerichtet, das in ihrer Wohnung vorging. Auch ich schaute, aber ich konnte nichts entdecken, das anders war als gewöhnlich. Der Flur, wie üblich dominiert von einem großen Strauß roter Nelken, gab Zutritt zu einem unaufgeräumten Esszimmer mit den Spielsachen von Raúl, auf den Boden geworfenen Bällen und Comic Heften, Autos, die gegen die Möbel geprallt waren. Genau wie immer. Trini machte Anzeichen, sich zu verabschieden und die Tür zu schließen. Ich war zu neugierig, ging näher zu ihr hin und wollte sie fragen, was passiert sei. Und dann hörte ich ihn. Trini sah die Überraschung in meinem Gesicht und lächelte. Ich hörte ihn nochmal. Himmel. Ein Gefühl von zuhause. Wie ein Kamin, der im Winter angezündet wird. Ein Gefühl von Sicherheit, von Kraft, von etwas, an dem man sich festhalten kann. Ich verscheuchte die Erinnerung. Auch in meiner Wohnung war es so gewesen, vor langer Zeit.

Trini zeigte ihre Befriedigung mit einem enormen Grinsen.

»Mein Mann ist zurückgekehrt, sag es deiner Mutter«, und sie schloss die Tür vor mir ohne weitere Erklärung oder Verabschiedung, eifersüchtig darauf bedacht, ihren wiedergewonnenen Schatz für sich zu behalten.

Ich blieb wie angewurzelt vor der Tür stehen und konnte erneut jene Stimme hören, die rief, kräftig, tief, eine Stimme, die man schon so lange nicht mehr in meiner Wohnung hörte. Ich horchte weiter und hörte Raúl lachen, wobei sein Lachen sich mit dem Gelächter seines Vaters vermischte. Dann rannte ich schnell die Treppen hinauf.

3. Kapitel

»Nein, Helena, Schatz, Raúl kann auch heute nicht herauskommen. Sein Vater hat ihn ins Kino mitgenommen, um ich weiß nicht was über die Musketiere zu sehen.«
»Musketiere?«
»Nein, meine Schöne, Raúl ist mit seinem Papa im Zoo. Sie kommen spät zurück.«
Zuschlagen der Tür. Zuschlagen, Zuschlagen.
»Liebes, Raúl probiert gerade das Fahrrad aus, das mein Rafael ihm gekauft hat.«
»Ein Fahrrad!«
»Er wird es dir schon eines Tages zeigen, es ist ein wertvolles Fahrrad, ein Rennrad. Im Grunde ist mein Rafael ein guter Mensch.«
Jeden Morgen gingen Trini und meine Mutter weiterhin zusammen aus dem Haus, um den Bus zu nehmen, der sie zur Arbeit brachte. Und jeden Nachmittag kamen die beiden zum Strand hinunter, um mit uns ein abendliches Bad zu nehmen. Aber hinter jener Tür, die Trini morgens schloss, wobei sie aufpasste, keinen Lärm zu machen, und die sie am Ende des Nachmittags wieder öffnete, mit einem fröhlichen Klingelzeichen vorab als Begrüßung, erwartete sie eine Wärme, die sie vollständig verändert hatte. Jetzt verließ Trini ihre Wohnung mit rosa geschminkten Lippen, Rouge auf den Wangen und lila Lidschatten. Sie trug sorgfältig karmesinrot lackierte Nägel, und sie kämmte sich ihr langes und dickes schwarzes Haar in einen Zopf, wobei sie sehr

aufpasste, ihn beim Baden nicht nass zu machen. Und sie trug nie mehr die Arbeitsuniform auf der Straße. Sie redete die ganze Zeit davon, wie großartig es ist, einen Mann im Haus zu haben, wie ihr Mann den Wasserkasten der Toilette repariert und den verstopften Ablauf im Bad frei gemacht und ihr ein Gestell für ihre Pflanzen auf der Terrasse gebaut hat. Sie wiederholte alle Lobreden, die er auf ihre Gerichte gehalten hatte, und sie gestand uns unter Gekicher, dass sie endlich in dem erneut geteilten Bett mit einem Mal die größte Lust und den besten Schlaf wiedergefunden habe. Meine Mutter ließ sie reden, ohne sie zu unterbrechen, und ab und zu nickte sie freundlich.

Wenn wir abends nach Hause zurückgingen, verabschiedete ich mich von Trini immer mit der Frage, ob Raúl ein Weilchen heraufkommen könnte, um mit mir zu spielen. Aber sie selbst hielt mich freundlich von unseren gemeinsamen Spielen fern, ohne ihn überhaupt zu fragen, und angesichts meiner Hartnäckigkeit antwortete sie nur, dass Raúl nun mit seinem Vater zusammensein müsse. Ich gab ihr darauf verschlüsselte Botschaften zur Übermittlung, ich bat sie, sie solle ihm sagen »Sesam öffne dich« oder »Ersetze alte Lampen durch neue«, doch am nächsten Tag brachte Trini mir nur einfache Grüße zurück, oder schlimmer noch, sagte mir, dass Raúl mir Küsschen schicke, während ich genau wusste, dass Sindbad der Seefahrer den Gefährten seiner Abenteuer keine Küsschen schickte. So dass ich aufhörte, sie überhaupt etwas zu fragen. Womit ich aber nicht aufhörte, war, herumzuschnüffeln. Jeden Abend nach dem Essen bot ich mich freiwillig an, hinunterzugehen, um den Müll wegzubringen, und wenn ich wieder hinaufging, blieb ich im sechsten Stock stehen und horchte an der Tür von Raúl. Ich blieb da einen Moment, geduckt und heimlich, das Ohr ans Schloss geklebt. Oft schnappte ich Bruchstücke von Unterhaltungen und Gelächter auf, oder das Knallen der Autos von Raúl, wenn sie gegen die Wände prallten, oder den Vater, wie er vor sich hinsang. Ich konnte die Kraft und die Wärme jener Stimme des Vaters von der anderen Seite der Tür spüren, und die Stimme war so dicht, so fest, dass ich sie, wenn ich die Augen schloss, berühren konnte, dass ich mit Bewunderung jeden einzelnen dieser Töne streicheln konnte, die es in meinem Zuhause nicht gab, und sogar den Mund öffnen und sein Lachen und seine Lieder schlucken konnte. Jenes nächtliche Ritual dauerte nicht mehr als zwei oder drei Minuten, aber sie genügten, um meine ganze Haut mit den feinen Nadeln des Neids und der Einsamkeit zu stechen, um wieder zu erkennen, was ich alles verloren hatte, um Brosamen von fremden Heimen aufzusammeln. Es gibt ein schmerzhaftes Vergnügen daran, das zu betrachten, was man für immer verloren hat, zu wissen, dass es zumindest existiert, auch wenn es für andere existiert. Es zu sehen, ohne es zurückbekommen zu können. Und nach meiner nächtlichen Ration von Neid und Sehnsucht kehrte ich nach Hause zurück und nahm meine Proteste dagegen wieder auf, dass ich das Zimmer mit Meritxell teilen musste.

An einem Freitag Nachmittag stellte Trini uns ihrem Mann vor, von dem ich bis dahin nur die Stimme und seine Liebe zum Gesang kannte. Rafael war ein kräftiger Mann, groß und ein wenig mollig, zwischen muskulös und dick. Er hatte dasselbe braune und lockige Haar wie Raúl, er hatte einen Schnurrbart und einen Vollbart, und das Hemd, das halb offen war, ließ eine Brust sehen, die ebenso behaart war wie seine Arme. Seine riesigen Füße steckten in abgetragenen Pantoffeln. Er grüßte uns mit einem schnellen Lächeln auf dem Treppenabsatz, dankte meiner Mutter, dass sie seiner Frau so viel geholfen habe, und begab sich dann sofort wieder in seine Wohnung. Trini entschuldigte ihn, ein wenig enttäuscht. Sie erklärte, dass es ihm schwerfiel, sich mit jemandem anzufreunden, dass er Zeit brauchte, Vertrauen zu den Leuten zu fassen, dass er jedoch im Grunde ein Mensch mit gutem Herzen sei, treu gegenüber seinen Angehörigen, dass er zurückgekehrt sei, um sich um Raúl zu kümmern, und dass er sich mit ihm beschäftigte wie ein verantwortungsbewusster Vater. In derselben Nacht kam Gabriel, der ältere Sohn, mit einigen Tagen Urlaub vom Militärdienst und der Freude, Rafael wiederzutreffen. Trini strahlte, weil sie alle ihre Männer zuhause hatte. Sie hörte nicht auf zu erklären und zu erklären. Mama lächelte und hörte zu.

Ich spielte weiterhin meine Helden aus *Tausendundeine Nacht*, aber es schien mir großes Pech, die Person der Scheherazade für mich gefunden zu haben und ohne Raúl zurückzubleiben. Natürlich wurde die Welt weiterhin von lauernden Meeresungeheuern heimgesucht, von bösen Zauberern und verborgenen Schätzen, die mich sehr beschäftigt hielten, und der fliegende Teppich erhob sich genauso auf meine Worte hin zum Flug, auf den Weg zu dem zierlichen silbernen Palast der drei Türme. Und wenn ich es müde wurde allein zu spielen, rettete ich bunte Steine für Meritxell, entriss Irene das gerade aktuelle Buch, damit sie mir nachlief, oder traf andere Kinder, bekannte oder nicht bekannte, um mit ihnen eine Weile herumzuhüpfen. Doch sie alle schauten zum Palast und sahen die Schornsteine des Heizwerks, und sie waren nicht in der Lage, in ihren Handtüchern fliegende Teppiche zu erkennen.

Eines Nachmittags versuchte ich, Meritxell beizubringen, Ali Baba zu spielen. Sie musste nur den Schatz bewachen, und ich versuchte, ihn zu rauben. Jedoch beachtete die Kleine mich nur zur Hälfte und spielte ihre eigenen Spiele, und schließlich wurde ich so ärgerlich, dass ich sie biss.

»Aber was zum Teufel machst du«, trennte uns Irene.

Meritxell bekam einen Wutausbruch, und Irene nahm sie in den Arm und liebkoste sie, bis sie sich beruhigte.

»Sie ist dumm«, beschuldigte ich sie. »Sie taugt nicht als Schwester.«

»Sie ist jünger als du. Du bist jünger als ich, und ich beiße dich nicht, wenn du etwas nicht verstehst.«

»Sie ist dumm«, beharrte ich. »Und ich mag sie nicht.«

»Du solltest nicht eifersüchtig auf sie sein. Sie ist deine Schwester, und sie wird am Ende deine beste Freundin sein, du wirst schon sehen.«

»Ich bin nicht eifersüchtig. Ich mag sie einfach nicht. Als sie geboren wurde, ist Papa gestorben.«

Irene sah mich entgeistert an.

»Wie kommst du denn darauf? Sag' das nie wieder, hörst du? Niemals.«

»Aber natürlich sage ich es. Sie wurde geboren, und Papa starb. Es ist die Wahrheit.«

»Das ist es nicht. Der Tod von Papa war ein Unfall. Und für Meritxell ist das noch schrecklicher als für dich, weil du mit ihm aufgewachsen bist und sie ihn kaum kennenlernen konnte. Deine Schwester braucht dich sehr, Helena, sie braucht es, dass du ihr Dinge von Papa erzählst.«

Ich hielt mir mit beiden Händen die Ohren zu und rannte los zum Wasser. Ich schwamm so weit hinein, wie ich konnte, und ich biss mir mit solcher Wut auf die Lippen, dass sie bluteten. Dort blieb ich, mit dem Rücken zum Strand, und ich ging nicht wieder weg, bis meine Mutter uns suchen kam, zwei Stunden später. Das Salz brannte in der Wunde, und meine Haut spannte überall. Ich verstand, dass dies der Schmerz und die Nostalgie sind, diese Falten, mit denen die Haut sich über sich selbst faltet und sich mit Krümmungen, Zerklüftungen, winzigen Verstecken füllt, wo sich der Neid und der Groll ansammeln.

An jenem Abend verbrachte ich etwas mehr Zeit vor Raúls Tür. Er war immer noch nicht zu unseren Spielen zurückgekehrt. Nach meiner Berechnung war er zwei Wochen abwesend. Eine Ewigkeit.

An einem Sonntag Morgen machte Mama sich daran, mir Kleider von Irene anzuprobieren und mich erbarmungslos mit Säumen und Stecknadeln zu quälen.

»Die hat deine Schwester getragen, als sie Dreizehn war, und dir passen sie schon mit Elf. Du bist sehr groß und sehr hübsch.«

»Und ich bin total braungebrannt.«

»Schwarz, willst du sagen. Du lebst praktisch am Strand. Und schau, so gebräunt steht dir dieses rote Kleid wunderbar.«

»Mir gefallen diese affigen Kleider nicht. Wenn ich immer die Kleidung von Irene erben muss, könnten wir sie zusammen aussuchen.«

»Nörgele nicht so, nimm sie wie ein Geschenk.«

»Sie sind kein Geschenk, es sind die Reste«, protestierte ich.

»Was ist zur Zeit los mit dir, warum bist du so schlecht gelaunt?«

»Nichts.«

»Seit Raúl nicht mehr mit dir spielt, bist du verärgert. Du hast dich in ihn verliebt.«

»Es ist, weil ich mich ohne ihn langweile.«

»Ich weiß schon, Helena, aber du musst großzügig sein. Bestimmt wird er in den nächsten Tagen, sowie er sich daran gewöhnt hat, seinen Vater im Haus zu haben, wieder mit dir spielen. Komm, du kannst das Kleid schon ausziehen, und pass auf mit den Stecknadeln. Und jetzt ziehst du dieses weiße Kleid an.«

»Das ist das hässlichste von allen. Hoffentlich wird es schnell schmutzig.«

Aber sie hörte mir nicht zu. Sie legte die Kleider auf dem Tisch zusammen und murmelte vor sich hin.

»Was sagst du?« fragte ich.

»Dass ich mich wundere.« Sie hielt mitten im Satz inne und fing noch einmal an. »Ich wusste nicht, dass er so viel Geld verdienen würde. Er hat Trini sehr teure Geschenke gebracht, und dieses Fahrrad, das er Raúl gekauft hat, kostet ein kleines Vermögen.«

»Was für ein Glück!«

»Man muss die Ärmel ändern. Halte still, damit ich maßnehmen kann. Das Herz fordert mich auf, mit ihr zu sprechen, aber Irene sagt, dass ich mich nicht einmischen soll, dass ich sie in Wirklichkeit kaum kenne.«

»Und was nun?«

»Irene hat recht damit. Dass sie vor drei Jahren hierhergezogen sind und dass ich fast nichts über ihr früheres Leben weiß. Dass wir sie nicht kennen.«

Sie schwieg einen Augenblick.

»Ich vertraue darauf, dass ihr Mann nicht in irgendein Durcheinander verwickelt ist.«

Jetzt verstand ich. Meine Mutter war genauso eifersüchtig wie ich. Zum Glück für uns.

»Aber es scheint, dass er gut für Trini und seine Söhne sorgt«, gab sie mit einem Seufzer zu. »So dass ich nicht protestieren sollte. Trini ist eine gute Freundin und sie verdient es, dass ihre Geschichte gut ausgeht. Auf, das war's schon für jetzt, du kannst schon gehen.«

An jenem Abend war ich wieder freiwillig bereit, den Müll wegzubringen, und auf dem Rückweg blieb ich wie üblich vor der Tür von Raúl stehen. Aber als ich diesmal mein Ohr ans Schloss presste, öffnete sich die Tür mit einem Schlag, und ich fiel mit der Nase auf die Türschwelle. Ich schluckte den Schreck hinunter und fühlte, wie Rafael sich über mich beugte. Ich dachte, er würde mich grüßen, aber seine Augen machten klar, dass er sich nicht erinnerte, wer ich war. Ich hoffte vergeblich, er würde mir die Hand geben, um mir aufzuhelfen. Das Einzige, was ich erhielt, war ein Blick, der alles andere als freundlich war.

»Was schnüffelst du herum?«

»Ich bin eine Freundin von Raúl, ich heiße Helena«, antwortete ich so würdevoll, wie ich konnte, während ich aufstand und meinen Rock ausschüttelte.

Ich hoffte, dass mein Freund oder seine Mutter gleich herauskommen würden, aber niemand erschien.

»Höre, du Rotznase«, warnte er mich, indem er seinen dicken Zeigefinger meinem Gesicht näherte, wobei er mich fast mit der Spitze eines schrecklich schmutzigen Nagels berührte, »ich bin es allmählich satt, dass du jeden Abend an meiner Tür horchst, verstanden? Ich will nicht, dass irgendwer seine Nase in meine Wohnung steckt. Wenn ich dich noch einmal an meiner Tür schnüffeln sehe wie ein Hund, werde ich dir diese Schnüffelnase ausreißen. Ist das klar?«

»Keine Sorge«, antwortete ich. »Meine Nase hat keinen Geruchssinn, weshalb ich keine Schnüfflerin bin.«

»Wer ist es?« – hörte ich die Stimme von Trini aus dem Inneren der Wohnung.

»Niemand«, antwortete er, und dann beugte er sich erneut über mich.

»Ist es klar, Schnüffelnase? Wenn du das noch einmal machst, werde ich sie dir in Stücke schneiden.«

Ich streckte ihm die Zunge heraus und rannte schnell zu meiner Wohnung.

Ich hätte das meiner Mutter erzählen sollen, und vielleicht hätten sich, wenn ich es getan hätte, ihr Verdacht und meine Ängste verbunden, und die Ereignisse hätten sich in eine andere Richtung entwickelt. Aber ich war so bestürzt, dass ich mein Unverständnis und meinen Schrecken verschwieg. Wenn ich wochenlang jede Nacht jene väterliche Stimme bewundert und sehnsüchtig erwartet hatte und sie so fest und warm war, und vergnügt mit Scherzen und Liedern, warum wurde sie dann, als Rafael mich beim Horchen entdeckte, sofort so unsympathisch und drohend? Warum ging, als er die Tür öffnete, jene Wärme des Zuhauses, die ich beneidete, kaputt? Außerdem hatte noch nie irgendein Erwachsener so mit mir gesprochen, und in der Tat war der einzige Ort, an dem die Erwachsenen so mit den Kindern redeten, die Märchen. Die bösen Zauberer in *Tausendundeine Nacht* oder die zornigen Geister, die nach tausend Jahren Gefangenschaft aus der Flasche entwichen, redeten in der Tat so, und noch dazu machten sie ihre Drohungen wahr. Mit dieser Angst setzte ich meinem heimlichen Lauschen an der dritten Tür im sechsten Stock ein Ende. Aber wenn ich schon meine Spiele am Strand mit Sindbad verloren hatte und dann auch noch meine nächtlichen Rituale vor seiner Tür verlor, was blieb mir? Ich sah ein, dass es an der Zeit war, mir andere Spiele zu suchen, bei denen ich Raúl nicht brauchte. Damals kam mir die Idee zu einem völlig anderen Spiel.

Als wir drei Schwestern am folgenden Tag zum Strand hinuntergingen mit dem üblichen Arsenal von Sonnenschirm, Handtüchern, Bällen, Eimern, Rechen, Wasserpistolen, Schwimmringen, Cremes und so weiter, nahm ich einige Blätter mit, die ich Irene geklaut hatte, und mein Mäppchen mit den Buntstiften. Wir ließen uns an demselben Ort nieder wie immer, aber diesmal bat ich, ehe ich mich auszog und ins Wasser sprang, Irene um Erlaubnis, einen Spaziergang zu machen, und mit dem Versprechen, mich nicht zu weit zu entfernen, machte ich mich mit meinem Mäppchen und den Blättern auf den Weg. Ich überquerte die Bahnschienen und begab mich auf die Meerstraße, die Geschäftsstraße der Stadt. Ich betrat die erste Parfümerie, an der ich vorbeikam.

Ich überschritt die Schwelle der Parfümerie mit derselben Feierlichkeit, wie jemand, der nicht lesen kann, zum ersten Mal eine Bibliothek betritt, entzückt von etwas, das ich bewunderte, ohne es zu verstehen, voll Neid, keinen Zugang zu dem Schlüssel zu haben, der den Sinn jenes durchsichtigen Tempels und der kostbaren Dinge erklärte, die man hier verehrt. Die Parfümerie war ein langer Flur mit Glasregalen auf beiden Seiten, voll von kostbaren Flakons, und einer ovalen Theke in der Mitte, wo das Geschenkpapier, Schleifen und Kästchen warteten. Sie war dekoriert mit Spiegeln, hellem Blau und blassem Gold, und sie erschien mir so elegant und vornehm wie die Namen der ausgestellten Parfüme. Es machte mir Spaß, hier und da reflektierte Teile von mir zu sehen, während ich mit größter Vorsicht die Flakons nahm, um sie zu berühren, zu wiegen, sie in jedem Detail zu betrachten. Für mich enthielten sie das Geheimnis der Geheimnisse. Dass aus einem Buch oder einer Blume Geruch ausströmte, war etwas, das ich nur halb verstand. Aber dass der Geruch in Reinform in einer Flasche eingesperrt sein und als solcher verkauft werden könnte, das faszinierte mich. Wie würde man die Parfüme einfangen, um sie in eine Flasche einzusperren? Wäre das ähnlich, wie wenn man Geister in eine magische Lampe einsperrte? Ich nahm mit beiden Händen jene Fläschchen der Phantasie, ich gab einen Tropfen auf mein Handgelenk, wie ich es bei den anderen gesehen hatte, näherte begierig meine Nase und bestätigte zum x-ten Mal, dass ich nichts wahrnahm. Dann versuchte ich einen Schlüssel zu erraten, indem ich die Etiketten las, und ich begeisterte mich, als ich entdeckte, dass ein paar Tropfen ausreichten, um Freude und Sonne in deiner Umgebung zu verbreiten, um die Frische der Quellen bei dir zu tragen, um eine vornehme Dame aus dir zu machen, um alle männlichen Blicke anzuziehen, um zu verführen, zu überraschen, verliebt zu machen… Und dann sah ich den Preis, einige so teuer, dass sie in der Tat besondere Kräfte besitzen mussten, wie ein Arzneitrank der Hexerei. Das war die Welt, zu der ich nicht gehören konnte, so sehr ich auch in meinen Händen die durchsichtigen Gefäße hielt, in denen sie gesammelt war.

Die Verkäuferin näherte sich und fragte mich, ob ich ein Geschenk für meine Mutter suchte. Es war eine junge Frau mit einer sehr sanften Stimme, langem blondiertem Haar und Handgelenken voll Armbändern aus Metall, die bei jeder ihrer Gesten klimperten. Sie war passend zu den Farben des Ladens gekleidet, und sie bewegte sich mit ebensolcher Eleganz. Ich bewunderte sie, als wäre sie eine Priesterin in ihrem Tempel, die weise Wächterin von Schätzen und Geheimnissen.

»Guten Tag. Ich mache eine Sommerarbeit für die Schule über das Vokabular der Gerüche«, log ich, in der Vermutung, dass die Erwähnung des Namens der Schule mehr Aufmerksamkeit verdiente als ein gerade erfundenes Spiel, »und ich würde Sie gern fragen, mit welchen Wörtern sie den Geruch ihres Ladens beschreiben würden.«

Die junge Frau brach in Lachen aus.

»Aber Kind, wo das doch eine Parfümerie ist. Hier gibt es hunderte von verschiedenen Parfümen.«

»Und könnten Sie mir beschreiben, wie sie alle zusammen riechen?« beharrte ich zaghaft. »Ist es so, wie wenn alle Instrumente in einem Orchester auf einmal ertönen?«

Sie war zögerlich.

»Oder vielleicht ist es eher wie mehrere verschiedene Melodien, die gleichzeitig erklingen?«

Sie ordnete sich mit einer Hand das Haar, während die Finger der anderen Hand auf ein Gestell trommelten.

»Mit dem Licht geschieht etwas sehr Seltsames«, fuhr ich fort. »Wenn sich alle Farben vereinen, heben sie sich gegenseitig auf und man sieht nur weiß. Passiert etwas Ähnliches mit den Parfümen? Verschwinden sie, wenn sie alle zusammen sind?«

»Du gehst auf eine sehr anspruchsvolle Schule, nicht wahr? Was haben sie Dir bloß für Hausaufgaben für den Sommer aufgegeben. Auf, nimm ein paar Parfümproben für deine Mama mit und geh zum Strand, wo so ein strahlender Tag ist.«

Und sogleich drehte sie mir den Rücken zu und wendete sich zu einer Kundin, die gerade eingetreten war. Ich nahm die Muster und überquerte wieder die Bahnlinie in Richtung Strand.

Ich begab mich direkt zum nächsten Strandkiosk. Eine Bude auf dem Sand, wo vier Generationen einer einzigen Familie abwechselnd Eis, Getränke und Süßigkeiten an die Badenden verkauften. Immer waren mehr Verkäufer als Kunden da, und sie unterhielten sich eine Zeitlang damit, dass sie Eis am Stil und Popcorn verschlangen. Sie ließen mich denken, dies sei ein großartiger Beruf.

»Guten Tag, mein Herr. Darf sich Sie fragen, wonach ihre Eisdiele riecht?«

Der Typ, der ein lustiger Spaßvogel aus Cádiz war, kahl und trocken wie ein Stock, schenkte mir eine geheuchelte Grimasse des Ärgers.

»Mädchen, was machst du so Ernsthaftes an einem so schönen Tag? Mit welchem Geschmack möchtest Du Deine Eiswaffel?«

»Ich frage, weil ich eine Arbeit für die Schule mache, und ich muss mit Worten einige Gerüche beschreiben.«

»Nun, meine Eissorten riechen nach schmackhaftem Eis, und das Meer riecht nach Meer, und die Badenden nach Badenden. Los, sag' mir, was ich Dir geben soll.«

»Und was geschieht, wenn der Geruch des Meers mit dem Geruch von Ihrem Eis zusammentrifft?«

»Wie meinst du das, ›was geschieht?‹«
»Ich will sagen: Vermischen sie sich zu *einem* Geruch?«
»Aber Kind, schau Dir meine so wundervollen Eissorten an, wähle einen Geschmack, und ich gebe Dir ein Eis, und du bewahrst die Schulaufgaben für September auf.«
»Der Geruch des Meers muss salzig sein, oder? Und der Geruch des Eises süß? So dass sie entgegengesetzt sind. Was passiert, wenn sie zusammentreffen? Meine Schwester liest Bücher über das Yin und das Yan und sagt, dass die Welt zusammenhält, weil die Anziehung der Gegensätze sie an ihrem Platz hält.«
»Meine Kleine, wenn Du mich nach dem Wetter fragst, so bin ich ein meteorologischer Experte des Strandes, aber für ein Eis zu kommen und ein Gespräch über Himmelsharmonien und den Sinn des Universums zu erwarten … es ist zu heiß. Willst du ein Eis oder nicht?«
»Ich komme später wieder.«
Ich beschloss, mein Glück bei der Kioskverkäuferin am Bahnhof zu versuchen.
Sie war eine dickliche rothaarige junge Frau, die nie aufhörte, geschäftig von hier nach dort zu laufen, um ihren winzigen Kiosk herum, der vollgestopft war mit Zeitschriften, Heften und Süßigkeiten, wobei sie immer wieder alles neu ordnete, wie ein eifriges kleines Tier, das ständig seinen Bau in Ordnung brachte.
»Guten Tag, ich mache gerade eine Arbeit für die Schule. Wären Sie so freundlich mir zu sagen, wonach das Papier riecht?«
»Du hältst Dich für sehr witzig, nicht wahr? Ist das nicht Dein Hund?«
»Welcher Hund?«
»Der verdammte Köter, der in meine Zeitschriften gepisst hat, verdammt sei er.«
»Und jetzt riechen sie schlecht?«
»Schau mal, Mädchen, ich komme um vor Hitze und ich habe keine Geduld mehr. Willst du etwas kaufen oder nicht?«

»Wir möchten ein paar Zeitungen«, rettete mich die Stimme Irenes hinter mir.

»Es war ein Spiel«, flüsterte ich ihr zu, weil ich Schimpfe befürchtete, während sie die Zeitungen bezahlte.

»Das ist eine gute Idee«, antwortete sie. »Lernen, mit den Wörtern zu spielen. Das ist eine weitere Art, Scheherazade zu spielen.«

Ich hatte die Lobrede noch nicht verstanden, aber sie erfüllte mich mit Stolz.

»Auf, komm, weil eine Frau auf Meritxell aufpasst, aber ich will sie nicht länger allein lassen. Ich habe dich überall gesucht, wo bist du denn gewesen?«

»Ich habe drei Personen gebeten, dass sie mir Gerüche beschreiben«, erklärte ich, während wir zum Sonnenschirm zurückgingen, »aber sie haben mir nichts geantwortet.«

»Das kommt daher, dass du eine falsche Strategie benutzt. Wenn du wissen willst, was ein Wort bedeutet, dann darfst du sie nicht so direkt fragen. Denn es ist sehr wahrscheinlich, dass sie dann nichts zu antworten wissen.«

»Und was kann ich dann machen?«

»Du musst beobachten, wie sie das Wort verwenden. Du musst unauffällig sein, dich mit Geduld wappnen und den Leuten beim Reden zuhören. Du gehst zum Markt, gehst herum und horchst. Sie werden vom Geruch der Dinge sprechen. Vielleicht stellst du dann gerade im passenden Moment eine indirekte Frage, oder machst eine subtile Bemerkung, die hilft, die Unterhaltung zu dem Punkt zu bringen, der dich interessiert. Verstehst du?«

Ich stimmte zu. Von da an setzte ich mich jeden Morgen ein Weilchen ab und ging in einige Läden. Jeden Morgen in eine andere Parfümerie, eine Drogerie, einen Blumenladen, einen Markt. Ich ging schweigend zwischen Verkäuferinnen und Kunden hin und her und spitzte die Ohren. Aber die Leute redeten kaum vom Geruch, kaum hin und wieder einen Satz, und fast immer, um sich zu beklagen. Ich wartete und wartete, wie Irene gesagt hatte, aber es erforderte so viel Geduld …

Und dann tauchte Raúl auf.

»Raúl! Kommst du mit uns?«

»Ja, mein Vater ist einige Tage zum Arbeiten weggegangen.«

»Möge er diese Tage am Strand genießen«, sagte Trini. »Der Sommer geht so schnell vorbei.«

Wir verabschiedeten uns von Mama und von Trini, die den Bus zum Can Ruti nahmen, und Raúl und ich trabten vor Irene die Straße hinunter und baten sie, schneller zu gehen. Als wir zum Strand kamen, hatten wir nicht einmal Zeit, die Handtücher auszubreiten oder Sonnencreme aufzutragen. Wir zogen eilig unsere Sachen aus und sprangen kopfüber ins Wasser. Irene ließ uns mit einem Seufzer der Geduld gehen. Das Meer war bewegt, genau richtig zum Wellenreiten.

»Spielen wir Sindbad?« schlug ich vor.

»Mein Vater hat einen riesigen Lkw«, antwortete Raúl.

»Vorsicht, diese Welle ist gigantisch.«

»Einen Lkw mit zwanzig Rädern.«

»Noch eine!«

»Und er hat die ganze Welt bereist. Er hat alles transportiert, Obst, Gemüse, aber auch sehr teuere Kleider für elegante Damen, und sogar gefährliche Substanzen, die nur die besten Fahrer mitnehmen dürfen, weil ein Unfall mit ihnen tödlich sein kann. Mein Vater ist sehr mutig.«

»Diese hier ist sehr klein ...«

»Und einmal hat er in einem Spezial-Lkw eine Jacht über die Autobahn gefahren. Und er hat auch Schweine und Kühe überführt.«

Mir schien das nicht gerade aufregend.

»Und außerdem, weißt du was? Mein Vater war in Bagdad.«

Das war nun doch eine Überraschung.

»In Bagdad? Du meinst, in dem Palast?« Und ich zeigte auf die Schornsteine des Elektrizitätswerks.

»Nein, du Dummkopf, im *wirklichen* Bagdad. Mein Vater sagt, dass es sehr exotisch ist. Er ist dort mehrmals mit seinem Lkw gewesen. Es gibt dort sehr schöne Prinzessinnen.«

»Und gibt es Ungeheuer?«
»Nein, die gibt es nicht. Aber in der Tat Paläste und Prinzessinnen.«
»Und hat er dir gesagt, wonach es riecht?«
»Natürlich nicht.«
»Wirst du ihn von mir danach fragen?«
»Gut. Er sagte mir, dass es märchenhafte Märkte gibt, mit verschiedenen Früchten und Gemüsen. Und Frauen mit ganz schwarzen Augen. Offenbar ist es so schön wie in dem Buch, das ich dir geliehen habe.«
Ich freute mich, dass er sich wenigstens an unsere Geschichten erinnerte.
»Spielen wir Sindbad?«
Er zog sein Schwert.
»Im Zoo gab es Tiger und Löwen.«
»Im Zoo von Bagdad?
»Nein, du Schafskopf, im Zoo von Barcelona.«
»Dein Vater nimmt dich aber an viele Orte mit.«
»Aber das Beste von allem ist sein Lkw. Möchtest du ihn sehen?«
»Na gut.«
»Jetzt wird er eine Woche unterwegs sein, aber sobald er zurückkommt, werde ich ihn dir zeigen. Er hat zwanzig Räder.«
»Einverstanden, nächste Woche zeigst du ihn mir. Und jetzt, spielen wir Sindbad?«
Er schwang sein Schwert in die Luft, und der dickliche und vergnügte Raúl war wieder Sindbad der Seefahrer, die drei Kamine waren wieder die Türme des Palastes, unsere Strandtücher nahmen den Flug auf, und die Welt füllte sich wieder einmal mit Schätzen, die es zu entdecken galt.

Sindbad und ich teilten wieder Abenteuer und Gefahren, und dennoch war der Raúl, der zu unseren Strandtagen zurückgekehrt war, nicht derselbe. Er brauchte weniger das Bagdad der Fiktion, das bis dahin unser gemeinsamer Schatz gewesen war, und mehr das *wirk-*

liche Bagdad, von dem sein Vater ihm erzählt hatte. Wer träumt von fliegenden Teppichen, wenn sein Vater einen Lkw besitzt?

»Mama, warum gehen wir nie irgendwohin?«

»Wohin?« fragte sie, während sie gedankenverloren Ordnung in der Küche herstellte.

»Nie gehen wir wohin. Wir könnten in den Zoo gehen.«

»Und du könntest mir helfen. Auf, seife die Teller ein.«

»Gut. Warum gehen wir nicht in den Zoo?«

»Eines Tages werden wir schon hingehen, aber es ist teuer und wir versuchen zu sparen.«

»Für was?«

»Für viele Dinge. Die Immatrikulationsgebühr von Irene muss bezahlt werden, und ich möchte eine elektrische Küche einbauen und das Gas abschaffen, damit du uns nicht eines Tages in die Luft fliegen lässt.«

Ich hatte die Gefahren völlig vergessen, die mein fehlender Geruchssinn bedeutete. Wirklich komisch, dass meine Mutter und Raúls Vater sich einig waren in dem Glauben, dass meine Nase eine Bedrohung für sie war, wenn auch aus ganz unterschiedlichen Gründen. Ich zog es vor, dazu nichts zu sagen.

»Ich möchte gern Tiger und Löwen sehen.«

»Nun, am Strand gibt es doch auch Tiere, oder nicht? Es gibt Möwen, Fische und Hunde, die mit ihren Herrchen herumlaufen. Stell dir vor, wie viele verschiedene Tiere, oder? Von Land, Meer und Luft. Und außerdem sind sie am Strand nicht eingesperrt und können nach Belieben herumlaufen, wohin sie Lust haben. Was willst du mehr?«

»Ich möchte nach Barcelona. Warum gehen wir nie hin?«

»Weil Barcelona eine wichtige Stadt ist und man nur wegen wichtiger Dinge hingeht. Man geht da nicht wegen irgendwas hin.«

»Und welches sind die wichtigen Dinge?«

»Zu einem guten Arzt gehen, wenn du ein schwerwiegendes Problem hast, zu einem Anwalt in die Beratung gehen, ins Theater gehen. Deswegen bist du dort geboren, denn geboren werden ist wichtig, ist das Wichtigste.«

»Ach so. Und um zu sterben, muss ich auch nach Barcelona gehen?«

»Sterben wirst du, wo es dich gerade trifft, Liebes.«

»Also Sterben ist nicht wichtig?«

»Es ist vielmehr ein Unglück.«

»Und es ist nicht wichtig, wo man stirbt?«

»Aber nein, Mädchen. Sterben ist ein Unglück, wo immer es passiert.«

Die Unterhaltung gefiel mir immer weniger.

»Morgen werden wir die Bücher für die Schule bestellen gehen«, sagte Mama, und die Unterhaltung gefiel mir jetzt überhaupt nicht mehr.

»Jetzt schon? Aber wieviel Ferien sind noch übrig?«

»Es bleiben noch die letzten paar Wochen, aber genieße sie, denn sie gehen zu Ende. Wohin gehst du?«

»Ich will nicht einseifen.«

Ich ging ins Esszimmer. Irene ordnete Papiere auf dem Tisch.

»Irene, warum gehen wir nicht in den Zoo?«

»Im Zoo ist im Sommer ein schrecklicher Gestank, Helena.«

»Warum? Riechen die Tiere schlecht im Sommer?«

»Es liegt daran, dass zu viele Tiere zusammen auf zu engem Raum sind.«

»Dann gehen wir im Herbst, einverstanden?«

»Das ist eine schlechte Zeit. Wir werden eine Menge Ausgaben gleichzeitig haben.«

»Gut, aber dann gehen wir an einen Ort, der sehr billig ist.«

»Deswegen gehen wir an den Strand, mein Schatz, weil er umsonst ist.«

»Mein Vater ist schon zurückgekommen. Möchtest du, dass ich dir seinen Lkw zeige?«

»Einverstanden. Wie treffen wir uns?«

»Um acht am Eingangstor. Du sagst, dass du einen Moment zu meiner Wohnung hinuntergehst, und ich, dass ich hinaufgehe, um in deiner Wohnung zu spielen.«

Der Lkw interessierte mich nicht im geringsten, aber eine heimliche Flucht, sei sie auch nur kurz, hatte ihren Reiz. So dass ich an jenem Abend fünf vor Acht meine Mutter anflunkerte und zum Haustor hinunterging. Raúl erwartete mich schon begeistert, und wir begaben uns rennend hinaus auf die Straße.

Wir brauchten zehn Minuten, um zum Ende unseres Viertels zu kommen, wo die letzten Gebäude sich zu einem riesigen Gelände öffneten, von der Größe von ungefähr fünf oder sechs Häuserblocks. Vor Jahren hatte es eine Ziegelfabrik beherbergt, und nach deren Schließung verwandelte es sich in einen Zufluchtsort für streunende Hunde und Katzen, Motorradfahrer aus dem Viertel und sogar abendliche Liebespaare, die einige Nachbarn vom Ausguck ihrer Dachwohnungen beobachteten. Dieses freie Feld war die Grenze zwischen der letzten Straße des Viertels, der Bòbila Straße, in Wirklichkeit eine graue Gasse mit Läden und Werkstätten, und dem Beginn der verwilderten Felder, die sich bis zum Fuß des Montigalà Gebirges erstreckten. In der Bòbila Straße gab es eine Werkstatt, in der große Fahrzeuge repariert wurden, und deswegen sammelten sich um das freie Gelände herum und auch in seinem Inneren ohne Ordnung geparkte Lkw, Wohnwagen, Lieferwagen und Pkw. Ich war dort ein paarmal vorbeigekommen. Tagsüber herrschte hier immer Betriebsamkeit, Fahrzeuge, die kamen und gingen, und Jungen mit Fahrrädern, die in den Ecken Pirouetten versuchten. Aber mit dem Einbruch des Abends bemächtigte sich dieses Ortes eine bedrohliche Atmosphäre. Die meisten Straßenlampen waren durch Steinwürfe zerstört, und bei Nacht wurde er höchstens von den Lichtern eines Ladens oder der Nachbarstraßen beleuchtet. Von den verwilderten Feldern, die vollständig im Dunkeln lagen, kamen alle Arten von seltsamen Geräuschen.

Der Lkw von Raúls Vater erwartete uns am Ende der Straße, und ich musste zugeben, dass er ein eindrucksvolles Ungeheuer war. Wir zählten gemeinsam die 20 Räder, und danach lehnte Raúl sich stolz an die Kabine und las Zahlen und noch mehr Zahlen vor über die PS, Geschwindigkeit und Kapazität, Zahlen, die ich schon eine Minute später nicht mehr hätte wiederholen können. Und inmitten der Lobreden machte er die Geste, sein Schwert von Sindbad zu zücken, und zog statt seiner einen Schlüssel heraus.

»Du hast deinem Vater den Schlüssel geklaut?«

»Es ist nur der Ersatzschlüssel. Wir können hineingehen und fahren spielen.«

»Dein Vater wird böse werden.«

»Er braucht es nicht zu erfahren. Er schnarchte auf dem Sofa, vor einem Western.«

Raúl kletterte zur Kabine und öffnete die Tür.

»Auf, komm rauf. Ich werde dir das Büro meines Vaters zeigen.«

Die Fahrerkabine des Lkw war in der Tat ein Büro im Kleinen. Neben dem Lenkrad gab es Papierblocks und Bleistifte, einen sehr dicken Terminkalender, einen Kalender und ein Foto von Trini, die mit einem riesigen Lächeln zwischen ihrem Sohn Gabriel und einem Raúl, der noch ein kleines Kind war, posierte. Ein schwarzer Stier aus Plastik hing von der Decke, und an den Wänden waren Poster und Ansichtskarten von Städten aufgehängt, die übereinander geklebt waren.

Hinter den Sitzen fanden wir eine Campingliege und eine Schachtel mit riesigen Pantoffeln, eine graue Decke, einen Sanitätskasten und eine Flasche Wasser. Aus einer anderen Ecke schauten eine Menge Kassettenbänder hervor. Es gab eine vollständige Sammlung von Singspielen, *Doña Francisquita*, las ich, *Agua, azucarillos y aguardiente*, und viele andere. Außerdem gab es Rumbas, Boleros und Lieder von Antonio Machín, Manolo Escobar und El Fary. Wir beide schnüffelten mit immer größerem Vergnügen herum. Raúl öffnete das Handschuhfach und nahm eine Menge Karten heraus. Er betrachtete sie und las die Namen von Ländern und Städten mit großer Feierlichkeit vor. Sein Vater hatte jahrelang Europa durchreist, und in letzter Zeit fuhr er vor allem in die Länder des Mittleren Ostens, weil die Handelsbeziehungen hervorragend waren, wie Raúl mit dem Stolz des Kenners erklärte.

Es fehlte uns die Zeit, um anzufangen, von langen Reisen zu phantasieren. Raúl, der auf dem Fahrersitz saß, ohne dass seine Füße die Pedale erreichten, umklammerte fest das Steuerrad, machte ein ernstes Gesicht und zählte alle Städte auf, die er besuchen wollte. Er träumte davon, dass sein Vater ihn eines Tages mitnehmen und sie gemeinsam durch die ganze Welt reisen würden. Da erinnerte ich mich.

»Hast du deinen Vater gefragt, wonach Bagdad riecht?«

»Ach so, ja, stimmt. Er erzählte mir, dass die ganze Stadt nach sehr intensiven Parfümen riecht. Dass es an vielen Stellen nach Weihrauch und Sandelholz riecht, und dass auf den Märkten und in den Restaurants das Essen stärker riecht als hier und sein Geschmack intensiver ist. Er sagt, dass alles sehr gewürzt ist. Dass der Kaffee kräftiger ist, dass er mehr nach Kaffee und auch nach Zimt schmeckt. Und dass es köstliche Süßigkeiten gibt. Dass er jedes Mal, wenn er hinfährt, zugenommen hat, wenn er zurückkommt.«

»Im Ernst?«

»Er hat mir auch gesagt, dass die Frauen besser riechen als hier, aber dass das meine Mutter nicht wissen dürfe.«

»Ach.

»Und er erklärte mir, dass er einmal Ruinen besichtigt hat. Er hat die Tore von Babylon gesehen und andere sehr alte Orte, die ersten Städte der Menschheit. Er sagt, dass die Ruinen so alt waren, dass man die Zeit in ihnen riechen konnte.«

»Wirklich?

»Und er hat mir erzählt, dass es in der Nähe von Bagdad noch andere wunderbare Städte gibt. Dass es Städte gibt, die nach Pistaziengebäck riechen und andere nach Nougat.«

»Unglaublich!«

»Und er hat auch die Wüste gerochen und die Oasen.«

»Das ist tatsächlich alles so schön? Das scheint sogar besser als unsere Geschichte.«

»Ich habe meinen Vater gefragt, ob es in Bagdad Menschen gibt, die nicht riechen, und er sagte mir, dass in Bagdad, und im ganzen Mittleren Osten, die Parfüme so intensiv sind, dass es unmöglich ist, sie nicht zu riechen. Dass dort alles so stark riecht, dass es unmöglich ist, es nicht zu bemerken.«

»Ich würde gern nach Bagdad gehen«, seufzte ich. »Und sehen, ob ich auch riechen kann.«

»Ich mache mit. Stellst du dir vor, bis nach dort in dem Lkw zu reisen?«

»Würde dein Vater uns mitnehmen?« fragte ich hoffnungsvoll. »Es bleiben immer noch einige Wochen Ferien, so dass wir Zeit hätten.«

»Das wäre eine Abwechslung.«

Wir begannen uns die weite Reise vorzustellen und alle Abenteuer, die uns begegnen würden, und Raúl suchte unter den Landkarten erneut eine Karte von Bagdad, als wir plötzlich den Blick hoben und durch das Fenster Rafael sahen, der eine Zigarre rauchte und auf dem Gehweg direkt auf seinen Lkw zuging. Raúl verstaute die Karten sofort im Handschuhfach, klemmte sich einen Finger ein und unterdrückte ein Stöhnen. Es gab keine Möglichkeit, vom Lkw zu steigen, ohne dass er uns sehen würde, so dass wir uns in der Vertiefung hinter den Sitzen versteckten und uns mit der Decke verhüllten, in dem Versuch, so wenig Raum wie möglich einzunehmen. Ich biss mir auf die Lippen. Ich war sicher, dass er uns entdecken und mit einer beeindruckenden Schelte überziehen würde. Ich fürchtete um meine Nase, und ich hielt sie ganz stark mit meinen Händen fest. Mich überfiel ein schrecklicher Drang zu pinkeln. Als Raúls Vater neben der Kabine stehen blieb, hielten wir den Atem an. Wir zählten die Sekunden und dann die Minuten. Nichts geschah. Warum kam er nicht herein? Was machte er? Raúl und ich sahen uns überrascht an. Mir schliefen die Beine ein, aber ich wagte es nicht, die Stellung zu ändern. Und dann hörten wir seine Stimme, wie er jemanden grüßte. Zwei Stimmen antworteten ihm.

»Wie läuft alles, Jungs?«, fragte Raúls Vater.

»Perfekt, Rafael, perfekt«, ertönte eine Stimme, kalt und scharf wie ein Messer. »Calvo ist sehr zufrieden mit dir, du bist ein Profi geworden.«

»Ich hatte es dir schon gesagt, ich erfülle meine Aufträge, ohne Problem.«

»Darum handelt es sich, Mann«, sagte eine andere Stimme, trocken und autoritär. »Ohne Fragen, ohne Probleme und pünktlich.«

»Ich habe jahrelange Erfahrung.«

»Das merkt man. Es gibt ein weiteres Paket, das für dich bereit liegt, wenn es dich interessiert«, sagte die zweite Stimme.

»Natürlich interessiert es mich.«

»Die Bedingungen sind dieselben. Es handelt sich um dasselbe Produkt, so dass du schon weißt, wie man damit umgeht. Und du kennst auch schon den Kontaktmann an der Grenze.«

»Ein tüchtiger Bursche.«

»Er ist nicht sehr erleuchtet, aber man kann ihm vollständig trauen. Sein Vater weiß auch Bescheid, rechne mit ihm, wenn er nicht da sein sollte. Schauen wir mal, wann wirst du abfahren?«

»Nächste Woche, am Donnerstag. Ich fahre aus dem Lager um sechs Uhr morgens.«

»Dann fährst du, sobald du fertig bist, in der Werkstatt vorbei. Das Paket und die Papiere werden vorbereitet sein.«

»Und der Betrag?«

»Wie vereinbart, Rafael«, ertönte wieder die andere Stimme, diesmal noch kälter.

»Könnten wir ihn nicht ein wenig erhöhen? Ich entferne mich sehr von meiner Route, es ist ein Reisetag mehr.«

»Höre, Rafael, werde jetzt nicht anspruchsvoll, das passt nicht zu dir. Es ist ein großzügiges Zubrot, ausreichend, um Süßigkeiten für deine Frau zu kaufen. Du willst doch dein Leben nicht noch komplizierter machen.«

»Ist gut, ist gut. Ich habe nichts gesagt.«

»So mag ich es. Bis bald, Rafael.«

»Pass auf dich auf, Mann« sagte der andere.

Wir hörten die schnellen Schritte der Typen, die sich entfernten. Rafael blieb allein zurück, und wir schrumpften noch mehr zusammen, weil wir fürchteten, dass er jetzt doch die Tür öffnen würde. Ich schloss die Augen und wartete auf den großen Rüffel. Doch wir hörten nur einen Schlag auf die Kabine und ein paar Schimpfwörter.

»Verdammte Geizhälse«, beklagte sich Rafael. »Immer schuften die gleichen.« Dann trat Schweigen ein. Als wir Minuten später unter der Decke herauszuschauen wagten, war auf der ganzen Straße kein einziger Mensch.

Meine Beine waren eingeschlafen, und es machte mir Mühe, mich wieder hinzustellen. Raúl leckte sich die Wunde am Zeigefinger. Wir stiegen von der Kabine hinunter.

»Wie seltsam das gewesen ist, findest du nicht auch?« murmelte ich.

Er zuckte die Schultern.

»Diese Typen waren furchterregend«, beharrte ich.

»Aber wir haben sie doch gar nicht gesehen.«

»Ihre Stimmen machten mir Angst. Und wer ist jener Calvo?«

»Nun, der Inhaber der Werkstatt *Calvo Reparaturen*.«

»Und was mag das Paket sein, von dem sie geredet haben?«

»Mein Vater muss Botendienste für sie machen. Da er so weit reist, kann er ja den Leuten Pakete mitbringen. Vielleicht bringt er Ersatzteile aus der Werkstatt in andere Länder.«

»Ich glaube, dass dein Vater ein Spion ist und geheime Information überbringt«, flüsterte ich.

»Du hast viel Phantasie. Wenn sie Spione wären, würden sie sich nicht hier mitten auf der Straße treffen, und sie würden auch nicht ihre wirklichen Namen benutzen.«

»Aber es schien eine Unterhaltung von Spionen zu sein.«

»Sei nicht albern, es ist mein Vater. Wenn er ein Spion wäre, wüsste ich es. Außerdem ist er zu dick.«

Das klang überzeugend. Wir gingen weiter, und als wir die Hauptstraße des Viertels erreichten, sahen wir Raúls Vater, wie er in einer Ecke eine Zigarette anzündete, während er wartete, um die Straße zu überqueren. Wir blieben stehen, um ihn zu beobachten, aber als er die Straße überquert hatte, nahm er, statt nach Hause zurückzugehen, Kurs nach unten, in Richtung Stadtzentrum.

»Wo geht er wohl hin? Wo es doch schon Zeit zum Abendessen ist«, sagte ich.

»Ich weiß nicht. Wenn er nicht bald zurückkommt, wird Mama böse werden. Klar, dass sie auch auf mich böse werden wird.«

»Vielleicht hat er sich mit jemandem verabredet.«

»Glaubst du, dass er sich noch mit anderen Spionen trifft?«

»Hättest du Lust, es herauszufinden?«

Raúl zweifelte, aber nichts ist so ansteckend wie die Neugier.

»Einverstanden. Folgen wir ihm.«

Wir blieben auf dem gegenüberliegenden Gehweg, eng an die Wand gedrängt, und wir machten vorsichtige Schritte, wie wir es in den Filmen gesehen hatten. Wir folgten ihm eine Weile die Straße hinunter, wobei wir auf alle seine Gesten achteten und darauf warteten, dass er sich mit jemandem treffen oder in ein Lokal hineingehen würde. Aber schließlich kamen wir ins Stadtzentrum, und zu meiner Enttäuschung wurde sofort klar, dass Rafael sich zu keinem Treffen von Spionen begab, sondern zum Strand, wo die Feiern zu Mariä Himmelfahrt kurz vorm Beginn waren und die Schausteller mit höchster Geschwindigkeit arbeiteten, um den Aufbau der Attraktionen fertigzustellen, während schon die Festmusik erklang. Der Strand empfing uns geschmückt mit grellen Farben und Leuchtbuchstaben, Sirenen und Ungeheuern aus Plastik, und einem Durcheinander von Kindern vor dem Strandkiosk, der gerade in diesem Moment unter Beifall und Geschrei enthüllt wurde, um mit dem Verkauf von Zuckerwatte und karamellisierten Äpfeln zu beginnen. Raúls Vater ging umher und blieb einen Moment stehen, um die Leute zu beobachten, die das

Riesenrad aufstellten. Dann entdeckte er, dass eine der Bars schon in Betrieb war, machte es sich an einem Plastiktisch bequem und bestellte ein Bier und ein paar Tapas, und da war er, ganz ruhig. Es erschien kein gefährliches Subjekt, niemand gab ihm eine Notiz, auch kein Paket, und er rief auch niemanden an. Wir überwachten ihn hinter den Autoskootern versteckt, und unser Spionageeinsatz endete in vollkommener Langeweile.

Ich musste zugeben, dass Raúl Recht hatte. Sein Vater erweckte nicht den geringsten Anschein, dass er ein Spion sein oder in etwas Aufregendes verwickelt sein könnte. Er war nichts als ein dickbäuchiger und etwas grober Vierziger, der genau vorm Abendessen drei Krüge Bier in sich reinkippte. Nichts Besonderes. Er war so, wie meine Mutter die Mehrzahl der Männer charakterisierte. Weniger meinen Vater, der statt des Biers den Zigarren und dem Grillen zugetan war. Er sagte immer, dass zu ihm nur die rauchenden Laster passten. Ich erinnerte mich an ihn, während wir in der Beobachtung Rafaels vor Langeweile umkamen. Es hätte mir gefallen, meinem Vater folgen zu können und zu sehen, was er machte, wenn er weder zuhause noch bei der Arbeit war. Ich hätte ihm gern nachspioniert, wenn er zum Strand ging, um zu laufen, oder wenn er sich mit seinen Freunden traf. Es erfüllte mich Stolz bei der Vorstellung, das wäre unterhaltender, als Raúls Vater zu folgen.

Nach einer halben Stunde zahlte Rafael und ging.

»Siehst du, er ist kein Spion? Er ist nur mein Vater.«

Wir blieben ruhig an der Stelle, während er sich entfernte, und als wir ihn aus dem Blick verloren hatten, genügte ein Blick auf unsere Umgebung, um die Enttäuschung sofort verschwinden zu lassen. Die Attraktionen des Festes würden zwar erst am nächsten Tag fertig sein, aber die Musik erklang immer lauter, die Leute aßen in den Strandbuden und Bars, und während der Tag sich seinem Ende zuneigte, gingen alle Lichter an. Die Palmen glänzten lila, grün und rot auf dem Sand, und die goldenen Lichter spielten im Gewoge der Wellen. Die bunten Farben erzeugten ein wundersames Klima. Es war der Vorabend des Fests und selbst ein Fest. Wir kauften uns Eis und schnüffelten herum in der Geisterbahn, der Krake, dem Riesenrad und den Autoskootern. Und als wir es bemerkten, hatte das Fest uns verschlungen. Wir waren dort allein, in der Nacht, weit weg von unseren Vätern und Müttern und Regeln und Schimpfe. Das war nun wirklich eine Eskapade, und die Aufregung versetzte uns in einen Rausch.

»Erinnerst du dich, wie wir nachts am Strand badeten?« fragte ich.

»Das können wir wiederholen! Das Wasser wird jetzt wärmer sein.«

»Schade, dass wir keine Badeanzüge dabeihaben.«

»Macht nichts, wer wird uns schon sehen?«

»Hier gibt es viele Leute und viel Licht«, beharrte ich.

Raúl nahm mich an der Hand und zeigte in Richtung auf die Schornsteine des Kraftwerks.

»Ich weiß von einem Platz, in der Nähe der Ölbrücke, wo die Zigeuner schwimmen gehen. Da ist es dunkler.«

»Und woher weißt du das?«

»Weil mein Bruder dorthin geht, um sich mit Mädchen zu küssen.«

Wir zogen die Schuhe aus und machten uns auf zum Strand in Richtung Sant Adrià de Besòs, die Lichter des Festes und der Stadt hinter uns lassend. Wir liefen durch eine bedrohliche Welt von verfallenen Fabriken, deren letzte eingestürzte Wände fast bis zu den Wellen reichten, und hinter jeder Wand, die sich noch auf den Beinen hielt, entdeckten wir Dutzende von Autos in einer Reihe, mit nächtlichen Insassen, welche dasselbe Versteck benutzten wie Gabriel.

Schnell erreichten wir die Ölbrücke, und Partys und Gitarren begrüßten uns zu einem anderen Fest. Es gab einen Strandkiosk, mit sechs oder sieben Personen, die dort etwas tranken und sich unterhielten, und näher am Wasser, unmittelbar am Rand der ruhigen Wellen, einen weiten und ungeordneten Kreis von Stühlen und Liegestühlen um ein Lagerfeuer herum, von wo die Musik und das Klatschen kamen. Drei Mädchen tanzten, während einige Kinder um sie herumsprangen. Ein Esel und eine Ziege lagen zwischen den Stühlen neben einem Paar von Hunden, zwei Kötern mit dichtem dunklem Fell und von undefinierbarer Rasse, die sich freundlich näherten, um uns zu beschnuppern. Wir streichelten sie, und danach streichelten wir auch noch den Esel und die Ziege. Aus dem Strandkiosk fragten sie uns unter Gelächter, ob wir Bier wollten, und dann boten sie uns Fanta an. Wir tranken einige Fanta, während wir unsere Stimmen und das Klatschen unserer Hände zum allgemeinen Gesang hinzufügten.

Dann suchten wir uns eine Ecke, einige Meter entfernt von den Sängern. Wir zogen die Kleider aus, ließen sie geordnet auf einem Holzstapel liegen und warfen uns kopfüber ins Wasser. Die Nacht verschlang uns. Wir sahen unsere Körper nicht, die ins dunkle Wasser eingetaucht waren, und das Schwarz bedeckte uns. Wir schwammen weiter hinein, bis das Lagerfeuer der Zigeuner am Ufer, umgeben von Gesang, nicht größer war als die Flamme einer Kerze. Die winzigen Lichter der Stadt konnte man leicht vergessen. Das muss die Freiheit sein, dachte ich, so meine Erinnerung. Im Meer zu treiben unter einem Himmel ohne Sonne, dich von den Wellen treiben zu lassen. In der Dunkelheit verschwinden ohne Schimpfe und Druck. Die ganze Nacht und das Meer für dich.

Wir spielten Wellen reiten, tauchen, Steine suchen. Der Mond kam ab und zu hervor und verbarg sich wieder. Die Zigeuner brieten etwas am Feuer, und das weckte die beiden Hunde aus ihrem Halbschlaf, die vor Freude kläfften und an den Beinen der Köche emporsprangen. Ein weißer dicker Hund tauchte von irgendwoher auf und schloss sich der Bettelei an. Der Esel und die Ziege schliefen weiter. Ein kleiner und dicker Typ erhob eine Bierflasche und hielt eine Rede, wobei er übertrieben mit den Armen fuchtelte. Die anderen lachten und applaudierten, und es gab eine Runde Umtrunk. Man hörte einen Hahn, und die Hunde bellten wieder. Dann spielten die Musiker ein Lied, das mir bekannt vorkam, und Raúl und ich sangen aus dem Wasser mit. Mit der Zeit zehrte sich das Feuer auf, das Fest um es herum erlosch, und einige der Zigeuner gingen mit ihren Stühlen weg. Eine Frau ging und nahm ihre Ziege mit. Die Gitarristen gingen einer nach dem anderen weg. Raúl und ich schwammen ein wenig weiter hinein. Ich fühlte mich frei, in Frieden, und ich fühlte mich glücklich. Bis wohin würden wir schwimmen können? Wie weit würden wir kommen? Könnten wir für immer in diesem dunklen Meer verschwinden? Ich schloss die Augen, ließ mich treiben, und plötzlich begegnete ich Raúl an meinen Lippen. Ein Kinderkuss, lang und mit dem salzigen Geschmack des Meers. Ich erbat noch einen, und Raúl küsste mich wieder, bis wir plötzlich Stimmen hörten, die riefen, wir sollten aus dem Wasser kommen. Ich schloss die Augen, damit sie verschwinden mögen, aber die Stimmen riefen uns erneut. Als ich hinsah, sah ich zwei Polizeibeamte am Ufer.

Raúl und ich sahen uns mehr überrascht als erschreckt an und schwammen widerwillig zum Ufer zurück. Plötzlich fiel uns ein, dass wir keine Badeanzüge anhatten, so dass wir bis dahin kamen, wo das Wasser uns den Bauch bedeckte, und dort blieben. Und so waren wir zum ersten Mal im Leben mit der Obrigkeit konfrontiert, bei Nacht, splitternackt, das Wasser aus dem Haar triefend. Zu spät fiel mir ein, dass wir keine Handtücher hatten.

»Wo sind eure Eltern?«, fragte einer der Polizisten. Es war ein junger Mann, groß und schlank, der Körper und die Stimme trocken, ungeduldig. Er bewegte sich nervös am Ufer.

»Wir sind Waisen«, platzte Raúl heraus. »Wir sind allein auf der Welt.«

»Wie heißt du, Junge?«

»Sindbad der Seefahrer«.

»Und ich bin Scheherazade«, fügte ich hinzu.

»Was für eine Nacht«, brummte der Polizist.

Der andere Polizist kam näher ans Ufer, und da sah ich, dass es eine Frau war. Sie war ein wenig größer als ihr Kollege, schlank, und trug das Haar zu einem Knoten gerafft, der ihren Kopf krönte, als wollte sie sich noch größer machen. Sie bewegte sich langsam, auf besondere Weise, die Arme ganz nah am Körper. Als ich sie im Dunkeln sah, war es wie die Silhouette einer Zypresse, die leise wogte. Dann sprach sie, und ihre ruhige Stimme gefiel mir.

»Also, sehen wir mal, Sindbad, wie nennt dich deine Mutter?«

»Meine Mutter nennt mich Raúl«.

»He, du hast es ihr gesagt!«, protestierte ich.

Raúl hielt sich den Mund zu.

»Und dein Nachname, Raúl?«

Er ließ den Mund geschlossen.

»Und wie heißt du, meine Schöne?«

Ich schüttelte den Kopf.

»Seid ihr Geschwister?«

»Wir sind Abenteuergefährten«, antwortete ich.

»Kinder, es ist sehr gefährlich, bei Nacht schwimmen zu gehen, die Strömung könnte euch weit vom Strand wegtragen. Ihr müsst sofort aus dem Wasser kommen«, sagte die Frau.

Raúl und ich sahen uns zweifelnd an.

Die Beamten bestanden nochmal darauf, und schließlich entschieden wir uns, nachdem sie uns nun einmal das Fest unterbrochen hatten, herauszugehen.

»Wo sind eure Eltern?« wiederholte der Beamte.

»Im Palast«, antwortete ich, indem ich auf die Kamine des Elektrizitätswerks zeigte. »Aber wir haben keine Handtücher.«

Die Polizisten näherten sich der Strandbude und kam mit einem geliehenen Handtuch zurück.

»Es riecht schlecht«, beklagte sich Raúl. »Es riecht nach Ziege.«

»Zum Teufel, sie werden mir das Auto verpesten«, beklagte sich der Beamte.

»Fahren wir im Streifenwagen?«, fragte Raúl. Und in seinem Gesicht zeichnete sich ein enormes Lächeln ab.

»Das befürchte ich«, antwortete der Beamte. Bei ihm zeichnete sich der gegenteilige Ausdruck ab.

»Hurra!«, rief Raúl.

Wir zogen uns schnell an und liefen zum Fahrzeug. Wir hatten kaum genug Zeit, um auf die hinteren Sitze zu springen.

»Fahren wir mit eingeschalteter Sirene?«

»Werden Sie Fotos von uns machen wie von den Verbrechern?«

»Wofür ist dieser Knopf?«

»Können wir bei der Patrouille helfen?«

»Kann ich mich nach vorn setzen?«

»Lieber würde ich Betrunkene fahren«, protestierte der Polizist.

»Jetzt hört mir mal genau zu«, bat die Frau. »Wenn ihr kooperiert und uns eure Adresse sagt, bringen wir euch nach Hause, und die Sache ist erledigt. Aber wenn ihr euch weigert, werdet ihr eine lange und gar nicht unterhaltende Nacht in der Arrestzelle verbringen. Und ohne Abendessen. Wie ist eure Antwort?«

»Was machen wir?«, fragte ich Raúl leise.

Doch er wendete sich an den Polizisten.

»Was Sie da im Ohr haben«, fragte er, »ist das dazu da, mit anderen Polizisten zu kommunizieren?«

Ich hatte bis dahin nicht darauf geachtet, aber der Polizist trug einen kleinen Kopfhörer im Ohr, von dem ein Kabel herabhing, das bis zu seiner Hosentasche ging.

»Das, mein Junge« – der Polizist schnalzte mit der Zunge, »ist ein Freundschaftsspiel zwischen Betis und Barcelona.«

»Aber das muss seit einer Ewigkeit zu Ende sein«, protestierte seine Kollegin. »Könntest du das Radio lassen und für die Arbeit da sein?«

»Jetzt findet die Debatte statt, was das beste von allem ist. Und sag bloß nicht, dass das Radio mich von der Arbeit ablenkt, denn um zwei Quasselstrippen zu ertragen, reicht mir ein einziges Ohr.«

Die Beamtin murmelte etwas und wandte sich an uns.

»Was sagt ihr? Nehmt ihr das Angebot an?«

»Ich würde auch gern die Debatte hören«, antwortete Raúl. »Ich bin ein Anhänger von Barça«.

»Ich bin für Barça nur mit dem Kopf. Mit dem Bauch bin ich für Betis.«

»Und warum schalten Sie nicht das Autoradio ein?«

»Wenn wir das Autoradio einschalten, sagt ihr uns dann, wo ihr wohnt?«, fragte die Polizistin.

Raúl stimmte zu. Ich zuckte mit den Schultern. Es enttäuschte mich, dass wir so schnell aufgaben.

Und so geschah es, dass wir an jenem Tag zuhause weggingen, um Spion zu spielen, und nach Hause zurückkehrten im Polizeiauto. Vom Fenster des Streifenwagens betrachtet erschien meine Stadt ein dunklerer und gefährlicherer Ort, und ein aufregenderer. Schade, dass die Radiosendung die Debatte über ein Fußballspiel war.

Als das Auto vor dem Haus parkte, unter dem wachsamen Blick einiger Nachbarinnen in Bademantel und Lockenwicklern, die sich von ihren Balkonen zwischen Geranien und Gasflaschen hinauslehnten, schaute der Beamte auf seine Uhr und teilte mit, dass es genau Mitternacht war. Unser glückliches Abenteuer war an sein Ende gekommen, und wir betraten das Gebäude und erwarteten resigniert die monumentale Schelte, die auf uns niedergehen würde, auf Raúl sechs, und auf mich sieben Stockwerke weiter oben. Aber ich hatte die Strafe verdient. Raúl und ich fassten uns an den Händen, und ich dachte, dass wir nach dieser gemeinsamen Eskapade für immer Freunde sein würden, weil nichts mehr vereint als geteilte Abenteuer. Wenn wir erst einmal ausgeschimpft und bestraft wären, würde uns nichts mehr trennen können. Während wir im Hausflur auf den Aufzug warteten, hörten wir ein andauerndes Öffnen und Schließen der Türen von neugierigen Nachbarn. Für mich klang es wie Applaus.

Die Beamten gingen mit uns hinauf und klingelten an der Tür von Raúl. Wir bereiteten uns auf das Geschimpfe vor. Aber wir waren nicht vorbereitet auf das, was dann geschah.

Trini öffnete die Tür und nahm uns sofort beide in die Arme und drückte uns fest.

»Danke, danke«, schluchzte sie, während sie uns umschlungen hielt. »Wir haben euch im ganzen Viertel gesucht, überall. Seid ihr in Ordnung? Warum macht ihr uns solchen Kummer?«

»Wer ist es?« hörte man die Stimme des Vaters.

»Es ist die Polizei«, begann Trini, »die uns die Kinder bringt …«

Er ließ sie nicht ausreden.

»Du sagst ihnen nichts!«, schrie er, während er durch den Flur stürzte, »lass sie nicht eintreten!«

Er stürmte im Schlafanzug zum Flur. Auf dem Weg hatte er einen Hausschuh verloren.

»Was wollen sie denn? Das ist meine Wohnung, und ich werde sie nicht eintreten lassen ohne einen Durchsuchungsbefehl.«

Die Beamtin sah ihn irritiert an. Der Polizist schenkte ihm einen Blick tiefer Verachtung.

»Mir scheint, Sie haben über den Durst getrunken«, warf er ihm vor. »Wir haben ihren Sohn und seine kleine Freundin gefunden, wie sie am Strand badeten. Die beiden hätten dort nicht allein sein dürfen.«

Trini atmete tief und hielt die Tränen zurück. Sie bemühte sich, ihre Stimme zu beherrschen.

»Sie sind heute vor dem Abendessen weggelaufen, sie hatten so etwas noch nie gemacht. Helenas Mutter und ich haben sie im ganzen Viertel gesucht. Danke, danke, dass sie sie gefunden haben.«

»Sie müssen besser auf sie aufpassen.«

»Ich verspreche Ihnen, dass sie eine ordentliche Strafe bekommen werden. Haben Sie Nachsicht mit meinem Mann, er ist sehr aufgeregt von dem Schrecken, und vielleicht hat er ein wenig getrunken.«

Der Vater hatte den Mund nicht mehr aufgemacht.

»Ist alles in Ordnung, mein Herr«? fragte der Beamte.

Er bejahte. Er streichelte Raúls Haar, aber es war zu spät. Er hatte nur auf die Beamten geachtet, und er hatte Raúl nicht für das Weglaufen getadelt, noch hatte er Erleichterung oder Freude über sein Erscheinen gezeigt.

»Geh' Du mit dem Mädchen zu der anderen Wohnung hinauf«, sagte der Polizist zu seiner Kollegin. »Ich möchte gern kurz mit diesen Herrschaften sprechen.«

»Natürlich«, antwortete Trini. »Bitte kommen Sie herein. Kann ich Ihnen eine Erfrischung anbieten?«

Rafael wollte protestieren, aber sie warf ihm einen bösen Blick zu und schob ihn hinein. Der Polizist folgte ihnen und schloss die Tür hinter sich.

Die Beamtin begleitete mich zu meiner Wohnung. Mama öffnete die Tür mit dem Telefon in der Hand, am anderen Ende der Leitung die Polizei. Sie hatte gerade die Feuerwehr und die Notaufnahmen angerufen, und sogar den lokalen Radiosender. Als sie mich sah, schlug sie mich mit dem Hörer auf den Kopf und fing dann an zu weinen. Der Polizistin gab sie zwei Küsse und schenkte ihr eine Schnur mit Würsten aus dem Dorf.

Als die Beamtin gegangen war und meine Mutter schließlich aufgehört hatte, mich abwechselnd zu umarmen, zu küssen und auszuschimpfen, lehnte ich mich vom Balkon, um noch einmal den Streifenwagen zu sehen. Es dauerte noch fünfzehn Minuten, bis er abfuhr.

Später, als Mama sich erholte und verstand, was wir getan hatten, bestrafte sie mich damit, eine ganze Woche ohne Strand, ohne Fest und ohne Raúl zu verbringen. Und die Größe dieser Strafe war für mich, wie es die übliche Logik der Kinder ist, die Bestätigung, dass unser Abenteuer etwas Außergewöhnliches war.

Irene brachte mich zur Dusche.

»Nur eines verstehe ich nicht. Wenn Du am Strand baden warst, warum zum Teufel riechst du nach Ziege?«

Am nächsten Morgen stand ich auf, bereit, ohne Feilschen die Summe der sieben Tage Strafe für das wunderbare Abenteuer am Vortag zu bezahlen, was für mich bedeutete, dass ein paar Stunden nächtlicher Eskapade eine ganze Woche Hausarrest aufwogen. Es erschien mir ein gerechter Preis, denn es war fabelhaft, in der Nacht allein auf dem Fest zu sein, am Strand vorm Lagerfeuer der Zigeuner zu baden, im Streifenwagen nach Hause zurückzukehren, und vor allem dies alles mit Raúl zu teilen und auf diese Weise unsere Freundschaft ein wenig zu stärken. Aber mehr noch als wegen all dieser Dinge lohnte es sich deshalb, weil er mir am Tag davor das unerwartetste Geschenk gemacht hatte.

Zu Beginn jenes Sommers hatte Irene mich zum Arzt mitgenommen, um ein Heilmittel für die Empfindungslosigkeit meiner Nase zu finden, nur um am Ende festzustellen, dass es keinerlei Heilmittel gab. Später war es meine Mutter, die mit ihren Bittgesuchen und Gebeten zur Kirche ging, und auch diese hatte keine Hilfe für uns. Schließlich wagte ich es, im Traum meine Helden aus *Tausendundeine Nacht* zu bitten, dass sie mir die Gabe gewährten, die Gerüche wahrzunehmen, und auch diesmal vergeblich. Und dann plötzlich jene Worte. Jene Worte von Rafael, übermittelt von Raúl, die immer noch in meinem Kopf kreisten wie die magische Formel einer Verzauberung. Raúls Vater, der mehrmals mit seinem Lkw in das *wirkliche* Bagdad gefahren war, bestätigte, dass dort, und im ganzen mittleren Osten, die Parfüme so gut und so intensiv waren, dass es unmöglich war, sie nicht zu riechen. Ich hätte gern einen Monat Strafe bezahlt, um jenen magischen Satz zu hören, um zu erfahren, dass es einen Ort auf der Welt gibt, in der wirklichen Welt, zu dem man über die Landstraße mit einem Lkw kommen konnte, wo die Gerüche so stark waren, dass vielleicht sogar ich, mit meiner kranken Nase, sie zum ersten Mal wahrnehmen könnte. Würde Rafael Recht haben? Wäre dies die Lösung für meine Nase?

»Irene, weißt du, ob im Orient die Gerüche intensiver sind als hier?«

»Was hast du gelesen?« fragte sie, ohne den Kopf aus ihrem Buch zu heben.

»Ich habe nichts gelesen. Ich habe einer Unterhaltung zugehört und mir schien, als hätte ich das verstanden.«

Irene stand kurz auf, durchforstete die vollgestopften Bücherregale in ihrem Zimmer und breitete ein Buch vor mir aus, groß wie ein Atlas, mit hartem, aber sehr abgenutztem Einband, eines von jenen Büchern, die sie aus zweiter Hand auf dem Antiquitätenmarkt von San Antoni in Barcelona kaufte. Ich blätterte aufs Geratewohl Seiten durch. Das Buch war voll von Karten und Abbildungen, wo man Karawanen sah, die Wüsten durchquerten, Kamele, die mit Truhen beladen waren, und auch Boote, und sogar Seeräuberschiffe und Seeschlachten.

»Die Gewürzroute«, las ich. »Was ist das für eine Route? Was ist ein Gewürz?«

Doch Irene war wieder in ihre Studien vertieft. Ich setzte mich mit dem Buch an ihre Seite, gespannt, und begann zu lesen. Wenige Stunden später wusste ich, dass Rafaels Theorie richtig sein musste.

An jenem Tag, und an den folgenden, las ich die Geschichte vom Geruch Europas. Das ist keine Geschichte, die in der Schule gelehrt wird, auch nicht in den Universitäten. Es gibt keine Geschichtsschreiber des Geruchs, noch Kongresse darüber, auch keine Lexika oder wissenschaftlichen Zeitschriften. Und dennoch ist der Geruch ein Grundfaktor unserer Geschichte, und ganz besonders der europäischen.

In jenen Tagen entdeckte ich, dass von dem Moment an, an dem die ersten Siedler sich auf unserem Kontinent eingerichtet hatten, der Geruch und der Geschmack grundlegende Probleme waren. Ein großer Teil der Nahrung, welche die Jäger und Sammler des Paläolithikum herbeibringen konnten oder welche Jahrtausende später die ersten Ackerbauern anpflanzten, war geschmacklos, langweilig oder, schlimmer noch, hatte einen schlechten Geschmack. Außerdem waren kaum Techniken bekannt, mit denen man die Nahrungsmittel haltbar machen konnte, und diese verdarben in den Vorratskammern schnell und rochen bald schlecht. Auch die Menschen stanken. Unsere sehr fernen Vorfahren, die in Gruppen in Höhlen schliefen, Eltern, Kinder, Großeltern, Cousinen und Cousins, Schwiegereltern und Schwäger, der lahme Hund der Großmutter, das Chamäleon des Jungen, eine Rothaarige, die dort vorbeikam, sie alle teilten den Schmutz, den Schweiß, den Geruch von Urin, Exkrementen und Menstruation. Das änderte sich nicht, als sie lernten, Hütten zu bauen und immer bessere Behausungen, vielmehr sammelten sich die geteilten Gerüche in den Kleidern, den Betten und Räumen. Und die Zähmung der Tiere umgab ihre Wohnungen mit dem Geruch nach Viehstall, Hühnerstall und Schweinestall.

Während der ersten Jahrtausende der Geschichte Europas hatten die Leute einen üblen Atem. Wenn Du mit jemandem geredet hast, warf er dir eine Ohrfeige aus Galle, eine bittere und ekelerregende Sache ins Gesicht. Und wenn die Stimme stank, wollen wir erst gar nicht von den Küssen reden, die nach Karies schmeckten, nach Infektionen, nach gekochtem Kohl und Schweineschmalz. In jenen Zeiten musste man, um sich zu verlieben, nicht nur blind sein, sondern außerdem ohne Geruchssinn. Der Mundgeruch war so schrecklich, dass man ihn sogar als Waffe benutzte. Wenn die Menschen sich stritten und der Moment kam, in dem sie alle Beleidigungen und obszönen Worte ausgeschöpft hatten, dann warfen sie sich nur noch Atemluft an den Kopf, die nach verfaulten Sardinen und Roquefort schmeckte, bis ihnen übel wurde und sie die Besinnung verloren. So endeten auch viele Philosophie- und Theologiekongresse, bei denen die Teilnehmer erschlagen vom Gestank unter den Tisch fielen. Politische Auseinandersetzungen wurden oft auf diese Weise beigelegt. Wer in der Politik Karriere machen wollte, musste neben der Rhetorik und der Kunst der Lüge auch die Kunst des Mundgeruchs erlernen. Solche Praktiken waren sehr verbreitet und dauerten fort, bis die Renaissance begann, sie zu bekämpfen. In der Tat bestand darin die große Revolution der Renaissance, die bekanntlich in den Küchen von Ludovico Sforza begann, für die Leonardo da Vinci verantwortlich war. Um diese Küchen zu modernisieren, schrieb Leonardo ein Handbuch der guten Tischmanieren, das mehr als tausend Seiten umfasst. Darin betrachtete er es als unhöflich, sich die Hände mit dem Essen schmutzig zu machen und sie an den

Kleidern des Tischgenossen, der neben einem sitzt, zu reinigen, und erfand dafür die Gabel und die Serviette. Ebenso hielt er es für taktlos, dass ein Essensgast, wenn er während eines Banketts einen anderen Gast tötete, dies mit dem Messer seines Gastgebers tat, der dann nicht nur den Toten wegschaffen, sondern obendrein auch noch das Besteck reinigen musste, und er empfahl daher, die Waffe freundlicherweise von zu Hause mitzubringen. All diese Regeln erzeugten auf den Feiern des Herrn Sforza zunächst große Verwirrung, und ein starrköpfiger Gast versuchte, sein Verbrechen mit Serviette und Gabel zu begehen. Aber am Ende setzte sich, wie immer, der Fortschritt durch. Leonardo verbot auch, auf den Tischnachbarn zu spucken oder ihn durch Mundgeruch bewusstlos zu schlagen, und so erfand er die Rolle des Türstehers, der, bevor er jemandem erlaubte, das Bankett zu betreten, ihn in eine Röhre pusten ließ und die Menge des schlechten Geruchs maß, und wenn dieser eine bestimmte Grenze überschritt, konnte der Gast nicht eintreten. Aus diesem Grund erfand Leonardo auch die Zahnbürste, allerdings mit dem Fehler, dass er nicht auf die Idee kam, die Zahnpasta zu erfinden.

Während des größten Teils der Geschichte Europas waren die Städte Ansammlungen von Staub, verdorbenem Essen, Schweiß, Exkrementen, Urin, Furzen, Müll und Schweineställen. Und je mehr die Städte im Laufe der Jahrhunderte wuchsen, umso mehr häuften sich die schlechten Gerüche. All dies machte das menschliche Dasein unangenehm und traurig, eine Traurigkeit, die man in der Nase erlebte, denn weder der Gesichtssinn noch das Gehör noch der Tastsinn wurden so sehr von dem Äquivalent dieser trüben und stinkenden Ausflüsse angegriffen, und tatsächlich gibt es nicht einmal einen Begriff für das, was beim Seh-, Hör- und Tastsinn dem Gestank entspricht. Hingegen nannte man, als mehrmals schreckliche Infektionskrankheiten auf dem Kontinent wüteten, diese »Pest« (Spanisch *peste* kann sowohl *Gestank* wie *Seuche* oder *Pest* bedeuten, Anm. d. Ü.). Und wenn die Gesellschaft eine Person oder eine Gruppe ablehnte, sagte sie von ihnen nicht, sie seien hässlich seien oder ihre Stimme klinge schlecht, sondern dass sie *stanken*. Und jemand, der gesellschaftlich abgelehnt wurde, war natürlich *verpestet*. Als Europa seine Eroberungszüge begann und die Weißen die Schwarzen, die Gelben, die Roten, die Grünen und die Lilanen entdeckten, war es natürlich der Meinung, dass sie alle schlecht rochen, wobei die anderen dasselbe Urteil über sie hatten. Auf diese Weise nahm die arme Nase das größte Unglück des menschlichen Wesens allein auf sich.

Damals, als ich zur Strafe zu Hause war, entdeckte ich beim Lesen all dieser Dinge, dass der Geruch der empfindlichste unter den Sinnen ist, denn wenn etwas hässlich ist und den Gesichtssinn stört, ist niemand verpflichtet, es weiter anzusehen, und man kann sich ganz einfach davon befreien, indem man den Blick in eine andere Richtung lenkt oder die Augen schließt. Ebenso kann man sich, wenn ein Lärm lästig ist, die Ohren mit den Händen zuhalten. Aber wenn ein Geruch die Nase ärgert, kann niemand sie sich zuhalten, weil man sie zum Atmen braucht. Und es ist schon seltsam, dass es sich so verhält, weil es in Wirklichkeit die hässlichen Dinge nicht in allzu reicher Zahl gibt, noch die lästigen Geräusche, während die Welt von üblen Gerüchen nur so wimmelt. Und mit ihnen mussten unsere europäischen Vorfahren Jahrhunderte lang leben.

Aus diesem Grund war es schon sehr früh in der Geschichte Europas eine Frage von entscheidender Bedeutung, den Geruch der Dinge zu verändern. Die Natur zu beherrschen, das rein Biologische, einer unterworfenen Natur Freiheit und Kultur aufzuerlegen, bedeutete zu entscheiden, wonach man selbst roch, wonach das eigene Haus und der Garten, und wonach das Essen und das Bett rochen. Fortschritt bedeutete, die Gerüche beherrschen zu können, die schlechten Gerüche auszuschalten, die guten zu fördern und zu lernen, sie zu leiten. Das war der Weg der Wissenschaft und der Aufklärung. Die ganze Geschichte Europas ist ein jahrhundertelanger Kampf, dem Chaos der Gerüche eine rationale Ordnung aufzuerlegen.

Zuerst suchten unsere Vorfahren aromatische Pflanzen auf ihren eigenen Feldern und in ihren Wäldern und lernten, sie zu nutzen. Mit Thymian gaben sie ihrem Essen Geschmack und parfümierten damit ihre Häuser. Oregano, Petersilie, Koriander, Lavendel und andere mediterrane Pflanzen wurden angebaut und zum Kochen, zur Herstellung von Seifen, Gels, Feuchtigkeitscremes, Massageölen und Parfümen verwendet. Mit dem Safran nahmen die Speisen Geschmack und Farbe an, und man verwendete ihn auch, um an Festtagen die Kleidung zu färben und die eleganten Badezimmer zu parfümieren. Der Lorbeer verlieh den Eintöpfen oder den Köpfen von Kriegshelden oder Sportsiegern eine raffinierte Note. Das Olivenöl bereicherte den Geschmack vieler Gerichte. Der Senf war ein wunderbares Gewürz und die Grundlage vieler Saucen. Die Minze war erfrischend und wurde auch zur Auffrischung von Erinnerungen und Ideen verwendet. Weiche und angenehme Düfte machten das Leben ein wenig sauberer und frischer; sie wurden zu grundlegenden Bestandteilen eines guten Lebens, der Kultur und des Fortschritts. Eine gebildete, kultivierte Person ist eine Person, die gut riecht. Eine wohlhabende Stadt ist eine Stadt, die gut riecht.

Als die Philosophie im antiken Griechenland geboren wurde, widmeten sich die Philosophen auch der Analyse des Problems des schlechten Geruchs. Platon, der eine überempfindliche Nase hatte, träumte von einer idealen Welt, die von Tod, Krankheit, Schmerz und auch vom Geruch gereinigt war, und erfand eine Welt der Ideen, in der die vollkommenen Formen aller Dinge existierten, frei von jedem Defekt und sogar von ihrer Vergänglichkeit, ewig, unbeweglich und immer schön. Und natürlich ohne Geruch. Nicht einmal die Idee von Scheiße oder die Idee von Fäulnis strömten in der von Platon ersehnten Welt den geringsten Geruch aus.

»Wisst ihr, dass Platon eine Welt ohne Gerüche erfunden hat?« verkündete ich aufgeregt an einem dieser Tage beim Abendessen.

»In welchem Buch hast Du das gelesen?« fragte Irene.

»In dem, das du mir gegeben hast. Liest du denn die Bücher nicht, die du mir gibst?«

»Bist du sicher, dass das in dem Buch steht? Ich kann mich überhaupt nicht daran erinnern.«

»Dieser Platon kommt mir bekannt vor«, sagte Mama. »War das nicht dieser Kneipenwirt?«

»Kneipenwirt?« fragte ich überrascht.

»Irene, hast Du mir nicht einmal von einem solchen Platon erzählt, der eine Kneipe (*taberna*) in einem Souterrain hatte? Und alle jungen Leute gingen dorthin und betranken sich und nahmen Drogen, und sie fühlten sich so schlecht, dass sie Halluzinationen hatten, Schatten sahen und ich weiß nicht, was noch. Bis sein Lehrer kam, um ihn zu retten, und ihn veranlasste, die Kneipe zu schließen und sich der Philosophie zu widmen, und er schrieb dann aus Dankbarkeit den *Mythos der Taverne*. Er schien mir ein sehr weiser Mann zu sein, der es verstand, sich von den Lastern zu befreien, die die Jugend verderben. Und es war mir sympathisch, dass er ein Kneipenwirt war, weil ich ja Köchin bin …«

»Mama«, schnitt Irene ihr das Wort ab. »Entschuldige. Es war eine Höhle (*caverna*). Der *Höhlenmythos*.«

»Was für ein Unsinn, Kind, was soll denn ein Philosoph in einer Höhle? Sei nicht dumm.«

An diesem Abend wurde mir klar, dass es ein wenig kompliziert sein würde, meiner Mutter und meiner Schwester meine Entdeckungen mitzuteilen, und so las ich weiter, ohne ihnen vorerst mehr zu sagen.

So entdeckte ich, dass, während Platon so spirituell war, dass er von einer von Gerüchen gereinigten Welt träumte, sein Schüler und Gegner Aristoteles, der überhaupt nicht puristisch war und es liebte, sich die Hände schmutzig zu machen, und daher Biologe, Meteorologe, Koch, Gärtner und Sexualwissenschaftler war, die Gerüche erforschte. In einem seiner Bücher erstellte er eine Liste der schlimmsten Gerüche mit detaillierten Beschreibungen, einschließlich des Geruchs von Platons Füßen und Achselhöhlen, und empfahl die genialsten Methoden, sie zu bekämpfen. Seine *Abhandlung über unangenehme Gerüche und wie man sie loswird* war in seiner Epoche ein großer Erfolg und ein weitverbreitetes Handbuch, aber bedauerlicherweise verschwand es später. Die Welt des klassischen Griechenlands war sehr chaotisch, und es gingen ständig Bücher aus aller Welt verloren. Es ist eine Tragödie, dass so viele Bücher von Aristoteles verloren gingen. Und es ist die größte Tragödie, dass nicht sein Buch über die Tragödie verloren ging, sondern stattdessen sein Buch über die Komödie und den Humor, was die Hauptursache dafür ist, dass man im Mittelalter so wenig lachte. Der Punkt ist, dass sich jahrhundertelang viele Wissenschaftler und Philosophen, die Aristoteles folgten, auf die Bekämpfung schlechter Gerüche spezialisiert haben, und eben dies ist der Ursprung der Alchemie. Andere Weise der Antike konzentrierten sich auf das Studium der guten Gerüche und deren Verbreitung, und so philosophierten zum Beispiel die Epikureer in Gärten und Parks, die von den besten Düften umgeben waren, während sich Plutarch dem Studium des guten Geruchs widmete, den die Liebenden ausatmeten. Aber weder die einen noch die anderen haben je die endgültige Lösung dafür gefunden, die stinkende Strafe zu beenden, die Europa überwältigt hatte. Die Lösung kam von woanders.

Eines schönen Tages traf in Europa als Gerücht phantasiebegabter Abenteurer die seltsame Nachricht ein, dass die Welt in Richtung Orient besser rieche. Dies verursachte zunächst eine ungläubige Unruhe, und die Europäer rümpften ihre Nasen. Doch bald brachten unerschrockene Händler die ersten Beweise ihrer Worte mit, welche die europäischen und mediterranen Nasen verzückten. Die Reisenden berichteten, dass es im Orient mehr Pflanzen gab, aus denen man aromatische Substanzen extrahieren konnte, und dass die Bewohner jener fernen Länder schon vor langer Zeit gelernt hatten, ihr Leben mit einer Intensität und Sinnlichkeit zu parfümieren, die für einen Europäer, dessen Nase nur Schmerz und Langeweile einatmen konnte, unvorstellbar war.

Einige Reisende machten sich mit ihren begierigen Nasen auf den Weg in Richtung der aufgehenden Sonne auf der Suche nach diesen neuen Düften. Sie gingen auf lange Reisen, beladen mit Gefäßen und Truhen, bereit, mit einer Ladung Düfte nach Europa zurückzukehren. Und ihre wochenlange Reise durch Wüsten, Meere und Gebirge wurde belohnt. Sie entdeckten, dass es zutraf, dass es im Orient unbekannte, exotische, berauschende Aromen gab, die das Leben mit luxuriösen Genüssen überhäuften. So sehr, dass es sich lohnte, monatelang zu reisen, nur um sie zu riechen. Das Abendland wendete seine Nase zum Morgenland mit einer Mischung aus Neid und Bewunderung. In kurzer Zeit hatte der Orient es verführt.

So entstand die Gewürzroute, die von den Ägyptern gesucht, von den Phöniziern eröffnet und von den späteren Kulturen in aufeinander folgenden Versionen aufrechterhalten wurde. Griechen, Römer und Christen begaben sich Jahrhundert für Jahrhundert auf Pilgerschaft auf der Suche nach Geschmack für ihre Speisen, nach Düften für ihre Gärten, nach Essenzen für Parfüme und Seifen, nach Aromen für ihre Häuser, Kleider und Betten. Die Route ging nach Bagdad, endete dort aber nicht, sondern führte weiter nach Teheran, Kabul und Samarkand, faszinierende Namen für exotische Orte, und brachte zu drei Zielen: Indien, China und auch Indonesien und seine Inseln. Und am Ende der fernsten Route warteten die Gewürzinseln, das Paradies der Düfte. Dort verloren sich die Reisenden aus dem Abendland in Zimtwäldern, Kassienwäldern, Nelkenwäldern mit ihren goldenen Blüten, Muskatnusswäldern, die berauschten, bis man das Bewusstsein verlor. Eine Gruppe von Spaniern war mitten in einem Zimtwald so fasziniert, dass sie begannen, die Rinde der Bäume abzureißen und sie gleich dort auf nüchternen Magen trocken zu essen, dann gingen sie in einen Muskatnusswald und verschlangen seine Früchte, da begannen sie, indische Prinzessinnen zu sehen, die ohne Schleier über den Bäumen tanzten, und ein wenig mehr Muskatnuss, und es tanzten Flamencotänzerinnen zum Klang der Gitarren, und noch etwas mehr Muskatnuss, und es tanzten über ihre Köpfe muskulöse Jungen mit dunkler Hautfarbe, Tätowierungen und Lederhosen, und sie glaubten schon, im Paradies angekommen zu sein, als ihnen ein Bauer erklärte, dass die Muskatnuss Halluzinationen hervorruft, wenn man zu viel davon isst, und dass sie sie, wenn sie weiteressen würden, töten würde. Was muss das für ein heftiger Geruch gewesen sein, um töten zu können. So stark, dass sie für einen Moment Angst vor diesen Wäldern hatten, aber sie beruhigten sich, als sie den Zimt und die Muskatnuss in den köstlichsten Süßspeisen genossen, die sie je probiert hatten.

Die Kaufleute und Abenteurer aus dem Abendland reisten durch Städte des Orient, wo die Menschen sich mit der Nase verführten und verliebten. Sie schliefen in Palästen, die nach Weihrauch und Sandelholz rochen. Sie lernten den Geruch der Jasminsträucher kennen, der die Parks neben dem Plätschern der Springbrunnen durchströmte. In den Küchen zeigte ihnen der Pfeffer in all seinen Varianten eine andere Art des Kochens und Essens. Sesam hatte die wertvolle Kraft, jedes Nahrungsmittel zu verwandeln, und so erfuhren sie, dass das »Sesam öffne dich« der Geschichte eigentlich von den Bauern kam, die sich danach sehnten, seine Samen zu sammeln, um sie zu verkaufen, und sie verstanden, warum diese Worte die Tür zu einem großen Schatz öffneten. Basilikum erfüllte die unterschiedlichsten Gerichte mit seinem Duft. Und während man in Europa nur Wasser, Wein, Bier oder Likör als Getränk kannte, trank man im Orient Tee und Kaffee, die exquisite Geschmacksnuancen und die Fähigkeit besaßen, die Seele zu wecken, zu schlaflosen Nächten einzuladen, die Konzentration und Konversation anzuregen, einen Funken Aufmunterung und Optimismus zu geben. Sie erfuhren, dass der Kaffee aus Afrika stammte und dass die Araber seinen Gebrauch erweitert und gelernt hatten, ihn auf die köstlichsten Weisen zuzubereiten, mit Zimt und Kardamom. Dem Tee fügten sie in unendlichen Varianten das Aroma von Früchten und Blütenblättern hinzu, und letztendlich bot jedes Land, durch welches die Gewürzroute führte, mit einer großen Vielfalt an Traditionen und Geschmäckern eine intensivere Lebensweise, als sie die Menschen im Abendland je gekannt hatten. Die Reisenden nahmen all das mit zurück, und so überhäufte der Orient das Abendland mit den wunderbarsten Substanzen.

Diese Gewürze waren, als sie erst einmal nach Europa kamen, wie Edelsteine. Sie wurden zu erlesenen Geschenken unter dem Adel und den Priestern, sie zählten zur Mitgift der heiratsfähigen Mädchen, sie dienten als Zahlungsmittel, um Steuern oder Schulden zu bezahlen, und man konnte sie sogar auf die Bank bringen, wie man Goldbarren deponiert. Ladungen von Pfeffer und Gewürznelken im Safe. Andere bewahrten einen kleinen Betrag in einem Anhänger auf, den sie immer bei sich trugen, und so hatten sie die Sicherheit, dass sie, wenn an einem schlechten Tag ein Krieg oder eine andere Katastrophe ausbräche und sie Hals über Kopf fliehen müssten, wenigstens die Überfahrt an einen sicheren Ort und einen Neuanfang finanzieren könnten. Und tatsächlich kam es vor, dass jemand sein Leben dank einer Prise Muskatnuss rettete.

Und doch ist all dies nur ein Teil der Geschichte, denn in einer so duftenden Welt zu leben, bewegt nicht nur die menschlichen Nasen, sondern auch die göttlichen. Die Menschen aller Kulturen haben seit Anbeginn der Zeit versucht, ihre Götter mit Düften zu bestechen; deshalb verbrannten sie Weihrauch, während sie zu ihnen beteten, und versuchten, sie mit dem Opfer von Tieren oder mit schmackhaften Leckerbissen vermittels der Nase zu binden. Doch die orientalischen Götter maßen der Nase und den Düften viel größere Bedeutung bei und hatten einen besonders raffinierten Sinn für Düfte entwickelt. Seit der Gott des Alten Testaments den ersten Menschen schuf, indem er ihn aus dem Staub der Erde formte und ihm durch die Nase das Leben einhauchte, haben Jahwe und sein Volk immer ihre jeweiligen Nasen benutzt, um zu kommunizieren, um Gefälligkeiten zu erbitten und Dank abzustatten. Und da Gott im Himmel lebte, gab es nichts Besseres, als Boten zu benutzen, die in der Lage waren, zu ihm aufzusteigen, wie der Rauch der Opferfeuer oder der Duft von Weihrauch. Im gesamten Pentateuch hat Gott nie aufgehört, den süßen Duft der Brandopfer, die ihm zu Ehren dargebracht wurden, mit Dankbarkeit einzuatmen. Aber Gott war auch ein weiser Parfümeur. Nach der Erzählung des Exodus erfand er, um die Bundeslade zu parfümieren und die Priester zu salben, sein eigenes Rezept, das aus der gleichen Menge von Myrrhe und Kassie, ebenso von aromatischem Zimt und Kalmus plus ein wenig Olivenöl bestand. Und er erfand ebenfalls eine Komposition von Weihrauch, der im Tabernakel verbrannt werden sollte, wenn Er und Moses sich begegneten, bestehend aus Stakte und Galbanum, welche Pflanzenharze sind, aromatischen Stacheln, die von bestimmten Weichtieren stammen, und reinem Weihrauch. Der Levitikus (3. Buch Mose) ist ein detailliertes Handbuch der Brandopfer, in dem Gott auch sehr deutlich macht, an welchen Tieren er Geschmack findet und die daher zu seiner Ehre verbrannt werden sollen und wie sie vorbereitet werden sollen, und Gott atmet den Rauch ein, der vom Altar aufsteigt, und findet ihn köstlich. Es ist schade, dass Gott, nachdem er so viel Übung und guten Geschmack im Erfinden von Düften hatte, so sehr damit beschäftigt war, die Bundeslade zu parfümieren, und darüber die andere Truhe und den armen Noah vergaß, der sich um all die Tiere kümmern musste, die monatelang auf einem Boot zusammengepfercht waren. Zumindest hätte er ihm ein Raumspray mit Pinienduft schenken können, denn wenn Irene sagt, dass der Zoo im Sommer schlecht riecht, möchte ich mir nicht ein mit Tieren vollgestopftes Boot vorstellen. Das muss wirklich ein Festival der Gerüche gewesen sein, und Noah ein Mann mit einer geduldigen Nase. Was die Bibel hingegen nicht vergisst, ist die Liebe, denn sie enthält eines der ältesten Handbücher über den erotischen Gebrauch von Parfümen, das Hohelied, in dem die Liebe nach Myrrhe, Tuberose, Safran und Weihrauch, Zimt, Kalmus und Aloe riecht und die Verliebten nach Wein und Honig, Feigen und Granatäpfeln schmecken.

Auch die Bibel legt Zeugnis ab von der Gewürzroute. Das schien der Weg zu sein, den die Händler, die auf ihren Kamelen eine Ladung von Wohlgerüchen, Balsam und Myrrhe nach Ägypten brachten und an die Joseph von seinen Brüdern verkauft wurde, auf dem Rückweg bereisten. Oder die drei Könige aus dem Morgenland, die, als sie sich aufmachten, den neugeborenen Jesus anzubeten, ihm Myrrhe und Weihrauch brachten, die so wertvoll waren wie das Gold der dritten Gabe, und so kann man annehmen, dass auch sie auf der Gewürzroute kamen, beladen mit wunderbaren Dingen. All dies bedeutet außerdem, dass nicht nur für Gott, sondern auch für Jesus die Wohlgerüche wichtig sind, wie es der Wein des Hochzeitsfestes von Kanaan war und die Salben, mit denen ihn jene weise Frau, Maria Magdalena, parfümierte.

Und in dem Maße, in dem das Abendland diese im Morgenland geborene Religion mitnahm, nahm es auch ein besonderes Bewusstsein dafür mit, dass es eine tiefe Beziehung zwischen Geruch, Atem und Geist gibt, und ein gut Teil der Arbeit der mittelalterlichen christlichen Mystiker bestand darin, diese zu erforschen. Sie verstanden, dass Gerüche Unterscheidungsmerkmale eines jeden Dings und jeden Orts sind, jeder Pflanze, jedes Tiers und jedes Menschen, und dass sie auf diese Weise ihr unsichtbares und unerreichbares Wesen auszudrücken scheinen, als wären sie ihre Seele. Gleichzeitig ist jenes Wesen der Dinge und Menschen, das ihr Geruch ist, derjenige Teil von ihnen, der sich am höchsten über sie erheben kann, und daher in einem gewissen Sinn der am meisten Geistige. Und das Rätselhafteste an all dem ist, dass wir dieses Geruchswesen der Dinge und Personen mit der gleichen Nase erkennen, mit der wir atmen und uns am Leben erhalten. So begriffen die Mystiker, dass ein gut Teil der unermesslichen Macht des Geruchs aus seinem unzerbrechlichen Bündnis mit der Atmung stammt. Um zu riechen, reicht es, wenn man atmet, und man kann nur aufhören zu riechen, wenn man aufhört zu atmen. Der Gesichts- und Gehörsinn können diese Unmittelbarkeit nur beneiden. Aufhören zu riechen bedeutet aufhören zu atmen, und das bedeutet, dass der Geruchssinn die grundlegendste Art und Weise ist, die Realität wahrzunehmen und in ihr zu leben.

Auf diese Weise von der Spiritualität des Geruchssinns überzeugt, entdeckten die Mystiker auch, dass die Düfte die beste Sprache waren, um mit der höheren Welt zu kommunizieren, die sie weder sehen noch hören konnten, und seitdem wurden die Erscheinungen von Jungfrauen oder Engeln vom Duft von Rosen und anderen wohlriechenden Blumen begleitet, während die heiligen Männer und Frauen sich durch ihren Geruch der Heiligkeit auszeichneten. Das bedeutet, dass sie immer gut rochen und dass die Räume, in denen sie sich befanden, oder die Gegenstände, die sie berührten, sofort mit Parfüm gesalbt wurden, und dass sogar ihre schon toten Körper einen Jasminduft verströmten, der diesen Heiligen einen großen praktischen Nutzen verlieh. In den schmutzigen europäischen Städten des Mittelalters war es ein Segen, einen Heiligen im Haus zu haben, und so ist es verständlich, dass ihre Anwesenheit heiß begehrt war und dass sich die Leute um sie herum versammelten, um sie zu riechen. Doch wenn das Gute seinen eigenen Geruch hatte, so musste auch das Böse ihn haben, und dem Teufel verlieh man seinen charakteristischen Geruch, den Geruch von Schwefel und Fäulnis.

Indessen hat diese ganze Geschichte der Wunder, die das Abendland im Morgenland entdeckt hat, auch ihre Schattenseiten. Die Europäer, die in den Orient reisten, um seine Wohlgerüche zu erwerben, begannen untereinander über die Exklusivrechte am Handel mit einigen Produkten oder Sorten oder mit den Früchten einiger wunderbarer Inseln zu streiten. Und zwischen Spaniern, Portugiesen, Franzosen, Holländern und Engländern brachen durch Jahrhunderte die heftigsten Streitigkeiten aus. Es gab Kriege um die Marktherrschaft über die Düfte. Kriege um den Geruch! Die Menschen töteten und starben wegen der Herrschaft über eine kleine Insel, auf der eine Pfeffer- oder Teesorte wuchs. Ich hatte bis dahin immer geglaubt, dass Kriege um die Kontrolle über das Wasser, Edelmetalle oder Öl oder wegen der Konfrontationen zwischen Religionen geführt werden. Dass dies die einzigen Dinge seien, welche die Leute auf das Schlachtfeld bringen könnten. Aber nein, die Menschen zogen auch in den Krieg wegen Wäldern mit Nelken oder Muskatnuss. Und so begriff ich, als ich diese Geschichte in den Tagen las, als ich zur Strafe zuhause blieb, dass die Düfte genauso wertvoll sind wie Wasser, Gold oder die Religion.

Als ich Tage danach die letzte Seite jenes Buches las und es schloss, war mein Wunsch, riechen zu können, noch intensiver geworden, der Wunsch zu erfahren, was die Nase empfindet, wenn sie Düfte einatmet, und was sie das Gehirn und das Herz empfinden lässt, deren grundlegende Orientierung sie ist. Und zum Glück wusste ich endlich, was ich tun müsste, um meinen Wunsch zu realisieren.

So bewunderte ich das Wissen von Raúls Vater. Wie er angedeutet hatte, war die Gewürzroute mein Weg und meine einzige Hoffnung. Wenn ich meine Nase heilen wollte, musste ich nach Bagdad reisen, auf welche Weise auch immer. Und von dort könnte ich, berauscht von Träumen, wenn ich erst einmal für immer geheilt wäre, weiterreisen bis nach Indien und Ceylon und den Gewürzinseln, und durch Wälder von Zimt und Sesam wandeln.

Ich war entschlossen. Meine persönliche Gewürzroute führte von Badalona nach Bagdad, und dieser Weg war meine Medizin und meine Rettung. Doch wie zum Teufel würde ich dahin kommen? Ich öffnete meinen Schulatlas und maß mit den Händen die Entfernung zwischen Badalona und Bagdad. Ich brauchte mehr Finger als dafür, meine elf Jahre abzuzählen. Was wäre die kürzeste Route? Wäre es schneller, das Mittelmeer im Schiff zu überqueren? Oder besser ganz Europa auf der Autobahn? Vielleicht könnte ich im Flugzeug reisen? Was würde ein Ticket kosten? Rafael hatte mich auf die Idee gebracht und kannte den Weg, aber es war klar, dass ich diesen irritierenden Menschen nicht bitten konnte, mich mitzunehmen. Der Vater von Raúl war die warme und feste Stimme, die ich schmerzhaft jede Nacht vor dem Schlafengehen suchte, aber er war auch derjenige, der die Tür seiner Wohnung geöffnet hatte, um mir zu drohen, er würde mir wehtun, wenn ich wiederkäme. Es war derjenige, der seinen Sohn mit Ausflügen und Geschenken verwöhnte, aber andererseits die Polizisten schlecht behandelt hatte, die ihn gesund und heil nach Hause brachten. Nur er wusste, wie man meine Nase kurieren könnte, und nichtsdestotrotz war er es, der angekündigt hatte, dass er sie mir ausreißen würde.

Je mehr ich an Rafael dachte, umso mehr schien es mir, als würde ich in ihm einen der rätselhaften Zauberer der Märchen wiedererkennen, welche die Kenntnisse und die Macht besitzen, dich zu heilen oder dich zu schädigen, wie es ihnen beliebt, und wo man nie erraten kann, ob sie mitfühlend oder grausam sein werden, ob sie zum Guten oder zum Schlechten dienen, oder nur sich selbst dienen und deswegen niemals aufhören, Furcht einzuflößen. Rafael musste ein Zauberer sein und außerdem ein spezielles Wissen über Nasen besitzen, da er sie heilen ebenso wie zerstören konnte.

Also war Rafael die Lösung für mein Problem und gleichzeitig die größte Gefahr. Er wusste, wohin ich gehen müsste, um geheilt zu werden, er kannte den Weg, aber wenn er mir unbedingt während der Reise die Nase in Stücke schneiden wollte, würde es mir nichts nützen, nach Bagdad zu kommen. Meine Vorstellungskraft, die in den Regeln der Märchen ausgebildet war, zerbrach sich über dieses Rätsel unaufhörlich den Kopf und dachte, dass ich es nur würde lösen können, wenn ich listig wie meine Helden wäre. Wie könnte ich erreichen, dass der Vater von Raúl mich mitnähme, ohne dass er mir Schaden zufügen würde? Wie könnte ich mir sein Wissen und seine Unterstützung zunutze machen und gleichzeitig den Gefahren aus dem Weg gehen, die er darstellte?

Ich verbrachte drei Tage damit, über eine Antwort nachzugrübeln. Währenddessen probierte ich alle meine Schuhe, Stiefel und Turnschuhe an, um herauszufinden, welche am bequemsten waren, und ich lernte die Namen aller Länder und Städte auswendig, die Badalona von Bagdad trennten. Die Flüsse, die ich überqueren müsste, die Gebirge, durch die ich reisen müsste. Ich erinnere mich, dass ich es bedauerte, dass die Atlanten nicht alphabetisch geordnet sind, denn in einem Lexikon sind Badalona und Bagdad benachbarte Städte, kaum durch zwei Finger Abstand getrennt, aber auf den verdammten Landkarten gibt es zu viele Namen dazwischen.

Am dritten Tag fand ich endlich den Schlüssel des Rätsels. Der Schlüssel bestand darin, dass Rafael mir die Lösung meines Problems gegeben hatte, aber nur, weil er nicht wusste, dass er sie mir gegeben hat. Er hatte mir jenes Wissen nicht enthüllt, um mir zu helfen, sondern er hatte es Raúl mitgeteilt, ohne zu wissen, wie wichtig es für mich war. Und auf dieselbe Weise würde Rafael mir weiterhin helfen, immer unter der Voraussetzung, dass er nicht wusste, dass er es tat. So musste es sein. Es klang wie die Spitzfindigkeiten, welche die Helden benutzen, um die Zauberer zu überlisten. Und das bedeutete, dass Rafael mich mitnehmen würde, wenn er nicht wusste, dass er mich mitnahm. Ich musste dringend mit Raúl reden.

Sobald Irene an jenem Nachmittag einen Moment wegging, um einzukaufen, und mich mit Meritxell allein ließ, lief ich zum Telefon und drückte die Daumen, dass mein Freund antworten würde. Zum Glück war es seine Stimme, die ich am anderen Ende der Leitung hörte.

»Bist Du allein? Kannst du reden?«

»Meine Mutter ist bei der Arbeit, und Papa macht Mittagsschlaf. Warum so viel Geheimnistuerei?«

»Würdest du gern im Lkw deines Vaters nach Bagdad fahren?«

»Klar würde ich das gern, aber ich habe ihn schon darum gebeten und er will mich nicht mitnehmen. Er sagt, wenn ich größer bin.«

»Aber du musst ihn um gar nichts bitten, weil er nicht zu wissen braucht, dass wir mit ihm fahren.«

»Was sagst du da?«

»Dass wir als blinde Passagiere mitkommen.«

»Kommt nicht in Frage, Helena. Stell dir vor, er würde uns erwischen.«

»Aber wenn er uns auf dem halben Weg entdeckt, wird er uns ebenfalls mitnehmen müssen.«

»Ich weiß nicht, ich traue mich nicht.«

»Du hast mir berichtet, dass er wunderbare Dinge schildert, und ich würde sie gerne sehen.«

»Ich auch, aber wir sind schon bestraft worden, und sie werden uns nochmal bestrafen.«

»Wenn die Reise sehr aufregend ist, lohnt es sich vielleicht, dass sie uns bei der Rückkehr bestrafen.«

»Ich weiß nicht.«

»Du wirst also sehr bestraft?«

»Ich bin ohne Strand, ohne Eis, ohne Fernsehen und ohne dich, und ich weiß nicht, bis wann. Wenn sie mich mehr bestrafen, weiß ich nicht, was sie mir wegnehmen werden. Aber das Schlimmste ist, dass mein Vater mich sehr heftig ausgeschimpft hat, er hatte mich noch nie so beschimpft. Er sagt, ich sei ein schlechter Sohn.«

»Das kommt daher, dass sie so sehr darüber erschrocken sind, dass wir abgehauen sind.«

»Ach was, mein Vater sagt, dass es meine Sache sei, wenn ich weglaufen will. Dass ich aber, wenn ich weglaufe, ihm den Gefallen tun solle, auf eigenen Füßen zurückzukommen.«

»Und warum hat er dich dann ausgeschimpft?«

»Weil ich die Polizei ins Haus gebracht habe.«

»Im Ernst?«

»Er hat mich stundenlang ausgeschimpft.«

»Was hat der Polizist deinen Eltern gesagt?«

»Oh, dass sie nicht gut auf mich aufpassen, dass sie verantwortungslos sind. Als der Polizist wegging, tobte mein Vater vor Wut. Ich musste ihm versprechen, dass ich niemals wieder mit einem Polizisten nach Hause kommen würde. Dass es ihm dann lieber wäre, ich käme nicht zurück.«

»Gut«, antwortete ich, ohne so recht zu wissen, was ich sagen

sollte. »Dann gibt es auch kein Problem, denn wenn wir uns in seinen Lkw hineinschleichen, wird kein Polizist da sein.«
»Ich weiß nicht ...«
»Wann fährt dein Vater wieder in den Mittleren Osten?«
»Am Donnerstag.«
»Dann ist es schon gelöst. Wir können uns in den Lkw schleichen. Du hast einen Zweitschlüssel.«
»Das geht nicht, Helena. Mein Vater wird die Waren der Firma einladen, für die er arbeitet, und dort gibt es Mechaniker, die die Fahrzeuge überprüfen, ehe sie losfahren, damit alles in Ordnung ist, das hat mir mein Vater gesagt. Sie würden uns entdecken.«
»Erinnerst du dich an die Unterhaltung, die wir mitgehört haben? Dein Vater wird danach bei der Calvo Werkstatt vorbeifahren, um ein Paket abzuholen. Wir brauchen nur dort auf ihn zu warten und in den Lkw steigen, wenn er uns nicht sieht. Es wird ganz einfach sein.«
»Helena ...«
»Das ist unsere Chance, wir dürfen sie uns nicht entgehen lassen. Es bleiben uns zwei Tage, um alles vorzubereiten.«
Ich insistierte ein wenig mehr, noch ein wenig mehr. Als ich auflegte, war unser Abenteuer in Gang.

Ich ging heimlich sehr früh aus dem Haus, ohne meine Mutter oder meine Schwestern zu wecken, und Raúl und ich trafen uns an der Haustür, jeder mit einem Rucksack auf dem Rücken, in den wir hineingetan hatten, was wir für unverzichtbar hielten. Vorräte von Schokolade und Coca Cola, die Zahnbürste, eine Sonnenmütze, einen Badeanzug, Kleider zum Wechseln, die Erzählung von *Tausendundeine Nacht*, eine Photokopie der Karte des Mittleren Ostens aus meinem Atlas, und ich hatte außerdem alle Flakons und Fläschchen dabei, die ich zuhause hatte einsammeln können, um sie mit den Gerüchen von Bagdad zu füllen.
Um sechs Uhr morgens war das Tor der Werkstatt Calvo schon offen, und ein paar Mechaniker arbeiteten dort drinnen, aber

durch die Bòbila Straße fuhr kaum ab und zu mal ein Auto. Wir versteckten uns im Feld, geduckt zwischen dem Gestrüpp hinter einem zweistöckigen Bus, und dort ließen wir uns von der Ungeduld verzehren.

Einige Insektenstiche und Kratzer von Dornen später erkannten wir endlich den Lkw. Er hielt neben der Werkstatt und Rafael stieg aus der Kabine. Sofort kam, um ihn zu begrüßen, ein gutaussehender junger Typ in einem grünen Arbeitsoverall heraus, der ein prächtiges pechschwarzes Haar bis zum Gürtel zur Schau stellte, gekämmt in einen Pferdeschwanz. Sie plauderten eine Weile freundschaftlich und dann betraten sie gemeinsam die Werkstatt.

»Jetzt«, sagte ich zu Raúl.

Ich zupfte an ihm, und wir rückten mit größter Vorsicht zwischen Autos und Lkw vor und kamen ständig näher, bis ganz plötzlich Rafael wieder herauskam und wir uns schnell hinter einem Lieferwagen versteckten. Hinter ihm kam der junge Mann in der grünen Montur heraus und schob einen Karren mit Holzkisten, groß wie Apfelsinenkisten. Er ließ sie neben dem Lkw stehen und begann dann, Rafael etwas zu erklären, wobei er heftig gestikulierte, und beide brachen in Lachen aus. Der junge Mann erklärte weiter und Rafael lachte laut auf. Unter Gelächter öffneten sie die Türen des Lkw und brachten die Kisten hinauf.

»Jetzt«, sagte ich wieder.

»Er wird uns sehen«, protestierte Raúl.

»Er ist vom Einladen der Kisten abgelenkt.«

»Warte, es kommt jemand heraus.«

Ich schaute zur Tür der Werkstatt.

»Das ist Calvo«, sagte Raúl, »der Besitzer«.

Es war ein Typ so kahlköpfig wie sein Name, klein und dürr, mickrig, aber er war sehr elegant gekleidet, mit weißem Hemd und hellen Hosen, die an diesem Ort eine Provokation waren, und er bewegte sich mit einer großspurigen Selbstsicherheit. Rafael stieg aus dem Lkw, um ihn zu begrüßen, und beide wechselten ein paar Sätze. Auch Calvo lachte, die ganze Welt schien an diesem

Morgen sehr gut gelaunt zu sein. Dann gab er Rafael einige Umschläge und streckte ihm die Hand hin, um sich zu verabschieden. Aber Rafael ging näher zu ihm und sagte ihm etwas, und schließlich gingen sie zusammen nochmal in die Werkstatt.

»Jetzt oder nie«, sagte ich, ergriff Raúls Hand und zog ihn mit.

Wir waren sehr nah, und es genügte ein schneller Lauf. Wir sprangen in die Kabine und versteckten uns wieder wie letztes Mal, hinter den Sitzen und verhüllt mit der Decke, die glücklicherweise noch an derselben Stelle lag. Wir versuchten, keinen Lärm zu machen, und drückten die Daumen.

»Es ist heiß«, murmelte ich unter der Decke.

»Sobald er startet, wird es weniger werden«, sagte Raúl, und er legte einen Finger an die Lippen, um mich zum Schweigen zu bitten.

Wir hörten, wie Rafael und der junge Mann mehr Kisten einluden. Dann gab es einen Krach von Schlägen, die von einem Hammer zu kommen schienen. Was machten sie? Wir hörten ein unangenehmes Quietschen, und erneut Schläge. Braucht man so viel Zeit, um diese Kisten hinzustellen? Ich schaute unruhig zu Raúl, aber er bat mich um Geduld. Dann schlossen sie endlich die Tür des Anhängers und Rafael stieg in das Fahrerhaus. Er rauchte, und ich musste mich sehr bemühen, nicht zu husten.

»Gute Reise, Kumpel«, wünschte ihm der junge Mann. »Und pass gut auf, ja?«

»Das mache ich, danke. Bis bald«, antwortete Rafael.

Und so begann endlich unsere Reise.

Unter der Decke konnten wir fast nichts sehen, aber Raúl gab mir die Hand, und ich hörte der geteilten Aufregung in dem erhöhten Hämmern des Bluts in unseren Handgelenken zu. Ich bemerkte auch meine Angst, die sich wie üblich in meinem Magen niedergelassen hatte. Was mir am meisten Sorgen machte, war, dass ich ein Geräusch verursachen könnte, indem ich mich bewegte oder einen Hustenanfall vom Rauch der Zigarette bekäme. Zum Glück schaltete Rafael sofort das Radio ein, suchte einen

Sender mit Volksmusik, und sobald die erste Rumba erklang, begann er aus voller Lunge zu singen. Er hatte mehr gute Laune als Gehör, aber indem er so viel Lärm machte, verhinderte er selbst, uns zu entdecken. Als ich mich erst einmal beruhigte und sicherer fühlte, vereinten sich die zwei schlaflosen Nächte, die ich mit mir schleppte, und die leichte konstante Bewegung des Lkw, um mich in Schlaf zu versetzen. Die Träume bemächtigten sich meiner, und halb schlafend, halb wachend, sah ich die Reisetage, die sich vor uns ausdehnten, sah ich uns ganz Europa durchqueren auf einer sehr langen Autobahn, welche vollkommen gerade weiterlief, sah ich uns Nächte in Motels für Lkw-Fahrer verbringen wie in den Filmen. Und ich sah uns im Orient ankommen, mit dem Lkw in prächtige Städte mit Palästen und Gärten hineinfahren, mit lauten Märkten und hohen Minaretten, mit Brunnen, die bis zu einem tiefblauen Himmel sprangen. Wann würden die neuen Gerüche beginnen? Würde man sie aus dem Inneren des Lkw bemerken können? Ich stellte mir vor, wie ich die Märkte besuchte, dabei meine Nase Häufchen von all den Gewürzen näherte, die nach Farben angeordnet waren, wie ich exotische Früchte probierte und unbekannte Süßigkeiten schmeckte. Und ich stellte mir vor, wie ich riechen konnte, wie Rafael es gesagt hatte, weil die Düfte so intensiv waren, dass es unmöglich war, sie nicht wahrzunehmen. Wie würde es sein, zum ersten Mal zu riechen? Ich träumte, es sei wie aufzuwachen und zu entdecken, dass es auf der Welt mehr Farben gibt, und dass man die Farben einatmen und schmecken konnte, sie essen und verschlingen, und dass schließlich die Welt in mich eintreten könnte, dass sie in Hülle und Fülle eintreten würde, dass alles in mich hineinströmen und mich für immer heilen würde. Hoffentlich könnte ich dann diese Aromen in meinen Flakons und Fläschchen mit nach Hause nehmen, sie mitnehmen in meine Stadt, an meinen Strand, in meinen Alltag, um immer riechen zu können. Ich streichelte die Gefäße, die ich in meinem Rucksack hatte. Würde es gelingen, den Geruch in sie zu bringen? Würde ich die Düfte in den Fläschchen einfangen können, wie es die Parfümeure tun? Ich stellte mir vor, wie ich nach Hause käme mit meinen Fläschchen, gefüllt mit den Düften, die meine Nase geheilt hatten. Und ich fühlte mich so gelassen, dass ich sogar aufhörte zu träumen.

Als mich etwas abrupt weckte, wusste ich nicht, ob ich mehrere Stunden geschlafen hatte oder nur ein paar Minuten. Der Lkw hatte angehalten und die Musik hatte aufgehört. Wo würden wir sein? Ich schaute zu Raúl, der genauso ratlos mit den Schultern zuckte wie ich. Und ehe wir reagieren konnten, flog die Decke, die uns verbarg, in die Luft, und wir erblickten vor uns das wütendste Gesicht, das ich je gesehen hatte.

»Was zum Teufel macht ihr hier, ihr verdammten Kinder?«, schrie er, wobei er mit der Faust auf die Rückenlehne des Sitzes schlug.

»Papa ...«, murmelte Raúl.

»Scheiß auf Papa«, brüllte ein unbeherrschter Zorn. »Was schnüffelt ihr in meinem Lkw herum? Wer hat euch geheißen hierherzukommen? Es war deine Mutter, was? War es deine Mutter? Hat sie dich gebeten, mich auszuspionieren?«

Er packte Raúl, hob ihn mit einem Ruck hoch und hielt ihn vor sich.

»Ich werde euch beiden das Gesicht zertrümmern. Glaubst du, dass du so ein guter Sohn bist, wenn du deinen Vater auf diese Weise ausspionierst? Was suchtest du in meinem Lkw?«

Er packte mich, hob mich hoch, indem er mich an den Haaren zog.

»Und du, du Rotzgöre, du warst die, die an meiner Tür spionierte. Was zum Teufel willst du?«

Er hob die Hand, und ich war sicher, dass er uns schlagen würde.

»Sagt mir jetzt auf der Stelle, wer euch schickt und was ihr sucht, oder ich verpasse euch beiden ein neues Gesicht.«

Ich versuchte die Stimme wiederzugewinnen, die angsterfüllt auf den Boden meines Magens geflohen war, um sich zusammen mit meinem Mut und meinem Stolz zu verstecken.

»Niemand schickt uns, ich schwöre es, es war unsere Idee.«

»Eure Idee, so? Und was wollt ihr in meinem Lkw? Mich berauben? Was habt ihr erwartet, hier zu finden?«

Er hob die Hand noch höher. Wenn er sie senken würde, würde er uns wehtun.

»Wir wollten gehen …«, begann ich.

Raúl unterbrach mich.

»Papa, wir wollen Lkw-Fahrer sein wie du«.

»Was?«, antwortete Rafael sichtlich überrascht, wenn auch immer noch mit erhobener Hand.

»Wir wollen Lkw-Fahrer sein. Wir wollten dich bitten, dass du es uns zeigst, dass du uns mit auf die Reise nimmst, damit wir es lernen können.«

Rafael senkte schließlich die Hand.

»Das ist gut«, murmelte er verblüfft. »Lkw-Fahrer zu sein ist ein guter Beruf, Sohn. Ein würdiger Beruf.«

»Ich will sein wie du«, insistierte Raúl. »Ich will die Welt sehen, überall hinreisen. Bitte, bringe es mir bei, damit ich sein kann wie du.«

»Ist gut, ist gut. Es tut mir leid, dass ich euch ausgeschimpft habe. Ich habe zu viele Dinge im Kopf.«

Er stützte sich auf den Sitz und kraulte sich am Bart mit den dicken Fingern mit den schmutzigen Nägeln.

»Wo sind wir?«, wagte ich zu fragen.

»Auf einer Raststätte an der Autobahn.«

»Sind wir schon sehr weit weg von zuhause?«, fragte Raúl.

»Nein, Sohn, etwas mehr als eine Stunde.«

»Nur?«

Rafael war immer noch nachdenklich.

»Papa, können wir uns nach vorn setzen? Hier hinten sitzt man nicht sehr bequem.«

»Höre, Sohn, ich kann dich nicht mitnehmen. Vielleicht bei einer anderen Gelegenheit, aber jetzt geht es nicht. Es ist eine zu weite Reise«, seine Worte kamen schleppend und mit Verdruss, als würden sie ihn belasten.

»Wir werden geduldig sein und dir nicht lästig fallen«, versprachen wir.

»Es geht nicht. Ich könnt nicht mitkommen ohne Pass und Kleider und ohne die Erlaubnis eurer Mütter. Außerdem muss ich fahren und kann nicht auf euch aufpassen.«

Die Wut war völlig aus seinem Gesicht und seiner Stimme verschwunden, und einen Moment schien es mir fast, als sei Rafael ein wenig gerührt.

»Bitte«, bettelten wir erneut.

»Raúl, ich bin sehr stolz, dass du Lkw-Fahrer werden willst wie dein Vater. Ich verspreche dir, dass ich dich später mitnehmen werde und dich unterweisen werde. Aber jetzt geht es nicht.«

Er wandte sich zu mir.

»Und dich werde ich natürlich nicht mitnehmen. Mädchen können keine Lkw-Fahrer werde. Das würde gerade noch fehlen.«

Ich zuckte mit den Achseln. Ich hatte meine eigene Erklärung dafür, warum Rafael niemals einwilligen würde, mich mitzunehmen. Nicht, weil ich ein Mädchen war, sondern weil er ein Zauberer war.

»Und wie hast du uns so schnell entdeckt?«, fragte Raúl. »Wir waren ganz still.«

»Ich habe euch gerochen, Kinder, sobald ich zu rauchen aufhörte, habe ich euch gerochen. Dieser Duft von Mandarinenseife, mein Lkw hatte nie so gerochen.«

»Das warst du«, beschuldigte mich Raúl.

»Und wie sollte ich wissen, dass meine Seife so sehr riecht?«, antwortete ich mürrisch.

»Kommt, ich lade euch zum Frühstück ein, und dann bringe ich euch nach Hause.«

Wir betraten die Bar der Raststätte, ein Lokal mit Plastiktischen und überquellenden Papierkörben, angefüllt mit Rauch und Lärm. Es gab viele Typen, die ähnlich aussahen wie Rafael, die literweise Bier und riesige Brötchen vertilgten, aber auch Familien mit Kindern, Väter, die Butter auf die Croissants der

Kleinen schmierten und mit Straßenkarten kämpften, und eine Gruppe von Touristen, die versuchte, sich mit den Kellnern laut in einem unmöglichen Spanisch zu verständigen. Während ich meine Hefeschnecke aß und Rafael immer noch seinem Sohn erklärte, wie stolz er auf ihn war, schaute ich mich fasziniert um, und dieses schmutzige und laute Lokal erschien mir fast wie ein Initiationsort. Wir waren nur eine Stunde von zuhause weg, und dies war nur eine Bar an der Autobahn, aber es war schon Teil des Wegs, den ich realisieren wollte, die erste Haltestelle auf der Reise, die ich ersehnte. Ich betrachtete die Leute, die uns umgaben, privilegierte Leute mit dem Blick voll von Landkarten und Abenteuern. Ich war sicher, dass diese Bar nach der Aufregung des Aufbruchs riechen müsste, nach Neugier, nach Erwartung. Und die Enttäuschung, dass unsere Eskapade so schnell unterbrochen wurde, mischte sich mit einem bitteren Gefühl von Neid.

Rafael stand auf, um sich einen Kaffee zu holen, und in der Bar begrüßte er ein paar Männer. Wir sahen, wie einer von ihnen ihm eine Karte zeigte und ihn etwas fragte, und er es ihm zeigte und erklärte. Als er zu unserem Tisch zurückging, näherte sich ihm ein Lkw-Fahrer, er klopfte ihm auf den Rücken und sie plauderten eine Weile.

»Du kennst viele Leute«, sagte Raúl zu ihm.

»Das ist ein ganzes Leben auf der Landstraße, Sohn, am Ende kennst du die ganze Welt. Das wird dir genauso gehen. Wir Lkw-Fahrer sind nie allein, wir begegnen uns immer wieder, und mit den Leuten in den Bars schließt man auch Freundschaft. Aber man muss sehr vorsichtig sein, verstehst du? Man muss unterscheiden können, welchen Personen man vertrauen kann und welchen nicht. Und vor allem darfst du nicht zulassen, dass sich irgendjemand in deine Angelegenheiten einmischt. Und du darfst dich auch selbst nicht in die Angelegenheiten der anderen einmischen. Das ist das Erste, was du lernen musst, wenn du ein Lkw-Fahrer sein willst.«

Rafael trank seinen Kaffee in einem Schluck aus, wir gingen zurück zum Lkw und fuhren die kurze Strecke wieder zurück, die es unseren Träumen vorzurücken gelungen war. Wir verschlangen jene anderthalb Stunden Weges an seiner Seite sitzend und mit ihm singend, voll Enttäuschung und zugleich erfüllt von der Hoffnung, dass wir es ein andermal erneut versuchen könnten.

Als wir zuhause ankamen, sah Rafael auf die Uhr und sagte uns, dass es genau 12 sei. Er murrte und beklagte sich, dass er unsretwegen einen halben Tag verloren hatte, aber er streichelte weiter das Haar seines Sohnes. Da er uns nicht traute, parkte er den Laster vorm Haus und ließ uns mit dem Aufzug hinauffahren. Wir trafen Trini und meine Mutter zusammen in Raúls Wohnung an. Sie waren nicht zur Arbeit gegangen, hatte Stunden damit zugebracht, uns zu suchen, und waren beide hysterisch, diskutierten, was sie noch tun könnten, und diskutierten sämtliche Strafen, die sie auf uns anwenden würden, sobald sie uns erwischt hatten. Die Ohrfeige, die Rafael uns dann doch nicht gegeben hatte, verpassten sie uns gleichzeitig.

Auch Rafael bekam seine Portion Schelte ab.

»Sieh an, du hast nicht mal daran gedacht, uns anzurufen«, schimpfte Trini. »Was für ein Mistkerl du bist.«

Rafael zuckte mit den Schultern.

»Das war nicht nötig, Frau, es ging ihnen doch hervorragend.«

»Aber wir wussten es nicht, du Idiot. Wir haben den ganzen Morgen damit zugebracht, sie zu suchen, in der Befürchtung, dass sie am Strand ertrunken sind.«

»Ach, du bist immer so übertrieben. Möchtest du etwas Gutes hören? Mein Raúl sagt, dass er Lkw-Fahrer werden will wie sein Vater, ich bin sehr stolz auf ihn. Also schimpfe nicht zu sehr mit ihm.«

»Mann, der verschwindet für Stunden, und ich soll ihn nicht schelten.«

»Pass auf, Sohn. Und du, Trini, sei nicht so hart mit ihm. Er ist ein guter Junge.«

Und so verabschiedete er sich und ging, und mit ihm alle meine Hoffnungen. Ich nahm meine Flakons und Fläschchen aus dem Rucksack und ließ sie leer auf meinem Nachttisch stehen.

Unsere Mütter wussten nicht mehr, womit sie uns noch bestrafen sollten. Und da sie auf jeden Fall zur Arbeit gehen mussten, Rafael unterwegs war und außer Irene niemand auf uns aufpassen konnte, willigten sie am Ende ein, dass meine Schwester uns wieder zum Strand mitnimmt, dies aber, so viel stand fest, unter dem absoluten Verbot von Festbesuch, Eis und anderen Kapriolen.

So nahmen wir die Gewohnheit der Strandtage und der Spiele in unserem Bagdad der Phantasie wieder auf. Und meine Schwester hatte sogar Mitleid mit uns und nahm uns trotz der mütterlichen Verbote ein paar Mal – unter höchster Geheimhaltung – zu den Attraktionen des Festes mit. Wenn Irene zu irgendetwas gar nicht zu gebrauchen war, dann zum Bestrafen. Und ihre neue Funktion, welche sie vom Kindermädchen zur Aufpasserin degradierte, gefiel ihr überhaupt nicht. Sie fühlte sich selbst wie eine Gefangene, da sie sich den ganzen Tag mit uns und dem Haus beschäftigen musste, während ihre Kommilitoninnen ins Ausland reisten, Praktika im Fernsehen und in der Presse machten oder die lange Nacht der Jugend auslebten, wo sie an all den Wochenende voll Musik und Alkohol sich verliebten und wieder trennten, wie einige Freundinnen ihr mit jedem Detail in endlosen Telefongesprächen erzählten. Und so erwachte bei ihr eine Art Solidarität mit uns, eine komplizenhafte Sympathie mit unseren Eskapaden, mit unseren ständigen Verdrehungen und Durchbrechungen der Welt der Regeln unserer Mütter. Irene hörte auf, unsere Wächterin zu sein, und wurde zu unserer Kumpanin. Es gab geschmuggeltes Eis, und unter ihrem Schutz konnten wir wieder alle guten Dinge der Ferien genießen.

Inzwischen rief Raúls Vater ihn jede Nacht aus einer anderen Stadt mit dem Telefon an, und mein Freund ging schlafen mit dem Klang der exotischsten Namen in seinen Ohren. Morgens stand er begeistert von den Geschichten auf, die sein Vater ihm erklärt hatte und die durch seine eigenen nächtlichen Phantasien erweitert und umgeformt waren. Er war so stolz auf den Lkw seines Vaters, dass dieser in unseren Spielen schließlich die fliegenden Teppiche ersetzte, und wir erfanden einen neuen Sindbad, Seefahrer und Lkw-Fahrer.

Bis eines Nachmittags, als wir müde von der Sonne und unseren Spielen vom Strand zurückkamen, Raúls Vater nach Hause zurückgekehrt war. Er kam beladen mit Geschenken, und sogar uns brachte er eine Schachtel mit Pralinen. Er gab sie Mama auf der Treppe, mit einer Grimasse, die ein Lächeln sein sollte, und mit ein paar unzusammenhängenden Sätzen, und verschwand erneut in seiner Wohnung und schlug die Tür zu. Meine Mutter war sicher, dass Rafael sie in Wirklichkeit für Trini gekauft hatte und dass sie es war, die ihn gebeten hatte, sie uns zu geben. Aber auch so öffnete sie neugierig die wertvolle schwarzgoldene Schachtel, probierte die Pralinen und fand, sie seien köstlich. Irene fand sie exquisit, und Meritxell kreischte und wollte mehr. Ich probierte sie als letzte, während ich meine Schwestern beobachtete. Ich bemerkte das Bittere der Schokolade und auch etwas Saures, aber das war alles. Ich glaube nicht, dass ich sie hätte von den Tafeln Schokolade unterscheiden können, die meine Mutter im Supermarkt nebenan kaufte.

»Das ist wirklich lecker«, murmelte Irene. »Das ist echte Schokolade, und nicht dieser Schrott, den wir im Supermarkt kaufen. Nicht wahr, Helena?«

Ich zuckte die Schultern.

»Sie schmeckt nach Apfelsine«, fuhr Irene fort, »sie hat einen unglaublichen Geschmack.«

Mama schloss die Augen.

»Apfelsine, ein wenig Vanille, Zimt«, zählte sie auf, »und ... Muskatnuss. Das sind typische Zutaten für Schokoladengebäck, aber sie sind genau im richtigen Verhältnis, und die Schokolade ist von hoher Qualität.«

»Sie füllt den Mund mit Aromen, wirklich genial. Nach dem Genuss hiervon werde ich nicht mehr zu Abend essen können.«

Am nächsten Tag schenkten Mama und Irene, als wir uns auf der Treppe begegneten, Rafael das bezauberndste Lächeln, das man sich denken kann. Auch er schien zufrieden, großzügig und unbekümmert. Er fragte meine Mutter freundlich, wie es ihr gehe, und sagte, dass es ihm leidtue, was die Woche davor geschehen war. Und mir gegenüber kündigte er an, dass er Raúl diesen Nachmittag mitnehmen würde, um das ferngesteuerte Auto auszuprobieren, das er ihm gekauft hatte.

Am selben Abend setzte ich mich nach dem Essen neben Irene, die auf dem Sofa las, und ich beschloss, ihr mein Geheimnis zu enthüllen.

»Findest du nicht, dass Raúls Vater sehr merkwürdig ist?«

»Wenn du mich das letzte Woche gefragt hättest, hätte ich gesagt, dass er schlecht erzogen und egoistisch ist und schlecht riecht; also ein ganz normaler Typ. Wenn du das nach den Pralinen fragst, bin ich bereit zuzugeben, dass er seine guten Seiten hat.«

»Er riecht schlecht?«

»Er riecht immer nach Schweiß und Tabak.«

»Ach, das wusste ich nicht.«

»Siehst du? Du ersparst dir die unangenehmsten Seiten der Nachbarn.«

»Aber ich weiß etwas anderes von Rafael«, sagte ich leise zu ihr. »In Wirklichkeit ist er ein Zauberer. Er weiß, wie man meine Nase heilen kann, aber auch, wie er sie mir für immer nehmen kann.«

Doch Irene fing an zu lachen, und angesichts meiner Proteste erinnerte sie mich daran, dass ich gerade an diesem Vormittag auf den Kühlschrank gezeigt und behauptet hatte, er sei der Anführer der vierzig Räuber, dass ich versichert hatte, wenn der Sonnenschirm sich nicht gut öffnen ließe, liege es daran, dass er verzaubert sei, und dass ich Meritxell bis zum

Weinen erschreckt hatte, indem ich ihr sagte, das Meer sei voll von Schlangen.

»Und deswegen glaubst du mir nichts mehr?«, protestierte ich.
»Dir glaubt niemand etwas, Helena.«
»Aber das ist wahr«, beharrte ich vergeblich. »Ich habe ihn sehr seltsame Sachen sagen hören.«
»Du hast eine Phantasie, die niemand bremsen kann, und wenn du eifersüchtig bist, ist es so, als würdest du aufs Gaspedal drücken.«
»Ich bin nicht eifersüchtig.«
»Du bist neidisch auf die ganze Welt, auf Raúl, weil er einen Vater hat, auf seinen Vater, weil er dir deinen Freund wegnimmt, auf Meritxell, und allgemein auf alle Geschöpfe auf der Welt. Und es ist eine Dummheit, weil das Leben dich nicht so schlecht behandelt, du hast eine Familie, die dich liebt, und viele gute Dinge. Also hör schon auf, deinen ganzen Neid auf die anderen abzuladen.«
»Aber ich kann nicht riechen. Ich bemerke nicht, dass Rafael stinkt, auch nicht, dass seine Geschenke gut riechen.«
»Ich verstehe, das ist es, was dir fehlt. Aber uns allen fehlt irgendetwas, weißt du? Und es könnte dir etwas Schlimmeres fehlen.«
»Mir fehlt Papa, und ich habe eine überflüssige kleine Schwester.«
»Nun, ihr fehlt Papa und eine Schwester, die sie liebhat.«
Ich ging schmollend in mein Zimmer. Ich wollte mich nicht fragen, ob Irene Recht haben könnte, ob die Perspektive, aus der ich meine kleine Welt und alles, was sich darin zutrug, sah, nicht zu gleichen Teilen durch meine Wünsche und eine gewisse Unfähigkeit bestimmt war, die Wünsche der anderen zu verstehen. Das Telefon rettete mich aus jeglicher Versuchung, daran zu denken.
»Es ist Raúl«, rief mich meine Mutter, und ehe sie mir den Hörer gab, fixierte sie mich mit einem jener Blicke, die gewöhnlich Streit ankündigten. »Du ist erst elf. Du fängst nicht schon an, wie deine Schwester an das Telefon geklebt zu leben. Und schon gar nicht mit jemandem, der im Stock unter uns wohnt. Verstanden?«
Ich nickte.

»Hallo, Raúl.«

»Helena, mir ist etwas eingefallen. Du wolltest nach Bagdad gehen, um zu riechen, nicht wahr?«

»Ja.«

»Vielleicht hat der Lkw, da er in Bagdad gewesen ist, ein wenig vom Geruch von Bagdad mitgebracht.«

Ich blieb sprachlos, den Gedanken auskostend, auch wenn es nur eine winzige Möglichkeit war.

»Es ist mir eingefallen, weil mein Vater, als er nach Hause zurückkehrte, sehr seltsam roch, und er uns erklärte, dass der Geruch aller Orte, durch die er gefahren ist, an ihm hafte.«

»Ach!«

»Ich vermute, dass der Lkw auch riechen muss. Möchtest du, dass wir hingehen und es prüfen?«

»Hast du keine Angst, dass sie uns nochmal bestrafen?«

»Wenn wir sehr schnell gehen, werden sie es nicht einmal merken. Ich erwarte dich unten.«

Warum ist mir so etwas Einfaches nicht eingefallen? Als ich kleiner war, kam auch mein Vater immer aufgeladen mit Gerüchen nach Hause, und das Lieblingsspiel von Irene war es, an ihm zu riechen, um zu erraten, von wo er kam. Das habe ich sie jahrelang spielen sehen. Man braucht keine Glasflakons, um die Gerüche einzufangen, denn es sind sie selbst, die sich an dich heften, auf die Haut, die Kleider, die Haare, und man kann sie von einem Ort zum anderen tragen. Dies ist das Privileg der Düfte, denn wenn jemand von einem Fest nach Hause geht, dann bringt er nicht die Musik in seiner Haut mit, und wenn er von einer Reise zurückkommt, dann bringt er in seinen Kleidern nicht das Licht und die Farben mit, die er gesehen hat. Die Kälte und die Hitze, die Härte oder Weichheit der Dinge, die wir berühren, bleiben uns nicht in den Fingerspitzen. Hingegen können die Gerüche genau das, sie verknoten sich wie Farbbänder in den Fingern und Zehen, in Handgelenken und Knöcheln, in den Haarsträhnen, in jedem Haar auf der Haut, in jeder Falte der Kleider. Sie binden sich an jede Ecke der Person und reisen mit ihr, indem sie in ihrem Rücken wogen wie Lametta, wie Bänder bei einem Fest oder Jahrmarktschmuck.

Vielleicht haben wir Glück und die Gerüche von Bagdad haben sich an jedes Teil des Lkw geheftet, sind durch jede Ritze gesickert, vielleicht wogen ihre Bänder aus den Türen und dem Motor und den Reifen und dem Dach und den Bremsen und den Sitzen und dem Lenkrad und den Scheinwerfern und jedem einzelnen seiner Teile. Nie war mir ein Lkw als ein so faszinierendes und vielversprechendes Ding erschienen wie in jener Nacht, als ich ihn mir imprägniert durch die Düfte von Bagdad vorstellte. Vielleicht haben wir Glück und diese Gerüche sind so intensiv, dass ich riechen könnte und so geheilt würde. Mit diesem Wunsch liefen wir zusammen durch die Straße bis zum Lkw, unter den letzten Resten von Blau am Himmel, während die heiße Augustnacht sich langsam über die Stadt ausbreitete.

Der Lkw erwartete uns wie üblich in der Straße Bòbila, geparkt diesmal zwischen einem Lieferwagen und einem Bus, drei Blöcke von der Werkstatt Calvo entfernt. Sobald ich ihn von weitem sah, hörte ich auf zu rennen, ließ zu, dass Raúl mich überholte, und ging Schritt für Schritt vorwärts, mit kleinen und feierlichen Schritten, aufgeregt, beinahe mit Ehrfurcht, wobei ich mich fragte, wann ich beginnen würde etwas wahrzunehmen, von welchem Augenblick an eine unbekannte Sache an meine Nase schlagen würde. Wie würde die Wahrnehmung sein? Würde sie wehtun? Mama sagte, dass manche starken Gerüche wie Ohrfeigen sind. Irene beklagte sich manchmal über so intensive Gerüche, dass sie einen ersticken. Ich bereitete mich darauf vor, Schmerz zu empfinden. Aber vielleicht hatte ich Glück und der Geruch würde angenehm sein. Irene sagte, ein gutes Parfüm zu riechen sei ähnlich wie ein köstliches Dessert zu essen oder einen raffinierten Wein zu schmecken, doch diese Beispiele halfen mir wenig, weil meine Wahrnehmung des Essens ebenfalls betroffen war. Ich fragte mich, ob der Geruch mich aufregen würde wie ein gutes Lied oder ob er mich blenden würde wie zu viel Licht.

Ich ging voran, voll von Fragen, und schließlich kam ich dicht an den Lkw.

Raúl sah mich erwartungsvoll an.

»Nimmst du es wahr?«

»Nein«, musste ich zugeben. »Ich rieche nichts.«

»Beinahe besser für dich.«

»Warum? Wonach riecht er?«

»Er stinkt nach Diesel.«

»Nach Diesel von Bagdad?«

»Diesel riecht überall gleich schlecht, scheint mir.«

»Und riecht er sehr heftig?«

»Ja. Bist du sicher, dass du es nicht wahrnimmst?«

»Ich nehme überhaupt nichts wahr.«

Wie oft hatte ich dasselbe geantwortet, *überhaupt nichts*, bei so vielen Versuchen? Ich fühlte mich irritiert über mich selbst, war es müde, jedes Mal von neuem enttäuscht zu werden.

»Also er riecht nicht nach Bagdad?«

»Tut mir leid.«

»Bestimmt nicht?«

Raúl zuckte mit der Schulter, und dann brachte er die Nase näher an den Lkw und ging um ihn herum, wobei er ihn beschnüffelte wie etwas übel Riechendes. Er überprüfte die Fahrerkabine, den Anhänger, er bückte sich, prüfte die Räder eins nach dem anderen und roch unter dem Lkw. Ich folgte ihm. Auch ich näherte die Nase, atmete tief ein und folgte Raúl um den Lkw herum.

»Tut mir leid«, wiederholte er.

»Danke, dass du es versucht hast.«

»Möchtest du, dass wir es mit anderen Lkw versuchen? Sie gehen alle auf Reisen oder kommen von einer Reise, vielleicht hat einer einen speziellen Geruch.«

»Nein, ich glaube nicht mehr, dass es funktioniert. Außerdem wird es Nacht.«

Eine Enttäuschung war genug. Wenn ich es nochmal versuchen würde, würde ich neue Hoffnungen fassen, auch wenn sie winzig wären, und ich würde erneut enttäuscht werden.

»Dann kann ich dir, wenn du möchtest, meine Nase leihen.«

»Was?«

»Dass ich dir meine Nase leihen kann. Wenn du wissen möchtest, wonach etwas riecht, werde ich versuchen, es dir zu sagen.«

»Du bist ein guter Freund.«

»Du auch«.

Raúl nahm mich an der Hand, und wir machten uns auf den Nachhauseweg. In diesem Moment schien uns, wir würden weiter vorn, zwei Blöcke entfernt, einen Klumpen auf dem Boden vor der Werkstatt Calvo liegen sehen. Die Straßenlampen waren kaputt, und es fiel nur Licht aus den Quergässchen, aber durch das Tor der Werkstatt kam ein wenig Helligkeit, die etwas Langgestrecktes erleuchtete, das auf dem Boden lag.

»Was ist das?«, fragte ich.

»Ich weiß ja, dass es nicht sein kann, aber es scheint eine Person, die schläft.«

»Was macht irgendwer schlafend mitten auf der Straße?«

Wir versuchten schärfer hinzusehen.

»Das Tor der Werkstatt ist offen«, sagte Raúl.

»Wie seltsam, wo es doch schon spät ist.«

»Vielleicht haben sie viel Arbeit.«

Wir gingen auf den Klumpen zu, und je näher wir waren, umso mehr ähnelte es, wie Raúl gesagt hatte, jemandem, der auf dem Boden lag und auf dem Rücken schlief. In einem bestimmten Moment sah es so sehr danach aus, dass wir in Panik gerieten.

»Es ist eine Person, Helena, und sie bewegt sich nicht.«

»Sie wacht nicht auf. Sollen wir etwas tun?«

»Psst. Wir machen besser kein Geräusch.«

Noch ein paar Schritte, und es war nicht nur klar, dass es ein Mensch war, sondern dass wir ihn sogar erkennen konnten.

»Schau, Raúl, es ist dieser junge Mann mit dem Pferdeschwanz, derjenige, der deinem Vater die Kisten gab. Was macht er auf dem Boden? War ihm nicht gut?«

Ein Schauder durchlief mich von den Zehen bis zur Stirn. Wir gingen die letzten Schritte vorwärts, die uns von ihm trennten, und in dem schwachen Licht, das aus der Werkstatt fiel, sahen wir das Blut, das ihn umgab. Raúl besaß den Mut, sich an seiner Seite niederzuknieen, und drehte ihn um. Sein Hemd war zerrissen und von Blut getränkt, und er hatte Verletzungen im Hals, der Brust und den Armen. Die Augen weit offen und einen Ausdruck von Entsetzen im Gesicht.

Ich gebe zu, dass wir ein paar Feiglinge waren, aber das Einzige, was uns in diesem Moment einfiel, war, sofort von dort abzuhauen, und genau das taten wir. Wir fassten uns an der Hand und begannen in Panik zu rennen, als würden uns alle Dämonen der Hölle verfolgen. Wir gingen nicht in die Werkstatt, wir suchten keine Hilfe, wir schauten nicht zurück. Wir rannten wie Besessene davon.

Wir rannten, bis wir nicht mehr konnten, und brachen keuchend an der ersten beleuchteten Ecke zusammen, genau vor einer Notdienstapotheke.

»Und wenn die Mörder uns gesehen haben?«, war das Erste, was ich sagte, sobald ich wieder atmen konnte.

»Das Wichtige ist, dass *wir* sie nicht gesehen haben«, antwortete Raúl.

»Und was machen wir jetzt? Ich habe solche Angst!«

»Jetzt gehen wir nach Hause, Helena, ich habe auch Angst.«

Raúl fasste wieder meine Hand, aber ich bewegte mich nicht.

»Wir müssen die Polizei benachrichtigen«, sagte ich.

»Es wird ihn schon jemand finden.«

»Aber *wir* haben ihn gefunden.«

»Aber wir hätten es nicht tun sollen. Wir hätten nicht dort sein dürfen. Wir waren nicht dort.«

»Natürlich waren wir dort.«

»Ich kann nicht mit einem Polizisten nach Hause kommen, weil dann mein Vater mit mir schimpft.«

»Aber zumindest müssen wir anrufen.«

»Mein Vater sagt mir immer, ich solle meine Nase nicht in die Angelegenheiten der anderen stecken.«

»Aber das haben wir ja schon getan.«

Wir blieben in der Ecke stehen, an den Händen gefasst, und schauten jeder in eine Richtung.

»Ich erinnere mich an den Namen der Polizistin, die uns am Strand gefunden hat«, sagte ich. Sie heißt Celsa. Wir können sie anrufen und mit ihr reden.«

Ich sah mich um und sah zufällig eine Telefonzelle etwas weiter unten auf der anderen Straßenseite.

»Wir rufen nur an und gehen dann nach Hause«, schlug ich vor.

»Wir können auch nach Hause gehen, und du rufst von dort an, wenn du möchtest. Mich brauchst du nicht, um anzurufen.«

»Aber vielleicht ist es dringend …«

»Warum sollte es dringend sein, wenn er schon tot ist? Er kann nicht noch mehr sterben.«

»Wir haben nicht einmal geschaut, ob jemand drinnen war, vielleicht jemand, der verletzt ist.«

Raúl ließ mich los und ging ungeduldig ein paar Meter Richtung nach Hause. Dann kehrte er um und bestand darauf, dass ich ihn begleite. Ich zweifelte noch, als plötzlich das helle Licht einer Straßenlampe direkt auf ihn fiel.

»Raúl, aber du bist ja mit Blut befleckt«, so machte ich ihn aufmerksam. »Du hast Blut auf dem T-Shirt, und auf der Hose auch. Du hast dich befleckt, als du ihn angefasst hast.«

Raúl sah sich erschrocken seine Kleider an.

»Und was mache ich jetzt?«

Ich packte ihn am Arm und zog ihn mit. In der Telefonzelle wählte ich die Nummer der Polizei, und in wenigen Minuten gelang es mir, mit Celsa zu sprechen.

»Mein liebes Mädchen«, antwortete ihre ruhige Stimme vor dem Lärm von Autos und Geschrei, »bist du wieder abgehauen?«

»Frau Celsa«, sagte ich zu ihr, »wir haben einen Toten gefunden, der auf der Straße am Boden lag.«

»Das soll kein Spiel sein, nicht wahr? Du weißt, dass solche Dinge sehr ernst sind.«

»Warum glaubt mir keiner? Ich schwöre Ihnen, dass er tot ist.«

»Wie weißt du, dass er tot ist?«

»Weil mein Freund ihn umgedreht hat und er viele Verletzungen hatte.«

»In Ordnung, werde nicht nervös. Wo hast du ihn gefunden?«

»In der Bòbila Straße, vor der Wertstatt Calvo.«

»Und du, wo bist du?«

»Ich bin mit meinem Freund Raúl in einer Telefonzelle.«

Ich hörte, wie sie mit ihrem Kollegen sprach.

»Gib mir die Adresse. Wir kommen dorthin. Bewegt euch nicht.«

»Sie kommen sofort«, sagte ich zu Raúl, während ich den Hörer auflegte.

Er sah mich mit einer Mischung aus Ärger und Angst an.

»Höre, Helena, sag' ihnen nicht, was wir gesehen haben.«

»Was?«

»Dass wir den Toten neulich gesehen haben, als er Kisten in den Lkw meines Vaters lud.«

»Warum nicht?«

»Weil sie dann mit meinem Vater reden wollen, und er wird sich mit Sicherheit ärgern.«

»Gut, ich denke, es ist auch nicht wichtig.«

Wir hatten kaum aufgehört zu reden, als ein Polizeiauto mit eingeschalteter Sirene neben uns hielt und Celsa ausstieg, um uns die Tür zu öffnen. Neben ihr saß am Steuer der dürre und ungeduldige Typ, der sie in der Nacht begleitete, als sie uns am Strand fanden.

»Geht es euch gut?«, fragte uns Celsa.

»Jetzt geht es mir besser«, antwortete ich.

»Dann fahren wir dorthin. Hektor, könntest du bitte das Radio ausschalten, wo wir Arbeit haben?«

»Aber es ist doch ausgeschaltet ist«.
»Dann nimm bitte den Kopfhörer heraus, wärst du so nett?«
»Wozu? Ich arbeite damit gleich gut, und was ich höre, beruhigt mich. Ich habe auch ein Nikotinpflaster dabei, das ist das gleiche. Kind, gib mir nochmal die Adresse.«

Im Nu waren wir wieder in der Bòbila Straße, und dort war alles noch so, wie wir es zurückgelassen hatten. Das Licht, das aus der Werkstatt drang, erleuchtete den Körper des jungen Mannes, der jetzt auf dem Rücken ausgestreckt lag. Aber im Polizeiauto sitzend sah man alles auf andere Weise. In einem Schauplatz, der durch die Fenster ausgeschnitten und von den Straßenlampen erhellt war, sahen wir, wie die beiden Beamten einen schnellen Blick auf den Körper warfen und vorsichtig in die Werkstatt traten. Sie kamen in wenigen Sekunden wieder heraus, und Celsa rief über Funk an, während ihr Kollege sich bückte und den Leichnam ausführlich untersuchte. Er griff mit der Hand in seine Taschen und zog eine Brieftasche und ein paar Schlüssel heraus. Sofort kam ein weiteres Polizeiauto und ein Rettungswagen, und was eine dunkle, Schrecken erregende Gasse war, verwandelte sich in einen Arbeitsort, der von kräftigen Taschenlampen und weiteren Autoscheinwerfern erleuchtet wurde, wo Leute in Uniform kamen und gingen, wobei sie Fotos machten, Proben in Taschen steckten und Formulare ausfüllten. Die letzten Reste der Furcht verschwanden.

Celsa kam und setzte sich zu uns. Sie nahm ein Notizbuch heraus und bat uns, wir sollten ihr alles erklären, was sich zugetragen hatte.

»Was habt ihr hier in der Nacht gemacht? Habt ihr etwas gesehen? Hat jemand etwas zu euch gesagt?«

»Nein, nichts. Wir waren hier, weil ich gern …«, begann ich.

»Ich wollte ihr den Lkw meines Vaters zeigen«, unterbrach Raúl.

»Welcher ist der Lkw deines Vaters?«

»Er steht drei Straßen weiter oben. Er ist der größte von allen. Mein Vater ist Lkw-Fahrer und gerade von einer Reise zurückgekommen.«

»Ist gut. Und dann habt ihr den Körper gesehen?«
»Als wir schon dabei waren, nach Hause zu gehen.«
»Habt ihr sonst noch etwas gesehen? Habt ihr etwas gehört? Jemanden gehört?«
»Nein. Wir haben ihn nur umgedreht. Und Raúl hat sich mit Blut befleckt.«
»So etwas darfst du nie wieder tun, verstanden? Sicher, dass ihr sonst nichts gesehen habt? Ihr braucht keine Angst zu haben, es mir zu erzählen.«
Wir verneinten mit dem Kopf.
»Habt ihr etwas angefasst? Bestimmt nicht? Seid ihr nicht in die Werkstatt gegangen?«
»Überhaupt nicht.«
»Ist gut, dann sind wir fertig.«
Und zum zweiten Mal innerhalb sehr weniger Tage fuhr uns wieder ein Polizeiauto nach Einbruch der Nacht nach Hause.
»Die Nachbarn werden sich an eure Ankünfte gewöhnen«, sagte Celsa, während die Frauen tuschelnd auf ihren Balkonen erschienen.
»Meine Eltern werden noch nicht zurück sein«, log Raúl. »Gehen wir zur Wohnung von Helena.«
Sie warf ihm einen misstrauischen Blick zu, brachte uns aber direkt zum siebten Stock.
Meine Mutter öffnete die Tür, ehe wir läuteten.
»Ihr seid zum dritten Mal abgehauen! Was zum Teufel soll ich mit euch anfangen? Frau Beamtin, sagen Sie mir, was ich tun kann.«
»Schimpfen Sie sie heute nicht. Sie haben einen ordentlichen Schrecken davongetragen.«
»Was zum Teufel habt ihr diesmal gemacht?«
»Frau Marisa, ihre Tochter und ihr Freund haben das Pech gehabt, eine Leiche in einer Gasse zu entdecken. Sie sind immer noch ziemlich verschreckt, und es ist ganz sicher, dass sie diese Nacht Probleme mit dem Schlafen haben werden. Geben Sie ihnen einen guten Lindenblütentee, ehe Sie sie ins Bett stecken.«

»Heilige Jungfrau. Wessen Leiche?«
»Eines Mechanikers der Werkstatt Calvo. Es scheint, dass jemand ihn mit Messerstichen getötet hat.«
»Wie schrecklich!«
»Ich habe schon keine Angst mehr«, gab Raúl an. »Ich habe ihn umgedreht, und er hatte die Augen offen.«
»Rede nicht so, Kind. Und was nun? Werden sie aussagen müssen und solche Dinge?«
»Das wird nicht nötig sein. Sie haben die Leiche gefunden, aber sie haben sonst nichts gesehen. Sie brauchen sich keine Sorgen zu machen.«
»Haben die Würste Ihnen geschmeckt? Möchten Sie noch mehr davon? Oder vielleicht Brombeermarmelade?«
»Nein, wirklich vielen Dank«, lächelte Celsa. »Gute Nacht.«
»Ich würde Ihnen gern ‚Tschüss' sagen, aber ich weiß nicht, warum ich fürchte, dass es ein ‚Bis bald' sein wird. Und ihr beide, kommt sofort herein in die Wohnung. Und dass es euch bloß nie wieder einfällt, einen Toten auf der Straße zu finden, verstanden? Ich verbiete es euch ein für alle Mal.

Unsere Mütter rührte die Entschuldigung, dass unser Ausreißen diesmal für etwas gut war, weil wir eine Leiche gefunden hatten, nicht im geringsten. Sie beschlossen, dass die einzige Art, neue Schrecken zu vermeiden, darin bestand, uns getrennt zu halten, und sie verurteilten uns ohne Erbarmen dazu, den Rest des Sommers in Einzelhaft zu verbringen. Rafael erzählten sie, um größeren Ärger zu vermeiden, von der ganzen Sache gar nichts.
Am folgenden Abend informierten die Nachrichten über unseren Fund, obwohl uns dabei niemand erwähnte. Der Tote hieß Joaquín del Valle, war ein Sohn von Einwanderern aus Granada, der kaum ein Jahr als Mechaniker gearbeitet hatte und der, wie die Polizei erklärte, Opfer eines Raubüberfalls geworden war, der unglücklicherweise in einer Tragödie endete. Joaquín war nach acht Uhr, als der Rest der Arbeiter gegangen war, allein in der Werk-

statt geblieben, um eine letzte dringende Aufgabe zu beenden und dreißig oder vierzig Minuten später zu schließen, und während dieser Zeitspanne müssen der Räuber oder die Räuber aufgetaucht sein, welche die Kasse leerten. Nach Aussage der Polizei deutete die Art der Verletzungen, die Joaquín aufwies, eindeutig darauf hin, dass er sich gegen die Angreifer verteidigt hatte. Wahrscheinlich hatte er versucht, den Raub zu verhindern, und hatte schließlich seinen Widerstand mit mehreren Messerstichen bezahlt.

Obwohl diese Nachricht lediglich ein unbedeutender Fall einer Straftat zu sein schien, einer von vielen, löste er in wenigen Stunden eine Welle der öffentlichen Entrüstung aus. Joaquín del Valle war, so stellte sich heraus, nicht nur ein junger Mechaniker, sondern der Sänger und Leiter einer Rockgruppe, die angefangen hatte, mit Erfolg in einigen Bars zu spielen, und öfters im lokalen Radio erklang. Es gab eine Menge Leute, die ihn kannten, alle redeten sehr wohlwollend über ihn, und die Solidarität mit seinem Unglück kam unmittelbar in Protesten gegen die Polizei und die Staatsgewalt zum Ausdruck. Es gab eine improvisierte Kundgebung vor dem Rathaus, wo die Leute mehr Überwachung verlangten, und so hörte dieser kleine Fall nicht auf anzuwachsen und in den Medien Raum zu gewinnen. Herr Calvo selbst erschien bestürzt im Fernsehen und beklagte sich über die fehlende Sicherheit im Viertel, bedauerte den Tod eines jungen und arbeitswilligen Mannes und erklärte, dass die übrigen seiner Mechaniker Angst hätten, in jener dunklen Gasse die Arbeit wiederaufzunehmen. Die kaputten Straßenlampen der Bòbila Straße und der allgemein schlechte Zustand der Gegend erschienen mehrmals in den Nachrichten.

Bis dahin war meine Angst vollständig vorbei, und ich hatte genügend Zeit zum Nachdenken. So dass ich nach zwei Tagen den Schluss der Abendnachrichten unterbrach, um zu verkünden, ich wisse noch etwas mehr. Meine Mutter und Irene sahen mich erschrocken an, und ich erzählte, dass der Tote ein Freund von Rafael war und dass ich gesehen hatte, wie er Kisten in seinen Lkw lud. Aber meine Geschichte hatte nicht die geringste Wirkung. Mama schalt mich, weil ich mit vollem Mund redete, und erklärte mir, dass alle Lkw-Fahrer des Viertels dort ihre Fahrzeuge reparieren ließen, so dass es völlig normal sei, dass alle Joaquín kannten. Ich protestierte, weil sie nicht ernst nahmen, was ich ihnen sagte, und meine Mutter antwortete, meine Entdeckungen taugten nicht als Entschuldigung dafür, nicht aufzuessen.

Später streichelte Mama Meritxells Haar, wobei sie klagte, die Welt sei ein zunehmend unsicherer Ort, das Böse schleiche sich überall ein, selbst in die Werkstätten eines bescheidenen Viertels; und sie ließ Irene und mich versprechen, dass wir immer die Hauptstraßen der Stadt benutzen und nicht den Weg abkürzen würden, indem wir offenes Feld überqueren, auch nicht Abkürzungen durch schlecht beleuchtete Straßen nähmen. Ich beharrte noch einmal auf meiner Geschichte. Darauf, dass Rafael ein Freund des Toten war und dass der Tote Kisten in seinen Lkw gebracht hatte. Ich erinnerte meine Mutter daran, wie sie selbst vor Tagen überrascht war, dass Rafael so viel Geld verdiente, aber Mama antwortete, sie habe das nur gesagt, weil sie vergessen hatte, was es hieß, das Gehalt eines Mannes im Haushalt zu haben. Sie wiederholte, diese Geschichte sei erledigt und sie wolle nichts mehr von der Sache hören; und wenn es meiner Phantasie langweilig würde, könnte ich anfangen, mir die Schulbücher vorzunehmen.

Ich verbrachte den nächsten Tag damit, auf einen Augenblick zu warten, wo ich allein wäre, um Raúl anrufen zu können. Die Gelegenheit ergab sich in der Mitte des Nachmittags, als Irene wegging, um eine Besorgung zu machen. Ich lief zum Telefon und wählte. Es antwortete Rafael. Pech, dachte ich, er wird mich nicht mit seinem Sohn sprechen lassen.

»Könnte ich mit Raúl sprechen?«, fragte ich, wobei ich meine Stimme verstellte und versuchte, sie feiner und weicher zu machen.

»Du bist doch nicht Helena, oder?«, antwortete er. »Ich will nicht, dass mein Sohn sich mit dir trifft, du bringst ihn ja immer nur in Schwierigkeiten.«

»Ich weiß nicht, wer Helena ist«, antwortete ich, wobei ich versuchte, eine harmlose Mädchenstimme anzunehmen. »Ich heiße Mariona und bin eine Schulfreundin.«

»Du bist die mit den Zöpfen, von denen mein Junge immer redet? Die, die so gute Noten bekommt? Vielleicht trefft ihr euch mal und du hilfst ihm ein wenig mit Mathe?«

Raúl nahm das Telefon.

»Bist du wirklich Mariona? Möchtest du rausgehen und spielen?«

»Ich bin Helena.«

»Ich habe mich schon gewundert. Sie hat zu schöne Zöpfe, um mich anzurufen«, antwortete er leise.

»Kannst du reden?«

Ich hörte ihn eine Tür zumachen.

»Mehr oder weniger.«

»Hat man dich sehr bestraft?«

»Meine Mutter ist sehr verärgert. Aber da sie meinem Vater nicht erzählen wollte, was passiert ist, kann sie mich auch nicht so sehr bestrafen.«

»Und was hat dein Vater über den Toten gesagt?«

»Er wurde ein wenig traurig, sagte, er sei ein guter Junge gewesen. Und weißt du, was er außerdem noch sagte? Dass er sicher seine Nase in Dinge gesteckt hat, die ihn nichts angingen. Und dann riet er mir, dass im Leben jeder bei seinen Dingen bleiben und schweigen soll, und keine Bullen und kein Herumschnüffeln. Er ließ es mich wiederholen und versprechen. Er sagt, wenn man die Nase in die Angelegenheit der anderen steckt, ist es sehr wahrscheinlich, dass man sie verliert.«

»Na so was!«

»Heute sind wir früh am Morgen zur Beerdigung gegangen. Es waren alle Lkw-Fahrer des Viertels da, und noch viel mehr Leute. Wusstest du, dass der Tote in einer Rockgruppe sang? Sie spielten während der Zeremonie.«

An diesem Abend konnte ich es im Fernsehen sehen. Die Beerdigung war von Musik begleitet, weil die Freunde des Toten ihn auf dem Friedhof im Rhythmus von Bruce Springsteen verabschiedeten, und danach waren sie mit etwa zwanzig Autos durch die ganze Stadt gefahren, wobei sie den Verkehr lahmlegten und mit Hupen und Rufen gegen die Unsicherheit in der Stadt protestierten.

Währenddessen konnte ich es nicht lassen, an jener Geschichte herumzurätseln und zu versuchen, die losen Fäden zusammenzubinden. Vielleicht besaßen Rafael und jener junge Mann einen Schatz und packten ihn in Kisten? War es vielleicht jener Schatz, den die Räuber suchten, und nicht einfach das Geld, das in der Werkstatt war? Und warum hatten sie den jungen Mann getötet? Ich war zunehmend sicher, dass etwas Seltsames geschehen war, aber es gelang mir nicht, mir vorzustellen, was es sein könnte, auch nicht, wo ich eine Spur suchen oder wen ich fragen könnte.

Die Überraschung kam an jenem selben Nachmittag. Irene döste auf dem Sofa, mit einem Buch von einem gewissen Rawls, als Trini an der Tür klingelte.

»Würdest du mir Helena einen Moment ausleihen?«, fragte sie. »Mein Mann und Raúl sind im Kino, und ich wollte sehen, ob sie mir helfen könnte, die Vorhänge aufzuhängen. Es ist nur für einen Augenblick.«

»Klar«, antwortete Irene. »Ich dachte, du seist mit meiner Mutter im Krankenhaus.«

»Sie schuldeten mir ein paar Stunden, die ich letzte Woche mehr gemacht habe, und ich habe sie genommen, um die Wohnung gründlich in Ordnung zu bringen, während die Männer nicht im Weg sind«, antwortete sie. »Du siehst schon, es gibt immer Arbeit, sei es hier oder dort.«

Ich folgte ihr ärgerlich die Treppe hinunter, weil ich ihr bei einer der langweiligsten Hausarbeiten helfen sollte, die es gibt; aber als wir in ihre Wohnung kamen, sah ich, dass die Vorhänge schon aufgehängt waren, vollkommen sauber und frisch gebügelt.

»Helena«, sagte sie zu mir, indem sie mich einlud, mich auf das Sofa zu setzen. »Während du mir hilfst, die Vorhänge aufzuhängen, würde ich gern mit dir über eine Sache reden, von Frau zu Frau, ganz offen.«

Das erweckte meinen Stolz.

»Ja, Frau Trinidad«, stimmte ich zu. Es war das erste und einzige Mal, dass ich sie so nannte.

Ich hatte nie viel Zeit in dieser Wohnung verbracht. Ich ging gewöhnlich nur hinunter, um Raúl abzuholen, und selten betrat ich sie einen Moment. Fast immer kam er in meine Wohnung hinauf zum Spielen, weil so Irene auf uns aufpassen konnte. Wenn dagegen meine Mutter und Trini ein wenig alleine plaudern wollten, was sie bis zur Ankunft Rafaels regelmäßig ein paar Mal in der Woche machten, trafen sie sich gewöhnlich dort. So dass ich an jenem Nachmittag, als ich auf dem Sofa des Esszimmers saß und Trini zuhörte, die durch verschiedene Bruchstücke der Unterhaltung streifte, ehe sie die Frage stellte, die sie beunruhigte, diese Wohnung zum ersten Mal ausführlich betrachtete.

Es war eine bescheidene Wohnung, sicher die einfachste im Gebäude. Obwohl alles sauber und aufgeräumt war und Trinis Vorliebe für Blumen hier und dort einige fröhliche und farbige Tupfer setzte, machte das Esszimmer den Eindruck, es sei halb leer und alles darin sei provisorisch. Es gab keine großen Möbel wie Mamas Schränke, die von Wand zu Wand reichten und vollgestopft waren mit Kram, den Irene immer etikettieren wollte, sondern einfache und kleine Möbel. Es gab auch keine Bücher in den Regalen, auch keine Lexika, wie es in jenen Jahren üblich war, nicht einmal die eleganten Bände, welche die Banken am Tag von St. Georg verschenkten. Es fehlten jene Kleinigkeiten, die gewöhnlich in allen Wohnzimmern und Esszimmern vorhanden sind, von Vitrinen voll mit Gläsern hin zu Fotoalben, Urlaubssouvenirs oder Kassettensammlungen, oder jene Deko-Gegenstände, welche die Familien im Lauf der Zeit ansammeln. Die Wohnung hatte sich wenig verändert, seit Trini mit ihren geblümten Koffern ankam und sich in ihr einrichtete. Allerdings bemerkte man in der Tat die Anwesenheit ihres Mannes. Über den Sofas hingen neue Bilder, und die alten Vasen, die immer voll von Blumen waren, waren durch andere, elegantere ersetzt. Und in einer Ecke des Esszimmers erkannte man sofort Rafaels Nische. Neben einem neuen Sessel gab es einen kleinen Tisch, der von Papieren bedeckt war, eine Rechenmaschine und ein paar Aschenbecher.

Trini holte einige Flaschen Fanta und machte mir ein Nutella Brot. Wenn ich mich daran erinnere, kommt es mir unglaublich vor, dass wir über etwas so Wichtiges reden konnten, während ich mir die Lippen mit Schokolade verschmierte.

»Helena, ich brauche deine Hilfe, und ich möchte dich bitten, aufrichtig mit mir zu sein, einverstanden? Ich verspreche dir, dass ich deiner Mutter nichts von dem erzählen werde, was du mir sagst.«

Ich stimmte zu.

»Weißt du, mein Mann war in letzter Zeit ein wenig unruhig. Er glaubt, dass Raúl und du ihm nachspioniert.«

»Ich verspreche Ihnen, dass das nicht der Fall ist, Frau Trini.«

»Niemand hat Angst davor, dass man ihm nachspioniert, wenn er nichts zu verbergen hat. Hast du etwas Ungewöhnliches bei meinem Mann oder in seinem Lkw gesehen?«

Ich biss mir auf die Lippen und schüttelte den Kopf.

»Als ihr in den Lkw eingestiegen seid, Helena, hast du etwas Auffälliges gesehen? Du kannst es mir ohne Angst erzählen, ich werde es niemandem sagen. Hast du gesehen, ob jemand ihm ein Paket gab oder eines abgeholt hat?«

Ich verneinte mit dem Kopf, aber sie heftete ihren Blick auf meine Augen, bis ich sicher war, dass sie wusste, dass ich log.

»Ich verspreche Ihnen, dass wir ihn nicht ausspioniert haben. Es ist nur, dass ich keinen Geruchssinn habe und glaubte, dass Rafael mir helfen könnte zu riechen, weil ich dachte, dass Rafael ein Zauberer ist wie die in den Geschichten von Bagdad. Deswegen haben wir uns in den Lkw gesetzt, um mit ihm nach Bagdad zu fahren. Und dann sahen wir diesen Mechaniker, den sie umgebracht haben, der, den wir tot aufgefunden haben, wie er Kisten in den Lkw stellte.«

»Ich möchte, dass du mir genau das erzählst, Helena, alles, was mit diesen Kisten zu tun hat.«

Und so kam es, dass ich zum ersten Mal alles, was geschehen war, erzählte, in der geordnetsten Form, zu der ich fähig war. Ich begann mit der Unterhaltung, die Raúl und ich versteckt im Inneren des Lkw hörten, und ich fuhr fort mit der Übergabe der Pakete vor der Werkstatt. Ich erinnerte sie auch an Rafaels Reaktion gegenüber der Polizei. Und zuletzt, obwohl es das erste gewesen war, erzählte ich ihr, dass ihr Mann mich eines Abends überrascht hat, als ich an der Tür horchte, und dass er mich auf übertriebene Weise beschimpft und mir damit gedroht hat, mir die Nase auszureißen, was mich einige Zeit danach auf den Gedanken brachte, er sei ein Zauberer, der Experte für Nasen ist, und dass er deswegen meine Nase heilen könnte.

Trini überging den letzten Teil und bat mich um mehr Details über das, was wir gesehen hatten. Ich erklärte es ihr, soweit ich mich erinnerte.

»Raúl würde Ihnen dasselbe erzählen«, versicherte ich ihr. Wir haben es alles zusammen gesehen.«

»Ja, aber Raúl hängt zu sehr an seinem Vater, um mir diese Dinge zu erklären.«

Als ich meine Erzählung beendet hatte und mit der Beantwortung ihrer Fragen fertig war, waren Trini die Augen feucht geworden, und ein wenig Wimperntusche begann ihre rechte Wange zu beflecken. Sie trocknete sich die Augen mit einem Taschentuch und setzte sich aufrechter, den Rücken von der Lehne getrennt, richtig straff. Sie bot mir ein wenig mehr Fanta an. Sie tadelte mich für nichts von dem, was ich getan hatte.

Ich fragte sie, ob sie denn wisse, was vorging.

»Dass der Mensch das einzige Tier ist, das zweimal über denselben Stein stolpert.«

Ich runzelte die Stirn. Das erklärte mir nichts, und da ich Trini gerade alles enthüllt hatte, was ich wusste, hoffte ich, dass sie mich damit entschädigen würde, dass sie mir anvertraute, was sie wusste.

»Raúls Vater ist sehr seltsam«, wagte ich zu sagen. »Ist er ein Zauberer wie die in den Märchen?«
Sie brach in Lachen aus.
»Schön wär's, mein Schatz. Er ist etwas viel Idiotischeres.«
»Und was?«
»Du hast mir sehr geholfen. Jetzt möchte ich dich bitten, dass du wieder nach Hause gehst und niemandem etwas sagst. Diesen Abend noch werde ich alles in Ordnung gebracht haben, und du kannst es vergessen.«

Ich verstand nicht, was sie in Ordnung bringen wollte, auch nicht, warum ich es vergessen könnte, so dass ich unruhig nach Hause zurückkehrte. Offenbar hatte sich dank meiner Worte irgendein Geheimnis enthüllt, und dennoch verstand ich weiterhin nichts. Da ich nicht wusste, was ich noch tun könnte, begann ich mit Meritxell zu spielen. Natürlich endete das Spiel mit Tränen für sie und einer Rüge für mich.

An diesem Abend brauchte ich, als ich vom Wegbringen des Mülls zurückkam, die Ohren nicht der Tür zu nähern, um eine Auseinandersetzung in der Wohnung von Raúl zu hören. Man hörte die Stimme von Rafael, aber sie klang weder warm noch tröstend, wie ich sie so oft bewundert hatte. Er sprach zu laut und zu schnell. Ich hörte die Stimme von Trini, die immer wieder »Nein« sagte, aber es gelang mir nicht, mehr zu verstehen. Auch traute ich mich nicht, länger zu bleiben und zu horchen.

Diesmal ging ich lieber hinauf in meine Wohnung und wies meine Mutter darauf hin, die in Morgenmantel und Pantoffeln leise hinunterging, um an der Tür von Raúl zu horchen. Sie kam besorgter zurück als ich.

»Sie haben eine sehr heftige Auseinandersetzung. Ich war kurz davor zu klingeln, aber ich traute mich nicht. Ich weiß nicht, ob wir unsere Tür offenlassen sollten und aufmerksam sein sollten, falls die Sache sich verschlimmert.«

»Wenn sie streiten, ist das ihre Angelegenheit«, antwortete Irene in der Absicht, sie zu beruhigen.

»Ich weiß schon, dass es ihre Angelegenheit ist, aber Trini ist meine Freundin. Ich will nur sicher sein, dass ihr nichts Schlimmes passiert.«

So ließ Mama die Wohnungstür halb offen. Sie war dabei, die Küche aufzuräumen, und ab und zu ging sie zum Treppenhaus und horchte aufmerksam. Schließlich hörte sie nichts mehr.

»Es scheint, dass sie sich beruhigt haben«, sagte sie erleichtert. »Bestimmt gehen sie schlafen. Und wir auch, wo es schon spät ist.«

Ich machte mich auf den Weg ins Bett. Irene passte auf, dass ich die Zähne putzte, bestand darauf, dass ich mich mit Feuchtigkeitscreme einrieb, weil die vielen Tage in der Sonne meine Haut angegriffen hatten, dann zog ich den Schlafanzug an, ging in die Küche, um etwas zu trinken, protestierte dagegen, das Zimmer zu teilen, lungerte auf dem Sofa herum und faulenzte noch ein wenig, ehe die Müdigkeit mich überwältigen und ich zu Bett gehen würde. Mitten in meiner täglichen Zeremonie streckte ich die Nase aus unserer halboffenen Tür. Mama war im Bad, Irene brachte Meritxell ins Bett. Niemand sah mich ins Treppenhaus gehen. Mir schien, dass man wieder Stimmen hörte, und ich ging die Treppen in völligem Schweigen hinunter. Ich näherte mich der Tür. Ich hörte die Stimme von Trini, und diesmal verstand ich sie. Sie setzte sich klar und fest gegen das Weinen von Raúl und den Protest von Rafael durch, und sie bat ihren Mann, er möge das Haus verlassen. Die Stimme von Rafael wurde lauter und erhob sich über ihre. »Du hast erreicht, dass mein eigener Sohn mich ausspioniert«, warf er ihr vor, »als sei ich ein Krimineller.« Sie forderte ihn nochmal auf zu gehen. Man hörte ein »wirf ihn nicht hinaus, wirf ihn nicht hinaus« von Raúl, und dann überschlug sich ihre Stimme. Sie wiederholte ihre Aufforderung, aber ihre Stimme war gebrochen. Dann erhob sich seine Stimme, wütend. Er schrie sehr laut etwas, das ich nicht verstand, und dann hörte ich einen Schlag. «Du bist ein schlechter Sohn, ein schlechter Sohn«, brüllte er. »Wie konntest du es wagen, deinem Vater nachzuspionieren? Mir, der ich alles für dich tue, alles für euch mache, ihr Undankbaren«. Die Schläge wiederholten sich, unregelmäßig. Etwas fiel zu Boden. Ich grub die Nägel in die Handflächen und wusste nicht, was tun. Es gab mehr Stimmen und dann ein Getöse von zerbrochenen Gläsern. Plötzlich begann Trini zu schreien, sie heulte, als wäre sie verrückt geworden, wie ein wildes Tier. Ich konnte nicht mehr länger zuhören. Ich begann mit beiden Händen gegen die Tür zu hämmern, nach Trini zu rufen und um Hilfe zu schreien. Ein paar Sekunden lang vereinten sich meine Schreie mit ihren, und der Lärm erschütterte das ganze Treppenhaus. Ich hörte, wie in der Wohnung darunter sich eine Tür öffnete und ein Nachbar fragte, was vor sich gehe. Es blieb mir keine Zeit, ihn um Hilfe zu bitten. Die Tür von Raúl öffnete sich schlagartig, ich verlor das Gleichgewicht und viel mit den Knien auf den Boden. Rafael heftete einen zornigen Blick auf mich.

»Du und deine verdammte Nase!«, brüllte er mir ins Gesicht.

Und ehe ich reagieren konnte, versetzte er mir einen Schlag, der mich gegen die Wand warf. Mir tat der ganze Körper weh, wie mir noch nie etwas wehgetan hatte, und einige Sekunden war ich unfähig, mich zu bewegen. Sobald ich die Arme heben konnte, wollte ich mir an die Nase greifen, aber sie brannte vor Schmerz, wie das ganze Gesicht. Als es mir gelang aufzustehen, rannte Rafael in großen Sprüngen die Treppe hinunter auf die Straße, wobei er brüllte und Beschimpfungen gegen die Nachbarn ausstieß, die nach und nach herauskamen und Fragen stellten.

Neben der Wohnung von Raúl öffnete die Nachbarin erschrocken die Tür, eine Alte mit grauen Haaren, in Nachthemd und Pantoffeln, mit einer hübschen weißen Katze zwischen den Füßen. Ich näherte mich ihr, um sie um Hilfe zu bitten, und da sah ich die roten Tropfen auf das weiße Fell der Katze fallen, die erschrocken in ihre Wohnung floh. Die Alte sah mich entsetzt an und machte einen Schritt zurück.

»Kind, dein Gesicht ist kaputt.«

Meine Mutter rannte schon nach mir schreiend die Treppe herunter, und mehrere Nachbarn erschienen auf den Treppenabsätzen. Ich trat in die Wohnung von Raúl. Ich fand Trini in einer Ecke der Küche. Ihre Kleider waren zerfetzt, und sie versuchte sich mit einer Pfanne zu schützen.

»Danke, dass du mir zu Hilfe gekommen bist, Helena«, murmelte sie, während sie die Pfanne mit Getöse auf den Boden fallen ließ und sich gegen den Kühlschrank lehnte. Ich sah, dass ihre Knie zitterten.

Zu ihren Füßen, hinter ihr, kauerte in Panik Raúl, das Gesicht und die Arme blutverschmiert.

Eine Hand hielt mir die Augen zu. Es war Irene, die mich in die Arme nahm und mich in aller Eile von dort wegzog, während ich sie anschrie, sie solle mir nicht ins Gesicht fassen. Ich konnte gerade noch sehen, wie meine Mutter sich neben Raúl niederkniete. Als wir in die Wohnung kamen, waren meine Kleider voll Blut, das unaufhörlich aus meiner Nase floss und das Kleid meiner Schwester befleckte. Irene legte mich auf das Sofa, säuberte mich mit einem feuchten Handtuch. Mein Gesicht brannte vor Schmerz.

Nach wenigen Minuten kam Mama in die Wohnung herauf und erklärte, dass die Polizei sich der Situation angenommen habe. Sie hatten die Wohnung von Raúl abgesperrt und sie beschlagnahmt, Fotos gemacht und Proben genommen. Hinter Mama erschienen ein Arzt und zwei Sanitäter, die Trini und Raúl in unsere Wohnung brachten und mitten im Esszimmer ein kleines Feldlazarett einrichteten. Sie rückten die Sofas von ihrem Platz, legten Trini und Raúl darauf, öffneten ihre Koffer auf dem Tisch, Mama bereitete Lindenblütentee, doch dann änderte sie ihre Idee und holte die Flasche mit Schnaps heraus, und dort erhielten wir drei erste Hilfe. Bald war klar, dass niemand schwer verletzt war, aber die Panik und Nervosität nahmen noch zu. Raúl hörte nicht auf zu weinen, und ich fühlte mich verängstigt und, schlimmer noch, schrecklich schuldig, weil ich fürchtete, dass ich diese Katastrophe ausgelöst hatte, ohne auch nur zu verstehen, was vorgegangen war. Ich wollte das allen gleich dort erklären und darum bitten, dass sie mir erzählten, was ich noch nicht wusste, aber die Ärzte gaben mir etwas, um den Schmerz zu stillen, und baten mich, nicht zu sprechen. Was sie mir gaben, fühlte sich an, als würde es mein Bewusstsein um die Hälfte reduzieren, als würde ich in mich zusammenschrumpfen. Eine seltsame Ruhe überkam mich, ich versuchte, mich ihr zu widersetzen, doch ich war unfähig, mich aufzurichten oder etwas zu sagen. Dann verspürte ich Übelkeit. Irgendwann näherte sich mir Trini und gab mir einen Kuss auf die Stirn. Ich konnte nicht umhin, mich zu beklagen, mir tat das ganze Gesicht weh.

Ich murmelte, dass es mir leid täte, dass alles durch meine Schuld passiert sei.

»Nein, Helena, ich muss dir danken«, sagte sie. »Du hast es verstanden, mir die Wahrheit zu sagen, die ich nicht sehen wollte, und nachher bist du mir zu Hilfe gekommen. Du bist eine gute Freundin, genau wie deine Mutter.«

»Sie wussten es schon?«, fragte ich, wobei ich mich bemühte, mich aufzurichten und die Stimme zu erheben, aber nur ein leises Raunen zustande brachte.

»Ja, aber ich machte mir selbst vor, es nicht zu wissen. Und vertraute darauf, mich zu täuschen.«

»Und was genau wussten Sie? Denn ich weiß es immer noch nicht.«

Trini gab mir noch einen Kuss, der mich wieder schmerzte. Einer der Sanitäter schob sie weg. Der Arzt näherte sich mir.

»Schauen wir mal, Schatz, lass mich einen Blick auf deine Nase werfen. Das wird dir ein wenig wehtun.«

Ich sah, wie seine Hände sich meinem Gesicht näherten. Ich versuchte sie wegzuschieben, aber er bat mich zuzulassen, dass er mich untersucht. Seine Finger betasteten meine Nase. Und dann empfand ich einen schrecklichen Schmerz, unerträglich, wie wenn man mir die Nase ausreißen würde, wie wenn man mir das ganze Gesicht zerbrechen würde. Dann wusste ich nichts mehr.

4. Kapitel

Als ich aufwachte, wusste ich nicht, wo ich war. Ich fand mich auf dem Rücken auf einem Bett liegend, aber es war nicht mein Bett, und ich kannte dieses Zimmer nicht, das in einem schrecklichen Apfelgrün angestrichen war. Außerdem war ich nicht im Schlafanzug, sondern in T-Shirt, Jeans und Sandalen. Was machte ich angezogen in diesem Bett? Die Übelkeit erlaubte mir kaum zu denken, und so sehr ich mich auch umschaute, gelang es mir doch nicht zu interpretieren, was ich sah. Ich schloss einen Moment die Augen, um mich zu beruhigen, und öffnete sie wieder. Und da sah ich eine seltsame weiße und silberne Maschine, die über meinem Kopf hing. Ich betrachtete sie und fragte mich, was es sein könnte, und plötzlich begann sie sich zu bewegen, direkt auf mein Gesicht herunterzugehen, und ich stieß einen Schrei aus. Ich richtete mich auf, um zu entkommen, und ich knallte gegen etwas mit dem Kopf. Der Schmerz hallte in meinem ganzen Körper wider.

»Du hast schon die Nase kaputt, es ist nicht nötig, dass du dir noch etwas brichst«, sagte eine Stimme, die vertraut klang.

»Was geht vor?«

»Wenn du es schaffst, einen Moment ruhig zu bleiben, machen wir dir ein Foto von deiner tollen Nase.«

Ich lokalisierte die Stimme auf meiner linken Seite. Als ich mich umdrehte, sah ich einen roten Bart, der über einem dicken Bauch wallte. Was für eine Überraschung, es war der Geist der Lampe, was machte er neben meinem Bett? Ich richtete mich erneut auf, um ihn zu fragen.

»Meinst du, du könntest wenigstens drei Sekunden ruhig bleiben?«
»Nicht atmen«, hörte ich eine andere Stimme sagen.
Es ertönte ein Klicken.
»Und jetzt im Profil. Tut es sehr weh?«
»Alles tut mir weh.«
»Ich werde zu erreichen versuchen, dass es dir nicht mehr wehtut. Bewege dich nicht.«
»Nicht atmen«, hörte ich wieder die Stimme von eben.
»Perfekt. Erinnerst du dich an mich? Du hast mich vor einigen Wochen aufgesucht, am Anfang des Sommers.«
Da erkannte ich ihn. Es war der Arzt, der mir erklärt hatte, wie gut meine Schwester riecht, kurz ehe er mir ankündigte, dass ich niemals würde riechen können.
»Natürlich erinnere ich mich. Sie haben mir gesagt, dass es kein Heilmittel für meine Nase gibt.«
»Aber es war nicht nötig, sie zu brechen, Frau. Möchtest du mir erzählen, was dir passiert ist?«
»Sie sind immer und überall anwesend, wenn meiner Nase etwas passiert.«
»Weil es meine Lieblingsnase ist.«
»Sind wir in ihrer Praxis?«
»Nein, in der Notaufnahme des Can Ruti Krankenhauses. Und du bist in sehr guter Begleitung angekommen, weißt du? Im Rettungswagen und mit einem Polizeiauto, das den Weg frei machte.«
»Was für ein Pech, dass ich eingeschlafen war.«
»Ich wusste nicht, wer du bist, ehe ich deine Mutter sah. Ich kenne sie seit Jahren, sie ist eine großartige Köchin. Warum hast du mir das nicht gesagt, als du zu mir in die Sprechstunde gekommen bist?«
»Sie wollte nicht, dass ich Sie wegen meiner Nase aufsuche. Sie traut den Ärzten nicht.«
»Ja, ich weiß schon. Immer beschimpft sie uns, das tut sie gern. Du hast eine Mutter mit Charakter.«
»Mich schimpft sie auch. Und wo ist Raúl?«

»Dein kleiner Freund ist in einem Behandlungszimmer, wo man sich gut um ihn kümmert, sei unbesorgt.«

»Geht es ihm gut?«

»Er hat eine tiefe Schnittwunde in der rechten Backe und einige oberflächliche Verletzungen am Hals, der Brust und den Armen. Alles in allem hat er Glück gehabt.«

»Glück? Warum?«

»Sein Vater gab ihm einen Stoß, und er fiel auf eine Kiste mit leeren Flaschen. Es hätte sehr schlimm ausgehen können. Aber es waren leichte Verletzungen, und außerdem ist dein Freund tapfer, er klagte kaum über Schmerzen. Er wiederholte nur, dass er nach Bier stinke, und er hörte nicht auf, bis er erreichte, dass eine Krankenschwester ihn badete. Ich glaube, dass dein Freund ein Frauenheld ist«, zwinkerte er mir mit einem Auge zu.

»Und seine Mutter?«

»Sie hat einige Verletzungen an den Armen und ein paar gebrochene Rippen. Die beiden werden gesund werden.«

»Und ich?«

»Abgesehen von der Nase ist alles an seinem Platz. Du hast einen ordentlichen blauen Fleck im Gesicht, aber das wird von alleine wieder gut.«

Ich versuchte, mein Gesicht zu berühren, aber es tat zu sehr weh.

»Es scheint, das ist dein Schwachpunkt. Du siehst schon. Deine Achillesferse ist die Nase.«

Der Arzt hob mich hoch und legte mich auf eine Krankenbahre. Eine Krankenschwester schob sie in einen anderen Raum. Kurz darauf kamen die Röntgenbilder, und Arzt und Krankenschwester machten sich daran, mich zu verbinden.

»Was hast du gemacht, um sie auf diese Weise zu brechen?«, fragte er. »Möchtest du es mir erzählen?«

»Die ganze Wahrheit?«

»Natürlich.«

»Ich dachte, ich könnte riechen, wenn ich nach Bagdad reisen würde.«

»Was könntest du riechen, wenn du nach Bagdad reisen würdest?« »Wie bist du auf eine solche Idee gekommen?«

»Das hat Raúls Vater gesagt, so dass ich wollte, dass er mich mitnimmt. Ich wollte nur nach Bagdad fahren, aber anscheinend habe ich zwischendrin etwas entdeckt, wobei ich immer noch nicht weiß, was es ist. Trini hat sich bei mir bedankt, aber ich weiß nicht, wieso.«

»Die Polizei wird dir ebenfalls danken. Sie erwarten dich draußen.«

»Wieso?«

»Ich weiß gar nichts, Helena, das müssen sie dir erzählen. Aber hör mir zu, Du wirst nicht nochmal etwas Ähnliches versuchen, hörst du? So schlimm es auch für dich sein mag, und für mich auch, für das, was mit deiner Nase los ist, gibt es kein Heilmittel. Nach Bagdad zu reisen würde dich nicht kurieren. Nichts kann dich kurieren.«

Und dann griff er mir an der Nase. Ich spürte einen schrecklichen Schmerz, mir wurde wieder übel, und die Welt verschwand für einen Augenblick. Aber seine Worte taten mir noch mehr weh.

Dann verband er mich.

»Niemand kann sich frei aussuchen, wer er ist. Erst wenn du akzeptierst, wer du bist, beginnt deine Freiheit«, sprach er.

»Kann ich die Röntgenbilder sehen?«

»Du kommst hervorragend heraus, keine Sorge. Deine Knochen sind sehr fotogen.«

»Ich würde die Knochen gern sehen.«

»Nachher kannst du sie mitnehmen. Du kannst sie einrahmen und in dein Zimmer hängen. Röntgenbilder von seiner Nase hat nicht jeder.«

»Und auf dem Röntgenbild kann man sehen, warum ich nicht rieche?«

»Aber nein, Liebes, man sieht nur den Bruch.«

»Ich habe gelesen, dass kalte Dinge weniger riechen. Kann es sein, dass meine Nase kalt ist?«

Der Arzt brach in lautes Lachen aus.

»Du bist unschlagbar, oder? Du willst nicht aufhören, Lösungen zu suchen.«

»Und wenn ich sie erwärme?«

»Du wirst nicht riechen können, selbst dann nicht, wenn du sie verbrennst.«

Das schien mir keine sehr sympathische Antwort.

»Haben Sie meine Schwester gesehen?«

»Sie ist an der Tür und wartet auf dich, mit deiner Mutter und deiner kleinen Schwester. Deine ganze Familie ist da draußen, in Sorge um dich.«

»Riecht sie nach etwas?«

»Als ich sie begrüßte, stank deine kleine Schwester«, sagte er mir in vertraulichem Ton. »Sie hatte sich gerade in die Hose gemacht. Die Schrecken dieser Nacht haben sie überwältigt, die Ärmste.«

»Ich meinte Irene. Riecht sie nach etwas?«

»Ach, Helena, deine Schwester Irene riecht immer wundervoll«, seufzte er. »Ich weiß nicht, wie sie das hinbekommt, dass sie im Morgengrauen in der Notaufnahme zwischen Krankenwagen und Polizei, wo die ganze Welt hysterisch ist und nach Schweiß stinkt, den Duft eines anmutigen Frühlingsmorgens mitbringt. Allein dafür, wie sie duftet, würde ich ihr, das versichere ich dir, einen Heiratsantrag machen. Wenn nicht meine liebste Gattin mich dann erwürgen würde. Gut, das war's schon.«

Er ging zwei Schritte zurück, um mich anzuschauen.

»Du siehst sehr hübsch aus«, log die Krankenschwester dreist.

Ich bat um einen Spiegel. Ich betrachtete mein Gesicht, so angeschwollen und blau, dass ich Mühe hatte mich zu erkennen. Und in der Mitte, ein riesiger weißer Verband über meiner Nase.

»Sei unbesorgt«, sagte der Arzt. »Ich verspreche dir, dass in kurzer Zeit alles wieder an seinem Platz sein wird.«

»Und Sie sind ganz sicher?«

»Worüber?«

»Dass ich niemals Irene werde riechen können.«

»Nein, Helena, du wirst sie niemals riechen können.«

Ich fand meine Mutter und Irene im Wartezimmer vor, wie sie einander zur Verzweiflung brachten und gegenseitig ihre Geduld strapazierten. Aber als sie mich sahen, standen sie erleichtert auf und empfingen mich mit herzlichen Umarmungen. Ich musste mein schmerzendes Gesicht mit den Händen zudecken, damit sie es nicht mit Küssen überhäuften. An ihrer Seite schlief friedlich Meritxell, auf einem Stuhl in ein paar Kissen gekuschelt, die ihr die Krankenschwestern geliehen hatte.

»Können wir gleich nach Hause gehen?«, bat ich.

»Du musst noch ein wenig warten«, antwortete Mama. »Die Polizei will mit dir reden. Aber sie haben mir versichert, dass es schnell gehen wird.«

»Ich weiß immer noch nicht, was vorgeht.«

»Ich auch nicht, Tochter, aber sie werden es uns erklären.«

Die Unruhe und die Müdigkeit verknoteten sich in meinem Magen, und ich empfand ein seltsames Unwohlsein, eine Art von Schwindel, als wäre der Boden unter meinen Füßen nicht fest. Ich fürchtete, mir würde wieder übel werden. Vielleicht war es die Hitze, die in diesem Raum herrschte, und ich näherte mich den großen Fenstern auf der Suche nach frischer Luft. Die Dunkelheit der Nacht in den Bergen umgab uns. Dichte schwarze Stellen hatten die Form von Pinien oder Felsen, umgeben von grauen Flecken, die Abhänge oder Täler waren. Das einzige Licht, das man sah, dort oben, weit weg, waren drei oder vier Sterne an einem bewölkten Himmel, und dort unten, weit weg und klein, die Lichter der Stadt, die wie eine feine Borte über den Strand verteilt waren. Dort ist mein Haus, dachte ich, in dieser Reihe von kleinen Lichtern, die sich der unermesslichen Dunkelheit des Meers entlangzieht, unter der noch unermesslicheren Dunkelheit des Firmaments. Vielleicht sind die Städte nichts anderes als Häfen in der Nacht, nach meiner Erinnerung dachte ich das, halb schwindlig und halb eingeschlafen. Meine Stadt. Und dennoch, von sehr weit weg betrachtet konnte man sie mit einer Handvoll Sterne verwechseln, die Millionen von Lichtjahren entfernt mitten am Himmel stehen. Vielleicht sind unsere Städte nichts anderes als Nachahmungen der Sterne. Oder vielleicht strebt die Welt danach, sich auf diese Weise zu ordnen, in dunkle Flächen und Lichtpunkte. Ich versuchte, daran zu denken, doch die unzeitige Stunde, die Medikamente, die Angst und ein seltsames Unwohlsein in meinem Magen verbündeten sich gegen mich, und ich schlief wieder halb ein, gegen die Fensterscheibe gelehnt.

Es weckte mich eine Stimme, die uns suchte, aber es war nicht die Polizei, sondern Trini. Sie kam mit entschlossenen Schritten auf uns zu. Sie trug Verbände an den Armen, und durch den Krankenhauskittel sah man einen Verband auf ihrem Oberkörper.

»Wie geht es dir?«, fragte sie, während sie mein Haar streichelte.

»Es tut immer noch weh«.

»Du weißt gar nicht, wie sehr mir das leid tut, Kleines.«

»Und du, wie geht es dir?«, fragte meine Mutter.

»Besser. Wir müssen diese Nacht hierbleiben, aber es ist wegen Raúl, der sehr unruhig ist und Angst davor hat, nach Hause zurückzukehren. Mir geht es gut. Ich würde gern einen Moment mit euch reden, ehe die Polizei eure Aussagen aufnimmt.«

»Ich dachte, dass du schon bei ihnen warst«, sagte Mama. »Seid ihr schon fertig?«

»Meine Aussagen haben sie schon aufgenommen. Jetzt wollten sie mit Raúl alleine reden. Und wenn sie damit fertig sind, seid ihr an der Reihe. Ich würde euch gern um etwas bitten.«

Meine Mutter reagierte mit einem Ausdruck von Zweifel. In ihrem Blick war ein Schatten, und sie legte einen Arm um mich und drückte mich fest. Sie war drauf und dran, etwas zu sagen, aber schließlich beherrschte sie sich und wartete darauf, Trini zuzuhören.

»Ich möchte euch bitten, dass ihr nicht einen Augenblick zögert, Rafael anzuzeigen. Dass ihr alles erzählt, alles, ohne ihm irgendetwas nachzusehen, und dass ihr ihn anzeigt wegen Körperverletzung, Bedrohung, und für alles, was euch einfällt. Ich möchte nur, dass er ins Gefängnis wandert und nie wieder herauskommt.«

Im Gesicht meiner Mutter stellte sich ein Ausdruck von Erleichterung ein. Sie umarmte Trini.

»Du bist sehr tapfer, wenn du das sagst.«

»Nein, Marisa, das bin ich nicht. Hätte ich solche Dinge nur gesagt, als ich sie hätte sagen müssen, und nicht jetzt, wo nichts mehr zu machen ist. Ich schäme mich schrecklich. Ich weiß schon, dass es zu spät ist, aber erlaubt mir, dass wenigstens ich selber es euch erzähle, ehe ihr es von der Polizei erfahrt.«

Trini setzte sich, und wir drei rückten unsere Stühle zusammen, um einen Halbkreis um sie zu bilden. Ich blieb nahe am Fenster, und ab und zu drehte ich mich nach jener tiefen Dunkelheit um, die besprizt war mit Sternen und Lichtern der Stadt.

»Als ich klein war, gaben mir meine Eltern eine sehr einfache Verhaltensregel, und sie versicherten mir, dass ich, wenn ich sie befolgte, ein gutes Leben haben würde. Die Regel lautete so: ‚Es gibt Personen, die gut sind, und wenn du dich ihnen näherst, wird dein Leben besser werden. Es gibt auch Personen, die schlecht sind, egoistisch und grausam, und wenn du dich ihnen näherst, wird dein Leben schlechter sein.' Aber sie haben mich nie darauf aufmerksam gemacht, dass es einen dritten Typ von Personen gibt, den Typ, zu dem Rafael gehört. Vom ersten Augenblick an, in dem ich ihn kennenlernte, gab er mir nur gute Dinge, und als ich mich entschloss, ihn zu heiraten, schenkte er mir das beste Leben, das ich mir vorstellen konnte, ja er machte mich sogar vollkommen glücklich. Aber gerade als ich mich am dankbarsten fühlte, als ich ihn am meisten liebte und brauchte, begann er, jedes einzelne der Dinge zu zerstören, die er mir gegeben hatte. Und ich versichere euch, nichts schmerzt so sehr, wie wenn dieselbe Person, welche dich glücklich gemacht hat, dein Leben in eine Hölle verwandelt. Dass dein bester Freund zu deinem schlimmsten Feind wird. Weil dann nicht einmal das vergangene Glück ein Trost ist.«

Trini senkte einen Moment den Kopf, und eine Haarsträhne fiel ihr ins Gesicht.

»Tut mir leid«, murmelte Mama, ohne so recht zu wissen, was sie sagen sollte.

»Ich weiß, dass man sich das jetzt schwer vorstellen und verstehen kann, aber ich liebte Rafael mit meiner ganzen Seele. Wir verlobten uns, als ich dreizehn war und er neunzehn, und wir heirateten, sobald ich achtzehn wurde. Das Ja, das ich ihm in der Kirche gab, war ein Ja zu allem. Ich sagte ja dazu, ihm zu folgen, wo immer er sein würde, ihn im Guten wie im Schlechten zu begleiten, in Gesundheit und in Krankheit.

»Du warst sehr jung«, sagte Mama.

»Er war sehr zukunftsorientiert, unternehmungslustig und hatte einen fröhlichen und optimistischen Charakter. An seiner Seite schien es immer, als würde alles gelingen. Er gab mir das Gefühl, behütet zu sein, sicher zu sein. Als wir heirateten, war ich schwanger mit Gabriel, und Rafael erwies sich als ein liebevoller und beschützender Vater. Er hatte eine gute Arbeit als Lkw-Fahrer für eine Transportfirma, erhielt einen ordentlichen Lohn, und man behandelte ihn gut. Während jener wenigen Jahre waren wir wirklich glücklich. Ich fühlte mich so geliebt und so glücklich. Und dann plötzlich war alles zu Ende. Wie leicht es in Wirklichkeit ist, die Dinge zu zerstören.

»Was geschah?«

»Der Inhaber der Firma, für die er arbeitete, machte sich mit dem Geld davon, das Unternehmen meldete Konkurs an und die Arbeiter endeten auf der Straße. Es war ein harter Schlag, aber das Schlimmste war Rafaels Reaktion. Seine Kollegen fanden schnell Arbeit bei anderen Firmen und lebten weiter wie zuvor. Aber Rafael weigerte sich. Er fühlte sich betrogen, war wütend und hörte nicht auf zu wiederholen, dass ihn nicht nochmal jemand betrügen würde. Er beschloss, sich selbständig zu machen. Er bedachte das nicht in Ruhe, er plante es nicht, er nahm einfach alle unsere Ersparnisse von der Bank, kaufte einen Lkw und suchte sich seine eigenen Kunden. Er war sehr stolz auf sich, und er machte unaufhörlich große Pläne, wie sein Unternehmen wachsen würde. Er versprach, mir ein besseres Leben zu geben, dass wir bald in eine größere Wohnung ziehen würden und dass wir Gabriel auf eine gute Schule schicken könnten. Ich war so verliebt in ihn, dass ich alle diese Geschichten glaubte, und ein Jahr später reichte das Geld kaum noch zum Überleben. Rafael hatte nicht die geringste Idee, wie er das Unternehmen führen sollte, alles Geld ging in die Bezahlung des Lkw, und zu allem Unglück haben einige Kunden ihn betrogen. Und je schlechter die Dinge liefen, umso nervöser und reizbarer war er, und umso mehr Fehler beging er. Er selbst machte alles noch schlimmer, er stritt sich mit den Leuten, er machte Fehler in den Rechnungen. Schließlich suchte ich mir eine Arbeit als Schneiderin in einem Atelier, und wir lebten von meinem Lohn. Was mich am meisten schmerzte, war, dass ich damals gern ein weiteres Kind wollte, es mir aber nicht gelang, schwanger zu werden. Es waren schreckliche Jahre. Doch dann begannen wir plötzlich aus dem Tiefpunkt herauszukommen. Rafael fing an, Geld zu verdienen, einige Monate viel Geld. So viel, dass ich meine Arbeit aufgab, und kurz darauf wurde ich schwanger und bekam Raúl. Eine Zeitlang waren wir wieder glücklich, aber wir hatten dieses Glück nicht verdient.

»Wie solltest du es nicht verdient haben, wo du so zu kämpfen hattest?«, sagte Mama.

Trinis Augen wurden feucht, aber genau wie ich es vor einigen Stunden in ihrer Wohnung gesehen hatte, richtete sie den Kopf auf, und es gelang ihr, nicht zu weinen. Ich dachte, dass Trini eine sehr schöne Frau gewesen sein muss. Sie hatte ganz schwarzes dichtes Haar, eine lange Mähne bis zur Taille. Die Augen ebenso dunkel, einen tiefen Blick, der so fröhlich sein konnte wie der von Raúl. Und einen schlanken Körper, den die einfachsten Kleider mit einer natürlichen Eleganz kleideten. Es war schrecklich, sie so zu sehen, in das Krankenhemd eingehüllt und bemüht, nicht die Beherrschung zu verlieren. Sie hatte ihr Haar zu einem Zopf gekämmt und die Lippen geschminkt.

»Und was geschah danach?«, fragte Mama ungeduldig.

»Als mein Raúl fünf Jahre alt war, nahmen sie Rafael in einer Polizeikontrolle in Griechenland fest. Er war gefahren, um eine Ladung Konserven auszuliefern, aber sie öffneten den Lkw und fanden zwischen den Konserven 20 Kilo Kokain. Nicht, dass mein Rafael ein Mafioso gewesen wäre, er war nur ein Idiot, der sich hatte verleiten lassen. Später erfuhr ich, dass er auf diese Weise sein Geschäft zum Aufsteigen gebracht hatte, indem er seinen Lkw einer Mafia lieh, um Drogen zu transportieren. Das machten eine Reihe von Lkw-Fahrern, einschließlich einiger Busfahrer. Aber die Polizei erwischte nur ihn. Sie fassten nicht die Chefs, diejenigen, die reich wurden. Er war es, der zu Fall kam, der letzte Schwachkopf. Sie steckten ihn in Griechenland ins Gefängnis, und er verlor alles. Er verlor den Lkw, sein Geschäft, es blieb uns nichts mehr.«

»Heilige Jungfrau«, rief meine Mutter, die bis dahin nicht die geringste Vorstellung davon gehabt hatte, was vorging. »Du glaubst gar nicht, wie sehr mir das leid tut.«

Ich versank in den Stuhl. Dies also war das große Geheimnis. Und ich war so nah dran und hatte nichts verstanden. Ich, die ich glaubte, dass Rafael mir half, ohne zu wissen, dass er mir half, und jetzt kam heraus, dass ich sein Vergehen entdeckt hatte, ohne zu wissen, dass ich es entdeckt hatte.

Trini zuckte mit den Achseln, und dann machte sie eine seltsame Geste. Sie erhob die Handflächen ein wenig, gegen uns, als wollte sie sie uns zeigen. Als würde sie uns ihre leeren Hände zeigen, oder vielleicht die Handgelenke. Es ist die Geste, welche die Verhafteten gegenüber der Polizei machen, wenn sie mit Handschellen gefesselt werden. Aber sie bedeutet auch, dass man eine der verletzlichsten Zonen des menschlichen Körpers zeigt, an der eine Verletzung uns töten kann. Ich dachte, es sei die Geste ihrer Kapitulation, mit der sie zugab, wieviel geschehen war, und ihre Fehler auf sich nahm. Meine Mutter ergriff ihre Hände und drückte sie kräftig.

»Meine liebe Marisa, ich bin eine Idiotin.«

»Es ist nicht deine Schuld. Er hat dich belogen, dich betrogen, was hättest du tun können?«

»Ich bin eine von diesen idiotischen Frauen, die nicht in der Lage sind, den richtigen Mann zu wählen. Es muss wunderbare Männer geben, und ich musste mich in den schlechtesten von allen verlieben. Erinnerst du dich an die Wandkritzelei im Waschraum der Köchinnen?«

Mama nickte. Beide tauschten ein leichtes Lächeln aus. Trini schüttelte den Kopf und lachte ein wenig, leise, mit einem seltsamen Lächeln.

»Was sagt die Kritzelei?«, fragte Irene.

»Eine Dummheit«, antwortete Mama, »vergiss es.«

»Ein wenig Volksweisheit«, antwortete Trini. »Sie sagt: *Einigen von uns Frauen geht es mit den Männern wie mit den Toiletten. Wenn du eine findest, ist sie entweder schon besetzt oder sie ist voll Scheiße.*«

Sie lächelte einen Moment, als sie es sagte.

»Ich muss so jemand sein.«

»Ihr seid aber vulgär«, protestierte Irene.

»Es gibt wunderbare Männer«, sagte Trini, »aber uns sind sie nicht begegnet.«

Mama ergriff wieder ihre Hände. Sie drückte sie kräftig.

»Ich hoffe nur, dass meine Söhne einmal solche Männer sein werden«, fuhr sie fort, »und eine gute Frau glücklich machen werden.«

»Genug der Dummheiten, Trini. Was geschah danach?«

Sie richtete sich erneut gerade auf dem Stuhl auf.

»Ich fühlte mich verraten, aber ich fühlte mich auch schrecklich schuldig und schämte mich, dass ich mich hatte täuschen lassen, dass ich nicht verantwortungsbewusster war als er. Ich hätte meine Söhne vor der Gefahr schützen müssen, in die Rafael sich verwandelt hatte. Und wozu ich vorher nicht in der Lage war, das tat ich dann. Ich beschloss, mit ihm zu brechen. In Griechenland stellten sie ihn vor Gericht und verurteilten ihn zu vielen Jahren Gefängnis, und ich freute mich darüber und wünschte, er möge nie wieder herauskommen in die Freiheit. Ich habe ihn nie besucht, habe ihn nicht angerufen, ihm nicht geschrieben. Das Einzige, was ich ihm schickte, waren die Scheidungspapiere, aber er weigerte sich, sie zu unterschreiben, sagte, dass *er* niemals aufgehört habe, mich zu lieben. Der Mistkerl sagte, dass er das alles für uns getan hat, dass er mit dem Geld aus dem Drogentransport meine Kinder und mich ernährt hat, und dass wir jetzt mit ihm für dieses Geld bezahlen müssten. Ich konnte es nicht mehr ertragen. Ich ertrug es nicht, den Briefkasten zu öffnen und seine Briefe zu finden, zu hören, wie das Telefon klingelte und er es wieder war. Ich nahm meine Söhne und wir verließen das Haus. Ich suchte eine mittelgroße Stadt, keine Provinzhauptstadt, aber auch kein Dorf, eine mittlere und diskrete Stadt, wo ich keine Aufmerksamkeit erregen würde, wo es nicht leicht sein würde, mich zu lokalisieren. Das ist jetzt schon drei Jahre her.

»Von wo bist du gekommen?«, fragte Mama.

»Was liegt schon daran. Ich schämte mich, von zuhause wegzulaufen, Marisa, aber meine Kinder verdienten eine zweite Chance. Gabriel ist sehr stark, ich wusste, dass er es schaffen würde. Und Raúl war noch so klein, er würde fast nichts verstehen und schnell vergessen. Wir richteten uns hier ein, ich fand eine Arbeit, wir konnten ein neues Leben beginnen. Wir konnten versuchen, in Frieden zu leben.«

»Und was geschah mit Rafael? Wie kommt es, dass er zurückgekehrt ist?«, fragte Irene.

»Vor einem Jahr habe ich erfahren, dass er aus dem Gefängnis herausgekommen ist. Einer der Drogenhändler, für die er arbeitete, verschaffte ihm einen guten Verteidiger, und der verdammte Winkeladvokat behauptete, das Urteil sei nicht gerecht gewesen, weil Rafael keinen qualifizierten Dolmetscher hatte. Schließlich gab ein Richter ihm Recht und ließ ihn frei.«

»Und er kehrte nach Spanien zurück.«

»Er ließ sich erneut in unserem Haus nieder, fand einen anderen Lkw und eröffnete sein Unternehmen wieder. Er war pleite, sodass ich annehme, seine Mafia-Freunde haben ihm Geld geliehen. In kurzer Zeit hatte er mich lokalisiert und begann uns anzurufen. Er bat mich um Verzeihung und wollte, dass ich zu ihm zurückkehre. Da ich nicht zustimmte und da ich ihm auch nicht erlaubte, hierher zu kommen und die Kinder zu sehen, begann er anzurufen und zu sagen, er sei mit einer anderen Frau zusammen. Er sagte, er schlafe mit einer anderen Frau, nur weil ich nicht mit ihm zusammensein wollte. Er sagte mir, dass er eine Geliebte habe, die ebenfalls Trinidad hieß, um meinen Namen aussprechen zu können, während er mit ihr Liebe machte. Er schaffte es, mit Gabriel und Raúl zu reden. Sie wollten, dass er zurückkommt. Ich weigerte mich, sagte, dass ich eine zweite Chance brauchte, um mein Leben neu aufzubauen, doch er antwortete mir, dass er ja nur dasselbe wolle wie ich. Nach Monaten der Weigerung wurde ich schließlich schwach und gab nach. Vor allem wegen Raúl. Er war so froh, als Rafael kam, um hier zu leben. Diese wenigen Wochen waren der glücklichste Sommer seines Lebens. Und auch ich war froh, Marisa, meinen Mann wieder zuhause zu haben, die Hoffnung zu haben, dass wir gemeinsam unser Leben neu aufbauen könnten, als eine Familie. Doch wie schnell war das vorbei. Wie kurze Zeit, und er hat noch einmal unser Leben zerstört. Jedes Mal, wenn ich ein wenig Glück habe, muss ich dafür mit Jahren des Schmerzes bezahlen. Was für einen hohen Preis hat das Glück. Ich weiß nicht, wie viele Jahre des Unglücks mich jetzt für diesen elenden Sommer der Illusionen erwarten.«

»Willst du sagen, dass er wieder Drogen in seinem Lkw mitnimmt?«, fragte meine Mutter.

»Was sonst? Ich hatte den Verdacht, seit er gekommen war. Zu viel Geld für jemanden, der gerade aus dem Gefängnis gekommen ist. Aber Raúl war so glücklich. Ein Junge braucht seinen Vater, und Rafael sorgte gut für ihn. Und ich brauchte meinen Mann,

Marisa. Es stimmt, dass ich ihn sehr gehasst hatte, aber ich hatte nicht aufgehört ihn zu lieben.«

Meine Mutter nickte und streichelte ihre Hände. Trini weinte nach wie vor nicht, aber Mama hatte Tränen in den Augen.

»Als Helena mir heute Nachmittag erzählte, was sie gesehen hat«, fuhr Trini fort, »wusste ich mit Sicherheit, dass er wieder in seine schlechten Gewohnheiten verfallen ist und ich nicht mehr die Augen verschließen kann.«

»Deswegen habt ihr gestritten.«

»Ich sagte ihm, dass ich Bescheid weiß, und ich forderte ihn auf, die Wohnung zu verlassen. Er leugnete es nicht. Er gab zu, wieder Pakete mitzunehmen, wie er es nennt. Aber er versuchte mich zu überzeugen, dass es diesmal nicht gefährlich sei. Er sagte »diesmal werden sie mich nicht erwischen, ich habe viel gelernt. Früher war ich ein Pechvogel, aber das Gefängnis ist eine Lehre. Jetzt bin ich klüger als sie, ich weiß, wie es läuft, sie werden mich nicht mehr erwischen.« Er sagte all das vor Raúl. Er wiederholte, dass es viele Lkw-Fahrer gibt, die Pakete mitnehmen und noch schlimmere Dinge. Dass, wer die Gelegenheit nicht nutzt, ein Dummkopf und Feigling ist. Ich forderte ihn auf, die Wohnung zu verlassen. Als er verstand, dass ich es ernst meinte, geriet er in Wut. Und so endete meine zweite Chance.«

Mama wischte sich das feuchte Gesicht ab, unfähig, etwas zu sagen.

»Ihr müsst ihn ohne Erbarmen anklagen. Ohne Erbarmen. Ich habe es schon getan.«

»Wir werden es tun«, schaffte Mama endlich zu sagen, mit erstickter Stimme. »Für uns und für dich.«

Trini erhob sich, um zu gehen.

»Möchtest du, dass ich diese Nacht bei dir bleibe?«, bot Mama an.

»Nein, ich möchte nicht, dass du mir wieder hilfst. Ihr seid sehr liebe Menschen, und ich habe mich betragen wie ein Feigling.«

»Rede keinen Unsinn. Zähle auf uns, Trini. Falls sie euch entlassen, kommt zum Essen in unsere Wohnung, du kannst nicht gut kochen mit den Armen in diesem Zustand.«

»Ich werde sie verbinden. Ich möchte nicht, dass du mir weiterhin hilfst«, sie machte eine Pause, um Luft zu holen, und platzte dann mit dem schwierigsten Satz heraus. »Was Helena passiert ist, ist meine Schuld. Ich bitte euch um Verzeihung. Früher schämte ich mich, dass mein Mann im Gefängnis war, und jetzt schäme ich mich, dass ich nicht davon erzählt habe. Ich verdiene eure Freundschaft nicht, ich habe versucht, sie mir mit Lügen zu erkaufen. Nun ist es an mir, meine Einsamkeit auszuhalten.«

Mama erhob sich, um sie zu umarmen, aber sie schob sie sanft zur Seite. Meine Mutter wollte etwas sagen, sie begann einen Satz, den ich nicht verstand. Sie war einen Moment unschlüssig. Schließlich schöpfte sie Kraft.

»Und jetzt, hast du uns die ganze Wahrheit gesagt?«

Trini sah sie überrascht an.

»Gibt es etwas, das du uns nicht erzählt hast?«, beharrte meine Mutter.

Sie schüttelte den Kopf, wendete den Blick ab.

»Trini, was ich nicht verstehe, ist, wie er euch heute Abend so schlagen konnte, auf eine so brutale Weise. Denn nach dem, was du uns erzählt hast, hatte er euch noch nie zuvor geschlagen, oder?«

»Er ist schlechter geworden. Die Zeit im Gefängnis hat ihn schlimmer gemacht.«

»Sonst hättest Du ihn doch niemals zurückkehren lassen, wenn er euch davor schon geschlagen hätte, nicht wahr, Trini?«

Sie schaute weg. Sie antwortete nicht.

»Sag' mir die Wahrheit!«

»Ich sage dir, es war das Gefängnis, das ihn schlechter gemacht hat.«

»Das ist nicht wahr. Es stimmt nicht, dass er euch davor nie geschlagen hat. Er hat es schon vorher getan.«

Trini war unfähig, uns wieder ins Gesicht zu sehen.

»Wie konntest du ihn nur zurückkehren lassen?«, beharrte meine Mutter.

»Mich hat er geschlagen, aber er hatte niemals, niemals die Kinder geschlagen.«

Sie blieben stehen, einander gegenüber, ohne sich anzusehen, beide ins Leere starrend.

»Ich schäme mich so, hier zu sein, wo wir arbeiten, wo du eine Arbeit für mich gefunden hast. Ich kann es nicht ertragen, dass die ganze Welt mich fragt ...Es tut mir leid, dass ich dich enttäuscht habe.«

Sie machte sich von Mama los und ging eilig auf den Flur hinaus.

Wir blieben schweigend zurück, umgeben von den leisen Unterhaltungen anderer Leute, welche schlaflos auf ihre Verwandten und Freunde warteten. Ich stützte die Stirn auf das Fensterglas. Die nächtliche Kühle brachte Linderung für meine schmerzende Haut, und die Dunkelheit beruhigte meinen Blick.

Mama weinte. Sie war nicht wie Trini, sie war nicht in der Lage, sich zu verstellen, sich aufzurichten, sich frühmorgens im Krankenhaus die Lippen zu schminken. Sie vergrub das Gesicht in den Händen und weinte, bis ihre Augen geschwollen und ihre Haarsträhnen durchnässt waren.

»Es tut mir leid, du hast sie sehr gemocht«, versuchte meine Schwester Teilnahme zu zeigen.

Doch sie erntete einen erzürnten Gesichtsausdruck.

»Ich *mag* sie sehr, verstehst du, Irene? Sie ist eine gute Freundin, und sie bleibt es weiterhin.«

»Sie hat drei Jahre in der Wohnung unter uns gelebt, sie hat fast zwei Jahre mit dir zusammen gearbeitet. Ihr habt Stunden plaudernd in ihrer Wohnung verbracht. Ich habe sehr oft auf Raúl aufgepasst. Aber wir kannten sie nicht, und bestimmt kennen wir sie immer noch nicht. Wer weiß, wie viele andere Dinge sie uns nicht erzählt hat. Sie hat uns nicht einmal erzählt, wo sie vorher gelebt hat.«

»Irene, das Leben ist sehr kompliziert. Wenn du es vereinfachst, wirst du es nicht verstehen.«

»Rafael hat Trini jahrelang belogen, und sie hat uns belogen. Sie hat dieselbe Strategie benutzt.«

»Wie kannst du so etwas sagen? Du hast nicht die geringste Vorstellung davon, was sie durchgemacht haben muss. Sie hat versucht, ihre Vergangenheit zu vergessen, um ein neues Leben anzufangen.«

»Nein, meine Dame, sie hat gelogen, auch dann noch, als sie wusste, dass diese Lügen gefährlich sind. Sie hat uns getäuscht, damit wir ihr helfen, sie selbst gibt das zu. Schau, wohin all ihre Lügen geführt haben. Zu Helena mit der zertrümmerten Nase.«

»Mich halte da heraus«, protestierte ich, da ich die Diskussion nur halb verstand.

»Himmel, Irene, wir grausam du sein kannst«, schalt Mama sie. »Ist es das, was sie dich in der Universität lehren? Dafür zahle ich so viel Geld? Dass du so naiv und grausam bist?«

»Ich mache mir Sorgen um euch, um uns.«

»Urteile nicht so vorschnell. Für Trini muss es sehr hart gewesen sein, mit dieser Wahrheit im Gepäck zu leben. Wo hätte sie Arbeit gefunden, wenn sie erzählt hätte, dass ihr Mann im Gefängnis war? Hätte Raúl dann Freunde in der Schule gefunden? Es ist sehr hart, dein ganzes Leben mit den Fehlern einer anderen Person zu beladen.«

Irene antwortete nicht.

»Die Leute beurteilen die Frauen immer nach ihren Männern, nach ihren Vätern, ihren Ehemännern, ihren Söhnen. Wenn die etwas Schlechtes tun, müssen sie mit bezahlen. Begeh' du nicht diese Ungerechtigkeit. Verurteile sie nicht mit solcher Kälte, sie hat zu sehr gelitten, als dass du so grausam mit ihr sein dürftest. Und wenn am Ende alles schlimm ausgegangen ist, dann nicht, weil Trini versucht hat, ihr Leben neu zu beginnen, nicht, weil sie uns belogen hat. Wenn alles schlimm endete, dann deswegen, weil sie ihn in einem Augenblick der Schwäche zurückkommen ließ. Das ist ihr einziger Fehler.«

»Ist gut, Mama«, antwortete Irene. »Ich akzeptiere, dass wir sie nicht verurteilen sollten. Aber akzeptiere du, dass wir sie nicht kennen. Ich glaube nicht, dass es klug wäre, viel Verbindung mit ihr zu haben, auch nicht mit ihren Söhnen.«

»Ich kenne sie sehr wohl. Ich kannte nicht die Wahrheit über ihren Mann, aber sie kenne ich gut. Ich weiß, dass sie Ingwer mag und Chili und dass sie weder Vanille noch Pfefferminze ausstehen kann. Ich weiß, dass sie lieber Salziges als Süßes mag, dass sie schrecklich gern scharfe Soßen isst und dass sie Spaß daran hat, exotische Speisen zu probieren. Dass sie sich an alle Rezepte ganz genau erinnert, ohne sich je etwas aufzuschreiben, und dass sie einen sehr guten Geschmack beim Zusammenstellen der Gerichte hat. Ich weiß, dass sie sauber und ordentlich ist, aber auch, dass sie manchmal zerstreut ist und das Hühnchen stundenlang im ausgeschalteten Ofen lassen kann. Sie trällert gern beim Arbeiten, sie erzählt gern Witze und lacht immer über die Witze der anderen, selbst dann, wenn sie nicht lustig sind. Sie organisiert gern Feste, Geburtstags- und Weihnachtsfeiern oder was sonst zu tun ist. Ich weiß, dass ihre Lieblingsblumen Nelken sind und dass sie jede Wochen einen Strauß kauft. Ihr gefallen Miniröcke, Absätze und Fächer, und seit ihrer Jugend ging sie sehr gerne aus zum Tanzen. Sie mag lieber den Strand als das Gebirge. Ich weiß nicht, woher sie kam, aber ich weiß, dass es dort keinen Strand gab und dass sie sich in das Meer verliebte, als sie sich hier niederließ. Sie war mir dankbar, dass sie durch mich die abendlichen Sprünge ins Wasser entdeckt hat. Ich weiß auch, dass sie nicht nach großen Dingen im Leben strebt und dass ihre Söhne das sind, was ihr auf dieser Welt am wichtigsten ist. Und ich weiß, dass sie mich mag, dass sie uns mag. Und dass ich sie mag. Trini ist meine Freundin, und ich möchte, dass sie es weiterhin bleibt.«

Irene sagte nichts mehr. Sie stand schweigend auf und ging auf den Flur. Meritxell schlief weiter in einer Ecke. Ich blieb allein mit Mama.

»Und du, wie geht es dir, Schatz? Tut dir die Nase immer noch weh?«

»Ja, immer noch.«

»Sehen wir mal, ob wir bald dieses Interview mit den Polizeibeamten haben und danach nach Hause gehen können.«

»Rafael ist ein schlechter Mensch?«

»Das fürchte ich.«

»Papa war anders, nicht wahr? Er hat Leute gerettet, er starb, als er Leben rettete. Er war ein sehr tapferer Feuerwehrmann.«

»Tochter, dein Vater war ein guter Mensch, und als Feuerwehrmann rettete er einige Menschen. Aber du bist jetzt alt genug, um zu erfahren, dass sein Tod nicht gerade heroisch war.«

»Er hatte einen Unfall, als er Leute bei einem Brand rettete, ich weiß schon. Sie brachten ihn hierher, und du hast ihn bis zuletzt gepflegt, und er sagte dir, dass er uns sehr lieb hat.«

»Nein, Helena, so war es nicht. Es gab gar keinen Brand. Dein Vater kam durch einen Motorradunfall ums Leben. Er machte illegale Motorradrennen mit seinen Freunden.«

Zuerst verstand ich nicht, was sie sagte.

»Er ist nicht gestorben, als er jemanden rettete?«

»Er starb, indem er den Vollidioten spielte, Tochter. Dein Vater hatte diese hirnverbrannte Seite. Manchmal sagte er mir, dass er Dienst auf der Feuerwehrwache habe, und in Wirklichkeit begab er sich mit seinen Kumpels auf eine abgelegene Landstraße, und sie veranstalteten Motorradrennen. So kam er zu Tode. Auf die blödeste Art und Weise. Man dachte, er ist verantwortungsbewusster Familienvater, und manchmal benahm er sich wie ein Jugendlicher ohne gesunden Menschenverstand. Und so kam er ums Leben, wie ein Jugendlicher.«

Ich wusste nicht, was ich sagen sollte, ich war zu verwirrt. Mir schien, dass meine Mutter sich in der Geschichte irrte, dass dies nicht unsere Geschichte war.

»Ich kann mich nicht erinnern, dass Papa ein Motorrad hatte.«

»Was wirst du dich denn nicht erinnern? Wo du doch schon als

Knirps wolltest, dass er dich daraufsetzt, und ich eine schreckliche Angst hatte, dass du fallen und dich verletzen könntest.«

»Aber nein, ich erinnere mich an nichts. Und ich erinnere mich auch nicht, Fotos gesehen zu haben. Du erfindest das alles.

»Erinnerst du dich nicht, dass er immer sagte, dass er nur auf die qualmenden Laster steht?«

»Die Zigarren und das Grillen.«

»Und das Auspuffrohr, Schatz. Das war seine wahre Leidenschaft. So sehr, dass er auf die dümmste Art und Weise sein Leben aufs Spiel setzte und uns im Stich ließ.«

»Ich glaube nicht, dass er uns im Stich ließ. Ich glaube das einfach nicht.«

»Mein Kind, du musst noch viele Dinge begreifen, wie deine Schwester. Dein Vater liebte uns, das stimmt, aber er zog mitten in der Nacht mit seinen Freunden und ihren verdammten Motorrädern los und kehrte nie mehr nach Hause zurück. Er starb in meinen Armen in diesem Krankenhaus, wobei er sagte, dass er uns so sehr lieb hat. Leeres Gerede, Helena. Er ließ mich im Stich, mit zwei Mädchen und einem Baby. Heilige Jungfrau, wie konnte er das tun? Wusste er denn nicht, wie sehr wir ihn brauchten?«

Ich schaute weg. Ich sagte nichts.

»In jener Nacht glaubte ich, ich würde sterben. Die arme Irene musste sich um alles kümmern, dabei war sie nur eine verängstigte Jugendliche.«

Ich wendete den Blick zu den Fenstern. Zur Dunkelheit. Vorhin hatte sie mich beruhigt.

»Tatsächlich kam ich seit jener Nacht nicht mehr aus diesem Krankenhaus heraus, Helena. Zuerst mussten sie mich behandeln, weil es mir nicht gelang mich zu beruhigen. Und dann tauchte dieser Arzt auf. Ich erzählte ihm verzweifelt, in welcher Situation wir uns befanden, ich mit drei Töchtern und einer Halbtagsstelle als Köchin in einer Schule. Der Arzt erklärte mir, dass sie im Krankenhaus dringend jemanden für die Stelle des Chefkochs suchten, und er verfasste mir ein paar gefälschte Empfehlungsschreiben. Er kannte mich überhaupt nicht, aber er schrieb die Briefe für mich und erreichte so meine Einstellung. Später ist es mir nie gelungen mich zu erinnern, welcher Arzt es war. Ich war damals so nervös und hoffnungslos. Ich habe Arzt für Arzt gefragt, aber keiner erinnert sich an etwas. Ich würde schwören, dass es dieser dicke Rothaarige ist, der halb verrückt ist, aber er fertigt mich immer mit den Worten ab, dass ich diese Geschichte erfunden habe und dass es niemals irgendwelche Empfehlungsschreiben gegeben hat.«

Das alles war zu viel für mich. Zu viel in einer einzigen Nacht. Meine Mutter schien zu denken, dass es mehr nützt, mir alles auf einen Schlag zu sagen, jedoch überstieg es das, was ich auf einmal aufnehmen konnte.

»Erzähl' mir nichts mehr«, bat ich sie.

Aber sie hörte mir nicht zu.

»Wenn ich an deinen Vater denke, glaube ich manchmal«, murmelte sie, wobei sie die Worte schleppte, als wögen sie so viel, dass sie sie nicht heben konnte, »dass vielleicht ein Mann nie eine Frau liebt. Er kann sich eine Zeitlang wahnsinnig in sie verlieben, er kann mit ihr in freundschaftlicher Form während eines ganzen Lebens zusammenleben, aber lieben, lieben, so wie wir die Männer lieben …, vielleicht kann es das einfach nicht geben. Wie es nicht sein kann, dass die Sonne bei Nacht scheint und der Mond am Tag.«

»Das stimmt nicht. Papa hat uns sehr geliebt.«

»Ja, er war ein guter Mensch, und er hat uns geliebt. Aber die anständigen Leute sterben zuhause oder bei der Arbeit. Er kam bei einer dummen Spritztour ums Leben, wie ein gewöhnlicher Vollidiot. Je eher du begreifst, was das bedeutet, umso besser wird es dir in diesem Leben ergehen.«

Diese Wörter entflammten mich, eine Hitzewelle stieg in mir auf von den Füßen bis zum Gesicht, die ich nicht kontrollieren konnte. Ich trat gegen einen Stuhl, dann gegen einen weiteren und noch einen. Die Stühle fielen um, und der Krach ihrer metallischen Beine dröhnte durch den ganzen Raum. Ich weckte einige Leute, die schliefen. Aus verschiedenen Ecken bat man mich um Ruhe.

»Du hast mir gesagt, dass es nicht wichtig ist, wo jemand stirbt«, schrie ich, während meine Mutter mich packte und mich zu beruhigen versuchte, »weil der Tod immer eine Katastrophe ist, egal wo er eintritt.«

Sie schaute mich verwirrt an.

»Ich habe das gesagt?«

»Du hast mir das gesagt, neulich zuhause.«

»Ich habe gesagt, dass es egal ist, wo jemand stirbt, weil es immer eine Katastrophe ist, wo immer es auch passiert?«

»Ja, das hast du mir gesagt.«

»Ach, geh. Wie könnte ich auf so eine Idee gekommen sein?«

Ich drehte mich um. Irene stand hinter mir. Kurz zuvor hatte sie meine Mutter mit Zorn und Schmerz angesehen, aber in diesem Moment schien mir ihr Ausdruck noch härter. Sie fixierten einander, sie starrten sich mit beherrschter Wut an. Ich sah sie beide an. Warum musste alles so kompliziert sein? Dann wurden Mamas Augen erneut feucht, und Irene senkte den Kopf. Sie umarmte mich und gab mir einen Klaps.

»Wenigstens wirst du jetzt, wo du die Wahrheit über Papas Tod kennst, aufhören, Meritxell die Schuld zu geben.«

»Tut mir leid«, murmelte ich. »Dagegen ist das, was heute passiert ist, meine Schuld. Wenn ich nicht gesehen hätte, was ich gesehen habe, und es nicht Trini erzählt hätte, wäre alles anders gewesen.«

»Es ist nicht deine Schuld«, antwortete Mama entschieden. »Du warst sehr ungezogen und sehr dumm, aber du hast nicht die geringste Schuld an etwas. Es tut mir leid, dass ich dir nicht richtig zugehört habe, als du einige Dinge gesagt hast... Aber verdammt, du erfindest immer so viel Unsinn, dass ich schon gar nichts mehr von dem glaube, was du sagst. Zum Teufel.«

Und plötzlich brach Mama in Lachen aus.

»Diese deine verflixte Nase, Helena. Tochter, du wirst nicht riechen, aber du hörst nicht auf, deine hübsche Nase in sämtliche Gefahren zu stecken.«

Eine Stimme rief uns vom Eingang des Wartesaals, und diesmal war es endlich die Polizei. Ich erkannte Celsa.

»Ich komme, um Sie zu holen. Sind sie bereit für ein Interview mit dem Chefinspektor?«

»Ein Chefinspektor? Für eine so einfache Angelegenheit?«, sagte Irene überrascht.

»Protestiere nicht schon, ehe es angefangen hat, Tochter. Wir sind bereit«, antwortete Mama, »und begierig fertigzuwerden und nach Hause zu gehen.«

»Ich weiß, es war eine sehr lange Nacht. Danke für Ihre Geduld. Folgen Sie mir, bitte.«

Wir weckten die Kleine auf, welche die ganze Zeit wie ein Stein geschlafen hatte trotz unseres Geschreis, und wir fuhren im Aufzug zum obersten Stockwerk. Dort folgten wir Celsa durch ein Gewirr von Fluren und Zimmern. Plötzlich, in einer Ecke, kreuzten wir uns mit Raúl, der von einer Krankenschwester begleitet wurde.

Ich hatte Raúl nicht wiedergesehen, seit ich in unserer Wohnung ohnmächtig geworden war. Ich erschrak, als ich ihn bedeckt mit Verbänden im Gesicht, am Hals und den Armen sah. Er hatte den Blick gesenkt, verloren, mit einem verwirrten Gesichtsausdruck. Wir berührten einen Moment unsere Hände, als wir aneinander vorbeigingen. Wir sahen uns an, ohne etwas zu sagen.

Ich wartete ein wenig verängstigt, während Celsa an die Tür des Büros klopfte, wo der Inspektor uns empfangen sollte, aber sobald sie sie öffnete, erschrak ich zutiefst. Die Wände waren mit großen Fotografien bedeckt, alle von dicken Rahmen aus dunklem Holz geschützt, und auf ihnen sah man schreckliche Dinge, die ich erst nach und nach erkannte. Es gab sezierte Gehirne, Münder, Nasen und Augen, die in der Mitte durchgeschnitten waren,

Ohren, Zungen und Kehlen, alle durchlöchert von aufgemalten Pfeilen und bedeckt mit Namen von Krankheiten und Tumoren. Man konnte praktisch in keine Richtung blicken, ohne dass einem der Blick einen aufgeschnittenen Kopf zurückwarf. Und neben dem großen schwarzen Tisch, an dem zu sitzen uns Celsa einlud, ragte erhaben ein Plastikskelett in Lebensgröße in die Höhe, welches dastand wie ein Wachtposten, bereit, als stummer Zeuge in unserer Zeremonie tätig zu sein. Ich glaube nicht, dass eine Polizeistation mich mehr beeindruckt hätte.

»Hier sind wir«, sagte meine Mutter. »Die komplette Familie Higuera.«

Der Inspektor hob kaum den Blick von seinen Papieren, während wir ihm gegenübersaßen, und er grüßte uns ohne das geringste Anzeichen eines Lächelns. Er hatte ein vertrocknetes, dürres Aussehen und eine autoritäre Art. Seine dichten Augenbrauen und die Augenringe aus mehreren Nächten umrahmten wie eine dunkle Maske einen schlecht gelaunten und ungeduldigen Blick. Er rief einem jungen Polizisten etwas zu, der an der Tür auftauchte und Aktenordner brachte und abholte. Celsa setzte sich neben ihn, suchte meinen Blick und wollte mir ein beruhigendes Lächeln schenken. Sie schien die freundlichste Person inmitten dieses Saals zu sein, aber ich fand sie trotzdem unheimlich. Sie war so groß und schlank, mit langen Armen und die Haare zu einem Knoten auf dem Kopf gekämmt, mit endlos langen Beinen, die unter dem Tisch hervorschauten, und sie im Ganzen so aufrecht. Sie bewegte sich langsam, mit Eleganz, und schien sanft zu wogen, wie eine Zypresse im Wind. Sie erhob den Blick zur Decke, nachdenklich, als wolle sie sich im Ganzen ein wenig mehr nach oben ziehen. Ich verkroch mich noch mehr in meinem Sessel.

Der junge Polizist setzte sich auf die andere Seite des Inspektors. Er bereitete ein Tonbandgerät und einen Notizblock vor und flüsterte seinem Chef etwas zu. In seinem Rücken gab es ein großes Fenster, und der Ausblick von dort oben war beeindruckend. Ein erstes Blau brach an am Horizont, und das Meer und der Himmel begannen sich zu unterscheiden.

»Es tut mir leid, dass ich Sie so lange habe warten lassen, aber es war eine hektische Nacht«, brummte der Inspektor. »Sag' mir, Helena, fühlst du dich bei Kräften? Wir werden deine Hilfe brauchen, um einige komplizierte Tatsachen zu zerlegen. Du siehst schon, der Ort passt.«

Ich riskierte einen verstohlenen Blick auf die Fotos der offenen Köpfe.

»Sie sind doch kein Arzt? Sie wollen mir nicht die Nase operieren?«

»Helena!«, tadelte mich meine Mutter.

Der Inspektor zog seine dichten Brauen hoch und beobachtete mich ungeduldig.

»Nein, Tochter. Ich werde deine Nase nicht heilen, ich werde nur herauszufinden versuchen, in welches Durcheinander du sie gesteckt hast.«

»Es war überhaupt kein Durcheinander«, seufzte ich. »Ich wollte nur riechen.«

Der Inspektor wandte sich Celsa zu.

»Bist du sicher, dass dieses Kind uns helfen kann?«

»Helena ist eine alte Freundin«, erklärte sie ihm. »Diesen Sommer musste ich sie aus einem gefährlichen Abenteuer retten. Sie hat zu viel Phantasie, aber sie versteht auch, dass dies eine sehr ernste Situation ist und dass wir ihre Hilfe brauchen. Nicht wahr, Helena?«

»Das hoffe ich«, antwortete der Inspektor. »Möchten Sie ein wenig Kaffee?«

»Ja«, sagte ich.

»Kommt nicht in Frage«, sagte meine Mutter. »Wir sind alle schon viel zu nervös. Wasser ist genug. Das ist sehr nett.«

Während der jüngere Beamte einen Krug Wasser und Gläser für alle brachte, reichte Mama dem Inspektor eine Kopie des Berichts, den unser rothaariger Arzt über meine Nase geschrieben hatte. Sie lasen ihn aufmerksam durch und bewahrten ihn auf. Dann erklärte mir der Inspektor, was er von mir erwartete. Er wollte einfach, dass ich alles erzählte, vom Anfang bis zum Ende. Er kannte meine Geschichte durch Trini, aber er musste sich Gewissheit verschaffen, welches meine Version der Ereignisse war.

Ich begann zu erklären, während die anderen Schweigen bewahrten und man nur das Laufen des Aufnahmegeräts und den Bleistift des Beamten hörte, der Notizen auf seinem Block machte. Celsa hörte mir aufmerksam zu, und ab und zu hob sie den Blick zur Zimmerdecke, während die anfängliche Ungeduld in der Miene des Chefinspektors sich mehr und mehr auflöste und er zu meinen Worten billigend nickte. Ab und zu baten sie mich, einen Satz zu wiederholen, oder fragten mich nach einem bestimmten Detail. Meine Mutter, Irene, und sogar die Kleine betrachteten mich, als würden sie jedes einzelne meiner Wörter aufsaugen. Noch nie hatte mir ein Erwachsener so lange und mit solcher Aufmerksamkeit zugehört, wie es an jenem frühen Morgen die Beamten und meine Familie taten, unter den Blicken der aufgeschnittenen Köpfe und der Glasaugen des Skeletts. Noch nie hatte jemand meinen Worten so viel Bedeutung beigemessen, und es war auch noch nie jemand auf sie zurückgekommen, um mich immer wieder nach den kleinsten Details zu fragen. Nie hatten die Erwachsenen meine Erzählungen für wahr gehalten ohne den Verdacht, dass sie ein Produkt meiner Phantasie, meiner Wirrheit oder meiner Vergesslichkeit sind. Doch diese Aufmerksamkeit und dieser Respekt, den mir die Erwachsenen zum ersten Mal entgegenbrachten, gaben mir weder ein Gefühl von Sicherheit noch von Stolz, sondern schüchterten mich noch mehr ein. Ich spürte das Gewicht ihrer ernsten Blicke auf mir wie den Blick der Köpfe, welche zerlegt und voll von schrecklichen Namen tödlicher Krankheiten waren. Ich bemühte mich, alle meine Ängste zu besiegen, den Erwartungen der Polizisten und meiner Familie gerecht zu werden, und ich erinnere mich, dass ich mich auf dem Stuhl sitzend auf die Zehenspitzen stützte, um ein wenig höher zu kommen.

Als ich mit Erzählen fertig war, schmückte sich die Linie des Horizonts schon mit einer breiten Borte von ineinander verflochtenen Tönen von Blau, Rot und Lila, und die Sonne war im Begriff aufzugehen. Die Beamten verglichen schnell meinen Bericht mit dem von Trini und Raúl und stellten fest, dass keine Widersprüche oder Abweichungen bestanden. Danach erstatteten wir die Anzeige gegen Rafael wegen Körperverletzung, und schließlich beglückwünschten sie mich zu dem, was ich getan hatte, und bedankten sich bei mir.

»Ich weiß immer noch nicht, wofür sie mir danken«, murmelte ich.

»Du hast uns ermöglicht, eine Ermittlung in Gang zu setzen«, sagte der Inspektor. »Aber du wirst verstehen, dass ich dir die Details nicht enthüllen kann.«

»Erlaube mir, ihr wenigstens vier Dinge zu sagen, um ihr für ihre Hilfe zu danken«, bat Celsa, und als er schließlich einwilligte, fuhr sie fort: »Wir haben seit langem den Verdacht, dass einer der Arbeiter aus der Werkstatt Calvo in ein schmutziges Geschäft verwickelt ist, aber wir hatten keinerlei Beweis, und es wurde niemals eine Untersuchung eröffnet. Auf jeden Fall glaubten wir, dass es sich nur um eine krumme Sache einiger Angestellter handelte, und wir haben nie ernsthaft gedacht, dass Calvo selbst in die Sache verwickelt sein könnte. Er ist eine sehr angesehene Person in dieser Stadt, Besitzer verschiedener Restaurants und Geschäfte in Badalona und anderen Städten an der Küste. Als Joaquín del Valle ermordet aufgefunden wurde, machten wir uns das zunutze, um die Werkstatt gründlich zu durchsuchen und die Arbeiter zu befragen, und wir fanden einige undurchsichtige Dinge, aber keinen schlagenden Beweis. Und jetzt hingegen ist das, was uns Frau Trinidad diese Nacht berichtet hat, gestützt auf die Aussagen ihres Sohnes und Helenas, mehr als hinreichend, um eine Ermittlung über die Werkstatt und Calvo selbst einzuleiten.«

»Und was wird jetzt geschehen?«, fragte meine Mutter. »Werden Sie diesen Calvo festnehmen? Ich weiß nicht, was mir mehr

Angst macht, dass er weiter auf der Straße ist oder dass Sie ihn verhaften, wenn das dank der Kinder geschieht. Müssen sie vor Gericht aussagen und all dies?«

»Beruhigen Sie sich«, antwortete Celsa. »Offiziell haben die Kinder nur Rafael wegen Körperverletzung angezeigt, das ist alles. Wir werden ihr Zeugnis für nichts darüber hinaus verwenden. Wir versuchen immer, in derartigen Fällen die Kinder im höchsten Maß zu schützen.«

»Und Rafael, wo ist er? Haben Sie ihn schon festgenommen?«

»Wir sind dabei ihn zu suchen«, erklärte der Inspektor. »Ihn aufzutreiben hat für uns höchste Priorität, und ich glaube nicht, dass wir lange brauchen werden, ihn zu finden. Er ist in seinem Lkw geflohen, was nicht gerade unauffällig ist.«

»Ich habe Angst, dass er zurückkommt, um Helena Schaden zuzufügen, oder meinen anderen Töchtern«, beharrte Mama.

»Wir haben schon eine Wache aufgestellt an dem Gebäude, in dem Sie wohnen, obwohl es nicht wahrscheinlich ist, dass Rafael an einen Ort zurückkommt, wo er weiß, dass man ihn sucht«, erklärte Celsa. »Aber seien Sie für alle Fälle vorsichtig, bis wir ihn verhaftet haben. Frau Marisa, ihre Töchter sollten nicht allein auf der Straße sein, und besser noch, nicht allein zuhause bleiben. Vor allem sollten sie keinem Unbekannten die Tür öffnen. Und wenn sie irgendeine verdächtige Sache beobachten, rufen Sie uns unmittelbar an.«

»Aber was soll ich denn tun?«, protestierte Mama. »Ich arbeite den ganzen Tag. Ich kann nicht die Arbeit aufgeben, um mit ihnen in der Wohnung zu bleiben.«

»Dann nehmen Sie Ihre Töchter mit«, schlug Celsa vor.

»Was?«

»Sie arbeiten doch hier, nicht wahr?«

»Ich bin die Chefköchin«, antwortete sie stolz, wie immer, wenn sie ihre Stelle erwähnte.

»Das Krankenhaus ist ein ziemlich sicherer Ort, und außerdem werde ich veranlassen, dass man eine Wache an den Eingang stellt.«

»Es werden nicht viele Tage sein«, insistierte der Inspektor, »ich versichere Ihnen, dass wir nicht lange brauchen, um ihn zu fangen.«

Als wir aufstanden, um das Büro zu verlassen, wurde es Tag. Das erste Sonnenlicht trat durchs Fenster und funkelte auf jedem der Gläser, welche diese schrecklichen Fotos bedeckten. Eine der Reflexionen wurde ihrerseits reflektiert, und plötzlich glänzten die Augen des Plastikskeletts wie in einem Zwinkern. Mir schien, dass es sich, nachdem es uns schweigend während der nächtlichen Besprechung begleitet hatte, in diesem Moment von uns verabschiedete. Ich war drauf und dran, das laut auszusprechen, aber glücklicherweise machte ich mir klar, dass ich mit einem einzigen Satz auf einen Schlag die ganze Glaubwürdigkeit verlieren würde, die ich in dieser langen Nacht der vertraulichen Mitteilungen gewonnen hatte.

»Bleiben Sie ruhig«, wiederholte Celsa an der Tür. »Es wird alles bald vorbei sein und gut ausgehen.«

Es gelang den Polizisten sehr wenig, mich zu beruhigen, und bei meiner Mutter und meiner Schwester gelang es überhaupt nicht. Als an diesem Morgen ein Arzt, der Dienstschluss hatte, freundlicherweise anbot, uns nach Hause zu bringen, und im ersten Tageslicht das Auto den Berg hinunterfuhr, hatte die Stadt, in die wir zurückkehrten, sich radikal verändert. Der Strand, die Straße, die kleinen Plätze mit Rutschbahnen, und noch mehr meine bezaubernden wilden Reiche galten jetzt als Orte voll Risiko, an die ich nicht alleine zurückkehren konnte, und unsere Karte von Badalona füllte sich mit Gefahren, Verbrechern, Verstecken, Fallen, Lügen und Geheimnissen. Mehr oder weniger wie meine Geschichten von Bagdad, aber mit dem Unterschied, dass es sich jetzt nicht mehr um eine Geschichte handelte.

Noch am selben Morgen besorgten wir eine Alarmanlage für unsere Wohnung, brachten ein weiteres Schloss an der Tür an und richteten uns in einem Zustand von dauernder Wachsamkeit ein, ohne zu wissen, wie lange dieses Warten sich hinziehen würde, ob alles in wenigen Tagen, Wochen oder Monaten gelöst sein würde, oder ob es ihnen vielleicht niemals gelingen würde, Rafael und die anderen Mafiosi zu fangen, und wir so den Rest unseres Lebens in Angst verbringen müssten. Die Sicherheitsvorkehrungen, die wir ergriffen, gingen so weit, dass nur noch fehlte, dass wir im Schichtwechsel geschlafen hätten. Obwohl ich glaube, dass keine von uns in dieser Zeit viel geschlafen hat. Mit den Spielen außer Haus war es vorbei, und ich durfte nicht allein rausgehen, nicht einmal, um den Müll wegzubringen. Wir gingen überall alle vier zusammen hin, immer in der Gruppe, überzeugt, dass uns so nichts Schlimmes passieren könnte. Während dieser Tage trug Mama immer ein riesiges Fleischmesser in der Tasche. Irene, die fand, dass unsere Mutter sehr brutal sei, hatte ein Selbstverteidigungsspray dabei. Ich hatte jede Nacht Albträume, in denen ich davon träumte, was alles ein aggressiver Typ uns Vieren tatsächlich mit dem Spray und dem Messer antun könnte. Doch meine Mutter beschützte uns wie eine wilde Löwin ihre Jungen, die in Gefahr sind, und sie erreichte es, dass ich mich schließlich geliebt fühlte wie nie. Und als ich das verängstigte Gesicht von Meritxell sah, die eigentlich nichts verstand außer unsere Furcht, war ich auf einen Schlag von der Eifersucht auf meine kleine Schwester geheilt, die ich nie wieder hassen würde … zumindest während der Zeit, die vom Sommer übrigblieb.

Auf unserer neuen Karte der Stadt wurde Can Ruti, erbaut oben auf dem Berg, zum einzigen sicheren Ort, und wie die Polizeibeamten uns empfohlen hatten, gingen wir jeden Morgen mit meiner Mutter zum Krankenhaus hinauf. Sie begab sich in die Küche, und wir drei ließen die Zeit vergehen in den Cafeterias, beim Fernsehen in den Wartezimmern, indem wir in den Bereichen, die für die Kleinen eingerichtet waren, Meritxell beim Spielen zusahen, indem wir im Inneren des Krankenhauses umhergingen, indem wir in der Umgebung herumstreiften, oder an der Tür postiert zusahen, wie die Leute aus- und eingingen. Das Personal des Krankenhauses war sehr freundlich zu uns, sie luden uns ein, mit den Angestellten zu essen und ihren Aufenthaltsraum zu teilen. Die ganze Welt behandelte uns sehr großzügig, wenn es auch nicht ganz umsonst war. Der Preis, den Mama zahlen musste, bestand darin, die Neugier und die Vermutungen ihrer Kolleginnen zu stillen, die sie in jeder Ecke des Krankenhauses sensationslustig auf der Suche nach Details überfielen und nachher weggingen, um Klatsch in den Fluren zu verstreuen. Meine Mutter verteilte einen minimalen und nüchternen Bericht von den Vorfällen, jedoch erfanden die Gerüchte höchst bunte und sich widersprechende Ausschmückungen, und bald füllte sich das Krankenhaus mit Dutzenden von Geschichten, in denen ich die Hauptrolle spielte und die auf würdige Weise mit denen rivalisierten, die ich hätte erfinden können, wenn nicht diesmal die Realität mich so sehr erschreckt hätte. Da ich außerdem unmittelbar zu erkennen war, mit meiner verbundenen Nase und den blauen Flecken im Gesicht, gab es keinen Mitarbeiter im Krankenhaus, der mir nicht komplizenhafte Blicke zuwarf, ein doofes Lächeln oder ein dummes Augenzwinkern, oder der nicht etwas murmelte, wenn er an mir vorbeiging.

Trini hatte inzwischen um eine Krankschreibung gebeten und kehrte nicht zur Arbeit zurück. Sie war verletzt, erschöpft und verängstigt, aber vor allem schämte sie sich, wie sie in den Besuchen, die meine Mutter ihr jeden Abend machte, ständig wiederholte. Die Fernsehnachrichten, welche aufgrund der Unruhe in der Bevölkerung wegen der Unsicherheit des Viertels die Nachforschungen über den Tod von Joaquín del Valle verfolgten, informierten kurz darüber, dass ein gewisser Rafael Fernández, ein Kunde der Werkstatt Calvo und erst seit einem Jahr aus dem Gefängnis entlassen, seine Familie und die Tochter einer Nachbarin angegriffen und sich auf die Flucht begeben hat. Und obwohl die Polizei so etwas nie behauptete, waren die Gerüchte schnell dabei, Rafael mit dem Tod von Joaquín zusammenzubringen, und für die Volksmeinung wurde er zum Hauptverdächtigen.

Trini zog sich in ihre Wohnung zurück und traf tagelang fast niemanden außer meiner Mutter. Sie ertrug nicht, dass die Leute sie ansahen, dass auch nur der geringste zufällige Blick auf sie fiel. Sie schloss sich in der Wohnung ein und stellte sich immer wieder die Blicke vor, die sie nicht ertragen würde, Blicke ihrer Arbeitskolleginnen, der Nachbarn aus dem Viertel, der Lehrer von Raúl oder der Eltern seiner Freunde. Sie beschäftigte sich ganze Nachmittage damit sich vorzustellen, was jeder einzelne ihrer Bekannten über sie denken würde, und das Mitgefühl, das einige empfinden mussten, tat ihr ebenso weh wie die Vorwürfe, mit welchen andere sie überschütten würden, alle die Geschichten, welche sie in eine Komplizin, eine Betrügerin, eine Blinde, einen Feigling, in eine Gefahr für ihre eigenen Söhne verwandelten. Meine Mutter versuchte sie zu überzeugen, sie solle an sich selbst denken und nicht an die anderen, sie solle der Angelegenheit die Stirn bieten und wieder zur Arbeit hinaufgehen, die anderen würden sie, wenn sie sich zu einem normalen Leben durchringen würde, schließlich akzeptieren. Dass sie mit Raúl und uns zum Krankenhaus hinaufgehen solle, dass wir zusammenhalten würden. Auch wenn sie nicht Vollzeit würde arbeiten können, würden die Stunden doch wenigstens schneller und gefüllter vergehen. Aber Trini weigerte sich. Sie ließ die Zeit in ihrer Wohnung verstreichen, oder manchmal nahmen sie den Zug und fuhren an irgendeinen Strand, der weit genug von unserer Stadt entfernt war. Mama klingelte jeden Abend an ihrer Tür, aber es gelang ihr nicht, sie dazu zu bringen, ihre Entscheidung zu ändern. Trini beharrte darauf, dass niemand mehr sie als Trini sehen würde, sondern nur als die verlogene und feige Frau eines Verbrechers, der wahrscheinlich auch ein Mörder war. Außerdem machte sie sich Sorgen um ihren Sohn Gabriel. Zwar verneinte er das in seinen Telefongesprächen, aber sie war überzeugt, dass er Probleme mit seinen Kumpanen beim Militär haben würde. Trini war zerstört. Sie war nur noch in der Lage, auf den Ausgang der polizeilichen Untersuchung zu warten. Raúl redete nicht mehr mit mir, geschweige denn dass wir wieder miteinander spielten.

Mit dem Fortschreiten der Tage wurde uns klar, dass die Zeit zu unseren Gunsten spielte. Wenn während der ersten Woche keine unserer Befürchtungen eingetreten war, wenn niemand versucht hatte, uns Schaden zuzufügen, wir weder Drohungen erhalten hatten noch das geringste befremdliche Zeichen, dann wurde es immer unwahrscheinlicher, dass so etwas passieren würde. Und nach und nach lockerte sich die Anspannung des Wartens, auch wenn wir die Vorsicht nicht reduzierten. Doch als die Furcht erst einmal beherrscht war, beherrschte uns die Langeweile. Während meine Mutter den Tag beschäftigt mit ihrer Arbeit verbrachte, fühlten Irene und ich uns schlimmer als Gefangene. Die endlosen Stunden sammelten sich auf unseren schmerzenden Hintern, von einem Stuhl aus Plastik zu einem anderen aus Holz, und uns dröhnten die Ohren von den vielen Gesprächen über alle möglichen Arten von Krankheiten und Ängsten, die viel schlimmer waren als unsere eigenen. Irene hatte vom ersten Ferientag an angenommen, dass dies der deprimierendste Sommer ihres Lebens sein würde, aber die Aussichten wurden nur noch schlechter. Statt zuhause mit uns eingesperrt zu sein oder uns am Strand beaufsichtigen zu müssen, war sie zu einer Verbannten in einem Krankenhaus geworden. Zu Tode gelangweilt hier oben, verschanzte sie sich in die Lektüre eines Wälzers mit tausend Seiten und winziger Schrift. Das Buch hatte einen festen Einband und wog mindestens einige Kilo. Irene nahm es mit von einem Ort zum anderen, als würde sie zur Buße all die Stunden des Wartens mitnehmen, die wir noch durchleben mussten.

»Du liest da etwas, das eine Quälerei ist«, sagte ich zu ihr, nachdem ich ihr das Buch einen Moment weggenommen hatte, während sie zur Toilette ging.

»Es ist sehr interessant«, lautete die Antwort, die völlig vorhersehbar war.

»Aber Irene, wenn es von einem Mann handelt, der nicht aus einem Krankenhaus heraus kann, das auf einem Berg liegt. Es ist so langweilig, wie hier zu sein«, protestierte ich.

»Im Gegenteil«, sagte sie. »Es bewirkt, dass es nicht so langweilig ist, hier eingeschlossen zu sein. Wenn ich das wirkliche Krankenhaus durch das Krankenhauses in dem Buch betrachte, wird es interessanter.«

»Das verstehe ich nicht, aber erkläre es mir nicht. Außerdem zieht dieser Typ doch, wenn er am Ende des Buchs das Krankenhaus verlässt, in den Krieg, und mir scheint, dass man ihn tötet.«

»Und warum zum Teufel liest du das Ende und erzählst es mir obendrein noch?«

»Um zu sehen, ob es sich lohnt, den Rest zu lesen. Wenn es mir nicht gefällt, wohin die Geschichte führt, interessiert es mich nicht zu erfahren, wie sie dahin gekommen ist.«

»Bist du dir darüber im klaren, dass du rückwärts liest?«

Ich zuckte mit den Schultern.

»Gut, aber du verstehst ja doch, was ich sagen will. Du hast Badalona durch deine Geschichten über Bagdad betrachtet, genauso wie ich jetzt dieses Krankenhaus durch den *Zauberberg* betrachte. Liest du nicht mehr in deinen Geschichten?«

»Ich habe keine Lust mehr.«

»Wir müssen dir etwas anderes zu lesen suchen.«

»Ich habe gar keine Lust mehr zu lesen.«

»Die Bücher leisten uns Gesellschaft«, beharrte sie. »Und außerdem beschützen sie uns. Wenn Rafael auftaucht, werfen wir ihm das Buch an den Kopf.«

»Wenn ich nur daran denke, dass an allem meine Nase schuld ist. Ich wollte nur nach Bagdad fahren, um zu riechen, und es endete damit, dass wir in einem Krankenhaus eingesperrt sind, wo sie mich nicht heilen können.«

Irene legte das Buch zur Seite und wandte sich mir zu.

»Das ist es, was du den ganzen Sommer getan hast, nicht wahr? Von dem Tag an, an dem wir begriffen haben, dass du keinen Geruchssinn hast, hast du nichts anderes gemacht, als ein Heilmittel für deine Nase zu suchen.«

»Klar.«

»Wenn du so weitermachst, wirst du am Ende dein ganzes Leben der Suche nach diesem Heilmittel widmen.«
»Gut.«
»Aber das Problem ist, Helena, dass du dein Leben der Suche nach einer Sache widmen würdest, die nicht existiert. Und schlimmer noch, der Suche nach einer Sache, die du in Wirklichkeit nicht brauchst.«
»Ach, nein? Und was soll ich deiner Meinung nach tun?«
»Das werde ich dir morgen sagen.«

Der folgende Tag verlief ebenso leer wir die vorhergehenden, und obwohl ich Irene die ganze Zeit aufmerksam bewachte, nahm ich keinerlei Zeichen wahr, dass sie mir etwas Besonderes zu enthüllen hätte. So dass ich nach dem doppelten vergeblichen Warten in dieser Nacht doppelt gelangweilt ins Bett ging. Aber als ich mich schon zum Schlafen hingelegt hatte, erschien Irene in meinem Zimmer. Sie bat mich, keinen Lärm zu machen und das Licht nicht einzuschalten, sie setzte sich auf mein Bett und reichte mir ein Päckchen, das in Goldpapier mit einer riesigen roten Schleife eingewickelt war. Ich freute mich riesig, ein Geschenk zu bekommen, ohne dass es ein besonderer Tag war, und ich machte das Päckchen mit größter Vorsicht auf, um das wertvolle Papier weder zu zerreißen noch zu zerknittern. Drinnen fand ich ein Buch. Da es von Irene kam, was sonst könnte es auch sein? Es hatte die Dicke meines Zeige- und Mittelfingers, und es war vollständig in Leinen eingebunden, wie ein elegantes Buch aus der Bibliothek. Die Buchdeckel waren von intensivem Blau, und es hatte einige goldene Verzierungen auf dem Rücken. Es schien mir ein kostbares Buch, und ich fragte mich schon, ob es eine Abenteuer- oder Kriminalgeschichte enthielt, als ich mir darüber klar wurde, dass es auf dem Deckblatt weder einen Titel hatte, noch den Namen des Autors, noch überhaupt einen geschriebenen Buchstaben oder eine Zeichnung. Ich machte es auf und sah, dass seine Seiten, die von einem kostbaren Hellblau waren, nichts erzählten.

»Du hast mir ein leeres Buch geschenkt«, protestierte ich vollkommen enttäuscht.

»Es ist kein leeres Buch, es ist ein Buch, das noch zu schreiben ist. Es wartet darauf, dass jemand das tut.«

»Zum Teufel, dann gib es zurück, damit jemand es schreibt, und schenke es mir, wenn es fertig ist, o.k.? Du bist die seltsamste Schwester, die ich kenne. Die Schwestern meiner Freundinnen schenken ihnen Plüschtiere und Bonbons.«

Ich kroch wieder unter das Leintuch und deckte den Kopf zu.

Irene brach in Lachen aus.

»Ich fürchte, *du* wirst es schreiben müssen.«

»Hör auf, mich zu ärgern. Ich kann keine Bücher schreiben, ich bin erst elf.«

»Du wirst ein Wörterbuch der Gerüche schreiben«.

Ich streckte die Nase aus dem Leintuch.

»Ein was?«

»Erinnerst du dich an die Tage, wo du angefangen hast, die ganze Welt zu fragen, wonach die Dinge riechen? Du musst damit weitermachen. Und wenn du die besten Wörter für jeden Geruch findest, dann notierst du sie hier. Nach und nach wirst du dein Buch bekommen. Es wird das weltweit erste Wörterbuch der Gerüche sein.«

Ich schüttelte den Kopf.

»Das müsste jemand schreiben, der riecht.«

»Jemand mit Geruchssinn wäre da niemals draufgekommen. Du hattest die Idee, und du musst es machen. Ich werde dir ein Geheimnis verraten: Die Schriftsteller schreiben nicht Bücher über das, was sie besitzen, denn wenn du etwas besitzt und es genießen kannst, welches Bedürfnis besteht dann, darüber zu schreiben? Die Schriftsteller schreiben Bücher über das, was ihnen fehlt, über das, was sie eines Tages verloren oder nie besessen haben. Über das, was sie vermissen. Verstehst du jetzt? Die Bücher entstehen aus den Abwesenheiten und den Sehnsüchten.«

Welche gewaltige Sache erwartete meine Schwester von mir?

Sie bewirkte, dass alles so feierlich klang, so wichtig, dass sie nur erreichte, mich zu verängstigen.

»Dir fehlt etwas Grundlegendes, eine ganze Weise, die Welt zu sehen, und dieses Fehlen wird dich jeden Tag deines Lebens schmerzen«, beharrte sie. »Aber wenn du aufhörst, ein Heilmittel für deine Nase zu suchen, und annimmst, dass du so bist, dann wird das Verfassen deines Wörterbuchs die beste Art sein, das auszudrücken, was dir fehlt. Das wird deine ganz persönliche Reise sein, Helena, nicht deine Nase zu kurieren, sondern über die Gerüche zu schreiben, die du nicht wahrnehmen kannst.«

»Ich verstehe nicht die Hälfte von dem, was du sagst. Wie soll ich deiner Meinung nach über das schreiben, was ich nicht wahrnehme?«

»Indem du die anderen fragst.«

»Und wie werde ich wissen, ob die Wörter, die sie mir sagen, die richtigen sind?«

»Indem du sie mit anderen Personen vergleichst. Und so wirst du lernen, wie die Gerüche sind, und wirst sie dir vorstellen können, und zugleich wirst du den anderen helfen, ihre Lieblingsdüfte in Worten zu beschreiben. Und es wird einfach sein, es wird wie ein Spiel sein.«

In dieser Nacht hütete ich das Buch unter meinem Kopfkissen, unfähig zu entscheiden, ob Irene mir damit die einzig mögliche Hoffnung geschenkt hatte oder nur eine neue Enttäuschung. Von da an ging ich jede Nacht mit dem Buch unter dem Kissen schlafen, und morgens, wenn ich aufwachte, steckte ich die Hand hinein und berührte es und fand es warm vom Schlafen unter meinen Träumen. Manchmal zog ich es heraus, warf unter den Leintüchern einen Blick auf seine blauen und leeren Seiten, die weiter auf Worte warteten, und fragte mich wieder, ob Irene recht hatte. Ob meine Nase, die man nicht heilen konnte, die für immer verschlossen war, mir zu nichts Geringerem dienen könnte als zum Schreiben eines Buches. Könnte das stimmen? Ein Buch schreiben. Bisher hatte ich Bücher nur gelesen. Ein Buch schreiben. Ich wiederholte es mir in Großbuchstaben, unterstrichen, in Rot. Ein Wörterbuch der Gerüche schreiben. Würde es der Mühe wert sein, es zu versuchen?

In einer Ecke des Krankenhauses, neben dem Eingang zur Entbindungsstation, gab es eine Blumenhandlung, die so klein war, dass kaum drei oder vier Kunden auf einmal hineinpassten, bis unter die Decke vollgestopft mit Sträußen zur Feier der Geburt und Kränzen zum Abschied von den Verstorbenen. Die Inhaberin war Raquel Recursos, eine Frau schon in den Fünfzigern, klein und zu pummelig für einen so winzigen Laden, weshalb sie sich wie ein Wichtel in seiner Höhle bewegte. Sie arbeitete dort immer von früh bis spät, ohne einen einzigen Tag zu fehlen, manchmal unterstützt von einem ihrer Kinder. Dieser Laden war viermal so teuer wie eine normale Blumenhandlung, und das nicht etwa deshalb, weil ihre Sträuße besonders elegant gewesen wären. Ihre bevorzugten Kunden waren Leute, die in großer Eile morgens um sechs das Haus verlassen hatten, nachdem sie den Anruf bekamen, dass der neue Enkel schon geboren ist, und an der Pforte des Krankenhauses bemerkten, dass der Opa noch den Schlafanzug anhatte und sie das Geschenk vergessen hatten. Oder diejenigen, denen es nicht gelungen war, einen geöffneten Laden zu finden, wo sie ein Stofftier für den neuen Neffen kaufen konnten, dem es eingefallen war, genau an dem Sonntag Abend zur Welt zu kommen, an dem das letzte Fußballspiel der Liga stattfand, womit man sicher sein konnte, dass das Kind mit dieser Geburt für den Rest seines Lebens ein Plagegeist und Spielverderber sein würde. Oder diejenigen, die beim Durchschreiten der Pforte einander plötzlich fragten »Hast *du* nicht die Schachtel mit den Pralinen mitgenommen?« Oder diejenigen, die beim Aussteigen aus dem Auto Zweifel überkamen, ob eine Flasche Cognac wirklich das beste Geschenk für eine frischgebackene Mutter ist. Dann blieben alle an der Pforte des Krankenhauses stehen, gaben sich gegenseitig die Schuld und versperrten den anderen den Durchgang, bis die gute Floristin ihnen zu Hilfe kam, von ihnen den Preis für die Blumen plus ihre Vergesslichkeit kassierte und sich manchmal sogar erlaubte, sie wegen ihrer Zerstreutheit freundschaftlich zu schelten. Raquel nahm ohne Skrupel einen jeden ihrer Kunden aus, und sie tat das mit vollkommen ruhigem Gewissen und verbreitete dabei sogar Fröhlichkeit und gute Laune.

In dieser Blumenhandlung machte ich die ersten Notizen für mein Wörterbuch. Bis dahin hatte ich gelernt, nicht die Fehler meiner früheren Versuche am Strand zu begehen, so dass ich einfach durch den engen Flur des Ladens ging, mich einigen großen Sträußen mit roten Rosen näherte und ganz laut sagte:

»Wie gut diese Rosen duften.«

»Ja, nicht wahr?«, antwortete sie. »Sie erfüllen einem den Tag mit Freude.«

Eine alte Frau in Sonntagskleidern und mit Bernsteinschmuck behängt, die langsam und ein wenig gebeugt auf ihren Stock gestützt ging, näherte sich, als sie uns reden hörte. Sie näherte ihr Gesicht den Rosen und atmete tief ein.

»Es ist ein so süßer Geruch, wie von Samt«, sagte sie.

Nach ihr näherte sich eine andere Dame, vielleicht etwas jünger, oder zumindest bewegte sie sich mit größerer Behändigkeit. Sie trug eine prächtige Perücke von pechschwarzem Haar und war ganz mit Gold behängt.

»Kommen Sie, riechen Sie an ihnen«, lud die erste Dame sie ein. »Es ist ein Geruch so süß wie eine Liebkosung.«

Die beiden steckten gemeinsam ihre Nasen in einen Strauß und atmeten gleichzeitig ein.

»Ja, tatsächlich«, antwortete ihre Freundin.

»Sie riechen nach Talkumpuder. Sie erinnern mich immer an den Geruch von Talkum.«

»Was hast du denn?«

»Und sie erinnern mich an meinen Pablo, möge er in Frieden ruhen. Als Anita geboren wurde, füllte Pablo mir das Zimmer mit Rosen, erinnerst du dich? Sie dufteten so gut. Nie werde ich jenes Zimmer voll Blumen vergessen, mit meiner gerade geborenen Anita und Pablo an meiner Seite sitzend.«

»Pablo war ein Romantiker.«

Plötzlich hielt sich die Dame an den Armen ihrer Freundin fest und schüttelte sie heftig.

»Eulalia, wie konntest du mich mit leeren Händen hierherkommen lassen? Wie kommt es, dass ich keine Blumen für meine Urenkelin mitgebracht habe? Was würde mein Pablo sagen? Eulalia, ich muss jetzt sofort einen Strauß kaufen. Ruf die Verkäuferin.«

Ihre Freundin nahm ihre Hände, versuchte sie zu beruhigen.

»Aber wo wir ihr doch gestern schon einen riesigen Strauß gebracht haben, meine Liebe. Erinnerst du dich nicht?«

»Gestern?«

»Du selbst hast ihn ausgesucht, in dem Blumenladen unterhalb von deinem Haus. Einen Strauß mit 25 roten Rosen. Prächtig.«

»Wirklich?«

»Ja, Liebe.«

»Das hatte ich vergessen.«

»Mach dir nichts draus.«

»Und wenn sie es auch vergessen hat? Ich möchte noch einen kaufen.«

»Bist du sicher?«

»Quäle mich nicht, Eulalia, es ist meine erste Urenkelin. Urgroßmutter zu sein, ist das wirklich alles wert.«

»Du hast recht, es sollte der größte Strauß sein.«

Danach ging ich in die Cafeteria, setzte mich in eine Ecke, holte mein Buch aus dem Rucksack und schrieb alles auf, an das ich mich erinnern konnte. Die Rosen waren diejenigen Blumen, die am meisten verkauft wurden und über die ich die meisten Notizen sammeln konnte. Ich verstand, dass viele Leute sie mit der Geburt ihrer Kinder verbanden, mit ihrem Geburtstag, ihrem Hochzeitstag. Dass Rosen wie der Sekt sind, Düfte des Feierns, der Auszeichnung, der erreichten Ziele, von Neujahr. Aber ich entdeckte zu meinem Erstaunen auch, dass die Rosen immer weniger duften, dass die ernsthafte Gefahr besteht, dass ihr Geruch für immer verloren geht, und ich geriet in Verwirrung beim Versuch, die richtigen Worte zu finden, um zu beschreiben, wie sich etwas verlieren kann, von dem ich trotz allem noch nicht wusste, was es war.

Als ich später eine weitere Runde durch die Blumenhandlung machte, erinnerte sich Frau Raquel Recursos an mich und schenkte mir ein Lächeln. Ich glaube, sie begann zu denken, dass ich gut für die Werbung war.

»Wie gut dieser Eukalyptus riecht«, behauptete ich ganz laut.

Eine Dame, die mit dem Rücken zu mir stand, drehte sich zu mir um. Es war eine große und korpulente Frau mit harten Gesichtszügen, sehr ernst. Ihr Mann, groß wie ein Bär, näherte seine Nase dem Eukalyptus.

»Was für ein durchdringender Geruch, nicht?«, sagte er. »Er scheint die Lungen freizumachen. Er riecht nach Reinheit, als würde er die Luft klären.«

»Glaubst du, dass er ihr gefallen würde?«, fragte sie.

»Sicher würde er sie ein wenig aufmuntern. Deine Mutter mag solche Düfte, die klar und frisch sind.«

»Sie hat ein so tristes Zimmer, ich glaube, ich werde mich bei den Ärzten beschweren.«

»Sie hat ein normales Zimmer mit schöner Aussicht. Und der Duft des Eukalyptus wird ihr sicher guttun.«

»Einverstanden, ich werde ihr den Eukalyptus kaufen. Aber ich weigere mich, ihr das zu bringen, worum sie mich gebeten hat«, flüsterte sie.

»Aber sie ist doch schwer krank, Matilde. Es sind ihre letzten Wünsche.«

»Es mögen ihre letzten Wünsche sein, aber ich weigere mich, es ihr zu bringen.«

»Sieh mal, ich kann zum Bauernhof von Paco gehen, es zu suchen. Man muss nur ein wenig in eine Dose tun und sie gut verschließen. Deine Mutter wird es riechen können, sie wird sich an ihre Kindheit erinnern, wird sich an das Dorf erinnern und sich glücklich fühlen. Danach werfen wir es in den Müll, und fertig. Es ist so was von einfach.«

»Und wenn die Ärzte uns sehen? Was sollen sie denken?«

»Sollen sie denken, was sie möchten. Es ist eine alte Frau, die noch einmal ihre Kindheit riechen möchte, ein letztes Mal, ehe sie stirbt. Wie willst du ihr einen solchen Wunsch verweigern?«

»Und warum will sie nicht normale Dinge riechen wie alle anderen? Warum kann sie nicht um Gebäck oder Kaffee oder Kölnisch Wasser bitten? Warum muss sie Kuhmist verlangen?«

»Sie ist auf einem Bauernhof aufgewachsen, was soll sie denn erbitten?«

»Mir wäre es lieber, sie würde etwas Sauberes erbitten.«

»Mir scheint es sauber, es ist ein natürlicher Geruch. Meine Nase würde lieber mit den Kühen deiner Mutter arbeiten als in der Farbenfabrik. Ich versichere dir, dass ich dich nicht bitten werde, mir eine Dose Lack ans Totenbett zu bringen.«

»Sei nicht so widerlich«.

»Auf, such einen Eukalyptusstrauß für deine Mutter aus. Und sieh mal, komm hierher, riech' an diesem Jasmin, ist der Geruch nicht köstlich?«

»Lass den Jasmin in Ruhe. Bezahle und lass uns gehen.«

»Sei nicht so eilig, komm, rieche an ihm. Er riecht so entspannend, aber er lädt nicht zum Schlafen ein, sondern zum Tagträumen. Von etwas sehr Süßem zu träumen. Es ist ein so ansprechender und sinnlicher Duft. Ich werde einen mitnehmen.«

»Für Mama?«

»Für uns, weil er zu uns passt. Wir stellen ihn auf die Terrasse, die sehr vernachlässigt und langweilig ist, und lassen ihn die Wand hinaufklettern. Und schau hier, ein Geißblatt, atme seinen Geruch ein, wir könnten es auf den kleinen Balkon des Schlafzimmers pflanzen und es um die Tür herum wachsen lassen, damit sein Duft uns Gute Nacht sagt, wenn wir schlafen gehen. Und auch dieses, schau mal, ein Orangenbäumchen, wie gut würde es sich im Innenhof der Küche machen. Komm, ich nehme diese drei Pflanzen. Und wenn wir den Besuch bei deiner Mutter beendet haben, machen wir einen langen Abendspaziergang am Strand.«

»Was ist denn mit dir los, Manuel?«

»Ich höre auf deine Mutter, Matilde, und ich staune über all die schönen Dinge, an die sie sich erinnert und nach denen sie Sehnsucht hat. Wenn ich so alt bin wie sie und im Sterben liege, will ich mich nach so vielen guten Dingen sehnen wie sie.«

Dann kamen drei Mädchen im Alter von Irene herein. Sie waren gebräunt vom Strand und hatten lange Mähnen, und sie waren in hellem Rosa, knalligem Rot, strahlendem Gelb mit Blumen, Sonnen und Tupfen gekleidet. Sie hörten nicht auf zu scherzen und zu lachen, sich gegenseitig mit den Ellenbogen zu stoßen, sich an die Taille zu fassen und sich zu umarmen, als würden sie eine Art rituellen Tanz aufführen.

»Wir suchen Lavendel für eine Freundin, die ein Baby bekommen hat.«

Und Frau Raquel zeigte ihnen eifrig den Lavendel. Lavendelsträucher in hübschen Blumentöpfen, blau oder lila. Sie schwankten, ob sie eine Pflanze kaufen sollten oder vielleicht drei. Ich näherte mich ihnen.

»Es ist ein wundervoller Duft«, sagte ich.

»Oh ja«, sagte eine von ihnen, »es ist mein Lieblingsduft, ohne jeden Zweifel. So süß, so heiter, nicht wahr?«

»Mir gibt er ein Gefühl von Ausgeglichenheit«, sagte eine andere, wobei sie tief einatmete. »Von Harmonie«.

»Es ist ein Geruch wie vom Abend«, sagte die dritte, »wie ein langer Sommerabend, mit tiefblauem Himmel, und nachher geht die Sonne sehr langsam unter.«

»Jedes Mal, wenn ich ihn rieche, sehe ich uns vier wieder in der Provence, wie wir durch Lavendelfelder radeln. Es war ein Vergnügen, es hat den Stress des ganzen Jahres geheilt«, sagte die erste.

»Ich erinnere mich, wie uns eine Schafherde in den Weg lief, ich fiel vom Rad und verletzte mir die Knie.«

»Und die Inhaberin der Pension hat sie dir mit Lavendeltee gesäubert, erinnerst du dich? Etwas, das so gut riecht, muss zwangsläufig auch heilen können. Ich benutze ihn seitdem, um die müden Füße zu beruhigen.«

»Sehr gute Erinnerungen, aber diejenige, die mit dem hübschesten Franzosen geflirtet hat, den ich je in meinem Leben gesehen habe, war sie, die jetzt hier oben ist mit ihrem Baby.«

Die Drei seufzten, eine nach der anderen.

»Glaubst du, dass sie es übelnehmen wird, dass wir ihr Lavendel schenken?«

»Warum? Sie verliebte sich, als sie Lavendel roch. Wenn überhaupt, sollte es *uns* leidtun. Vor allem wenn man bedenkt, dass ich ihn zuerst gesehen habe.«

»Ja, aber er hat *sie* angesehen. Du bist gerade vom Rad gefallen, wie immer.«

»Und wenn wir die Reise wiederholen? Wir haben keinen Plan für den nächsten Sommer. Wenn es für sie erfolgreich war …«

Und sie verließen den Laden unter Lachen und Schubsen, mit drei Töpfen Lavendel.

»Du magst den Duft der Blumen sehr, nicht wahr?«, fragte mich Raquel, als wir beide einen Moment alleine blieben. »Willst du nicht später einmal Blumenhändlerin werden?«

»Ich weiß nicht«, improvisierte ich, »Vielleicht möchte ich lieber einen Duftgarten anlegen.«

»Eine gute Wahl. Mein Vater war Gärtner, er pflegte wundervolle Gärten für einige sehr reiche Familien. In unserem Haus hatten wir keinen Garten, aber doch einen Innenhof, und er war immer voll mit Pflanzen. Er war unser kleines Paradies, wo meine Geschwister und ich spielten. Mein Vater hatte ein spezielles Spiel erfunden; wir mussten die Augen schließen und die Pflanzen an ihrem Geruch erkennen. Ich habe immer gewonnen. Seit der Kindheit erkenne ich jede beliebige Blume mit geschlossenen Augen.«

Mit geschlossenen Augen. Ich versuchte es mir vorzustellen. Die Dinge im Dunkeln an ihrem Geruch erkennen. Ich war bei Nacht blind. Für mich bedeutete ein nächtlicher Garten gar nichts. Ich verstand zum ersten Mal, dass Menschen, die Geruchssinn haben, bei Nacht durch Gärten und Parks, durch Wiesen, durchs Gebirge gehen und dabei diese Orte ganz tief erleben können. Ihre Dunkelheit ist reicher als meine. Ich erinnerte mich sehnsüchtig an meine beiden nächtlichen Bäder am Strand. Sie waren mir fabelhaft erschienen, und dennoch hatte ich so viele Dinge verpasst.

»Welches ist Ihr Lieblingsduft?«, fragte ich sie.

»Lege mich nicht darauf fest, einen auszuwählen«, antwortete sie, während sie einen Nelkenstrauß vorbereitete. »Was ich mag, ist gerade, dass die Blumen so viele verschiedene Düfte haben. Es entzückt mich, dass sich in einem kleinen Innenhof oder auf einer Terrasse eine solche Vielfalt an Gerüchen versammeln kann. Es macht mir gute Laune.«

»Und wenn Sie nur einen Duft haben könnten?«

»Nur einen? Ich weiß es nicht. Vielleicht würde ich dann nicht eine Blume wählen. Es gibt einen Geruch, den ich besonders mag, weil er mir liebenswerte Erinnerungen bringt.«

»Welchen Geruch?«

»In meiner Kindheit lebten wir in einem kleinen Touristenort in den Pyrenäen, und mein Vater pflegte die Gärten verschiedener Häuser und auch den Golfplatz. Einmal in der Woche blieben mein Vater und ich in der letzten Stunde des Nachmittags, wenn der Tag allmählich zu Ende ging, das künstliche Licht eingeschaltet wurde und schon alle Kunden gegangen waren, allein auf jenem riesigen Platz, den wir ganz genau kannten. Dann fuhren wir mit dem Rasenmäher hinauf und kürzten zusammen das Gras auf jedem sanften Hügel und jeder abfallenden Wiese, um die Tannen herum, den künstlichen Seen und Flüsschen entlang, und aus unserem Weg strömte dieser Geruch von frisch geschnittenem Gras, so grün, frisch, feucht. Als ob es mein Vater wäre, der jenen Duft der Wiesen erweckte. Dort konnte ich allein mit ihm sein, und wir redeten von unseren Angelegenheiten. Ich habe vier Geschwister, alle männlich, so dass dies ein echtes Privileg war. Dort erzählte ich ihm meine Träume und meine Hoffnungen, bekannte ihm meine Ängste, sprach mit ihm über die Jungen, die mir gefielen. Immer, wenn ich diesen Geruch einatme, denke ich an die Nachmittage mit meinem Vater.«

»Das Gras riecht anders, wenn man es schneidet?«, entschlüpfte es mir, und das Gesicht von Raquel zeigte einen irritierten Ausdruck.

»Hast du denn noch nie frisch geschnittenes Gras gerochen?«

»Doch, doch«, beeilte ich mich zu antworten, »ich frage mich nur, warum es anders riecht, wenn man es schneidet.«

»Viele Dinge riechen intensiver, wenn man sie schneidet oder wenn man sie zerdrückt«, antwortete sie, wie jemand, der einem geistesabwesenden Kind die offensichtlichsten Dinge erklärt.

Sie wandte mir den Rücken zu und kehrte zu ihren Nelkensträußen zurück. Ich verfluche meine Ungeschicktheit, aber ich rannte zur Cafeteria, um alles aufzuschreiben, ehe ich auch nur ein einziges Wort vergaß.

So entdeckte ich Tag für Tag, dass die Düfte der Blumen uns begleiten, erfreuen und beruhigen, dass einige aufwecken und andere zum Dösen einladen, und dass es zärtliche, verführerische und sinnliche Arten von Duft gibt. Sie bewirken, dass die Welt intensiver ist. Ich aber konnte sie mir nach wie vor nicht vorstellen.

»Ihre Düfte sind wie ihre Formen und Farben, Helena«, versuchte Irene mir zu helfen. »Süß, auffällig, ansprechend. Ihre Funktion ist es, zu verführen. Nicht umsonst sind die Blumen Geschlechtsorgane. Deswegen bedeutet, sie zu schenken, eine Feier der Fruchtbarkeit oder ein Verlangen nach ihr.«

»Du meinst, dass die Blumen Geschlechtsorgane sind wie unsere?«

»Natürlich«.

»Wie die, welche die Jungen haben, und wie die, welche ich habe?«

»So ist es.«

»Aber unsere haben nicht so viele Farben.«

Irene begann zu lachen.

»Das ist ein guter Einwand, weißt du? Wir wären sehr verschieden, wenn unsere eine solche Vielfalt an Formen und Farben hätten.«

Ich schloss die Augen. Ich versuchte mir vorzustellen, wie es wäre, im Körper Blumen zu haben, die sich öffnen, die ihr kräftiges Rot oder Blau auf der Haut ausstrahlten, im Haar, auf den Wangen, auf der Brust, auf dem Bauch, auf den Knöcheln, und die dann zusammenfallen und andere, von ihnen verschiedene entstehen.

»Es wäre sehr unterhaltend, wenn jede Person andere Blumen in sich hätte«, sagte ich. »Wir gleichen uns alle zu sehr, das ist sehr langweilig.«

»In Wirklichkeit ist es schon so, als ob jede Person andere Blumen in sich trüge, aber es sind Blumen des Geruchs. Jedes menschliche Wesen strömt einen bestimmten Duft aus, und man kann die Leute an ihrem Geruch erkennen.«

»Im Ernst?«

»Ja, gewiss. Und das ist etwas Faszinierendes, weißt du? Wenn du dich verliebst, wenn du eine Person magst, gibt es keine größere Lust, als sie zu riechen. Es ist, als würde man sie einatmen, als würde man sie verschlingen und sie würde einen von innen ausfüllen. Ihr Geruch erreicht dich in einer Tiefe, welche die Stimme oder das Bild nicht erreichen. Es gibt nichts Tieferes, Helena.«

Ich hörte ihr gebannt zu, bis ich einen Klaps erhielt.

»Irene, darf man wissen, was für Schweinereien du dem Mädchen erklärst?«

Es war natürlich unsere Mutter.

»Und du, Helena, könntest, statt deine Zeit mit Unkräutern zu verschwenden, die nicht zum Essen taugen, genauso gut in die Küche kommen und mir zur Hand gehen, dann würdest du wenigstens etwas Nützliches lernen.«

Sie packte mich am Arm und zog mich mit, und so endeten meine fabelhaften Tage zwischen den Blumen Raquels, und es begann eine neue Zeit der Abenteuer in Mamas Küche.

Genau wie meine Mutter befahl, setzte ich mich mit meinem Buch auf einen Hocker vor ihrem Arbeitstisch. Aber Mama hatte kaum begonnen, mir das Menü des Tages vorzulesen, und ich war noch dabei zu entscheiden, ob ich meine Notizen mit einem rosa Kugelschreiber oder einem silbernen Bleistift machen sollte, als ein Arzt erschien, der sie suchte, und ich Zeugin der x-ten Auseinandersetzung zwischen meiner Mutter und den Autoritäten des Krankenhauses wurde.

»Marisa, so sehr ich sie mag, warum müssen Sie mir das antun?«

»Was denn, Doktor?«, fragte sie mit dem unschuldigsten Gesichtsausdruck.

»Im Essen von gestern Abend war auf den Kartoffeln wieder Paprikapulver.«

»Sie haben sie auch probiert? Waren sie nicht sehr lecker?«

»Das ist ein Krankenhaus, Marisa, kein Strandlokal. Die Leute, für die Sie kochen, sind krank. Sie brauchen Gerichte mit mildem Geschmack.«

»Nein, mein Herr. Wenn Sie ihnen geschmacklose Nahrung geben, haben sie keine Lust zu essen, und wenn sie nicht gut essen, werden sie nicht gesund. Ein wenig Pfeffer oder Paprika oder Muskatnuss weckt den Hunger.«

»Frau Marisa, Sie wissen, dass ich Sie schätze und Sie nicht verletzen möchte, aber Sie sind keine Diätassistentin. Wir haben vor sechs Monaten eine Liste von Gerichten vereinbart, und die Gewürze waren explizit verboten.«

»Wir haben nichts vereinbart, Doktor, Sie brachten eine langweilige und traurige Dame, die kränker war als Ihre Patienten, sie hatte so dünne Beine, dass ihr die Strümpfe herunterrutschten. Das Essen nährt nicht nur, Doktor, es gibt dem Leben Würze. Es ist schlimm genug, dass ich niemals Chili oder Curry benutzen kann oder mit Paprikawurst oder Speck kochen darf, aber wenigstens ein klein wenig Geschmack.«

Er wollte antworten, aber plötzlich näherte er sich dem Tisch, an dem die Köchinnen arbeiteten, und atmete tief ein. Er schaute von der einen Seite zur anderen, schnuppernd.

»Sagen Sie bloß nicht, dass Sie schon wieder ihr eigenes Ding machen.«

»Was werfen Sie mir diesmal vor? Es riecht nur nach Gurkensuppe und Hühnerbraten.«

»Ich rieche etwas Verbotenes«, beharrte er. »Sie kochen gerade mit etwas Verbotenem. Wo haben Sie die verdammten Gewürze versteckt?«

»Ich schwöre, dass ich sie alle weggeworfen haben.«

Aber der Arzt begann erneut, in der ganzen Küche zu suchen, öffnete Schränke und Schubladen, stieg auf Hocker, um oben auf den Schränken nachzuforschen, schaute unter die Tische. Er hörte nicht auf, alles zu durchwühlen, wobei meine Mutter hinter ihm herlief.

»Das ist mein Reich«, protestierte meine Mutter, indem sie versuchte, ihm den Weg zu versperren. »Sie gehen zu ihren Bakterien und Viren.«

Die anderen Köchinnen schauten ihnen kichernd zu.

»Kalt, kalt«, sagte eine.

»Schweig«, stieß ihre Kollegin sie an.

»Helfen Sie mir, liebe Frauen, haben Sie Erbarmen«, bat der Arzt.

»Wir sollen das Schauspiel verpassen? Keine Rede. Suchen Sie, suchen Sie, wir haben keine Eile.«

Und der arme Arzt suchte weiter zwischen den Töpfen. Plötzlich blieb er einen Moment ruhig stehen, hatte einen Einfall, und begab sich direkt zu einem kleinen Waschraum hinten in der Küche. Meine Mutter überholte ihn, verstellte ihm die Tür.

»Hier können Sie nicht durchgehen! Es ist der Waschraum der Köchinnen, Sie werden nicht so unhöflich sein.«

»Frau Marisa, dies ist eine Notlage.«

»Aber Sie sind ein Mann. Und hier drin ist die Ehre dieser Damen.«

»Vor allem anderen bin ich Arzt, liebe Frau, ich versichere ihnen, dass mein Blick rein wissenschaftlich ist.«

Und der Arzt schaffte es, trotz der Anstrengungen meiner Mutter die Tür zu öffnen. Ein einziger kurzer Blick reichte, um sein Entsetzen auszulösen. Ich lief ebenfalls hin, um zu schauen. Tatsächlich war es ein Schauspiel, das der Betrachtung würdig war, und es fiel mir schwer zu entscheiden, ob ich stolz auf meine Mutter sein oder mich vor ihr fürchten sollte.

Über den Boden des Waschraums, auf der Fensterbank, in den Regalen neben dem Spiegel, auf einer Treppe, die als Regal diente, und von der Decke und den Wänden hängend, erstreckte sich ein ganzer Miniaturgarten, Dutzende von Töpfen mit Pflanzen, und sogar Beregnungsanlagen, Dünger und Säcke mit Erde.

»Pfefferminze, Koriander, Rosmarin, Thymian, Basilikum, Oregano, Estragon, ach du lieber Himmel, ein Lorbeerbusch«, zählte der Arzt auf. »Es fehlt nur noch, dass Sie Marihuana anbauen, Frau Marisa.«

»Ich habe es schon versucht, aber sie haben es mir immer geklaut.«

»Marisa!«

»Wenn Sie nett wären, würden Sie meinen Vorschlag akzeptieren, und wir hätten einen richtigen Garten auf dem Gelände des Krankenhauses. Aber da Sie ein unsympathischer Mensch sind, muss ich heimlich durchs Leben gehen und meine Pflanzen im Bad anbauen. Ich fühle mich wie eine Ausgestoßene. Was werden Sie jetzt mit mir machen? Ihre Köchin verhaften lassen, weil sie einen illegalen Garten pflanzt?«

»Hören Sie, werden Sie nicht dramatisch, wir müssen zu einer Übereinkunft kommen. Man muss dem Grad der Gewürztheit, den Ihre Gerichte haben dürfen, eine Grenze setzen.«

»Was Sie wollen, ist, dass meine Gerichte überhaupt keinen Geschmack haben. Und ich weigere mich entschieden. Also entweder ich verabschiede mich sofort, oder Sie verlassen meine Küche, weil ich auf das Huhn aufpassen muss.«

Schließlich fielen ein paar unflätige Worte, und sie drehten sich den Rücken zu. Der Arzt ging laut protestierend in den Flur und meine Mutter blieb lamentierend bei ihren Töpfen. Die Köchinnen beklatschten das Ende des Schauspiels.

»Jetzt muss ich die Pflanzen wieder verstecken«, beklagte sich meine Mutter, »wo sie doch in dem Waschraum so gut untergebracht waren. Ich hatte noch nie einen Waschraum, der so gut parfümiert war.«

Dann wandte sie sich mir zu.

»Und du, auch wenn du nicht riechst, musst lernen, weil wir anderen in der Tat riechen. Also pass' gut auf!«

Sie riss einige Blätter Minze ab und zeigte sie mir.

»Das ist für die Gurkensuppe. Es ist eine sehr flüssige Suppe, leicht, frisch, wundervoll für ein Sommeressen. Die Minze gibt ihr einen erfrischenden Geschmack, ein wenig Süße, und macht die Nase frei. Und das ist Estragon, der ein Aroma wie Anis hat, und den haben wir an das Huhn gegeben. Wir haben auch Zitronenraspel dazugegeben, die ein wenig den Geschmack anregen. Das Hühnerfleisch ist völlig langweilig, es ist nichts wert, man kocht es niemals ohne Gewürz oder Soße. Hör gut zu, ja?«

»Ach.«

»Zum Abendessen machen wir ein paar gegrillte Gemüse, und wir geben Öl daran und Sesamsaat und ein wenig Ingwer. Sie werden sehr lecker sein. Sie werden einen leicht orientalischen Geschmack haben. Danach gibt es Kabeljau mit einer Soße aus Tomaten, Kapern, schwarzen Oliven und Oregano. Und als Nachtisch einen einfachen Biskuit für Kranke, aber bestreut mit Vanille und Zimt, geraspelten Orangenschalen und ein wenig Mohnsamen. Und morgen werden wir Seehecht mit einer Schnittlauchsoße zubereiten, einem Lorbeerblatt, das ihr einen feinen Geschmack gibt, und sie können sagen, was sie wollen, als Beilage wird es Kartoffeln gewürzt mit Paprika geben. Verstehst du, was ich dir sage?«

»Ich schreibe es auf.«

Ich zeigte ihr mein Buch, wo ich ihre Worte gesammelt hatte. Sie nickte zustimmend, stolz.

»Eines Tages wirst du die Köchin in deinem Haus sein, also pass' auf. Wenn die Blinden lesen lernen können, und die Tauben in der Lage sind, mit den Händen zu reden, dann hast du keine Entschuldigung, warum du nicht lernen könntest zu kochen.«

»Aber ich weiß nicht, wie ich das machen soll. Irene hat mir gesagt, dass die Tauben die Musik spüren können, wenn sie die Hände auf ein Klavier legen, weil sie bemerken, wie die Saiten vibrieren. Aber ich kann nicht die Hände an irgendeine Stelle legen, um die Gerüche zu spüren. Mir scheint, ich werde mit jemandem leben müssen, der mir seine Nase leiht. Raúl hat mir gesagt, dass er mir seine Nase leihen würde. Aber das war früher. Jetzt will er mich nicht einmal sehen.«

»Hör auf, dich so sehr selbst zu bemitleiden, und pass auf.«

Tagelang nötigte mich Mama, ihre Rezepte auswendig zu lernen und zu lernen, wozu jedes aromatische Kraut und jedes Gewürz gut ist, obwohl ich sie nicht wahrnehmen konnte. Zu welchen Nahrungsmitteln sie am besten passen, ob man sie am Anfang oder am Ende dazugeben muss, wie man sie kombinieren kann. Und sobald sie mit der Einführung fertig war, begann sie zum Kapitel der Soßen überzugehen. Das Lernen fiel mir schwerer, als meine Mutter es sich gewünscht hätte. Irene sagte, dass für mich das Erlernen des Spiels mit den Aromen in der Küche der Aneignung einer Fremdsprache glich, wo man alles auswendig lernen muss, Listen von Vokabeln und Grammatikregeln, weil einem das Sprachgefühl fehlt, das eine Muttersprachlerin hat. Doch meine Schwester, diese Optimistin, beharrte ebenfalls darauf, dass manchmal jemand, der eine Sprache von außen betrachtet, in der Lage ist, Nuancen zu unterscheiden, die man unmöglich von innen sehen kann. Ich zuckte mit den Schultern, verwechselte wieder den Rosmarin mit dem Thymian, und bekam einen Rüffel von Mama. Aber ich machte weiter Notizen über Notizen, und das Buch saugte sich nach und nach voll mit den Aromen, die ich mit den Worten der anderen zu beschreiben versuchte.

Mamas rechte Hand im Krankenhaus war Ramiro, der dafür verantwortlich war, die Frischwaren einzukaufen und mit den Lieferanten die besten Preise auszuhandeln. Ramiro war ein Typ mit einem guten Charakter, offen und fröhlich, der die Tage damit zubrachte, mit seinem Lieferwagen hin- und herzufahren, und der zu einer beliebten Person auf allen Märkten in der Umgebung geworden war. Was ihm bei seiner Arbeit am meisten Vergnügen machte, war der dauernde Krieg zwischen meiner Mutter und den Ärzten. Ständig erhielt er Bestellungen und Gegen-Bestellungen, Bitten und Drohungen von der einen oder der anderen Seite, und der gute Ramiro, der nicht die geringsten Bedenken hatte, Bestechungen von beiden Seiten gleichzeitig anzunehmen, war der einzige, der immer mit Gewinn aus dem Krieg hervorging.

»Warum begleitest du nicht einmal Ramiro beim Einkaufen?«, schlug meine Mutter vor.

»Oh, nein, kommt nicht in Frage. Er geht morgens um sechs einkaufen«, lehnte ich ab.

Am nächsten Tag warf mich meine Mutter ohne jede Rücksicht morgens um sechs aus dem Bett und setzte mich in den Lieferwagen von Ramiro.

»Du wirst viele Dinge lernen«, ermunterte sie mich. Ich versuchte, mich zu beklagen, aber ich brachte nur ein Gähnen heraus, und der Lieferwagen fuhr los.

Ich schloss die Augen und versuchte, noch ein paar letzte Minuten zu schlafen, aber das brachte Ramiro nicht davon ab, mir eine Meister-Unterrichtsstunde über die Märkte der Umgebung zu erteilen, die Gesetze von Angebot und Nachfrage, über die heilsame Kunst des Feilschens und über Westernfilme. Warum bestand die ganze Welt so sehr darauf, dass ich lerne? Schließlich parkte er gegenüber von einem grauen Gebäude irgendwo am Stadtrand. Es sah aus wie eine Fabrik oder eine Werkstatt, umgeben von Schornsteinen, und es wimmelte von Leuten, die aus und ein gingen.

»Du hast keinen Geruchssinn, stimmt's?«, fragte er. »Du Glückliche. Du kannst dir nicht vorstellen, was für einen Gestank das erzeugt.«

»Wo sind wir? Ist es ein Markt?«

»Es ist der Schlachthof. Hier kann man das Fleisch direkt kaufen, frisch und ohne Zwischenhändler. Es ist viel billiger.«

Wir betraten das Gebäude, gingen weiter durch einen breiten Flur und blieben stehen in einem Raum aus Weiß und Grau, mit einem großen Ladentisch und einer Registrierkasse wie in einem Laden, und dahinter Regale voll von Karteikästen. Alles sah halb verlassen und ungeordnet aus, und es gab keinen einzigen hübschen Gegenstand zur Dekoration oder auch nur einen Pinselstrich Farbe. Es gab weder Stühle zum Warten noch Fenster noch eine Pflanze oder ein Bild. Es gab weitere Türen, welche zu diesem Raum führten, aber es waren keine normalen Türen, sondern grobe Vorhänge aus halbtransparenter Plastik. Und das Schlimmste war ein unangenehmer Lärm im Hintergrund, von laufenden Maschinen, Schläge, Stimmen und Gequieke, das klang wie von Kindern. Ich hielt mir die Ohren zu. Wir sahen einige Männer vorbeigehen, sie waren in Weiß gekleidet und hatten Mützen auf, aber waren blutbefleckt, und einige Tropfen besprizten den Boden. Ich bemerkte, dass überall Flecken waren.

Ein junger Mann erschien durch einen der Vorhänge und begrüßte Ramiro.

»Wie immer, Kumpel?«

»Ja, bitte. Heute ist viel los bei euch für diese späte Uhrzeit.«

»Heute morgen ist eine der Maschinen ausgefallen und wir mussten mit dem Schlachten aufhören. Es war das Chaos. Stell' dir tausende von Schweinen vor, welche die ganze Nacht in den Lkw da draußen warten, wie hysterisch quiekend, und eine Handvoll von verärgerten Lkw-Fahrern. Jetzt funktionieren die Maschinen endlich, und wir nehmen die Arbeit wieder auf. Aber ich habe unerträgliche Kopfschmerzen. Ich brauche noch ein Bier. Jetzt bringe ich dir deines.«

»Sie schlachten während der Nacht«, erklärte mir Ramiro. »Und wenn du morgens kommst, kannst du das ganz frische Fleisch mitnehmen. Deswegen komme ich gern hierher, weil das Fleisch aus erster Hand ist. Sie geben es dir frisch geschnitten.«
»Ach.«
»Geht es dir gut? Du bist ein wenig blass. Mir scheint, das frühe Aufstehen ist nicht so deine Sache. Warum wartest du hier nicht einen Moment, während ich die Packungen abholen gehe, die für uns sind?«

Ich blieb in der Halle und wartete auf Ramiro, aber ich zählte zehn Minuten, und er kam nicht zurück. Obwohl ich mich abzulenken versuchte, indem ich die Arbeiter beobachtete, die von einer Seite zur anderen gingen, und einige Kunden, die ankamen, konnte ich nicht aufhören, diesen schrillen Lärm wahrzunehmen, der mich nervös machte. Schließlich wurde ich es müde zu warten, ging in den Flur und bewegte mich ein paar Meter vorwärts. Ich sah Ramiro nirgends und ging noch etwas weiter. Dabei bog ich um eine Ecke und sah hinten am Ende des Gangs einige große Fenster. Ich näherte mich ihnen neugierig, jedoch erwartete mich auf der anderen Seite der Fensterscheibe etwas Grauenvolles, das ich erst nach einigen Sekunden interpretieren konnte. Eine nicht endende Reihe von Schweinen hing kopfunter an den Hinterbeinen und wurde fortgezogen durch eine Art Förderband, das von der Decke hing. Sie schüttelten sich und quiekten wie verrückt und versuchten sich zu befreien, und sie stießen gegeneinander, während die Maschine sie weiterzog. Ich lief dem Fenster entlang, um zu sehen, wohin sie gebracht wurden, und da sah ich drei in Weiß gekleidete Männer, die ihnen ein Messer in die Kehle stießen und sie ausbluten ließen. Ich bekam einen solchen Schrecken, dass ich nicht schreien konnte, auch nichts sagen konnte, ich hielt die Handflächen auf die Fensterscheibe, heftete meinen Blick auf die Tiere, und eines der kopfüber hängenden Schweine, das sich weiter auf das Messer der Schlachter zu bewegte, entdeckte mich, während es sich wand und kämpfte, und schaute mir in die

Augen. Es blickte mich an, obwohl ich weiß, dass es mich nicht sah, ich weiß nicht, ob es die Fensterscheibe sah oder vielleicht eine Spiegelung, oder ob es nur seine eigene Panik und seinen unmittelbar bevorstehenden Tod sah, aber sein Blick ruhte auf meinem für endlose Sekunden, während das Band es weiterzog, und dann sah ich es sterben. Die Welt wurde schwarz, und ich wurde ohnmächtig.

»Helena! Helena!«

Ich fühlte Wasser im Gesicht und Hände, die mich schüttelten.

»Helena! Was ist passiert?«

»Du hättest ein so kleines Kind nicht hierherbringen dürfen«, sagte eine Stimme. »Bei diesem Gestank kann es einem leicht schlecht werden.«

Ramiro brachte mich in seinen Armen an die frische Luft, und auf dem Parkplatz schaffte ich es schließlich, wieder zu mir zu kommen.

»Man hat angenommen, dass du keinen Geruchssinn hast«, protestierte er.

»Und ich habe auch keinen.«

»Aber wenn dir schlecht geworden ist, ohne zu riechen, hätte dir der Geruch die Leber herausgerissen. Ich weiß nicht, wie die Arbeiter ihn aushalten. Diese Arbeit ist nicht gut für die Gesundheit.«

»Ich will zum Krankenhaus zurück. Jetzt sofort.«

»Tut mir leid, Kleine, aber wir müssen die Einkäufe zu Ende bringen.«

»Bitte, ich will nichts mehr kaufen.«

»Aber du willst doch essen, oder? Und um zu essen, muss man einkaufen.«

Und Ramiro lud die Kisten mit Fleisch auf den Lieferwagen, während ich die Augen schloss, und danach ließ er mich einsteigen.

Die nächste Station war der Fischmarkt. Uns empfing ein Durcheinander von Menschen, die einander Preise und Rabatte zuriefen mit einem Gejohle, das eines Rockstars würdig gewesen wäre. Ich folgte Ramiro durch Gänge, die aus gestapelten Kisten gebildet waren, und trat auf einen rutschigen Boden, mit Eis überall. Als ich mich den Kisten näherte, sah ich Krebse mit dem Bauch nach oben, die ihre zusammengebundenen Zangen zu bewegen versuchten, Hummer, die ihre Beine schüttelten, Münder von Fischen, in denen noch die Angelhaken steckten.

Ich schloss die Augen und folgte Ramiro, an sein Hemd geklammert.

»Darf man fragen, was du spielst? Du wirst stolpern. Du wirst fallen und dir den Kopf aufschlagen. Und dann wird deine Mutter mir meinen Kopf aufschlagen.

»Ich will nicht, dass mir irgendjemand in die Augen schaut.«

»Diese Leute sind zu beschäftigt, um dir in die Augen zu schauen, Mädchen. Du bist wirklich ein wenig sonderbar, oder?«

»Ich meinte nicht die Leute...«

Er schaute um sich, als wollte er sich fragen, wen es sonst hier geben könnte, und dann warf er mir einen geringschätzigen Blick zu und beachtete mich nicht mehr. Er wickelte seine Einkäufe ab, bezahlte, und wir gingen. Wieder wollte ich die Kisten nicht sehen, die er in den Lieferwagen stellte.

»Und wohin gehen wir jetzt?«

»Jetzt bleibt uns noch der letzte Halt.«

»Nochmal ein Halt«, murrte ich. »Wenn wir Tiere vom Land und Tiere aus dem Meer gekauft haben, gehen wir jetzt Tiere der Luft holen?«

Und mein Geist versetzte mich sofort in eine Halle voller Käfige, wo die Vögel ihre Flügel vergeblich öffneten und gegen die Gitterstäbe stießen. Ich rieb mir die Augen und machte mich auf das Schlimmste gefasst. Aber diesmal parkte Ramiro vor einer Genossenschaft in einem Dörfchen der Maresme, und die Lkw, die ein- und ausluden, beruhigten mich. Es gab nur Obst und Gemüse.

Drinnen empfing uns das Paradies. Es gab keine Augen, die mich anschauten, auch keine Münder, die sich öffneten, und keine Pfoten, die sich schüttelten. Nur Pflanzen und eine wunderbare Ruhe, die kaum von ein paar Unterhaltungen unterbrochen wurde. Es schien mir sogar, dass die Verkäufer liebenswürdiger und ruhiger waren. Ich fühlte mich wie in einem Garten, oder mehr noch wie im Wald, so dicht war die Vielfalt der Farben und Formen, die uns umgaben, in engen Gängen, die erfreulich ungeordnet waren. Ramiro ging umher und blickte dabei auf die Liste, die er in der Hand hielt, schaute hierhin und dorthin, wobei er tief atmete und sich rühmte, dass seine Nase ihn immer zu den besten Produkten führte. Ich ging in meinem eigenen Tempo und sah mir alles neugierig an, und die Verkäufer gaben mir Früchte zum Probieren. So frühstückte ich Stücke von Mango, golden und süß, orangefarbene Papayas, die mir im Mund zergingen wie Sirup, Litschis, deren Saft mir den Hals hinunterlief. Ich hatte ein morgendliches Festmahl.

»Gibt es wohl Feigen«? fragte ich mit vollem Mund, während ich mir die Finger ableckte.

»Ja, schau, dort hinten. Bitte darum, dass man sie dich probieren lässt, und kaufen wir ein paar davon. Bestimmt wird deine Mutter mit ihnen Gebäck dekorieren.«

»Es ist mein Lieblingsobst«, sagte ich, während ich eine aufmachte.

Mir gefiel diese Textur von feuerroten Fäden, Rosen und Veilchen, fasrig und dicht wie das tiefste Innere eines Waldes.

»Ach ja?«

»Ich heiße nämlich Helena Higuera. Irgendein Vorfahr von mir muss einen Feigenbaum (spanisch: *higuera*) gehabt haben, oder?«

Die Süße beruhigte meine Zunge und mein Herz, und diesmal half ich sogar, die Kisten, die wir gekauft hatten, einzuladen. Endlich erleichtert stieg ich wieder in den Lieferwagen. Wir fuhren zurück zum Krankenhaus.

Ich verbrachte den Rest des Vormittags damit, meiner Mutter in der Küche zuzusehen, ohne ihr irgendetwas von dem zu erklären, was geschehen war. Doch als die Essenszeit kam, versammelte Mama wie immer uns drei Schwestern im Speisesaal des Krankenhauspersonals, und sie schickte sich an, uns ein Tellergericht aus Gemüse und Schweinelende zu servieren. Dasselbe Schwein, das wir aus dem Schlachthof mitgebracht hatten. Vielleicht dasselbe, das ich hatte sterben sehen.

»Gib mir mehr Gemüse, und gib mir kein Fleisch«, bat ich sie.

»Warum? Fühlst du dich nicht gut? Ramiro sagt, dass du heute morgen blass warst und dir ein wenig übel war. Das geht vorbei, wenn du isst.«

Und meine Mutter servierte mir ohne Rücksicht ein Stück Fleisch mit Gemüse.

»Ein Schwein hat mir in die Augen gesehen. Ich möchte nie mehr jemanden essen, der mir in die Augen geschaut hat.«

»Dieses Schwein ist vollkommen tot, so dass es dich nicht ansehen wird, das garantiere ich dir.«

»Das ist egal. Aber wenn sie leben, sehen sie mich doch an.«

»Das fehlte mir gerade noch. Irene, was für Dummheiten hast du dem Mädchen erzählt?«

»Ich versichere dir, dass ich es nicht war«, verteidigte sich meine Schwester. »Ich werde das Fleisch essen. Und ihres auch, wenn sie es nicht mag.«

»Nein, ich möchte es nicht«, beharrte ich.

»Normale Leute segnen das Essen«, sagte Mama verärgert. »Und du beschwerst dich darüber. Wir haben wohl noch nicht genug Probleme, dass jetzt du damit kommen musst, kein Fleisch essen zu wollen. Iss wenigstens Huhn.«

»Nein.«

»Kein Huhn hat dir in die Augen gesehen.«

»Aber sie haben Augen. Sie könnten mich ansehen.«

»Dieses nicht, es war ein blindes Huhn.«

»Blind? Woher weißt du das?«

»Sie züchten sie ohne Augen, damit sie wählerische Mädchen nicht erschrecken.«

»Wie ekelhaft! Ich will es nicht, ich will es nicht!«, verbarg ich meinen Teller unter dem Tisch.

Mama ging murrend in die Küche. Ich warf mein Stück Fleisch auf den Teller von Irene.

»In Bagdad essen sie keine Schweine, stimmt's? Das habe ich irgendwo gelesen.«

»Weder die Juden noch die Muslime essen Schweinefleisch, Helena.«

»Dann ist es für die Schweine besser, dass die Leute jüdisch oder muslimisch sind, weil sie sie auf diese Weise nicht essen.«

»Wenn du diese Logik weiterdenkst, ist das Beste für die Tiere, dass die Leute Buddhisten sind, weil die Buddhisten überhaupt keine Tiere essen.«

»Wirklich?«

»Ja, das ist so. Sie sind Vegetarier.«

»Wo leben die Buddhisten? Sind sie in der Nähe von Bagdad?«

»Mehr im Osten von Bagdad«, antwortete Irene belustigt. »Ich glaube, dass die Mehrheit in Indien lebt und im Himalaja, obwohl es Buddhisten überall in Asien gibt.«

»Das heißt, wenn man der Gewürzroute folgt, weiter weg.«

»So könnte man sagen.«

»Gut, dann werde ich Buddhistin.«

Irene brach in Lachen aus.

»Das ist nicht so einfach.«

»Wieso denn nicht? Bestimmt hast du ein Buch. Wenn du selbst ein Problem hast, holst du ein Buch und löst es. Dann tue ich das auch.«

Sobald wir an diesem Nachmittag nach Hause zurückkehrten, gab Irene mir kichernd ein Handbuch der Religionsgeschichte, aufgeschlagen beim Kapitel über den Buddhismus, und wir lasen es zusammen auf meinem Bett sitzend. Noch in jener Nacht wurde ich Buddhistin, was für mich bedeutete, niemanden zu essen, der mir in die Augen schauen könnte, jeden Morgen mit einem Yoga-Übungsbuch Gymnastik zu machen und Mitleid und Pazifismus zu praktizieren. Es schien mir die einfachste und gesündeste Religion, die ich kannte.

Am nächsten Tag wollte Mama mir zur Essenszeit paniertes Huhn servieren. Ich schob meinen Teller weg.

»Heute willst du auch kein Fleisch? Ist dieser Unsinn noch nicht vorbei?«

»Es ist wegen der Religion. Weil ich Buddhistin geworden bin.«

»Heilige Jungfrau! Das sind die, die nackt am Strand baden. Kommt nicht in Frage, das erlaube ich dir nicht. Wenn du so etwas nochmal sagst, sperre ich dich zuhause ein.«

»Ruhig, Mama«, besänftigte sie Irene. »Sie ist keine Nudistin geworden, sondern Buddhistin. Das ist eine asiatische Religion, es sind Pazifisten und sie essen kein Fleisch.«

»Um Gottes willen. Das ist alles wegen ihrer Nase. Siehst du, Irene, wie gefährlich es ist, nicht zu riechen? Sie wird krank, schon will sie nicht essen.«

»Sie ist überhaupt nicht krank, sie wird erwachsen und fängt an, sich einige Dinge zu fragen, das ist alles.«

»Ja, ergreife du nur ihre Partei. Damit ich die Böse in dieser Geschichte bin.«

»Ich ergreife niemandes Partei, aber du könntest akzeptieren, dass sie kein Fleisch essen möchte. Lass' sie den Versuch machen und sehen, was passiert.«

»Klar, dass sie kein Fleisch will, weil sie es nicht riechen kann. Was für ein schreckliches Problem.«

»Es ist nicht wegen der Nase«, insistierte ich. »Es ist wegen der Augen. Ich bin Vegetarierin, weil mir ein Schwein in die Augen gesehen hat.«

»Und weil der Geruch dich nicht verlockt«, sagte Irene. »Vielleicht ist das ein Vorteil. Es erlaubt dir, dich auf eine rationalere Art zu entscheiden. Stell dir vor, wie interessant.«

»Genau, stell du dich nur auf ihre Seite«, beschwerte ich mich.

»Ihr zufolge bin ich auf deiner Seite.«

»Ist mir egal, wenn ihr es nicht versteht. Ich bin Vegetarierin, und basta.«

»Was du bist, ist jemand ohne Geschmackssinn«, protestierte

Mama. »Aber woher zum Teufel stammst du? Wo mir der Speck und die Wurst so gut schmecken. Und wie gern hat mein Paco die Bratwürste mit Bohnen gegessen und Schweinsfüße. Ich sehe ihn immer noch vor mir, wie er das Brot eintunkt und sich die Finger leckt. Mit seinem Gläschen Wein, wie er Fußball schaut. Damals war unsere Familie normal.«

»Mama«, bat Irene. »Wir durchleben alle einen schwierigen Sommer. Warum erlaubst du Helena nicht, ihre Experimente zu machen?«

»Und was zum Teufel soll ich ihr nach deiner Meinung zu essen geben? Brot und Obst? Sie wird in drei Tagen krank sein.«

»Was haltet ihr davon, wenn wir einen Mittelweg suchen?«, versuchte Irene weiter, eine Lösung zu finden. »Mama, du gibst nach und erlaubst ihr, keine Säugetiere zu essen. Und Helena, du gibst nach und isst Geflügel und Fisch. Das ist ein Punkt, wo ihr euch treffen könntet, ein Pakt des Interessenausgleichs.«

»Ich denke nicht daran, einen Vogel zu essen, wo sie mir doch in die Augen sehen.«

»Aber Helena, du musst zu einer Abmachung mit Mama kommen«, bat Irene. »Schließlich ist sie es, die das Essen zubereitet.«

Mama stieß ein paar unflätige Worte aus.

»Gut«, versuchte Irene es erneut, »dann isst du weder Säugetiere noch Vögel, aber du isst Fisch. Findest du das besser?«

»Besser«, stimmte ich zu.

»Und du, Mama?«

»Wenn dein Vater nicht gestorben wäre, würden uns diese Missgeschicke nicht passieren. Ich versichere dir, wenn ich ihn jemals wiedersehe, ist das das Erste, was ich ihm sagen werde.«

In jener Nacht weckten mich Donner, und am Morgen mussten wir mit Gummistiefeln zum Krankenhaus hinaufgehen. Wie jedes Jahr kamen die sintflutartigen Regenfälle, die typisch für den Mittelmeerraum sind, plötzlich, und sie verwandelten sie alten Bäche, welche der Fortschritt als Straßen zu tarnen versucht, wieder in überlaufende Flüsse. Wieder einmal rissen sie Autos und Mülltonnen auf ihrem Weg mit, gab es Überschwemmungen in Kellern und Parkhäusern, und die Fabrikhöfe verwandelten sich in Seen, auf denen die Jungen mit ihren Plastikschiffen spielten. Eines dieser Unwetter nahm die Reste des Sommers mit, verdarb den Badenden die letzten Tage am Strand, mit deren Genuss wir schon nicht mehr rechneten, und ich begann, die Schultasche zu richten.

In derselben Woche läutete früh an einem Tag, ehe wir mit meiner Mutter zum Krankenhaus hinaufgingen, das Telefon. Es war die Polizei. Sie hatten gerade Rafael festgenommen. Das Warten hatte ein Ende.

Wenige Minuten später trafen wir uns mit Celsa und dem Chefinspektor in der Wohnung von Raúl. Trini lud uns ein, uns auf die Sofas zu setzen, und servierte uns frisch gebrühten Kaffee. Raúl saß im Sessel seines Vaters, ohne ein Wort zu sagen.

Der Inspektor hatte dieselben Augenringe aus mehreren Nächten wie damals, als wir ihn im Krankenhaus gesehen hatten, und er wirkte noch erschöpfter und ziemlich ungeduldig. Aber sein Benehmen war ein wenig freundlicher. Er erklärte uns kurz, dass sie nach einer langen und komplizierten Nachforschung, deren Details sie uns nicht enthüllen könnten, an diesem Tag frühmorgens Calvo festgenommen hatten, die zwei Arbeiter der Werkstatt und fünf Lkw-Fahrer, unter ihnen Rafael. Jetzt waren sie dabei, andere Geschäfte von Calvo in benachbarten Städten zu überprüfen, und sie schlossen weitere Festnahmen in den nächsten Tagen nicht aus.

»Wo war Rafael?«, fragte Mama, als sie sah, dass Trini nichts sagte.

Rafael war in Mataró aufgetaucht, versteckt im Haus eines der anderen Lkw-Fahrer, die in die Angelegenheit verwickelt waren. Celsa versicherte uns, dass der für diese Sache verantwortliche Richter ihnen nicht die Möglichkeit einräumen würde, sich auf Kaution frei zu bewegen, weil Fluchtgefahr bestünde, und sie versprach uns, dass für viele Jahre keiner von ihnen aus dem Gefängnis herauskommen würde. Trini nahm die Nachricht mit Erleichterung auf. Ihre Schultern entspannten sich ein wenig, aber sie saß immer noch steif auf dem Sofa, ohne den Rücken anzulehnen.

Dann informierte der Inspektor Trini, dass sie schon am nächsten Tag ihren Mann sehen könnte, wenn sie das wünschte, und er empfahl ihr, sofort einen guten Anwalt für ihn zu suchen. Doch Trini äußerte ein Nein, so entschieden, wie sie nur konnte, und erklärte ihm, sie habe nicht die geringste Absicht, ihren Mann jemals wieder zu besuchen, und sie hoffe, dass er einen Pflichtverteidiger bekommt, der ganz ungeübt und unbrauchbar ist, einen Schwachkopf, der gerade sein Examen gemacht hat und keinerlei Erfahrung besitzt. Und je mehr Jahre Gefängnis Rafael bekomme, umso besser.

Der Inspektor nickte zu ihren Worten und wies sie, durchaus freundlich, darauf hin, dass vielleicht ihre Söhne darum bitte könnten, ihren Vater zu sehen.

Sie richtete sich noch steifer auf.

»Meine Söhne wollen ihn nicht sehen.«

Raúl sagte kein einziges Wort.

»Ist das alles?«, fragte Trini, begierig, diesem Treffen ein Ende zu setzen.

Meine Mutter unterbrach sie.

»Und was passiert mit den Kindern? Müssen sie vor Gericht aussagen?«

»Das wird nicht nötig sein«, beruhigte sie Celsa. »Wir haben viel schlagendere Beweisstücke als die, welche Ihre Kinder sehen und hören konnten. Es wird nicht nötig sein, dass sie als Zeugen aussagen, und man wird sich nicht auf sie berufen.«

»Und jener junge Mann, den sie ermordet haben, wissen Sie schon, wer der Schuldige ist?

»Ja, in der Tat.«

Trini hob erneut ihren Blick, mit einem Ausdruck von Angst im Gesicht.

»Wir haben Beweise, dass es Calvo selbst war«, enthüllte Celsa, zur Beruhigung aller. »Ich weiß, dass es viele Gerüchte gab, aber wir haben nie geglaubt, dass es Rafael gewesen ist.«

»Der Tod von Joaquín del Valle wäre wie ein einfacher Raub mit tragischem Ende erschienen«, erklärte der Inspektor, »wenn Del Valle mich nicht genau an jenem Morgen angerufen hätte. Er hatte mir etwas mitzuteilen. Wir hatten uns für diese Nacht verabredet.«

»Calvo hatte den Verdacht, dass Joaquín del Valle ihn verraten wollte, und deswegen hat er ihn ermordet und vorgetäuscht, dass ein Raub in der Werkstatt begangen wurde«, fuhr Celsa fort. »Was er nicht wusste, war, dass Joaquín ihn schon verraten hatte. In der Öffentlichkeit gaben wir vor, die Version vom Raubüberfall zu akzeptieren, aber Joaquín hatte uns schon die erste Spur gegeben, und zusammen mit dem, was Ihre Kinder gesehen haben, konnten wir eine Untersuchung in die richtige Richtung in Gang setzen.«

»Armer Junge«, murmelte Mama.

»Er war ein mutiger junger Mann«, sagte Celsa. »Ich versichere Ihnen, dass Calvo dafür bezahlen wird.«

»Was für schreckliche Leute. Es sind Drogenhändler, nicht wahr?« fragte meine Mutter.

»Nein, liebe Frau, das sind sie nicht«, antwortete Celsa. »Wir haben nie so etwas gesagt. Wie sind Sie darauf gekommen?«

Meine Mutter sah Trini verwirrt an. Trini sah den Inspektor an, noch irritierter.

»Rafael hat für Drogendealer gearbeitet, oder?«, fragte meine Mutter, wobei sie abwechselnd die Beamten und Trini ansah. »Ich dachte, dass es sich darum handelte.«

»Ja, vor Jahren«, erklärte der Inspektor. »Aber inzwischen war er zu einem lukrativeren Geschäft übergegangen.«

»Lukrativer?«, fragte Trini. »Was hat er diesmal gemacht?«

»Ihr Mann hat Munition in Länder des mittleren Ostens gebracht.«

»Munition für leichte Waffen. Das ist ein einträgliches Geschäft. Zuerst verkaufen sie die Waffen, und dann noch jahrelang die Munition.«

»Sie wollen sagen, dass mein Mann Waffenhandel betreibt?«

»Soweit wir herausfinden konnten, betreibt er ihn, seit er aus dem Gefängnis entlassen wurde. Er hat ein Jahr lang für eine andere Mafiagruppe gearbeitet, und erst in jüngster Zeit für Calvo. Jetzt versuchen wir zu ermitteln, welche Beziehung zwischen beiden Gruppen besteht. Die Landkarte der Mafiagruppen ist sehr komplex, wie Sie sich denken können.«

Trini brauchte lange, um zu verstehen, was man ihr erklärte.

»Sie meinen wirklich Waffen? Für einen Krieg?«

»Genau.«

»Und wohin wurden die Waffen gebracht?«, auf diese Frage kam Irene.

»In letzter Zeit machten sie das große Geschäft mit dem Iran-Irak-Krieg.«

Trini bekreuzigte sich.

»Und wie sehr ich mir Sorgen machte, dass er in diese so gefährlichen Länder reiste.«

»Im Moment geht es nicht, weil die Ermittlung noch offen ist, aber später kann ich Ihnen, wenn Sie möchten, die Routen zeigen, die ihr Mann gefahren ist«, bot der Inspektor an.

»Das ist nicht nötig«, antwortete sie.

Sie senkte den Kopf, verbarg das Gesicht in den Händen und sagte nichts mehr.

»Und an welche Seite?«, fragte Irene.

»Entschuldigung?«

»An welche Kriegspartei haben sie die Waffen verkauft?«

Der Inspektor schnitt eine verächtliche Grimasse.

»Glauben Sie wirklich, dass sie die Angelegenheit in diesem Sinn betrachten? Sie verkaufen sie an beide Seiten. Das nützt ihnen am meisten, damit das Geschäft weiterläuft.«

Ich hörte verblüfft zu. Nicht einmal in meinen verrücktesten Phantasien hätte mir etwas so Schreckliches einfallen können. Niemand wusste noch etwas zu sagen. Die Beamten standen auf, um zu gehen. Plötzlich hörten wir die Stimme von Raúl.

»Bagdad«, sagte er, »Bagdad«.

5. Kapitel

Alle Kinder, die das Glück hatten, an Märchen zu glauben, müssen dafür später während ihres restlichen Lebens bezahlen. Ein kleines traumatisches Ereignis entreißt ihnen auf einen Schlag ihren Glauben, wie man mit einem Faden die Milchzähne ausreißt. Wenn man den winzigen Zahn auf der Handfläche betrachtet, so weiß und zerbrechlich, versteht man sofort, wie dumm und naiv man gewesen ist, welche Menge von Lügen man ohne Protest geschluckt hat. Dieser Augenblick, in dem man mit der Zunge die kleine Wunde und den kleinen Tropfen Blut tastet, in dem man sich mit seiner Leichtgläubigkeit unbehaglich und geradezu lächerlich fühlt, ist der Augenblick, in dem man der Kindheit den Rücken zukehrt und losläuft auf der Suche nach dem erwachsenen Leben, dem Leben eben derjenigen, die einen erbarmungslos mit unmöglichen Märchen beschwindelt haben.

Das Zerren, das uns aus der Kindheit herausreißt, ist oft so, als würde der Vorhang aufgeschoben und man würde das Theater entdecken, welches das eigene Leben verkleidet hat. Eines schönen Tages entdeckt ein Kind, dass der bezaubernde König Melchior, der es während des Dreikönigsumzugs auf seinen Schoß setzte und ihm mit seinen behandschuhten und mit Ringen besetzten Händen das Haar streichelte, der mit seinem gekrönten Haupt seine Wünsche abnickte, in Wirklichkeit nur der Sohn der Friseuse aus dem Viertel ist, der sein Geld damit verdient, Lexika an den Türen zu verkaufen, und damit kaum bis ans Ende des Monats kommt. Oder es entdeckt, dass die wundervollen Geschenke, die nach seiner Vorstellung auf dem Rücken von Kamelen aus den entferntesten Ländern anreisten, nach denen seine Träume ausschauen können, im Supermarkt an der Ecke im Sonderangebot waren. Niemand erholt sich vollständig von diesen Verletzungen. Etwa von der Entdeckung, dass es kein Kaninchen im Mond gibt, dass kein Geist verborgen in der Nachttischlampe wartet, um dich eines Morgens mit der Gewährung deiner Wünsche zu überraschen, dass die Aschenputtel dies für den Rest ihres Lebens bleiben. Dass die Erwachsenen nur in den schönsten Farben eine Welt ausgemalt haben, die es überhaupt nicht gibt. Und wenn das Kind, das aufhört, ein Kind zu sein, zum ersten Mal die reale Welt entdeckt, machen sich die Erwachsenen auf doppelte Weise über es lustig, weil es sich zuerst durch die erfundenen Märchen, die sie ihm erzählt haben, hat blenden lassen, und weil es dann plötzlich dieser entzauberten und grausamen, vulgären und brutalen Welt gegenübersteht, in der es den Rest seines Lebens verbringen wird.

Immer verlassen wir die Kindheit mit einer Enttäuschung. Und je später sie eintritt, umso schlimmer, wie es mir passiert ist. Diese Enttäuschung kann jedoch zwei entgegengesetzte Formen annehmen. Einige Kinder, die aufhören, Kinder zu sein, schämen sich so sehr über ihre frühere Leichtgläubigkeit, dass sie sich in aller Eile in argwöhnische Erwachsene verwandeln, in solche, die fremden Worten immer misstrauen und die alles in dreifacher Ausfertigung haben wollen, unterschrieben und gestempelt von der zuständigen Behörde. Sie ernennen sich zu Herren des Reichs der *Bürokratie*, welche Verordnungen auswendig lernen und zitieren, sie werden Stammkunden der Notare und Psychologen und glühende Bewunderer der Exaktheit der Wissenschaft. Andere Kinder sind enttäuscht von der Welt, die außerhalb der Märchen existiert, und sie betrachten sich selbst dann als gezwungenermaßen aus dem echten Leben verbannt, das für immer verloren ist. Diese können zerstreute Notare werden oder melancholische Psychologen, Astronomen auf der Suche nach der Grenze des Weltalls, Biologen mit der Überzeugung, dass die Tiere Sprache besitzen, Anwälte, die an die Gerechtigkeit glauben, und natürlich Philosophen, Romanschreiber, Dichter, Künstler allgemein und andere hauptberufliche Nostalgiker, unnütze Leute, die ihre Zeit und die der anderen verschwenden. Und dennoch, trotz dieser Enttäuschung, die das Eingangstor zum Rest des eigenen Lebens ist: glücklich sind diejenigen, denen es gelingt, ihren eigenen Weg zu finden, um sich mit dem zu versöhnen, was sie zurückgelassen haben. Denn es ist schwierig, sich in dem Chaos und der Sinnlosigkeit der Wirklichkeit zu orientieren ohne die Strukturen und den Sinn der Fiktion.

Ich verließ meine Kindheit, als ich erfuhr, dass Bagdad eine Stadt im Krieg war. Danach waren die Schornsteine des Heizkraftwerks nie wieder ein Palast, auf dem Edelsteine glitzerten, und meine Strandtücher waren keine fliegenden Teppiche mehr. Niemals konnte ich meine Geschichte wiederaufnehmen, auch meine Spiele nicht. Jedes Mal, wenn ich es versuchte, und ich versuchte es monatelang, fragte ich mich, ob Sindbad und Scheherazade rechtzeitig fliehen und wie viele schöne Dinge sie aus den Ruinen ihrer Häuser retten konnten. Ich fragte mich, wohin sie geflohen sein könnten, und hoffte, dass sie gut versteckt wären. Irene versuchte mir klarzumachen, dass *es zwei Bagdad gibt*, das wirkliche und das fiktive, aber es gelang mir nicht zu verstehen, welches welches war, und auf jeden Fall glaubte ich nicht, dass das eine sich hatte retten können, wenn das andere sich im Krieg befand. Und eine Zeitlang fürchtete ich jede Nacht, dass auch in Lappland Krieg ausbrechen würde und der heilige Nikolaus mit seinen Rentieren fliehen müsste. Dass es Krieg geben würde im Land von Tom Sawyer und er in die Sümpfe fliehen müsste.

In eben jener Woche hing plötzlich ein Aushang mit der Aufschrift »zu vermieten« unter uns an Raúls Balkon, der schon von Pflanzen und Gerümpel leergeräumt war. Als ich hinunterging, um den Müll wegzubringen, fand ich neben dem Container die Regale, die Rafael montiert hatte, seine Bilder und Vasen und ein paar Koffer gefüllt mit seinen Kleidern. Die Nachbarn nahmen in wenigen Stunden alles mit, was sie gebrauchen konnten. Als am nächsten Tag, einem Sonntag, am späten Vormittag Trini an unserer Tür klingelte, waren die zwei Angestellten einer Umzugsfirma gerade damit fertiggeworden, die letzten Kisten und Taschen auf einen Transporter zu laden. Die Wohnung war leer. Und auf dem Treppenabsatz blieben nur Trini, Raúl und ihre geblümten Koffer.

»Aber wie kannst du denn jetzt einfach gehen?«, fragte meine Mutter alarmiert. »Wo morgen die Schule beginnt … Was wird mit Raúl?«

»Mach dir keine Sorgen. Es ist schon ein Platz für ihn in einer anderen Schule reserviert.«

»Aber Du hast uns nicht einmal gesagt, wohin du gehst, wohin du ihn bringst«, insistierte Mama beunruhigt und ungeduldig, wobei sie Trini an den Händen packte.

Diese antwortete ohne eine Spur von Zorn, Wehmut oder Furcht in der Stimme, mit jener Gefasstheit, die vielleicht nur möglich ist als letzter Rest, wenn keine Kräfte mehr für sonst etwas übrig sind.

»Weit weg, Marisa. Diesmal weiter weg.«

»Trini, um Himmels willen, geh nicht einfach so weg. Denk' ein wenig mehr darüber nach. Gib dir mehr Zeit.«

»Ich will diesen Abschied nicht verlängern, meine liebe Freundin Marisa. Pass' gut auf dich auf, und sei mir nicht böse.«

»Aber natürlich werde ich dir böse sein, wenn du gehst, ohne mir zu sagen, wohin.«

Trini zögerte, ehe sie antwortete.

»Ich habe Cousins in Amerika, Kinder einer Schwester meiner Mutter. Ich kenne sie nicht gut, aber Familie bleibt Familie, und sie haben mir gesagt, dass sie mich unterstützen werden.«

»Heilige Jungfrau«, bekreuzigte sich meine Mutter, »Wie kannst du nur so weit weggehen? Und der arme Raúl? Und dein älterer Sohn? Und wenn du es nachher bereust?«

»Sie werden sich eingewöhnen. Wir werden uns eingewöhnen.«

»Wohin in Amerika?«, fragte Irene. »In den Norden oder in den Süden?«

Aber Trini beschränkte sich darauf, sich von uns zu verabschieden.

»Gib mir wenigstens eine Adresse, eine Telefonnummer deiner Cousins«, bat Mama. »Damit ich dich anrufen und erfahren kann, wie es dir geht.«

»Ich werde dich anrufen. Ich werde dich wissen lassen, dass es uns gut geht.«

»Wirst du das tun? Ganz bestimmt? Schau, ich mache mir große Sorgen um euch.«

Ich ging die Treppe hinunter zum sechsten Stock. Raúl saß auf der ersten Stufe neben den Koffern, das Kinn in die Hände gesenkt, die Ellenbogen auf die Knie gestützt, zu einem kleinen unbeweglichen Knäuel geworden.

Ich setzte mich neben ihn. Er hatte eine sehr hässliche Narbe auf der rechten Wange zurückbehalten, die sie diagonal durchlief. Sie begann an der Schläfe und endete neben seinen Lippen. Die Ärzte hatten ihm versichert, dass die Zeit sie auslöschen würde, aber im Moment stach sie vor allen anderen Zügen seines Gesichts hervor. Die fast femininen, milden und weichen Gesichtszüge des Kindes, das einmal ein fröhlicher und verspielter Junge gewesen war, schienen durch einen harten Strich roter Tinte durchgestrichen. Als wären sie eine falsche Antwort in einer Prüfung gewesen.

»Darf ich die Narbe berühren?«

Er nickte, und ich ließ meine Fingerspitzen über seine misshandelte Haut gleiten. Er berührte den Verband meiner Nase.

»Tut sie noch weh?«, fragte er.

»Nicht mehr. Wirst du mir schreiben?«

»Ich verspreche es dir.«

»Tu' es, bitte, und ich werde dir antworten. So werden wir weiter Freunde sein, und wenn wir älter sind, können wir uns besuchen.«

Er nickte.

»Du fehlst mir sehr«, sagte ich zu ihm. »Ich brauche dich, damit du mir deine Nase leihst.«

Er nickte wieder.

»Eines Tages hätte ich gern, dass du mir erklärst, wonach Bagdad riecht. Vielleicht könnten wir zusammen dorthin reisen. Wenn wir erwachsen sind, wird der Krieg zwischen Iran und Irak längst beendet sein, sagt meine Schwester. Und sie sagt, dass im ganzen mittleren Osten die Kriege aufhören werden, weil er sich in ein großes touristisches Reiseziel verwandeln wird.«

Raúl antwortete nicht.

»Ich habe vergessen«, sagte ich, während ich aufstand, »ich habe immer noch deine Geschichte über Sindbad. Ich gehe sie suchen.«

»Nein, behalte sie«, hielt er mich mit einer Hand zurück. »Ich glaube, dass sie mir nicht mehr gefallen würde.«

Ich setzte mich wieder neben ihn.

»Bist du sicher?«

»Vielleicht spielst du noch Sindbad«, sagte er.

Ich zuckte mit den Schultern.

»Ich weiß nicht.«

Wir blieben dort sitzen, Seite an Seite, und wussten nicht, was wir einander noch sagen sollten. Er mit seiner Narbe, ich mit meiner. Zwei krumme Striche. Einer auf der Haut, der andere unter der Haut. Er mit seiner Einsamkeit, ich mit meiner.

Ich hörte Schritte, die zu uns herunterkamen, und Trini umarmte mich von hinten und gab mir einen Kuss aufs Haar. Mama half ihnen, die Koffer in den Aufzug zu stellen, und ich lief die Treppe hinunter, um mich an der Haustür nochmal von ihnen zu verabschieden. Ich sah, wie sie in den Umzugswagen stiegen. Wir winkten uns ein letztes Mal zu.

»Schreibt mir!«, schrie ich, als er losfuhr.

Mein erster Schultag war der Beginn eines neuen Rhythmus. Eine Irene, die endlich befreit war, setzte Meritxell und mich jeden Morgen eine halbe Stunde früher als nötig in der Schule ab, und dann fuhr sie zur Universität, um die Zeit aufzuholen, die sie während des Sommers verloren hatte. Nach dem Unterricht blieben die Kleine und ich noch eine Stunde in der Schule, machten Hausaufgaben in der Bibliothek oder schlugen die Zeit im Schulhof tot, bis unsere Schwester kam, um uns abzuholen. Der Herbst bedeckte sein Treiben und unsere Erwartungen mit zerfransten Wolken, Sonnenuntergängen von Gold und Honig, Nachmittagen, die immer kürzer wurden, und plötzlichen sintflutartigen Regenfällen.

Im Oktober war ich an der Reihe, meiner Mutter beim Großputz der Wohnung zu helfen, und wir verbrachten ganze Samstag- und Sonntagnachmittage damit, Mäntel und Schals aufzufrischen, Schränke neu zu ordnen, Vorhänge zu waschen und den Staub von den Bücherregalen zu beseitigen, wobei wir vergeblich Irene zu überreden versuchten, die Kisten zu leeren, wo sie ganze Berge von Heften und Kopien stapelte. Und mir machte es nichts aus, das zu machen, denn auf diese Weise konnte ich einige kleine Geschöpfe entdecken und schützen, die mich seither mit Bewunderung erfüllen. Es gibt sie in allen Größen und Farben, schnell und lahm, mutig und feige vor dem Besen oder dem Staubwedel, herausfordernd oder zimperlich, ja sogar kokett. Sie alle haben einen intensiven Sommer voll von Abenteuern durchlebt, und wenn die Tage kürzer werden und die kalte Witterung beginnt, die Winde und der Regen, wissen sie, dass sie auf eben den Straßen, freien Feldern, den Parks und Gärten, wo sie gelebt haben, nur der Tod erwartet. Dann schleichen sie sich in die Häuser ein auf der Suche nach einer Zuflucht, diskret und schweigend. Sie verwandeln sich in kleine Haustiere, sie machen es sich bequem in winzigen Ecken unter dem Sofa oder hinter den Fotoalben, und dort bleiben sie, still, ohne lästig zu werden, und leben ein paar Tage länger dank der Wärme unserer Wohnungen. Die Spinnen weben ihre letzten Netze, und in ihnen sterben Insekten, welche ebenfalls am Ende ihres Sommers angekommen sind. Die Spinnen des Herbstes haben nicht die Schönheit der Schmetterlinge oder Libellen, auch nicht die Anmut der Heuschrecken oder den festlichen Charakter der Grillen. Die Natur hat ihnen nicht den sympathischen Charakter der Marienkäfer verliehen oder das kollektive Genie der Ameisen. Sie besitzen nicht die stolze Eleganz eines dicken pechschwarzen Käfers. Sie sind vielmehr weise alte Frauen nach dem Sommer des Lebens, diskrete Damen, die, wenn sie reden könnten, schlagende Aphorismen mit tiefer und rauer Stimme äußern würden. Spinnen des Herbstes. Es sind Geschöpfe, die ich zu schützen versuche. Damit sie es schaffen, noch ein paar Tage zu überleben. Mit ihnen verkroch sich mein Sommer in die Ecken.

Meine andere Aufgabe während jenes Herbstes war es, jeden Nachmittag nach der Post zu sehen, und ich erfüllte sie mit größter Sorgfalt. Sobald ich von der Schule nach Hause kam, lief ich zum Briefkasten und öffnete ihn, begierig auf Nachrichten. Aber jedes Mal war es eine Enttäuschung, die, addiert zu den früheren, immer weiter wuchs. Wir bekamen nur Rechnungen, Rundschreiben der Schule und verspätete Ansichtskarten der Freunde von Irene aus Griechenland und der Schweiz. Nur einmal erhielten wir etwas anderes. Eines schönen Tages klingelte der Briefträger an der Wohnung und händigte mir eine amtliche Benachrichtigung aus. Mama war gerade beim Kochen, und sie bat mich, dass ich sie ihr vorlese, doch als ich das tat, fiel ihr vor Schreck der Suppentopf aus den Händen auf den Boden. Der Brief war ein Strafzettel für Falschparken von Papas Auto, das wir nach seinem Tod verkauft hatten. Während die Küche mit Brühe überschwemmt war und wir mit den Füßen zwischen dem Gemüse herumplantschten, bekam meine Mutter einen Nervenzusammenbruch, und sie setzte sich in den Kopf, dass ein Strafzettel auf den Namen meines verstorbenen Vaters nur eine Botschaft aus dem Jenseits sein könne. Noch am gleichen Nachmittag machte sie sich daran, die Adresse zu suchen, wo das Auto falsch geparkt war, und sie fand heraus, dass es direkt vor einem Sexshop stand, der am Tag des Strafzettels eröffnet worden war. Mama verbrachte drei schlaflose Nächte, wobei sie Papa und Tante Pilar verfluchte und die Familie im Dorf anrief, damit sie ihr den Gefallen tue nachzuprüfen, ob im Grab alles in Ordnung sei oder vielleicht die Erde ein wenig aufgewühlt oder der Grabstein schlecht gesetzt. Und unsere Wohnung war ein Chaos von Schlaflosigkeit, Nachtwachen und Gebeten, bis Irene den bürokratischen Irrtum in einem Büro des Rathauses löste. Als alles sich klärte und Mama das Entschuldigungsschreiben las, schüttelte sie mit Bedauern den Kopf.

»Also war es nicht Papa«, gab sie resigniert zu. »Ich hatte mir Hoffnungen gemacht.«

»Aber Mama!«, entrüstete sich Irene.

»Ich hätte lieber Nachrichten von ihm erhalten, auch wenn es schlechte waren«, murmelte sie.

»Wie wirst du Nachrichten bekommen?«, regte meine Schwester sich auf. »Wo Papa doch tot ist. Siehst du, dass du ein Trauma hast? Du brauchst Hilfe, du brauchst einen Arzt. Und du musst diese Schuhe waschen, die immer noch nach Suppenbrühe riechen.«

»Während dieser Tage, an denen ich so sauer auf deinen Vater war, war ich fast glücklich, Irene. Wie wenn er am Leben wäre. Du weißt gar nicht, wieviel ich darauf geben würde, mich mit ihm zu streiten. Was für Sachen ich ihm sagen würde. Lauter schlechte, gewiss, aber wenigstens könnte ich sie ihm sagen. Das würde mir reichen, um glücklich zu sein.«

»Du musst akzeptieren, dass Papa nur noch in unserer Erinnerung existiert.«

»Du hast recht, Tochter, die ganze Welt wird in dem verdammten Sack meiner Erinnerung enden. Die einen, weil sie sterben, die anderen, weil sie weggehen. Früher oder später werden sie alle nur noch Erinnerungen sein. Schau dir meine Freundin Trini und ihre Söhne an, ob es nicht so ist. Wir waren so gute Freundinnen, Trini und ich haben so viele Stunden zusammen gekocht. Und doch sind auch sie nur noch eine Erinnerung. Und ich muss diesen Sack auf meinen Rücken laden. Und das Schlimmste ist, dass ich mich nicht selbst hineinstecken und mich mit ihnen allen vereinen kann.«

»Mama ...«

»Ich werde es selbst dann nicht können, wenn ich sterbe und selbst am Ende Erinnerung werde, weil ich dann nicht in *meinem* Sack von Erinnerungen enden werde, sondern in eurem. Und ihr werdet euch dann mit mir beladen müssen.«

»Na, so was. Das ist ja fast schon Philosophie.«

»Nein, Tochter, es liegt daran, dass ich in ein Alter gekommen bin, in dem ich anfange, alles zu verlieren, was ich besessen habe.«

»Du solltest noch nicht verzweifeln. Vielleicht können wir Trini noch finden. Ich bin sicher, dass die Polizei oder der Richter notgedrungen weiter mit ihnen in Kontakt sein müssen. Ich werde versuchen, eine Adresse zu bekommen.«

Und tatsächlich traf Irene sich noch in derselben Woche mit Celsa, mit Rafaels Pflichtverteidiger, mit einem Justizbeamten und mit dem Eigentümer der Wohnung, in der sie gewohnt hatten, aber nach all diesen Bemühungen kam sie mit leeren Händen nach Hause zurück. Nachdem unser letztes Mittel gescheitert war, mussten wir schließlich akzeptieren, dass wir sie für immer verloren hatten. Und so kam es, dass Trini und ihre Familie eine kurze Zeit neben uns verbrachten, unser Leben verwandelten und dann verschwunden sind, ohne eine Spur zu hinterlassen. Wir haben nie erfahren, woher sie gekommen waren, und auch nicht, wohin sie gegangen sind.

Die Zeit scheint einen anderen Rhythmus anzunehmen, wenn wir nichts mehr von ihr erwarten, wenn wir nicht mehr abhängig vom Telefon oder der Türglocke leben, nicht beim Schlafengehen denken, dass morgen vielleicht... Die Zeit verläuft dann geordneter, regelmäßiger, ohne dass unsere Ängste, Hoffnungen und Enttäuschungen sie rasen oder langsamer werden lassen. Sie vergeht dann ruhiger. Vielleicht auch leerer. Später, wenn wir zurückblicken, scheint es, dass die letzten Wochen in Windeseile vergangen sind, wie wenn eine Böe auf einmal die Seiten eines Heftes gestreift hätte, das man neben dem Fenster vergessen hat.

Aus dem Dorf kam mit der Post ein Sack mit fünfzehn Kilo Kastanien, und Mama umklammerte sie, sog tief ihren Geruch ein und erinnerte sich an die Kastanienwälder ihrer Kindheit. Sie schwor uns, dass wir vier den kommenden Sommer im Dorf verbringen würden, um das Landleben zu genießen und all das Elend des Stadtlebens zu vergessen. Irene murmelte, dass niemand mehr sie einen weiteren Sommer festhalten würde, aber meine Mutter tat so, als würde sie sie nicht hören, und versprach uns die besten Ferien unseres Lebens.

»Der Pfarrer hat mir das schon vor Monaten gesagt«, erklärte Mama. »Er kam auf mich zu und sagte: ‚Vom Dorf (*pueblo*) bist du, und zum Dorf kehrst du zurück.‘ Und ich antwortete ihm: ‚Sie haben recht, worauf ich jetzt am meisten Lust hätte, wäre, mit meinen Töchtern in den Ferien ins Dorf zu fahren.‘ Hätte ich nur auf ihn gehört und wir wären im gerade vergangenen Sommer nicht hiergeblieben.«

»Mama, um Himmels willen, ich schwöre dir, was der Pfarrer zu dir sagte, war: ‚Du bist Staub (*polvo*), und zum Staub wirst du zurückkehren‘.«

»Wie willst du denn wissen, was der Pfarrer zu mir gesagt hat, wenn du nicht dort warst? Wenn du nie zur Messe gehst, wenn du eine Ungläubige geworden bist?«

»Weil man genau das immer am Aschermittwoch sagt.«

»Was für eine Dummheit. Was soll er zu mir gesagt haben? Dass ich Staub bin? Wir sind arm, Tochter, aber ich bin sehr sauber.«

»Weißt du was, Mama? Ich habe mich geirrt. Du hast recht. Ich war nicht dort, und ich weiß nicht, was der Pfarrer zu dir gesagt hat. Und wenn du sagst, dass er zu dir sagte, dass du ins Dorf zurückkehren würdest, dann ist das sicher wahr.«

»Irene, es freut mich, dass du wenigstens einmal zugibst, dass du nicht immer recht hast. Ich bin stolz auf dich. Und nächsten Sommer verbringen wir die Ferien im Dorf.«

Dann schleppte unsere Mutter den Sack ins Kleiderzimmer, das kleine Zimmer, in dem sie bügelte und außerdem an Regentagen die Wäsche aufhängte, und wo sie in einem Schrank, der von Wand zu Wand reichte, Mäntel, Jacken und viele alte Kleider aufbewahrte. Sie bedeckte den Boden des Zimmers mit Zeitungen, was Irene für eine Beleidigung ihres Journalistenberufs hielt. Sie fragte, warum sie Zeitungen hinwarf, wenn sie das mit Büchern niemals tun würde, und sie fragte, ob sie die Zeitungen auch auf den Boden werfen und darauf treten würde, wenn sie, ihre Tochter darin geschrieben hätte, worauf Mama natürlich mit Ja antwortete, weil so das viele Papier, das vergeblich verbraucht wurde, wenigstens für etwas nützlich sei. Und zur noch größeren Entrüstung meiner Schwester breitete sie die fünfzehn Kilo Kastanien auf den Zeitungen aus, verteilt im ganzen Zimmer, als wäre es eine Scheune. Irene war kurz davor, zum dritten Mal zu protestieren, aber dann beschloss sie, dass es nicht lohnte, und eine Zeitlang war dies das Kastanienzimmer. Wir verbrachten Wochen damit, geröstete Kastanien zu essen, Kastanien in Milch gekocht, Kastaniensuppe und Püree. Wir machten sogar Marmelade. Einige Kastanien kamen bewohnt, und unternehmungslustige Würmer aus den Wäldern von Lugo wagten es, durch die Flure der Wohnung zu spazieren. Sie endeten als Futter für die Spinnen, denen es auf diese Weise gelang, ein paar Tage länger zu überleben. Als dann der Herbst dem Winter wich, sammelte ich meine letzten weisen Damen auf, die in ihren Ecken gestorben waren.

Die Bäume warfen endgültig ihre letzten melancholischen Blätter ab, und die Nachbarn hängten an ihre nackten Zweige fröhlichen Weihnachtsschmuck. Meine Schwestern und ich füllten unsere Wohnung mit roten und goldenen Kerzen, einer aus Moos und Silberpapier gefertigten Krippe und einer großen Tanne aus Plastik, welche mit Mehl verziert war. Schließlich schafften es die vielen Farben und Lichter, unser Gemüt zu erwärmen. Bei diesem Fest gab es viele gute Geschenke, und ein besonders gutes, das von Irene. Natürlich war es ein Buch, aber ein sehr besonderes. Es hatte den Titel *Die gerettete Zunge*, und ich fand schnell heraus, dass es von einem Leidensgefährten handelte, einem Jungen, dem sie drohten, sie würden ihm die Zunge abschneiden, nachdem er Dinge erfahren hatte, die er nicht wissen sollte. Die Geschichte packte mich, und ich eilte in großen Sprüngen bis zur letzten Seite, um mit Erleichterung festzustellen, dass alles gut endete, und dass das Kind durchkam, ohne seine Zunge verloren zu haben.

Ich betastete meine Nase. Man hatte sie schon vom Verband befreit und angeblich waren meine Knochen vollkommen wiederhergestellt. Wenn ich mich im Spiegel betrachtete, sah ich sie so, wie ich sie immer wahrgenommen hatte. Wenn ich meine letzten Röntgenaufnahmen prüfte, wie es mir mein Arzt beigebracht hatte, schien alles an seinem Platz zu sein. Doch ich hegte weiter meine Zweifel. Wenn die Empfindungslosigkeit meiner Nase sich auf keinem Bild zeigte, blieb mir vielleicht jetzt eine zweite Verletzung, die man auch nicht sehen konnte. Vielleicht erschien meine Nase normal, und in Wirklichkeit war sie doppelt geschädigt und würde niemals gesund werden.

»Glaubst du, dass ich meine Nase gerettet habe?«, fragte ich Irene.

»Ich glaube, *sie* hat *dich* gerettet.«

Das Abenteuer, das meine Nase zerstört hatte, ruhte den Herbst und Winter über, und im Verlauf dieser Monate, in denen angeblich meine kaputte Nase heilte, konnten wir nach und nach die schlimmsten Erinnerungen zum Schweigen bringen, die letzten Befürchtungen besänftigen und zulassen, dass der Schmerz und die Frustration sich zu einer Sehnsucht abschwächten, die allmählich still und gelassen wurde. Doch im Frühjahr mussten wir uns früher als erwartet mit seiner Fortsetzung konfrontieren. Der Monat April brachte uns mit einem ungeordneten Wechsel von Unwettern und strahlenden Tagen den Beginn des Gerichtsverfahrens. Irene wollte unbedingt bei der Verhandlung dabei sein, sie setzte sich auf eine Bank mitten unter das Publikum und machte Notizen. Meine Mutter fand es gut, dass sie uns jede Nacht die Details berichtete. Sie freute sich, als sie sah, dass die Beweise gegen die Angeklagten so schlagend waren, dass sie zu vielen Jahre Gefängnis verurteilt würden, dass Rafael uns nie wieder würde belästigen noch sich auf die Suche nach seiner Familie würde machen können, um sie ein weiteres Mal zu betrügen. Mama hörte gewöhnlich beim Abendessen Irenes Berichte an und dankte ihr. Doch bald fing meine Schwester an, dieser Geschichte mehr und mehr Zeit zu widmen. Sie ging in das Zeitungsarchiv der Universität, um alles zu lesen, was sie über Waffenhandel, den Krieg zwischen Irak und Iran, die Beziehung zwischen Morgenland und Abendland finden konnte. Sie bat um ein Gespräch mit dem Staatsanwalt. Sie suchte wieder Celsa auf, um über den Fall zu reden. Sie brachte ein Treffen mit der Familie von Joaquín del Valle zustande. Der Ton, in dem sie von dem Prozess redete, änderte sich, und er fing an, unsere Mutter zu beunruhigen. Und dann kam die Katastrophe.

Irene machte wieder Praktika im Radio von Badalona, und eines schönen Tages suchte sie die Nachrichtenchefin auf, eine Frau mittleren Alters von deutscher Herkunft, riesig und blond wie eine Wikingerfrau, anspruchsvoll und herrschsüchtig, mit Namen Emma Buchloch. Irene verehrte sie, und sie stellte sich ihr als diejenige Journalistin vor, die am besten geeignet sei, über den Prozess zu berichten. Meine Schwester erklärte ihr, dass sie eine allgemeine Kenntnis des Themas besaß, nachdem sie eine halbe Bibliothek über Waffenhandel verschlungen hatte, und dass sie darüber hinaus eine spezielle persönliche Kenntnis von der Sache hatte, weil sie zufällig Nachbarin von Rafael Fernández war – hier zog ihre Chefin eine Augenbraue hoch – , und weil sie die Polizisten kannte, welche den Fall untersuchten – hier zog ihre Chefin die andere Braue hoch –, und weil Rafael Fernández ihrer Schwester Helena die Nase zertrümmert habe und sie dabei war, als alles geschah, – und hier neigte ihre Chefin den Kopf zur Seite, wog die Situation ab und akzeptierte schließlich. Emma Buchloch übertrug Irene die Verantwortung für diese Geschichte, und sie versprach ihr, dass sie, wenn sie den Erwartungen gewachsen wäre, die sie selbst erweckt habe, beim Auslaufen ihres Praktikumsvertrag einen richtigen Vertrag bekommen würde.

Da die Ereignisse des vergangenen Sommers viele Einwohner der Stadt erschüttert und eine gewisse soziale Alarmiertheit erzeugt hatten, erstens über die Kriminalität im allgemeinen und sodann über die organisierten Mafiagruppen, widmete das regionale Radio dem Prozess einen festen Platz in den Nachrichten, außerdem sendete es einige Enthüllungsberichte über die kriminellen Aktivitäten der Angeklagten, einige Sendungen über Waffenhandel, Diskussionsrunden über die Konflikte im Mittleren Osten und eine Reihe von Interviews mit einigen der Polizisten, welche die Untersuchung durchgeführt hatten. Das alles war das Werk von Irene. Dann endete der Prozess und die Angeklagten, unter ihnen Rafael, wurden zu mehr Jahren Gefängnis verurteilt, als sie noch zu leben hatten. Irenes Reportagen wurden noch eine Weile fortgesetzt. Meine Schwester leistete gute Arbeit, die schließlich mit einem verdienten Vertrag belohnt werden sollte. Aber auch bestraft mit der Enttäuschung meiner Mutter.

»Schau, Irene, ich ertrage es nicht mehr«, sagte sie wieder einmal während des Abendessens, während sie uns Kabeljau mit Gemüse servierte, den sie aus dem Krankenhaus mitgebracht hatte. »Ich bin in der Küche bei der Arbeit, die Kolleginnen schalten das Radio ein, um die Nachrichten zu hören, und ich muss auf deine Stimme treffen, die diese Dinge erzählt, die mich so sehr schmerzen.«

»Am Anfang warst du einverstanden, dass ich mir die Gerichtsverhandlung anhörte und dir berichte, wie sie verlaufen ist«, entschuldigte sich Irene.

»Weil du es *mir* berichtet hast, aber jetzt berichtest du es der ganzen Welt. Du breitest alles in der Öffentlichkeit aus, Tochter. Du könntest ein wenig mehr Mitgefühl mit deiner Mutter haben, wo sich mir jedes Mal, wenn ich an Trini und ihre armen Söhne denke, das Herz zusammenzieht.«

»Ich bin Journalistin, und es ist meine Aufgabe zu informieren.«

»Und warum zum Teufel berichtest du nicht über Sport, oder das Wetter, oder worüber sonst du möchtest, aber nicht gerade darüber?«

»Weil das eine Arbeit ist, die ich gut mache.«

Meine Mutter konnte diesen Tonfall nicht ertragen, die knallharten Sätze, mit denen Irene versuchte, das Gespräch zu beenden.

»Dies ist aber keine Arbeit, Tochter, es ist etwas Persönliches, Intimes. Sie waren unsere Freunde. Sie bilden einen Teil unseres Lebens.«

»Genau, weil ich es so aus der Nähe kenne und weil es mich so sehr bewegt, berichte lieber ich es, statt dass andere davon berichten«, antwortete sie mit vollem Mund, den Blick auf ihren Teller geheftet.

»Aber mir ist es nicht lieber. Ersuche bitte darum, dass sie dir eine andere Arbeit geben. Tue es für deine Mutter.«

»Ich setze einen Vertrag aufs Spiel!!«, explodierte Irene schließlich, indem sie mit der Gabel auf den Tisch schlug.

»Du solltest dich schämen. Das Unglück meiner guten Freundin Trini zu benutzen, um einen Vertrag zu erhalten. Du benimmst dich wie ein Aasgeier«, stieß meine Mutter aus, wobei sie ihren halbleeren Teller beiseitestellte. »Du regst mich so sehr auf, dass ich keinen Appetit mehr habe.«

»Mir hast du auch den Appetit verdorben«, ahmte ich sie nach in der Absicht, den Kabeljau loszuwerden.

»Tu mir den Gefallen weiterzuessen, Helena, du bist nicht alt genug, um angeekelt zu sein.«

»Angeekelt (*disgustada*) sein heißt, keinen Geschmack (*gusto*) zu haben? Es ist, wie wenn man nicht riechen kann? Willst du sagen, dass Irene dir den Geschmackssinn geraubt hat?«

»Iss und schweig, deine Schwester und ich diskutieren doch gerade.«

»Mama, bring' die Dinge nicht durcheinander. Ich benutze deine Freundin nicht. Ich beschränke mich darauf, zu informieren, und wenn ich das gut mache, werden sie mich unter Vertrag nehmen.«

»Dann wird es eben kein sauberer Vertrag sein.«

»Rede keinen Unsinn, es ist der Vertrag, den ich verdiene. Und wenn ich über diese Geschichte informiere, dann deswegen, weil sie mir wichtig ist. Ich möchte verstehen, warum diese Dinge geschehen.«

»Ich weiß nicht, was zum Teufel du verstehen möchtest.«

»Ich möchte die Landkarten der Kriege verstehen, verstehen, wo sich wirklich die Konflikte entwickeln, welche Interessen sie speisen. Welches die wirklichen Ursachen der Gewalt sind.«

Und sie zog ihre dicken Wälzer von Habermas heraus und ging Seite um Seite durch, wobei sie mit lauter Stimme endlose und unverständliche Sätze vorlas. Plötzlich nahm ich zwischen dem Geräusch der Seiten und der Stimme meiner Schwester ein sanftes und unregelmäßiges Klingeln und Rieseln wahr, das auf den Tisch fiel, auf ihren Teller, in ihr Glas, mitten auf das Essen. Ich legte die Hand unter das Buch und das Geriesel fiel auf meine Finger wie ein Kitzeln.

»Schaut«, machte ich sie aufmerksam, »da fällt gerade Sand heraus, von der Zeit, als du es am Strand gelesen hast. Riecht das Buch immer noch nach Meer und Sommer?«

Aber Irene hörte mir nicht zu, sie hörte nur ihr eigenes Beharren gegenüber meiner Mutter.

»Habermas hat wirklich recht, vollkommen recht. Unsere Hoffnungen liegen in der Kommunikation, in der Sprache. Wir müssen die instrumentelle Vernunft mit der kommunikativen Vernunft besiegen.«

»Rede nicht mit mir wie eine Dozentin«, schimpfte Mama, »wenn du studieren kannst, dann, weil ich dir das Studium bezahle.«

Irene schluckte die Vorwürfe, ohne zu protestieren, sie versuchte sich zu beruhigen.

»Was ich dir sagen will, ist, dass die Gewalt das große Problem der Menschheit ist. Und dass ich glaube, dass nur die Worte, die Sprache, die Kommunikation es lösen können. Deswegen widme ich mich dieser Arbeit.«

»Was für ein Unsinn«, unterbrach sie Mama. »Die Gewalt ist kein Problem der Menschheit, wie du behauptest, sie ist ein Problem der Männer. Und wir Frauen sind die Lösung.«

»Ach komm, jetzt werde nicht zu einer billigen Feministin!«

»Daran ist überhaupt nichts billig. Wir Frauen bringen die Söhne auf die Welt, ziehen sie auf, erziehen sie, führen unseren Haushalt, sorgen für die Familie, für die Kranken, die Alten. Wir Frauen erzeugen und pflegen, schaffen und erhalten. Und dann kommen die Männer, sie ziehen los, um Krieg gegeneinander zu führen, um zu beweisen, wer stärker und männlicher ist, sie töten unsere Söhne, zerstören unser Zuhause, und überdies glauben sie, dass von Bedeutung das ist, was *sie* machen, dass die Geschichte der Menschheit ihre Kriege sind und wer mehr Leute umgebracht hat und wer mehr Städte ausgelöscht hat. Also sag' mir nicht, dass die Gewalt *unser* Problem ist, denn es sind *sie*, die sie erzeugen. Und zum Glück sind wir da, um wiederaufzubauen, was sie zerstören. Wenn wir nicht wären, könnte man in dieser Welt nicht leben.«

»Du bist ja eine echte Volksverhetzerin geworden. Das alles sind einfache Slogans, die Wirklichkeit ist komplizierter.«

»Die Wirklichkeit ist einfacher, als es scheint. Weißt du, warum es die Kriege gibt, studiertes Fräulein? Weil die Männer in den Krieg ziehen wollen. Es kümmert sie einen Dreck, warum, sie möchten einfach nur in den Krieg. Deswegen werden die Kriege niemals aufhören. So einfach ist das. Die Männer sperren die Frauen zuhause ein, damit sie nicht an den Dingen der Welt teilnehmen. Sie möchten nicht zugeben, dass die ganze Welt ein Zuhause sein könnte, wenn die Frauen sich um sie kümmern würden, dass nur wir Frauen aus der Welt einen Ort machen könnten, wo man in Frieden leben kann.«

»Schau dir deine Umgebung an. Du arbeitest in einem Krankenhaus, umgeben von Ärzten. Zählen sie etwa nicht?«

»Wenn du wüsstest, wie viele Kriege sich mit dem weißen Kittel führen lassen. Die Männer sind unfähig, in Frieden zu leben, selbst dann, wenn sie Ärzte sind.«

»Ja, klar«, antwortete Irene mit verletzter Stimme, die ihrerseits verletzend war. »An allem sind die Männer schuld. Sie sind es, die zerstören. Deswegen muss ich mir mein ganzes Leben lang anhören, dass die Person, die dir auf dieser Welt am meisten Schaden zugefügt hat, Tante Pilar ist.«

»Das ist ja das Schlimmste von allem, Irene. Dass wir Frauen niemals die Macht haben werden, weil es uns nicht gelingt zusammenzuhalten, weil es immer Verräterinnen gibt, schlechte Freundinnen und Männerdiebinnen, die verhindern, dass wir uns zusammenschließen und gemeinsam stark sein können.«

»Wo hast du so großen Unsinn gelesen? In diesem billigen Friseursalon, wo sie dir das Haar ruinieren?«

»So dankst du mir, dass ich dein Studium bezahle. So dankst du mir alles, was ich für dich getan habe«, und Mamas Stimme klang so enttäuscht, so traurig, dass Irene sich auf die Lippen biss.

»Ich danke es dir, indem ich meine Arbeit gut mache. Und wenn ich den Vertrag bekomme, wird es nicht mehr nötig sein, dass du mich weiter bezahlst. Vielleicht kann ich sogar anfangen dir zurückzugeben, was du für mich bezahlt hast.«

Sie starrten sich gegenseitig an, jede von ihnen an einem Kopfende des Tisches, und luden ihre Stimme, ihre Gründe, ihre Enttäuschung und ihren Schmerz auf den Schmerz der anderen, auf Meritxells Kopf und meinen, auf die Reste des unterbrochenen Essens. Einen Moment dachte ich, sie würden sich zum Duell herausfordern, sie würden beide ihre Messer erheben.

»Helena, dass dir bloß nicht einfällt, wie deine Schwester zu sein. Lass dir das bloß nicht einfallen. Ich möchte nicht, dass du wie sie bist, verstanden? Ich will nicht noch eine Egoistin in diesem Haus.«

»Zieh mich nicht mit hinein«, protestierte ich.

»Ich verbringe meine Tage damit zu arbeiten, um diese Familie voranzubringen, und du nutzt es aus Irene, du nutzt es aus. Glaubst du, dass ich nicht bemerke, was vorgeht? Ich komme abends erschöpft von dem ganzen Tag im Krankenhaus nach Hause, und ich höre nur *Irene hier, Irene dort*.«

»Aber was meinst du denn?«

»Während ich mich bei der Arbeit abrackere, raubst du mir meine Kinder.«

»Aber ich bin doch auch dein Kind!«

»Du hättest gern, dass sie wie du sind, stimmt's? Du wärst gern ihre Mutter. Doch ihre Mutter bin ich.«

Ich glaube, das war das erste Mal, wo ich mir wünschte, älter zu sein. Ich hätte gern gewusst, wie ich meiner Mutter sagen könnte, dass weder Meritxell noch ich sie je verwechselten. Es war vollkommen klar, wer dieses Haus leitete und wer für uns alle sorgte. Meine Schwester drohte niemals damit, sich die Rolle unserer Mutter anzueignen, weil sie ihre eigene Rolle hatte, nämlich gerade die der Vermittlerin zwischen Mama und uns, die Rolle, unsere Brücke zu den Erwachsenen zu sein. Wenn wir sie so sehr brauchten, dann dafür, dass sie uns die Welt unserer Mutter und der Erwachsenen übersetzte, weil sie sich noch erinnerte, was es bedeutete, zu unserer Welt zu gehören. Doch mit meinen noch nicht ganz zwölf Jahren fand ich nicht die Worte, um zu erklären, was ich nur halb verstand.

»Siehst du, Mama«, antwortete Irene von Wut ergriffen, »du streitest dich die ganze Zeit mit mir. Du hörst nicht auf, dich mit mir zu streiten. Du sagst, dass die Gewalt eine Sache der Männer ist, aber du verletzt mich. Du sagst, dass die Frauen sorgen und helfen, aber mir hilfst du nicht. Ich habe meine erste Arbeit bekommen, und statt mich zu ermutigen, beschimpfst du mich. Also ist es nicht wahr, dass die Frauen niemandem wehtun. Wir alle fügen uns Verletzungen zu, Männer und Frauen, jeder mit seinen Waffen und auf seine Art.«

»Ich verletze dich nicht, ich rede nur mit dir.«

»Aber deine Worte tun mir weh.«

»Wie, meine Worte tun dir weh? Deine im Radio taten doch auch weh, weißt du? Sie haben mir wochenlang wehgetan. Es warst du, die dieses Gefasel daherredete, dass die Wörter Frieden bringen und dergleichen mehr. Mal sehen, ob du endlich verstehst, dass deine Worte verletzen.«

Man hörte einen Knall und das Gebrüll von Meritxell, die in Weinen ausbrach wie eine Verrückte. Wir hatten nicht bemerkt, dass sie nicht mehr bei uns saß, und liefen los, sie zu suchen. Wir fanden sie im Kleiderzimmer. Sie war an dem Wäscheständer aus Metall hängengeblieben und hatte ihn heruntergezogen, samt der ganzen Wäsche. Sie bildete ein Knäuel mit den Stangen und Leintüchern. Wir drei beeilten uns, ihr zu helfen, wir mussten sie beruhigen, ehe wir ihre Arme und Beine aus dem Gebilde herausziehen und prüfen konnten, dass sie keinen weiteren Schaden erlitten hatte als den Schrecken. Als es uns schließlich gelungen war, sie zu beruhigen, und sie zu weinen aufhörte, lagen wir vier uns auf dem Boden in den Armen. Meritxell hatte mit ihren Tränen erreicht, was ich mit Worten nicht zu bewirken vermochte.

Jenen Sommer verbrachten wir zusammen im Dorf meiner Mutter, einem winzigen Dorf eine Stunde von Lugo entfernt, verloren zwischen Kastanienwäldern. In dem bescheidenen traditionellen Bauernhof meiner Großeltern lebten, neben einem unverheirateten Onkel und ein paar Helfern, in einem gewissen Durcheinander und in friedlicher Koexistenz dreizehn Schweine, dreißig Kühe, ungefähr zwanzig Hühner, einige Esel, ein lahmer Hund, ein tauber Hund, ein einäugiger Hund und eine unbestimmte Zahl von Katzen. Außerdem verpflegten sich auf dem Bauernhof gegen den Willen meines Großvaters, jedoch nach dem unanfechtbaren Beschluss meiner Großmutter, der nach ihrem Tod respektiert wurde, die zwei Hunde und vier Katzen des Nachbarhofs, und gegen den Willen aller ein Fuchs, der durch die Gegend streifte, mehrere Maulwürfe und Igel und eine große Zahl von Vögeln. Monatelang vesperten wir auf den Wiesen umgeben von Kühen; ich nahm ein kleines Schwein zum Schlafen mit in mein Bett und bekam Schelte von meiner Mutter; wir badeten im Fluss mit den drei Hunden; die Hühner verfolgten mich, während ich den Stall zu reinigen und die Eier einzusammeln versuchte, ich nahm ein anderes Schweinchen zum Schlafen mit in mein Bett und wurde wieder geschimpft; wir halfen im Garten; ich sperrte

Meritxell im Stall mit den Hühnern ein, aber sie fühlte sich sehr wohl unter ihnen, und sie hackten nicht ein einziges Mal auf sie ein; ich lernte auf einem Esel zu reiten, Meritxell lernte auf einem Hund zu reiten, ich hielt Mittagsschlaf in der Scheune wieder mit einem kleinen Ferkel, und mein Großvater zwinkerte mir zu; und wir fuhren mit dem Traktor zu den Festen in den Nachbardörfern. An den Abenden zogen sich die Legenden von den Hexen (*Meigas*) und von der Heiligen Gefolgschaft (*Santa Compaña*, galizische Legende, wonach die Seelen der Toten manchmal nachts durch den Wald streifen, d. Ü.), die uns der Großvater auf der Veranda erzählte und denen wir in der Gesellschaft der Hunde und Esel zuhörten, endlos bis zum Morgengrauen hin, umgeben von der Dunkelheit der Berge, dem nächtlichen Heulen der Wölfe und so vielen am Himmel versammelten Sternen, dass sie wie der Sand eines Strandes aussahen. Es war der zweite große Sommer meiner frühen Jahre, von dem ich vielleicht bei anderer Gelegenheit erzählen werde. Dort bekam ich zum ersten Mal meinen roten Mond, wie Irene es nannte, in einer Nacht des zunehmenden Mondes. Monate später entdeckte ich, dass die roten Monde meiner Mutter und meiner Schwester ihre Zeit geändert hatten und an denselben Tagen kamen wie der meine. Unsere Körper hatten einen gemeinsamen Rhythmus angenommen. Ich glaubte, das sei galizische Magie, aber Irene zeigte auf ihre Nase.

»Die Frauen, die zusammenleben, haben am Ende immer ihren roten Mond gleichzeitig. Anscheinend riechen sie sich gegenseitig und stimmen sich unbewusst ab.«

»Meine Nase war es bestimmt nicht.«

»Aber sicher unsere. Also du weißt schon. Du kannst auf unsere Nasen zählen.«

Als wir aus den Ferien im Dorf zurückkamen, setzte man der kleinen Meritxell, die mit ihren fünf Jahren schon so blind war wie eine Alte, die erste Brille auf. Ihr Problem war auf diese Weise ganz schnell gelöst, und als sie Jahre später begann, Kontaktlinsen zu tragen, vergaßen alle den Defekt, den die Technik behoben hatte. Ich habe sie immer darum beneidet. Gern hätte ich ohne Gewissensbisse das Buch, in dem ich nach Irenes Erwartung das weltweit erste Wörterbuch der Gerüche aufschreiben würde, gegen eine gute und einfache Brille für die Nase eingetauscht. Doch da ein solches Hilfsmittel nicht existiert, war jenes Büchlein alles, was ich hatte.

So klammerte ich mich erneut an mein Notizbuch mit den blauen Blättern, das voll Flecken von der Küche und der Cafeteria des Krankenhauses war, um es weiter zu bekleckern in der Schule, auf den Plätzen, wo ich spielte, auf dem Markt oder im Schwimmbad, in der englischen Sprachschule, die Irene mir zum Ärger meiner Mutter bezahlte. Ich nahm es mit, um in meiner Schultasche Kratzer und Falten darauf anzusammeln, oder im Rucksack, wenn wir einen Ausflug machten. Ich schlief mit ihm unter meinem Kopfkissen oder unter meinem Handtuch in den Sommern am Strand, bis Meritxell es mir entriss und damit weglief, wie ich es so oft mit den Büchern von Irene getan hatte.

Da ich nichts anderes hatte, woran ich mich halten konnte, hielt ich mich an meine Nase. Da ich keinen anderen Polarstern hatte, ließ ich mich von meiner Nase leiten. Ich beschloss, die Welt durch meine Nase zu sehen, die blind, taub, doppelt verletzt war. Durch alles, was mir fehlte, durch meine Armut, durch das, was ich niemals haben würde, durch das, was ich schon vor der Geburt für immer verloren hatte. Ich suchte die Gerüche, die wie Bänder die Leute an der Welt befestigen und die Welt vereint und gut verbunden halten und nicht zulassen, dass sie auseinanderfällt oder sich zerfasert. Die Bänder, die mich nicht an mich binden.

Ich wuchs auf, indem ich meiner Nase folgte und den Geruch und seine Abwesenheit von vielen und ganz unterschiedlichen Orten aus zu verstehen versuchte. Als ich erwachsen war, verteilte ich einen Lebenslauf, in dessen erster Zeile ich in Großbuchstaben ankündigte, dass ich keinen Geruchssinn habe, und mich anbot, mit Substanzen zu arbeiten, die für andere eine Qual wären. So bestand meine erste Beschäftigung darin, in einer Werkstatt alte Möbel zu beizen; ich verbrachte eine Saison damit, einer Gruppe von Künstlern behilflich zu sein, für die ich die Farben vorbereitete; und ich arbeitete außerdem einige Monate im Laboratorium einer Molkerei, die den Fäulnisprozess von Käse untersuchte und wo die Angestellten mit Masken auf der Nase lebten und der Gestank sie dennoch in den Nächten unerbittlich mit furchtbaren Albträumen verfolgte. Zwei Sommer lang half ich mit, die Nahrungskette zu untersuchen, die sich von den Exkrementen der Kühe der Pyrenäen ernährt. Dort nahm ich auch an einer Feldstudie über das Verteidigungsverhalten der Stinktiere teil, und in den Monaten, die sie dauerte, war ich die einzige Person, welche in der Lage war, die Tiere liebevoll zu streicheln, ohne die Nase zu rümpfen oder angeekelte Grimassen zu ziehen, und obwohl die Stinktiere zu Beginn nicht die geringste Sympathie für mich hatten, weil sie von der ganzen Welt Flucht und Protest erwarteten, und nicht wussten, was sie tun könnten, um sich von mir zu befreien, schlossen sie schließlich mit mir Freundschaft, was nur in den seltensten Ausnahmefällen geschieht.

In einem Jahr arbeitete ich auch in einer Müllrecycling-Anlage, wo ich die einzige war, die fröhlich vor sich hinsang. Und umgekehrt schlenderte ich viele Stunden sehnsüchtig durch die Fakultät der Önologie und hörte aufmerksam den Gesprächen in den Bars und Fluren zu. Dort fand ich rein zufällig meinen ersten Freund, einen Önologen, und es gelang mir, ihm gegenüber das Fehlen des Geschmackssinns zu verbergen, was mir selber als ein großes Wunder erschien und als Beweis, dass mein Wörterbuch der Gerüche mich einiges gelehrt hatte. Mein Önologe war ein blonder junger Mann und hübsch wie ein Prinz, fein und zart, der letzte Spross einer Familie von Parfümeuren, mit dem ich lernte, Liebe zu machen, wobei wir Feigen aßen und Sekt tranken, und dem ich natürlich nie auch nur ein Wort von der Müllrecycling-Anlage, den Exkrementen der pyrenäischen Kühe oder den Stinktieren erzählte. Er war ein charmanter Typ, und mit ihm zusammen zu sein war ein wirkliches Privileg für eine, die auf der Jagd nach Wörtern über Gerüche war. Er hatte die empfindlichste Nase, die ich je gekannt habe, und er lebte so, dass sie ständig in teuersten Fläschchen mit Parfüm und erlesenen Weinen steckte, in gutem Essen und wohlgestalteten Gärten. Er lebte immer mehr in seiner Nase und ertrug immer weniger Dinge, die nicht perfekt parfümiert war. Er ertrug den Geruch der Fakultät nicht mehr, ertrug es nicht mehr, in öffentlichen Verkehrsmitteln zu fahren, im Sommer durch volle Straßen zu gehen. Die Nähe eines Mülleimers veranlasste ihn, sich die Nase elegant mit einem Taschentuch zuzudecken. Er berauschte sich an seiner Arbeit als junger Önologe von Ansehen, an seinem Lohn, an seiner eigenen Schönheit. Und eines schönen Tages wurde seine berauschte Nase stumpf. Sie war übersättigt. Sie hat sich selbst geblendet. Sie nahm nichts mehr wahr und verlor die Welt aus den Augen. Mein junger Prinz verschwand ohne ein Wort. Als ich ihm Jahre später wiederbegegnete, arbeitete er als Experte für Essig.

Wir brauchen alle ein Kriterium, mit dem wir die Welt ordnen und uns in ihr orientieren. Juristen verstehen und erklären die Welt aus dem Gesetz, Astronomen aus der Entfernung und Unendlichkeit, Ärzte aus der Krankheit, Bibliothekare aus der Ordnung der Bücher, Architekten aus den Häusern, die wir bewohnen, und ich aus den Bändern, die in meine Umgebung flattern, wobei sie alle Nasen und ihre Besitzer in Versuchungen und Verführungen und Verurteilungen eintauchen, die mich empfindungslos lassen. Ich betrachte die Welt vom Geruch her, den ich nicht wahrnehmen kann, und eben das hat mich schließlich zu den Wörtern gebracht.

Ich beobachte, wie die Leute über die stinkenden Dinge reden, die sie belästigen, die ihre Tätigkeiten unterbrechen und ihre Häuser und ihr Leben durcheinanderbringen. Über diejenigen Düfte, die ihre Wohnungen angenehmer machen, über jene, die ihren Zorn und ihre Ängste beruhigen, über solche, nach denen sie mit andauernder Sehnsucht verlangen. Und ich habe an der Knappheit und Kürze meiner Notizen bemerkt, wie wenige Wörter die Menschen für sie aufwenden. Sie nennen sie, um sich über sie zu beklagen oder ihnen zu danken, aber fast nie halten sie sich damit auf, sie zu beschreiben. Sie breiten sich nie in mehr als ein oder zwei Sätzen über sie aus. Sie reden nicht von ihnen, weil es Freude machen würde, ausführlich über sie zu sprechen, um sie zu erforschen oder zu verstehen, wie man es oft mit Bildern und Tönen macht. Als Folge davon haben sich weder ein ausführliches Vokabular noch grammatische Formen entwickelt, auch keine übereinstimmenden Klassifikationen oder Diskurse. Es gibt keine Wissenschaft des Geruchs. Es ist nicht gelungen, das Kriterium zu finden, mit dem man die Gerüche auf einer Skala anordnen könnte, wie wir es im Gegensatz dazu mit den Farben und Tönen können. Vielleicht macht ihre Anzahl das schwieriger, aber man hat es auch gar nicht genug versucht. Es werden keine systematischen Sammlungen jedes Geruchstyps durchgeführt, um sie zu vergleichen und zu klassifizieren. Es gibt keine Bibliotheken der Gerüche, wo die Wissenschaftler arbeiten könnten. Es wurde noch kein Apparat erfunden, der es erlauben würde, Düfte und schlechte Gerüche aufzuzeichnen und im Laboratorium zu reproduzieren, wie wir Bilder und Töne reproduzieren. Wenn wir dies beides haben könnten, Aufnahmegeräte und Bibliotheken für Gerüche, würde nicht nur die Wissenschaft Fortschritte machen, sondern es würde auch das Leben der Personen mit neuen Erfahrungen bereichert. Sie könnten an den vertanen Samstagnachmittagen in die Bibliothek gehen, um Düfte aus exotischen Ländern einzuatmen, in die sie niemals reisen werden, um Pflanzen und Tiere anderer Erdteile zu riechen, um das Aroma der besten Küchen zu probieren. Und wenn jeder mit einer entsprechenden Vorrichtung die Gerüche seines Lebens aufnehmen und sich Alben mit Gerüchen herstellen könnte, wie viele Wintertage wären nicht gerettet, wenn die Großeltern auf dem Sofa die Gerüche ihrer Jugendjahre an sich vorbeiziehen ließen oder die Jugendlichen in ihrem Zimmer eingeschlossen noch einmal eindringlich die Party der vergangenen Nacht riechen könnten. Und schließlich könnte man die Düfte eines ganzen Lebens verbinden. Man könnte sogar das eigene Leben durch seine Düfte erzählen.

Doch all das gibt es nicht. Wie es auch keine Philosophien des Geruchs gibt, weder von dem, den die Natur uns schenkt, noch von dem, den wir selbst in Laboratorien und Küchen erfinden. Sobald ich mich mit Leichtigkeit in der Universitätsbibliothek bewegen konnte, entdeckte ich, dass die großen Philosophen den Geruchssinn kaum erwähnen, es sei denn, um ihn abzuwerten, um die Gerüche als zu kurzlebig, unrein und animalisch zu betrachten. Die großen Schöpfer ästhetischer Theorien, Kant und Hegel, kamen nie auf die Idee, dass es eine Ästhetik der Düfte geben könnte. Die Kunst mit Gerüchen oder über Gerüche ist sehr spärlich. Und die Literatur, die häufig bewahrt, was die anderen vergessen, weil sie die am meisten individuelle, arme und randständige Kunst ist, was sie pluralistischer und vielfältiger macht, enthält ein paar interessante Seiten, aber durchaus wenige. Ich versuchte die Werke zu sammeln, welche die Gerüche in Worte fassen und sie in Geschichten verflechten, und ich traf auf Shakespeare, Proust, Joyce, Süsskind, Lem und wenige mehr. Ich konnte nicht einmal ein Regal in meinem Schlafzimmer damit füllen. Im Englischen, derjenigen Sprache, in der es großzügig im Überfluss Wörter für alles gibt, was existiert und was nicht existiert, spricht man von *landscape* und *soundscape*, aber nicht von *smellscape*. Warum spricht man so wenig über etwas so Grundlegendes?

Als ich anfing, die Leute zu fragen, warum sie den Arten des Dufts und des Gestanks so wenige Wörter widmeten, sammelte ich verschiedene Antworten. Einige Personen meinen, dass der Geruch etwas Niedriges und Archaisches ist, etwas zu sehr Animalisches, und sie möchten nicht zusehen, wie ihre Wörter sich in solche Abgründe stürzen. Es sind Individuen, die auch nicht gern über Sex, Schmerz oder den Tod reden. In einem bestimmten Grad beschämt sie die Welt des Geruchs, der Geruch bestimmter Teile ihres Körpers belästigt sie, und ebenso die Verwirrung, welche die Gerüche der anderen in ihnen auslösen. Es gibt etwas am Vorgang des Riechens, die Geste, den Kopf zu neigen oder sogar den Rumpf, um die Gerüche wahrzunehmen, die bloße Tatsache, dass die Gerüche gewöhnlich aus der Erde strömen und wie Quellen aus ihr entspringen, in derselben Weise, wie auch das Leben aus ihr entspringt, was an Schnauzen und Rüssel denken lässt, an Köter, deren Nase an den Weg geheftet ist, an Tiere, die an die Erde gebunden sind, während das menschliche Lebewesen sich als dasjenige Tier versteht, das sich auf die Füße gestellt hat, das Tier, das sich auf zwei Pfoten aufgerichtet, den Kopf gehoben und das Licht wahrgenommen hat, das von hoch oben auf sein Gesicht fiel. Und deswegen erheben so viele Menschen lieber den Blick zum Himmel, zu dem sie nicht gehören, ehe sie sich bücken, um die Gerüche der Erde wahrzunehmen, aus der sie hervorgehen. Sie ziehen das Sehen, welches der Sinn der Entfernung und der Herrschaft ist, dem Riechen vor, das der stärker materielle und nähere Sinn ist. In meinen Gesprächen bin ich auf viel – mehr oder weniger verhüllte – Verachtung für den am meisten biologischen unter den menschlichen Sinnen gestoßen. Andere Personen haben die umgekehrte Erklärung für ihr Schweigen, sie argumentieren, dass sie lieber nicht mit Worten das Geheimnis eines Sinns enthüllen möchten, der zu sehr an die sexuelle Anziehung und die Furcht vor dem Tod gebunden ist. Und in einigen Fällen fand ich sogar Furcht vor dem irrationalsten Sinn, vor den so unmittelbaren Reaktionen, die er auslöst, ohne dass es möglich wäre, sie zu kontrollieren, Furcht vor gewissen Schlingen, die binden und die das Bewusstsein nicht lösen kann. Die Furcht, dass die Nase für uns entscheidet, dass sie entscheidet, wer uns sympathisch ist und wen wir hassen, dass sie das sexuelle Verlangen bestimmt und sogar den weiblichen Zyklus. All das unterhalb der Schwelle des Bewusstseins. Die Angst vor der ganzen Freiheit, die uns durch die Nase entweicht.

Gemeinsam haben alle diese Erklärungen, dass der Geruchssinn der Sprache weit vorausgeht und unsere Vernunft nicht so recht weiß, was sie mit diesem alten Erdenbewohner anfangen soll, der schon Jahrtausende auf dem Buckel hatte, als sie erschien, der sich nicht beherrschen und nicht in Worte fassen lässt und den wahrscheinlich in dieser Welt ein längeres Leben erwartet als das ihre. Die menschliche Vernunft weigert sich zu akzeptieren, dass die Natur ihr nicht allzu sehr vertraut und dass sie einige der wichtigsten Entscheidungen nicht in ihren Händen gelassen hat. Dass den Sex, die Reproduktion, die Todesfurcht und den Kampf ums Leben, die tiefsten Gefühle und einen gut Teil der sozialen Beziehungen nicht die Vernunft leitet, welche zwar intelligent, aber oberflächlich ist und zu vielen Versuchungen unterliegt, dieser Welt zu entkommen oder andere zu erfinden, sondern das Niedrigste und am meisten Animalische, unsere Nase. Dass wir in größter Tiefe etwas sind, das unsere Vernunft nicht kontrollieren kann.

Auf diese Weise machte ich mir eine Vorstellung davon, wie schwierig mein Vorhaben werden würde, doch ich hielt noch entschiedener an ihm fest. Ich würde die anderen bitten, ihre Worte mit mir bis zu den Wurzeln ihrer selbst hinunterzutragen, um mit ihnen das Dunkelste von allem zu beleuchten. Wenn diejenigen, die riechen können, nicht reden möchten, möchte gerade ich, die ich nicht riechen kann, dass wir davon reden. Ich möchte, dass sie mir berichten. Dass sie untereinander davon erzählen und ich ihnen beim Reden zuhöre. Denn für mich bedeutet das, zuzuhören, wie man vom Mysterium der Mysterien redet.

Ich glaube, das eine Vergnügen hat zu weiteren geführt. Das Vergnügen, dem Reden über das zuzuhören, was ich nicht kenne, ist zum Gefallen an den Wörtern und Stimmen der anderen geworden. Es fasziniert mich, wie jedes menschliche Wesen die Welt aus einer unterschiedlichen Perspektive wahrnimmt und wie sich diese jeweilige Perspektive zum großen Teil durch seine Körperlichkeit, seine mehr physische Sensibilität, die Schärfe und Reichweite seiner fünf Sinne aufbaut. Mich fasziniert, wie wir, ein jeder von uns, die Schilderungen der anderen brauchen, um unser Bild von der Wirklichkeit zu erweitern, wie sehr wir die Sprache der anderen nötig haben, es nötig haben, uns berichten zu lassen. Ich habe auch mit Personen geredet, welchen der Gesichtssinn oder das Gehör fehlt und für die der Geruchssinn von noch größerer Bedeutung ist. Ich habe mit Kindern geredet, mit Greisen, mit Leuten vom Land und aus der Stadt. Könnte ich doch nur den Ring des Königs Salomon ausleihen und auch die Tiere befragen, da sie die Wirklichkeit in sehr unterschiedlichen Formen wahrnehmen. Was würde ich nicht dafür geben zu wissen, wie die Welt der Wale beschaffen ist, die einander aus kilometerweiter Entfernung hören und erkennen. Oder wie es sich anfühlt, die Magnetfelder wahrzunehmen, an denen sich einige Wale und Zugvögel orientieren. Oder wie es ist, ein Erdbeben einige Augenblicke vorher zu spüren, bevor die Erde sich zu bewegen beginnt; was es ist, das alle Tiere antreibt, von dem Ort zu fliehen, während wir menschlichen Lebewesen unfähig sind, etwas wahrzunehmen. Oder die Welt der Fledermäuse, die kein Licht brauchen, um zu sehen, die, um zu sehen, ihre Stimme in Schreien gegen die Dinge schleudern und denen das Echo eine Karte von dem zeichnet, was sie umgibt, deren Stimme der Brennpunkt des Lichts ist, das sie auf die Dinge projizieren, die das ungewöhnliche Glück haben, mit ihrer Stimme zu sehen. Wie es dann für sie sein muss, miteinander zu reden, sich gegenseitig mit ihren Worten zu beleuchten. Kannst du dir vorstellen, dass deine Stimme das Gesicht dessen beleuchtet, dem du sagst, dass du ihn liebst oder dich nach ihm sehnst? Dir vorstellen, sein Gesicht durch die Wörter zu sehen, die aussprechen, dass du ihn liebst? Und mehr noch, wie muss die Welt einer stotternden Fledermaus aussehen, oder einer, welche die Stimme verloren hat, oder einer heiseren? Oder die nächtliche Welt einer Fledermaus, die im Schlaf spricht. Oder wie sie die Dinge sehen müssen, wenn sie lachen. Wer kann schon wissen, was es heißt, wie eine Fledermaus zu sein, die Welt wahrzunehmen wie eine Fledermaus. Das ist in der Tat eine gute philosophische Frage, und der gute Thomas Nagel, der sie gestellt hat, ein echter Philosoph. Hätte er nur eine Antwort auf sie! Und ich glaube, je mehr Gespräche ich mit den unterschiedlichsten Wesen führen könnte, desto mehr würde mich die letzte Frage faszinieren, die entscheidende Frage: wie zum Teufel muss die Welt in sich selbst beschaffen sein, jenseits der Weise, wie es uns die Sinne berichten, mit denen jede Spezies und jedes Individuum zufällig ausgestattet sind.

So vergingen meine Jahre, und ich wurde erwachsen, ohne sonst etwas Brauchbares im Leben hervorgebracht zu haben als ein unvollendetes Wörterbuch der Gerüche. Mit dieser so speziellen Ausbildung hätte ich kaum meinen Lebensunterhalt verdient, hätte nicht eines schönen Tages, als ich gerade mit Ach und Krach mein Studium der Publizistik abgeschlossen hatte, mehr durch Irenes Hartnäckigkeit als aus meiner eigenen Initiative die Wikingerin Emma Buchloch, die inzwischen zur Direktorin des Senders aufgestiegen war und Irene zur Nachrichtenchefin gemacht hatte, beschlossen, mich ebenfalls unter ihre Fittiche zu nehmen. Und als sie mich fragte, welche Fähigkeiten ich hätte, und ich ihr sagte, dass ich mich darauf verstand zuzuhören, wie die anderen über das reden, was sie riechen, sah sie mich mit ihrer ganzen deutschen Ernsthaftigkeit an und gewährte mir eine Stunde pro Woche. In meinem Programm über Gerüche und Geschmacksnuancen mit dem Titel *Verleihen wir der Nase eine Sprache* traten Köche, Parfümeure, Önologen, Landwirte, Müllarbeiter, Chemiker, Mediziner, Sexualforscher, Dichter, Philologen, Philosophen auf, und es brachte viele persönliche Geschichten von Leuten aller Art. Stundenlang, Jahr für Jahr, redeten wir über Gerüche und ihre Abwesenheit. Ich entdeckte, dass mein Leiden nicht so selten ist und dass die Welt übersät ist mit Wachtposten ohne Geruchssinn, welche zwischen Verblüffung und Bewunderung beobachten, wie die anderen ihre Nase benutzen. Als das Programm beliebt wurde und andere Lokalsender es von uns kauften, überließ Emma mir eine Stunde jeden Abend, und auf ihren Vorschlag hin entwickelte sich das Programm weiter, so dass es *Die fünf*

Sinne thematisierte, die ihm jetzt den Titel geben. Im Lauf der Zeit entstand daraus außerdem eine Anthologie aus Interviews und Geschichten, und mit dem Aufkommen der neuen Technologien ein online Magazin. Auf diese Weise habe ich schließlich meine Nase zu meinem Beruf gemacht.

Wenn ich hier den Schlusspunkt setzen könnte, wenn diese Geschichte hier enden würde, dann wäre dies ein netter Roman einer Entwicklung, ein *Bildungsroman*, wie Emma sagen würde. Dann könnte ich mir meine Geschichte wie eine Reise des Erwachsenwerdens aneignen und in ihr einen bestimmten Sinn erkennen. Ich würde verstehen, dass jeder seinen Orientierungspunkt hat und versucht, zu ihm vorzurücken. Wie Irene weiter auf die Wörter baut und angefangen hat, in ihrer freien Zeit eine Dissertation über die Philosophie von Habermas zu schreiben. Oder wie meine Mutter weiter an die Frauen glaubt und jetzt Kochkurse in mediterraner Küche in einem kommunalen Zentrum für Migrantinnen abhält und verzweifelt, weil die muslimischen Schülerinnen sich weigern, mit Speck und Paprikawurst zu kochen, und die buddhistischen Schülerinnen Vegetarierinnen sind, weshalb sie schließlich beschlossen hat, sie mit Gebäck zu verführen, weil hier alle übereinstimmen. Oder wie Meritxell, die zur Überraschung aller auf Technik und Maschinen vertraut, Straßenbauingenieurin geworden ist. Auf dieselbe Weise setzte ich auf meine Nase. Und wenn die Dinge so geblieben wären, hätte ich mit echtem Optimismus und beinahe Dankbarkeit geglaubt, dass dasjenige, was mir fehlt, mich gerade leitet und wachsen lässt, und ich hätte akzeptiert, dass es stimmig ist, dass es gut so ist, und ich hätte diese Geschichte beendet mit einem »Ende gut, alles gut«.

Doch nein, diese Geschichte endet nicht so, denn etwas hat sie gerade unterbrochen und erschüttert, etwas, das direkt aus Bagdad kommt. Und jetzt ist plötzlich alles, was in jenem Sommer meiner elf Jahre geschehen ist, alles, was ich glaubte, überwunden und besiegt zu haben, alles, was mich zu dem geführt hat, was ich heute bin, von neuem aufgetaucht. Und in drei schlaflos durchwachten Nächten ist jede einzelne der Wunden, die ich für geheilt hielt, wieder aufgebrochen. Denn in den zwanzig Jahren, die mich von jenem Sommer im Jahr 1983 trennen, haben sich schreckliche Dinge angesammelt, die ich nicht verstehe. In diesem Monat März des Jahres 2003 ist ein absurder Krieg ausgebrochen, der meine ganze Kindheit aufgewühlt hat. Ich bin nicht die Einzige, die schlaflose Nächte aneinanderreiht. Die ganze kleine Belegschaft unserer Radiosenders hängt seit drei Tagen pausenlos an Faxgerät, Telefon, E-Mail, um den Leuten von den Nachrichtensendungen zu helfen, die nicht nachkommen, die kaum einen Moment mit einer Decke auf dem Sofa einnicken. Irene hat sich ganze Nachmittage lang live in das Geschehen eingeschaltet, sie hat sich mit Emma abgewechselt, um zu informieren, Experten aller Art zu interviewen, mit Leuten von der Straße zu reden, die anrufen und ihre Proteste kundtun, um die Neuigkeiten von unserem Korrespondenten zu empfangen, einem jungen freiberuflichen Journalisten, dessen Bezahlung sich verschiedene lokale Medien teilen. Meine Schwester macht seit drei Nächten durch, ohne ein Auge zuzutun, ohne den Sender zu verlassen, ohne die Arbeit zu unterbrechen, außer um ein belegtes Brötchen zu verschlingen und die Augenringe zu schminken, obwohl niemand sie durchs Mikrofon sehen kann, während ihr Mann und unsere Mutter sich in der Betreuung ihrer Kinder abwechseln. Inzwischen kommt sogar Meritxell, die Ingenieurin ist und auf einer Baustelle auf der Autobahn hier in der Nähe arbeiten sollte, ab und zu vorbei, um uns zu helfen. Mein Programm über *Die fünf Sinne* ist vorübergehend unterbrochen, und an seiner Stelle folgen Reportagen aufeinander, die immer wieder von den vergangenen und derzeitigen Mobilisierungen gegen den Krieg berichten. Volltönende Reportagen, welche die Slogans der Kundgebungen für den Frieden wiederholen, die auf den Hauptstraßen unserer Städte den Verkehr zum Erliegen brachten, welche die Botschaften vorlesen, die die Nachbarn auf Plakaten von ihren Balkonen hängen, die an den Lärm der Nächte mit Protestzügen und den Beifall auf den Straßen und Plätzen erinnern, als die Nachbarn sich auf den Dachterrassen und in den Innenhöfen versammelten und ans Fenster traten, um Lärm mit Töpfen und Pfannen zu machen. Als ein ganzes Land sich erhob gegen den Krieg und die spanische Einmischung in ihn. Denn wir wissen alle, dass der Irakkrieg das Ende einer Hoffnung auf Frieden bedeutet, die sich in den letzten Jahrzehnten des 20. Jahrhunderts durchgesetzt hatte, und ein 21. Jahrhundert der Gräuel vorhersagt. Wir alle wissen, dass er den Orient und das Abendland zu einer Konfrontation verdammt, welche die Einwohner weder wünschen noch verdienen. Aber in meinem Bedauern liegt nicht nur politisches Bewusstsein, Solidarität und Pazifismus. Es gibt noch etwas anderes darin, etwas Kleines, Unbedeutendes, so unbedeutend, wie es die persönliche Geschichte einer Idiotin aus Badalona ist, die keinen Geruchssinn hat. Etwas, das im Leid der Welt nicht ins Gewicht fällt. Was jedoch mein gesamtes innerstes Leben mit einer Dunkelheit bedeckt, die ich nicht kannte. Deswegen floh ich gestern einen Moment zu meinem Haus, meiner kleinen Dachwohnung nahe am Strand, und ging kurz zum Sand hinunter, um einen kleinen Brocken Smaragd hervorzuholen, den ich in meiner Handtasche bewahre, eine jener Glasscherben, scharf und verletzend, die das Meer in einen stumpfen und sanften Stein zu verwandeln vermag. Weil ich das Gefühl habe, dass man meine eigene Kindheit bombardiert. Weil vor drei Tagen die amerikanischen Streitkräfte siegreich in ein Bagdad einmarschierten, das kapituliert hat. Weil vor zwei Tagen unser Korrespondent herausfand, dass einer der amerikanischen Offiziere spanischer Herkunft war, und er vergeblich versuchte, mit ihm zu reden. Weil es unserem Korrespondenten gestern gelang, ihn zu finden und ihn zu fragen, ob er von einem spanischen Radiosender interviewt werden möchte. Weil heute unser Korrespondent den Offizier live interviewt hat und es sich herausstellte, dass er als Kind eine Weile in Badalona gelebt hat, und dass die schreckliche Narbe, die über seine Wange verläuft, nicht aus dem Krieg stammt, sondern aus der Kindheit.

Weil daraufhin Irene lauthals nach mir rief, weil Emma selbst mich im ganzen Sender suchte, um mir das Telefon zu geben, weil es ihnen gelungen war, den Offizier nach Beendigung des Interviews einen letzten Augenblick festzuhalten, damit er mit mir rede, und Emma und Irene sich auf beide Seiten von mir setzten, während ich das Telefon ergriff. Weil der amerikanische Offizier mich, mit Ungeduld in der Stimme und ohne meinen Namen auszusprechen, bat, ich solle ihn jetzt bitte nicht dazu bringen, sich an Kindersachen zu erinnern, dass wir jetzt erwachsen seien und beide genug Arbeit hätten. Doch ich glaubte, ich müsse es tun. Ich Schwachkopf glaubte, ich müsse ihn fragen, wonach Bagdad riecht. Als hätte diese Frage nicht gerade jetzt all ihren Sinn verloren. Als ob das eine Sache lösen müsste, als ob das eine Sache lösen könnte. Und der Typ fing einfach an zu lachen, er machte sich über mich lustig und nötigte mich, die Frage zu wiederholen, und dann spuckte er und fluchte bei ihren Toten, dass Bagdad nach brennendem Öl stank, nach Schießpulver, nach Blut und nach den verfaulenden Leichen auf den Straßen. Und er lachte erneut, als er mir sagte, dass er auflegen würde, weil er zu viel Arbeit habe. Und ich konnte ihn nicht aufhalten. Ich konnte nicht verhindern, dass er loszog, um ein Land und das Leben seiner Menschen endgültig zu zerstören. Um seine Kindheit zu zerstören mit seinen eigenen Händen.

Als Emma uns sagte, dass die Arbeit für heute beendet sei, dass wir nach Hause schlafen gehen sollen und morgen ein neuer Tag sei, war es meine Schwester, die mir das Telefon aus der Hand nahm und den Hörer auflegte, die unsere Mutter anrief und sie fragte, ob sie uns zum Abendessen einladen würde, wie sie es so oft macht, und die beiden besprachen das Menü, Irene möchte nur, dass sie etwas Kaltes vorbereitet, Brot mit Tomate, Käse, Salat, Obst, aber ich höre meine Mutter am anderen Ende der Leitung ankündigen, dass uns in einer Stunde auf ihrem Tisch Gemüsesuppe und frittierter Fisch erwarten würde, und meine Schwester legt auf, ohne zugestimmt zu haben. Und in dieser Nacht, in der im Haus unserer Mutter die drei Schwestern, der Mann von Irene und ihre Kinder versammelt waren, hat Irene in allen Zimmern gesucht und alle Schränke durchwühlt, bis sie das Buch gefunden hat, hat sich an den Esstisch gesetzt mit meinen alten Märchen von *Tausendundeine Nacht*. *Sie* hat es ihren Kindern erklärt und ihrem Mann, und sie hat ihnen versprochen, dass *ich* ihnen diese Geschichten erzählen würde. Sie ließ es am Tisch herumgehen, und sie hat Meritxell von einer Zeit erzählt, an welche diese sich kaum erinnert, und sie hat sie gebeten, *mich* zu fragen, und schließlich hat sie mir das Buch unter die Nase gehalten. Ich habe sie angefleht, mich nicht zu zwingen, es noch einmal zu sehen, aber sie bestand darauf, sie schlug mit ihm auf den Tisch, bis mein Kaffee verschüttet war. Hier sind sie, sagt sie mir, Sindbad, Scheherazade, Aladin, Ali Baba, der Geist der Lampe, sie sind alle hier. In dem Buch. Es ist nicht alles zu Ende. Sie sind hier.

»*Tausendundeine Nacht* sind die Ruinen der Vergangenheit«, antwortete ich ihr. »Mit der Gegenwart hast du selbst am Telefon geredet. Wir werden nie erfahren, wonach Bagdad roch. Wir wissen nur, wonach es riecht, wenn man es zerstört.«

»Nein, Helena. Die Märchen von *Tausendundeine Nacht* wurden vor langer Zeit geschrieben, aber sie waren immer ein Versprechen für die Zukunft. Ich verspreche dir, dass ein Tag kommen wird, an dem es fliegende Teppiche am Himmel von Bagdad geben und es mit so intensiven Wohlgerüchen angefüllt sein wird, dass sogar du sie wirst wahrnehmen können. Und jetzt komm' und erzähle.«